念君歡

卷五

竄紅注目作家
村口的沙包——著

1 一鳴驚人

傅琨一大清早就喚了傅念君去書房。

父女倆已經有一陣子沒這樣好好說過話了。

傅琨前陣子嗓子有些不好，大概是在朝堂上吼多了，傅念君為此還特地讓人配製了喉糖給他服用。她一方面知道他事多，一方面也怕他嗓子用得過度，因此也沒有主動和傅琨談話。

這幾日是宮裡聖上發下的旨意，說傅卿勞累太過，讓他在家好好休養一陣子。

聖上這道旨意，與其說是體貼傅琨辛勞，不如說是他是想為自己求個清靜。

正好傅淵和錢婧華成親的日子也定下來了，就在臘月裡，皇帝的意思，傅琨最好乖乖在家等著喝這一杯新媳婦茶，別大冬天的折騰人了。

傅琨找傅念君，主要是說三件事，頭一樁，自然是傅淵的親事。

雖然傅家有主母有長輩，但實際上一切都是傅念君這個妹妹操持的。做妹妹的去操持長兄的婚事，多少有些說不過去，傅琨倒是不介意，只叮囑她不要太累，再討論了一兩處禮儀規矩和賓客名單。

第二件事，則是關於傅家三房。

傅家三老爺夫婦，傅秋華的父母親，今年要回府過年，也能趕上傅淵的親事。

三老爺外任多年，也是時候回家待一陣子了。

礙於傅琨的權柄，或許三老爺不能擔任朝廷要職，但是歇息一陣子，先領個過渡的清閒差事還是可以的。

畢竟傅秋華年紀漸長，到了該出嫁的時候，這時候夫妻倆回京，多少也存了些要替女兒物色人選、籌備親事的意思，恰好開年成泰三十年，是過世的傅家老夫人奚氏七十歲的冥誕，雖然三房是庶房，但是一家老小也得過老夫人不少恩惠，這次除了早逝的二老爺，剩下的三位老爺都在家中，自然是打算辦一辦的。

傅家三房對傅念君來說很陌生，加上傅秋華在傅梨華那件事後，現在也乖覺得很，在她看來，大家只要井水不犯河水，各自相安無事就好。

自從姚氏被送去庵堂，傅家幾房早就分崩離析，長輩們也不可能真的把自己的家事都交給傅念君這個晚輩定奪，現在幾乎都是自家關起門過自己的日子。

他們沒有分家的原因，不過是因著傅琨這位宰相，靠著大樹好乘涼罷了。

傅念君想著先打量打量三房那兩位的性子，若是省事的，自然繼續這麼過下去，若是三夫人也同四夫人金氏那般不是個省油的燈，藉此機會分家也是個不錯的選擇。

傅念君腦中已經來回轉了好幾個念頭，直到傅琨敲了敲桌面，她才醒神。

「爹爹放心。迎接三叔父的事，我馬上安排下去，路上也會派人去查探迎接，一定在哥哥成親前接他們回家。」

傅琨點點頭，對於傅念君出色的理家能力相當滿意，甚至帶了些吾家有女初長成的自豪。

他不由得想，憑著她如今這樣的能力，京中哪家高門大戶的庶務能難倒她？可是一想到傅念君將來嫁的人會是皇子，甚至可能是天子，傅琨的心便涼了半截。

天家的兒媳婦，哪裡是那麼容易當的？再出色再優秀，也總會有無法預料的情況發生。古往

今來，這樣的例子還少嗎？

傅念君見傅琨陷入了沉思，有點納悶，輕喚：「爹爹？」

傅琨回過神，輕嘆了口氣，望向傅念君的目光是一貫的和藹，今次卻添了幾分擔憂。

「還有一件事，是關於妳自己的。」

傅念君心裡一震，第一個反應就是自己和周毓白之間或許又有磨難。

她聽傅琨說：「皇后娘娘有個想法，欲在近日舉辦一兩場內宴，正式宴請妳們幾個平日出入宮廷的小娘子……」

這話就來得奇怪了，傅念君暗忖，她哪裡有出入宮廷過？也就上回見了舒皇后一面。

傅琨道：「這些小娘子多是京中身世容貌出色之輩，更有參與兩位王爺的王妃采選之人，舒娘娘此意，並不是單純舉辦內宴，是要妳們進行幾場比試了。」

「比試？」傅念君驚訝道。

傅琨點點頭，神色沉重。「妳冰雪聰明，也不用爹爹多說……妳與淮王殿下之事，即便我這裡同意，皇后娘娘同意，也還要過一場明路，宮中不是只有皇后娘娘一人。」

傅念君明白，這是指皇帝、張淑妃、徐德妃等人。

因為她是傅琨的女兒，所以她生來就注定要被人猜忌。這比試，就是能讓她名正言順的最好方式了。

「淮王與娘娘為了妳，算是用心良苦了。」傅琨不由得感嘆。

傅念君心裡卻沒底，問道：「爹爹怎麼看？」

傅琨微笑。「我還能怎麼看？放眼京城，能再找出一個比妳慧黠機靈的小娘子怕是也難了，不過區區一場比試，又有何懼？」

傅念君彎了彎唇。傅琨對自己，從來就是盲目的疼愛和信任。

「我是怕爹爹另有主意，畢竟到底結果如何，宮中皇后娘娘和張淑妃、徐德妃怎生鬥法，也未可知。」

傅琨嘆道：「我知妳這孩子慣於急流勇退，不愛在人前出風頭，只是淮王與妳一路至此實屬不易，這些日子我看著，他也確實是一顆赤子之心對妳。你們二人姻緣不似旁人，若是他不爭，妳也不爭，你們早就無緣無分。念君，爹爹從來不會否定妳的決定，妳若想好了，就不用顧忌我，畢竟一輩子的事……是妳自己說了算的。」

傅琨話雖輕，卻字字重如山。傅念君心中酸軟，一時無法回應。

她和周毓白之間，確實算是強扭的緣分，她一直囿於現實和回憶，不敢踏出一步，到如今，她卻還要退縮麼？

她沒有想過，在她時時為傅家考慮的同時，傅琨也一樣先考慮她的幸福。作為女兒，沒有什麼比自己過得開心幸福，更能慰藉老父了。

「我明白了，爹爹。」傅念君眨了眨眼，眼神堅定。「我會好好準備的。」

皇后將舉辦內宴的消息不脛而走，這入選參宴名單的人家都摩拳擦掌，開始替自家女兒臨時抱佛腳，只求有機會一鳴驚人。

哪怕最後自家女兒沒有入得帝后之眼，但只要表現出眾，名聲傳出去，也是一樁無限風光的大好事。

被西夏戰事的陰影所籠罩的東京城，為了這樁事，倒是在冬日到來之時綻出一絲別樣的生機。

傅淵聽聞了這個消息，讓人甩了幾本書過來，傅念君不覺得這個時候看書有什麼必要，又讓

人原原本本送了回去。

傅淵只道，這世上為了男人相爭的小娘子面目最為可憎醜惡，讓傅念君多少記得別太難看。

對於這位兄長的挖苦，傅念君沒當回事，這兩天她還是該做什麼便做什麼，關注一下陳家和陳靈之的情況，閒暇時依舊做自己平日做的事，顯得頗為鎮靜。

無獨有偶，除了傅淵冷冷的挖苦，那位未過門的小嫂子表現出了十分的關切和熱情，並且是太過熱情。

錢婧華傳信來詢問傅念君，甚至隱約透露出是否需要她來幫忙「作弊」。錢婧華財大氣粗，相信有錢能使鬼推磨，她也很願意往宮人身上撒錢。

傅念君對於這位財神小嫂子只能搖頭失笑，寫信道謝後回絕了。

§§§

進宮這天，同上一回並沒有太大的不同，只是服裝和妝容上更為隆重些。

早前有宮裡的梳頭娘子特地到府，生怕宴會當日傅念君在妝容上有失分寸。

傅念君對於繁複累贅的高髻和冠梳實在沒有太大的好感，只讓梳了稍微正式些的螺髻，堪堪達到宮廷禮儀的底線。饒是如此，照鏡子時她都覺得自己已經一個頭兩個大。

入宮之後，傅念君總算知道何謂「亂花漸欲迷人眼」，小娘子們無不打扮得有特色，千萬種風情盡皆在此：有華麗奪目如江娘子，也有雅致高貴如裴四娘，更有盧七娘不食人間煙火如天上仙女般的，總之天上各色仙子大約不過如此了。

傅念君抬頭望望天，緩和一下自己的眼睛。

舉辦宴會的地方是舒皇后精心挑選的，原本是四面開闊的敞軒，此時被暖爐烘得暖意融融，

兩邊有教坊樂工不斷奏樂，其中穿梭無數宮人和內侍，顯得格外隆重。

帝后還未出場時，小娘子們只能在偏殿等候，江娘子自然是要同傅念君打招呼的。傅念君很明白她打招呼的意義，無非是炫耀、威脅、奚落等等。

她說：「傅二娘子，今日妳打扮得十分美麗鮮妍，讓人見之不忘啊。」

傅念君淡淡地笑道：「不如江娘子。」

她又說：「傅二娘子這件衣裳有些掉份了吧？怎麼不用京裡時興的雲雁細錦？」

傅念君呵呵地笑。「買不起。」

江娘子撥了撥耳朵上的翡翠耳環。「傅二娘子可知道何謂『碧玉水滴』？」

傅念君繼續搖頭笑。「沒見過，不知道。」

一場談話下來，江娘子無論說什麼，她都是這副口吻。

直到扭頭離開，江娘子回想了一圈，只覺得自己似乎沒享受到炫耀和奚落的快感。這個傅二娘子是怎麼回事？

傅念君打發了她，一回頭就發現那位清冷如月中仙子的盧七娘正望著她們這邊，似乎在留神聽她們說話，見傅念君視線看過去，她又立刻轉頭。

她旁邊站著她那位族姊盧拂柔，正垂著眼，一言不發。

傅念君聳聳肩，並未有上前打招呼的意願。熟人雖多，卻無一人能說上話的，錢婧華不在，自己也懶怠應付她們，裴四娘、盧七娘等人，其實還不如頭腦簡單的江娘子好應付。

不多時，開宴了，皇后坐在首位，張淑妃和徐德妃也出席，還有兩三位宮中年輕的美人，她們都對這些小娘子表現出極高的興趣。甚至在皇后介紹後，傅念君才知道原來有一位上了年紀的女官，竟是代表未能出席的太后而來，看來太后對這次的宴會也十分重視。

舒皇后並沒有說太多話，諸位面帶興奮之色、目露狠光的小娘子們早就期盼著比試這一刻的到來。沒有一個人不期待，在東京城裡薄有名氣的各家小娘子和宮裡貴人、女官面前一鳴驚人。

傅念君暗自感慨，怕是傅淵經歷的殿試，也沒有如此風起雲湧吧。

張淑妃側頭與舒皇后說著話：「我看著這些鮮亮得像花朵般的丫頭們就打從心裡喜歡，若是非要叫她們分個高低，確實難以抉擇了。」

舒皇后只笑著說：「人自然是分不出什麼高低的，個個都拔尖出色，不過是看看她們各自有何突出的才能，讓她們有機會表現一下。」舒皇后素來說話圓融，讓人挑不出一絲錯。

張淑妃眼角微揚，道：「這是自然。不過我們這裡那麼多人，各有各的評判標準，怕是得不出個統一的標準來。」

徐德妃一直黑著臉。她聽說張淑妃竟有意將傅相的嫡長女說給自己的孫子，心緒是說不出的複雜。

前陣子，要能和傅琨結親，她是一千個一萬個願意，可放到現在，算是怎麼回事？何況還有先前齊昭若和傅念君那檔子事，加上傅念君年紀還比周紹雍大，她是怎麼想怎麼不願意，甚至覺得這是張淑妃和舒皇后串通好，要讓他們徐家和邠國長公主離心的一著損棋。

現在聽張淑妃這麼說，徐德妃忍不住道：「雖說各人有各人的偏愛，但比試終究是比試，若是樣樣都不拔尖的小娘子，我們雍兒怕也是看不上的。」

這就是在說傅念君若沒什麼出眾之處，這親事是絕對不可能的了。

張淑妃在心底翻了個白眼。她當日原就是隨口一說，誰耐煩管周紹雍的親事，這徐家人個個都是自以為是的蠢貨。

舒皇后輕咳了聲，怕她們兩個人又鬧不愉快，忙岔開話題：「我們現在就看這些孩子的表現

吧，省得她們等得久了飢腸轆轆。」

張淑妃、徐德妃這才統一口徑直言聽憑舒皇后安排。

大宋尚文，貴族小娘子雖養在深閨，卻多因父兄之故，耳濡目染，飽讀詩書，有的小娘子在閨中就有才名，幾位鴻儒大家中的千金也都聲名遠播，只可惜現在這殿中的小娘子並沒有出自當世大儒家的，而盧七娘在其中算得上是翹楚了。

潁川盧氏是百年名門望族，盧七娘從小天賦極高，又得名家指點，想當然，若皇后娘娘要考校她們詩文才學，這殿中怕是無人能贏過盧七娘。

江娘子等幾人因此顯得意興闌珊，她肚子裡有幾分墨水她自己清楚，哪裡是能上得了檯面的？好在舒皇后在上首發話了：「寫詩作文，本就是怡情，並不強求，便是有做不出的，也不能證明就低人一等，妳們毋須喪氣。」

聽她這樣說，有兩戶武官太尉家中的小娘子鬆了口氣。

女官將題目布置下來，要求諸位小娘子在兩炷香內做詞一首，應當下之景，以梅為題，而詞牌名都刻在木牌上，由內侍和宮女用木盤托著，小娘子們各自上前去選，翻到哪個就是哪個，不可置換。

詠梅不難，壓著詞牌名就有些難度了。

眾人望著那些木牌心裡一陣發怵，有些小娘子根本不曉得那些晦澀的詞牌名該如何破題而作。

雖然皇后娘娘有言在先，但是作得不好和作不出來，是兩回事。

前者可以原諒，後者就多少有點丟臉了。

江娘子恰好就在傅念君身後，與她一同上前去選木牌。

她壓低了聲音，在傅念君耳邊說：「傅二娘子，妳這樣鎮定，莫非勝券在握？」

傅念君微微側頭，驚訝道：「江娘子，妳也太看得起我了。」

江娘子咬了咬唇，狠狠瞪了她一眼。

傅念君要伸手去翻那黃布之上壓著的木牌，卻突然見到端著這東西的內侍朝自己使了個眼色，隨即手上就抖了抖，傅念君的目光便落在他右手側的一個木牌上。

傅念君朝他看了一眼，他很快鎮定地低下頭，傅念君頓了頓，心道也無所謂，伸手便要去拿那塊木牌，誰知從後方突然伸出一隻手，先她一步拿起。

也不知江娘子是否看到了剛才小黃門的動作才做半路攔劫之事，她握住那木牌，得意地朝傅念君道：「傅二娘子的運氣，想來是不會太差的。」

說罷翻開一看，竟是〈十六字令〉。

傅念君微微蹙眉，江娘子卻是臉上一喜。

〈十六字令〉顧名思義，十六字，單調，三平韻，屬於最短的詞，許多初學填詞者就是選這詞牌入手，保險穩妥，不至於被難住。

江娘子開心地朝傅念君揮了揮，「多謝了。」說罷，昂著下巴錯身而過。

另一頭內侍接到牌子，朗聲唸：「江娘子，中詞牌〈十六字令〉。」

傅念君隨手又在那盤子裡挑了一塊木牌，翻開一看，竟是〈高陽臺〉。她似乎看到了接過自己這木牌唱名的內侍臉上的抽搐。

「傅娘子，中詞牌〈高陽臺〉。」

話音剛落，底下那些小娘子忍不住向傅念君投去了同情的目光，而上首的張淑妃則微微揚起了唇。

〈高陽臺〉，又名〈慶春澤〉，雙調一百字，前後段各十句，四平韻，亦有於兩結三字逗處增

葉一韻者，可以說，非是高手去嘗試這樣艱難的詞牌，等同於不自量力。

何況短短兩炷香，人家江娘子只要寫十六個字，傅念君呢，卻要寫一百個字，指不定她連〈高陽臺〉都沒聽過呢。

江娘子用一種看好戲的眼神看著傅念君，卻只得到她平靜的笑容。

打腫臉充胖子！江娘子忍不住在心裡啐道。

傅念君看了一圈，才發現或許選詞牌也是可操作的，舒皇后怕各家小娘子丟醜，恐怕早就對下人有所示意，幾個武官家出身的小娘子，都選中了〈減字木蘭花〉、〈菩薩蠻〉這種常見易上手、定然在家中也寫過的詞牌，而如盧七娘、裴四娘這樣有點墨水的，則選中了比較罕見卻不至於難住她們的詞牌，可以給她們機會一展才華。畢竟那些常用的詞牌，寫出來哪裡比得過當朝大人們的傳世佳作？

傅念君不由得感慨，舒皇后為人確實心細，不過令人哭笑不得的是，她對於自己水準的判斷，就是最簡單的〈十六字令〉？

傅念君看了一眼手裡的筆，心道事與願違，讓她選中〈高陽臺〉，這也是老天讓她倒楣，人力所不能左右啊。

替傅念君磨墨的宮娥忍不住提醒傅念君：「娘子，可要動筆了？」

傅念君這才發現，諸位小娘子都已經開始思索、下筆，只有自己，似乎發了很久的愣。

傅念君朝她笑了笑，道：「有勞。」

舒皇后見到底下傅念君的反應，心中一陣無力。這孩子怎麼……罷了罷了，她還是等會兒好好想想說辭，替她解圍一二吧。

她偷眼去看張淑妃和徐德妃，兩人神色各異，目光卻是出奇一致，都盯著傅念君看。

傅念君聞著陣陣墨香，聽著耳畔筆尖摩擦宣紙的聲音，心情倒是意外的平靜。

她並不喜歡比試，不是怕輸，相反，是怕贏。這樣的生活遠離自己多久了？自她重生後，她就再也沒有被父親提溜著去別人府上大出風頭了。

傅寧曾經就是用這樣直接的方式，讓自己在所有人面前一遍遍證明，她是最適合，且獨一無二、無人可比的太子妃。

東京城內，無人不知傅念君才名。

想不到，許久未動筆，今天又是為了同一樁事。

只剩半炷香時，盧七娘已經將所作之詞謄錄到新的宣紙上，而傅念君還未動筆，旁邊的宮娥都替她著急。

傅念君一直在發呆，等差不多了，才提起筆飛快在紙上書寫，等到內侍高聲叫停，她也剛好停筆。

旁邊的小宮娥睜著一雙大眼，有點不可思議地望望紙，又望望她。

傅念君頓時無端有種武林高手在高山之巔酣戰完畢，千里不留行的慨然氣魄。

小宮娥將她的紙拿起來輕輕吹了吹，讚嘆道：「傅娘子的字寫得真漂亮。」

傅念君也笑了笑，「多謝。」

小宮娥咬了咬唇，指著一處不小心落下的墨點。「就是這裡，可惜了。」

考進士重視卷面，她們這裡作詞，自然也是一樣的，如盧七娘、裴四娘，都精心謄抄了一份，傅念君這裡是最後才一氣呵成，如何還能有多餘的時間？

傅念君輕咳一聲，一本正經同她道：「不完美的書法，才有價值，〈蘭亭序〉可曾完美？」

若是傅淵、周毓白這等瞭解她的人，必然知道她這樣的神情語氣是在唬人了，只是小宮娥涉

世不深，一下子便為傅念君的氣度所折服，竟是雙眼閃亮，猛力點著頭。

乃至後來，傅念君並不知道，這位有過一面之緣的小宮娥，竟是對她推崇備至。

諸位小娘子寫的詞已經都收到了皇后娘娘面前，內侍也將文房四寶等物撤了去。

舒皇后先看到最上面的那一張，誇讚道：「這字筋骨強健，有一種難得的颯然之風，李小娘子不愧是家學淵源。」

李小娘子聽了不由得心花怒放，忙上前來謝恩。

她父親是武官，舒皇后這麼說，無疑是誇讚了他們一家。其實那字究竟如何，倒不好說了。

舒皇后話鋒又一轉，道：「妳們這些孩子，個個都在寫字上下過工夫，只是今日我們評詞，便多少得忽略了字……」

眾人自然是俯首應諾。

舒皇后是在強調這場比試的公平，也算是做了保證，斷不會因為書法優劣就輕易評判。

張淑妃卻在此時插嘴道：「娘娘，我看這些小娘子文采都妙，我們幾個評判難免各有側重，有失公允，不如叫人謄抄了讓官家、太后娘娘也都鑒賞鑒賞。」

舒皇后想了想，便應下了。

堂下的小娘子聽說還要呈上去給聖上和太后看，不由得緊張起來。

傅念君暗道，聖上這樣忙，哪裡會把這些作品一一看過，想必只是從中擇優幾份讓他定奪罷了。

接著，果真聽徐德妃道：「官家事忙，必不能盡數閱覽，不如挑個五份我們無法定奪的呈送過去。」

舒皇后與張淑妃點頭同意了。

傅念君覺得這番話她們三個多半是商量好的。

她留意到盧七娘一直是鎮定自若的模樣，唇角還微微帶著笑意，能讓這位心情好是不太容易的。

傅念君想著，她自己是個俗人，而盧七娘這樣素日愛端著、像仙子般的人物有時也不能免俗。大家都是十幾歲的小姑娘，再淡泊名利，這樣的場合也是端不住的。

舒皇后身邊有幾位女官，都是司文墨通史書的，由她們一起評定鑒賞，也算公平。

眾位小娘子被請到偏殿去喝茶。她們有種參加完科舉般的興奮感，不禁嘰嘰喳喳鬧成一團。

盧七娘身邊陡然圍了許多人，多是詢問她寫了什麼詞，盧拂柔在她身邊應付，顯得有些左支右絀。

依照盧拂柔的年紀品貌，出現在這裡其實多少有些牽強。

傅念君想到先前周毓白說的，盧拂柔會指給周毓琛，也不知他到底有何籌謀，她只曉得，原本盧拂柔同崔涵之的親事，算是徹底告吹了。

崔家的事情她沒有特意打聽過，但是他們有大動靜，自然而然有人把消息傳到她耳裡，近來沒有，想必是沒有什麼大事發生。

等眾小娘子回到殿中，舒皇后依然是笑意盈盈的慈藹模樣，只是張淑妃和徐德妃的臉色有些莫名其妙的古怪。

舒皇后的目光先落到了盧七娘身上，而盧七娘大概是早有準備，表現得十分淡定。她這次選到的詞牌名是〈霜天曉角〉。

「早聞盧小娘子才名，今日一見，果真是名不虛傳。」

連舒皇后都這樣誇讚，一時間無數羨慕的目光都落在盧七娘身上。

她這首詞被眾人傳閱後，亦無不讚嘆。

「晚晴風歇，一夜春威折。脈脈花疏天淡，雲來去，數枝雪。勝絕，愁亦絕。此情誰共說？唯有兩行低雁，知人倚，畫樓月。」

此時由舒皇后身邊一位三十多歲的女官對這首詞做點評。這位是宮中有名的王宮正，是從前孫皇后身邊的司言，博聞強識，才智過人，受先後兩代皇后的推崇。

王宮正誇獎了這首詞的立意與結構。「上闋由疏花、淡天、雲雪營造出恬淡高雅的氛圍，下闋再從『勝絕』轉承上闋，而『此情誰共說』立增孤獨哀苦之情，結尾兩句『兩行低雁，人倚畫樓』又塑愁之意象。全詞清婉含蓄，景致極清絕，算得上是精巧的上乘佳作了。」

舒皇后等人點頭稱是，盧七娘也在這誇讚中漸漸露出了微笑。

但王宮正話鋒一轉，又點出了一個問題。「盧七娘這首詞固然上佳，卻在寫春愁，今次題目為『梅』，雖並未言明冬梅或春梅，但此際是冬日，詞卻先寫到春愁之上，難免有跑題之嫌，可以理解為是在這題目上賣了個巧。」

聽了這話，盧七娘臉色微微出現了變化，一直以來的冷淡表情也有些掛不住。

王宮正的一雙眼睛生得很妙，美人雖老，妙目不老，目光在盧七娘身上打轉時，顯得格外有深意。

傅念君聽了王宮正這話，再瞧著她意有所指的目光，腦中靈光一閃，立刻便明白過來。王宮正其實說得很隱晦，給盧七娘留足了面子，如果她猜得沒錯，王宮正或許是看出來，這首詞恐怕是盧七娘的舊作。

不是舊作，也大概是在舊作上稍做修改，因此入題才會是「春愁」。

若是現場即興所做，必然不會從「梅」直接聯想到還遠遠未到的春日。

這算不上作弊，畢竟舒皇后沒有事前說不得引用自己的舊作，但在這樣的場合，盧七娘沿用自己的舊作，確實有些掉份。

王宮正這番話，傅念君不知道在場有多少人聽出了其中門道，但是她打量舒皇后的神色，便知舒皇后玲瓏剔透，心中是如明鏡般清楚的。

盧七娘到底是心性堅定，很快就穩住神色，朝王宮正道謝，也虛心接受她的建議。進退有度，言辭得當，只讓人覺得她不驕不躁，氣度出眾。

傅念君多少有些理解她這樣的做法。宋人愛梅，詠梅詩詞浩如煙海，如盧七娘這般平時便愛文墨的小娘子，想必以梅為題的詩詞寫過不知凡幾，春梅冬梅，臘梅白梅，各色各樣，必然都寫了個透，偶得了佳句，也是宣諸筆墨，時時牢記在心的，驟然被迫寫新詞，又是在這樣短的時間，反而不容易想出來。

而盧七娘年紀小，內心想必沒有表面這般堅定，勝負欲一上頭，再一著急，便索性提筆改了舊詞，舊瓶裝新酒，將自己最滿意的作品呈上了。可宮裡的人哪是這麼好糊弄的，帝后身邊跟著的內侍宮娥，有些人當真不能小覷，如入內副都知桓盈，再如這個王宮正，都是才華滿腹，可上朝與大臣辯議的人物，盧七娘這樣的小心思即便能瞞過舒皇后，也瞞不過王宮正。

王宮正評完了這首詞，又繼續點評了兩三首，裴四娘、盧拂柔的也在列，這些都屬上乘之作，至於其他如江娘子所作，不提也罷。

江娘子那邊時刻盯著傅念君的動靜，在心中不斷嘀咕：我再怎樣差勁，還是有個墊背的！她恨不得王宮正狠狠奚落傅念君一番才好，只是她也曉得這樣的場合，舒皇后必然會給眾人留全了面子，不會讓她們丟盡臉面，想看傅念君丟醜的念頭只能落空了。

眾人只等王宮正決斷出個名次來，頭名想也知道非盧七娘莫屬，誰知王宮正卻是目光一轉，

視線落到了傅念君身上。

她微笑道：「傅娘子，這詞確實是出自妳手？」她手上還有一首詞。

傅念君應諾。

其實這話問出來就有點不對了，大家都是臨場發揮，不是她寫的，難道還能是旁邊磨墨的小宮娥代寫？一般問出這樣的話，不是寫得太好，就是寫得實在太差。

江娘子正暗暗幸災樂禍，指不定這個傅念君根本不學無術，沒學過寫詞，寫得狗屁不通，惹了皇后娘娘生氣。

誰知王宮正卻道：「傅娘子高才，如妳這般年紀的小娘子，怕是尋遍東京城也無一人能出妳左右。」

這樣出人意表的一句話，可謂石破天驚，震住了在場所有人，甚至包括傅念君自己也沒想到王宮正會給出這樣高的評價。

王宮正揚起手裡的紙，向眾人誦讀傅念君所寫〈高陽臺〉一詞——

「宮粉雕痕，仙雲墮影，無人野水荒灣。古石埋香，金沙鎖骨連環。南樓不恨吹橫笛，恨曉風、千里關山。半飄零，庭上黃昏，月冷闌干。

壽陽空理愁鸞，問誰調玉髓，暗補香瘢？細雨歸鴻，孤山無限春寒。離魂難倩招清些，夢縞衣、解佩溪邊。最愁人，啼鳥晴明，葉底清圓。」

王宮正微微慨嘆，再看堂下諸位小娘子，如盧七娘、裴四娘這般懂些文墨的，臉色稍沉，似在思索詞中意象，而如江娘子那般的，卻是雲裡霧裡，一臉迷惘。

傅念君察覺到舒皇后的目光也落到自己身上。對比先前舒皇后想讓自己以〈十六字令〉作詞，傅念君猜測，想必是這反差太明顯，舒皇后也無法適應吧。

從前的傅饒華，和如今的傅念君，或許從今日開始，就要徹底跨過那道鴻溝了。

傅念君自己一直於名聲上看得很淡，從未想過刻意出風頭。前世她背負盛名，享受無數豔羨，可是這並沒有給她帶來多少快樂，相反的，只有沉重的負累。因此，即使重生，她也不曾刻意要洗刷汙名，重獲鮮花掌聲，她一直所求，只有平安喜樂罷了。

但是如今，她有了想爭取的東西，為了同那個人長長久久、圓圓滿滿在一起，她必須在這裡為自己正名，在這裡讓所有人刮目相看。

她不是沒有勝負欲，只是看值得不值得。

不鳴則已，一鳴驚人。她一直都做著這樣的打算，也確信她必能做到。

因此，傅念君在舒皇后、張淑妃、徐德妃等人注目之下，依然微微帶著笑意，朝王宮正望去，一雙眼睛明亮有神，襯得她原本有些過於嬌媚的面貌聰慧靈動。

王宮正善於相人，對著這樣一雙熠熠生輝的明目，心中自然有所看法。她暗自感嘆，這麼多年來，傅家這顆明珠竟真是暗投了，到了今日擦盡灰塵，方知其光華灼人。

有一瞬，王宮正不免猜到傅琨身上，心想莫非是那傅相曉得女兒出眾，便教她藏拙，一藏就藏了這麼多年？那麼到了今日，恐怕是不想再藏了。傅家小娘子之意，她想她是明白了。

回過神來，王宮正輕咳了一聲，才斷了自己的思緒，繼續與眾小娘子品鑒這首詞。

「〈高陽臺〉全詞字數不少，卻無一字贅述。上闋諸句皆喻梅落，既喻梅之美，又喻其品格之高潔，遣詞用句十分清新，只是如果只有這樣，不過能與盧七娘那首戰個平手。

「其下闋才見真章。言壽陽、孤山，此乃梅花故實，引《雜五行書》中典故而來，南朝宋武帝的女兒壽陽公主曾躺臥在含章殿的簷下小憩，微風將梅花吹落，在壽陽公主的額頭上留下了臘梅花樣的淡淡花痕，拂拭不去，此後，愛美的壽陽公主便時常摘梅花粘貼在自己前額，即『梅花

妝』由來。而調玉髓、補香瘢，又化用了三國鄧夫人的故事。鄧夫人曾被玉如意誤傷面頰，醫囑需用白獺髓、雜玉與琥珀屑敷之，才可滅瘢痕。

「詞中將壽陽公主與鄧夫人理妝之事同說，意為梅已落盡，無物可助妝添色，只等來日梅子青青。『梅』之意象，在此詞中便有了旁的化身，再不似枯燥死物。這短短幾句，化用數典，另翻新意，最後一韻，再從題面延伸一層，寫了花落之後的梅樹形象。最後四言，化用杜牧〈嘆花〉一詩中的『綠葉成陰子滿枝』，蘊含世事變遷的惆悵與歲月無情的蹉跎。

「這整首詞虛實結合，今昔真幻交融一片，深情婉曲，清虛幽怨，更兼之立意深遠，獨闢蹊徑，能想見作者之心胸及眼見不拘一格。」

盧七娘那首精巧靡麗的詞同這首一比，格調便輸了一大截。

詠梅之詞，能到如此境界，實屬難得。

若非王宮正一番解釋，堂下小娘子怕是根本聽不明白，如張淑妃、徐德妃這樣書讀得少些的，也一樣不解其意。

江娘子覺得不可思議，心中邪火陡躥。那傅念君竟然能寫出這種自己根本看不懂的詞來？還被王宮正誇得天上有地下無？她莫不是走了王宮正的路子，把狗屁不通的爛詞也吹噓成陽春白雪了吧？

彷彿是為了證明她的猜測，此時皇帝派了身邊的高班內侍領了幾個小黃門過來宣旨，那高班內侍說官家正和文相公在書房敘話，便將幾首詞一同鑒賞了，最後評了魁首。

呈上一看，果真是傅念君的詞。

文樞相致仕後，便加封了太子少保，往後也再難有機會進宮了，今次倒是趕巧。

國朝為高官者，自然都不是武夫之流，文博來評鑒幾個小娘子的詞作算是抬舉她們，他與皇

帝認可的魁首，分量可是不輕。

在一片鴉雀無聲之中，眾小娘子只能再次驚掉了下巴。

舒皇后問道：「官家可還有說什麼？」

那高班內侍道：「官家說了，這小娘子眼界非凡，待會兒他要親自過來瞧瞧。」

舒皇后微笑著點頭，便讓他下去了。

傅念君微微擰眉，抬頭卻見到王宮正此時正看著自己，嘴角含著笑意，目光並不留情。

對視一眼後，王宮正轉身同上座幾位道：「如此，請娘娘明鑒。」

舒皇后點點頭，道：「妳辛苦了。」

她招手喚傅念君近前，將宮人遞上的宮花同一柄玉如意給予傅念君。

「此物雖輕，卻是一點嘉獎，傅相得女如此，確實是有福氣。」

傅念君扛著背後無數目光，跪下恭敬地謝恩。

張淑妃此時沉不住氣了，尖刻道：「我還記得傅娘子小時候入宮的模樣，一晃眼竟那麼多年過去了。當年妳真是逗趣，嚷著要給太后娘娘唱歌，妳還記得不記得？」她刻意在人前提起傅念君的醜事。

傅念君只是微笑，「淑妃娘子記性真好，臣女小時候的事，自己都記不清了，卻還能得您一點記掛，臣女真是三生有幸。」

張淑妃挑了挑眉，又問：「這麼多年妳變化這樣大，都在做什麼啊？」

傅念君繼續微笑道：「回淑妃娘子的話，我也無甚旁的愛好，在家中讀書而已。」

她這話一說，底下的小娘子臉色更是古怪。她竟然說她喜歡在家讀書？那個見了美少年就挪不動道的傅二娘子啊……

可她們又想到剛才那首詞。其中晦澀難懂的典故，若不是看書甚多，又從何處得來？這樣一想，滿心想嘲笑傅念君的人，頓時又像當頭被澆了盆冷水一樣。

她們知道，今日過後，傅二娘子到處追男人的事會漸漸被淡忘，而她那首得了王宮正和帝后高評價的詞，卻會在外長久流傳。

「好了。」舒皇后開口，「妳下去休息會兒吧，等下官家還要見妳呢。」

彷彿是刻意提醒張淑妃一般，張淑妃只能撇開頭，倒是一邊的徐德妃，看著傅念君的眼神越發莫名。

離開正殿，傅念君並未同那些小娘子下去用膳，而是等著王宮正與她說幾句話。

王宮正在幾個女官、宮人的簇擁下出了門，見到傅念君孤身等候，便撇下眾人，單獨走向了她。

她微笑道：「看來傅娘子有話同我說。」

傅念君只是躬身行了個禮。「多謝宮正今日相助。」

「我未曾助妳，傅娘子確實才華橫溢，我不過照章辦事罷了。」

傅念君心道，若真是照章辦事，她就不會將自己誇成了一朵花。

「宮正，我也不必瞞妳。」傅念君笑了笑，「我寫這首詞的初衷，確實是為了賣弄。」

賣弄文采，賣弄才華，證明她看過的書遠非在場的小娘子所能及。

就如她能站在傅琨書房裡同他侃侃而談《漢書》、《史記》，她的眼界和見識甚至不比那些才子差，可是她一直將她讀過的書作為武器，為自己爭取榮譽和風光。

她本不需要做到這樣，但今天既然決定踏出這一步，她就決心要做得風風光光。

而王宮正頻頻向她投來的眼神，證明她已經看出來了，看出來傅念君是要靠今天這一仗翻身

的，所以不吝給她這麼高的評價，讓她腰板能夠挺得更直。

王宮正眸光一閃，對於傅念君這樣的坦誠有些意外。她贊道：「傅娘子果真聰慧，也直爽。」

傅念君道：「宮正慧眼如炬，我再賣弄小聰明倒是愚昧了。」

王宮正目中的欣賞之意更濃。一般來說，才高的小娘子清傲，多目下無塵，如盧七娘那般，才學還未到水準，傲氣倒是十足。傅念君年紀輕輕，卻已有這樣的覺悟，在她看來，更是難得。

賣弄才學並不可恥，女人身上，美貌也好，其他也罷，無一不能成為開疆擴土的利器，王宮正自己也是這樣過來的，更明白這個道理。但就像傅念君說的，賣弄小聰明卻不可取，只會為自己日後埋下無窮的隱患。

王宮正確實看出來傅念君的刻意，只是沒想到她會主動向自己坦誠。

她說道：「傅娘子放心，野心二字，人人皆有，有所圖未必就比無所圖見不得人，傅娘子厚積薄發，今次能在娘娘面前一展才華，這是好事，我只是宮中一女官，自然不會橫加干涉。」

傅念君施禮道：「宮正秉公嚴明，晚輩在這裡謝過了。」

王宮正朝她點點頭，轉身離去。

轉回身，王宮正不由得暗自尋思：這傅家小娘子竟這般厲害，小小年紀行事如此老練，我以為看穿了她，她卻一樣看穿了我，實在難得。若是娘娘得一這樣的兒媳，倒是不錯。

那邊傅念君也輕輕吐了口氣。這王宮正還算正派，不是徐、張二妃的勢力，那麼多半是靠向舒皇后的。

既如此，對她的威脅也就小一點了。

傅念君回到諸位小娘子宴席之處，江娘子等人早就等著她了。

傅念君見她如此陣仗，笑道：「江娘子怎麼了？有什麼話不能等用完午膳再說？再說皇后娘娘賜食，我不敢不受。」

江娘子橫眉怒目，道：「妳的詞是自己寫的？」

傅念君笑道：「不然呢？」

「妳、妳怎麼會有這樣的本事……」江娘子越說底氣越不足。

傅念君正經道：「怎麼會有？大概是因為多讀書，少吵架吧。」

江娘子想了一下才發覺她是在罵自己，當下食指尖發顫，差點抵到傅念君額頭上。

傅念君冷靜撥開她的手，提醒道：「這是宮裡，如果江娘子想破釜沉舟，和我一起被丟出宣德門外，妳還能繼續用妳的手指往我身上招。」

江娘子差點被她氣死，恨恨地放下手。「妳少用這種語氣和我說話！」

「哪種語氣？」傅念君反問：「以當朝傅相公嫡長女的語氣和妳說話？」

她這樣一講，江娘子瞬間理智回籠。是啊，她自己的身分還不如傅念君呢，在這裡和她大呼小叫，傳到皇后耳裡算什麼事？

江娘子悻悻然收了脾氣，只說：「我……我是要出去，妳擋路了。」

沒臺階硬要找臺階下的典型。傅念君只覺得她傻得可愛，便讓出了一條路給她。

倒是裴四娘不知何時出現在傅念君身側，等江娘子離去後，才好心提醒她：「這是個破落戶，依照傅娘子的身分，何須理會她？」

傅念君笑看了她一眼。難道是她主動去和江娘子口角的？不是她們這些名門世家的淑女瞧不上自己，把她和江娘子歸為一類？

「她也沒說什麼，我不會同她計較的。」

裴四娘頓了頓，望著傅念君，似乎在揣摩這句話的真假。誰會真的這樣大度？也不知是裝的，還是這位果真心寬似海。

傅念君朝她笑了笑，並沒有想和她多說話的意圖。小娘子之間的猜疑和揣度到哪都不會少，她實在沒力氣配合她們。

午間小宴，並沒有大肆鋪張，大家都等著晚上的晚宴，因此中午吃多少也就隨意了。過午，小娘子們被允許在內庭花園稍加走動，因著幾位貴人要歇息，也沒人會召見她們。

裴四娘差人來問傅念君，可有興趣同她們一道，傅念君婉言拒絕了。比起她們，她還比較寧願和江娘子待在一塊兒。

傅念君撇開了宮人，背靠坐在一棵冬青樹下閉目養神。

這裡種著一排冬青，還挺茂密，離人群並不遠，有幾個小娘子在不遠處喝茶，聲響透過樹叢傳過來，傅念君迷迷糊糊地睡著，只覺得陽光灑在身上挺舒服的。

迷迷糊糊之間，她似乎見到周毓白背光向自己走過來，她想站起身，卻覺得四肢無力，只能眼睜睜瞧著他越走越近，走到她面前，矮下身。

傅念君看不清他的表情，只感覺他越湊越近，手撐住了她身後的樹幹，輕輕低首在她唇上吻

了下……

傅念君倏然睜大了眼，心跳一陣失序。她怎麼會做這樣的夢，這實在是……還來不及多想，只覺得眼前一花，嚇了她一跳，再定睛一看，面前果真有人，卻是一張肥嘟嘟的小圓臉。

是周紹懿笑嘻嘻地看著她。

傅念君驚訝道：「你怎麼在這裡？」

周紹懿咕嚕嚕爬到她腿上坐好，與傅念君面對面，一副天真可愛的模樣。「我聽說姑姑今日進宮來玩，特地過來陪妳的。」

傅念君見不遠處站著兩三個內侍宮人，放心了些，道：「小世子今天總算沒有亂跑了。」

周紹懿甜滋滋地笑道：「我學乖了，姑姑，我不會再胡鬧了。」

傅念君點點頭，見他壓著自己的腿，只得道：「小世子能否起來，讓我動一動？我剛才不小心打盹，睡麻了半邊身子。」

周紹懿眼珠轉了轉，突然挪了挪身子，雙手撐著她的肩膀悄聲道：「姑姑，妳想不想去見我七叔？我領妳去見他吧，我知道你們兩個人不方便的……」他朝傅念君擠擠眼睛。

傅念君無言。他小小年紀，就知道「不方便」在哪了嗎？

她偷覷周紹懿身後的下人，也壓低了嗓音在他耳邊反問：「我為什麼要去見你七叔？」

周紹懿彷彿是在跟傅念君比誰說話聲音更低一樣，抱著她的脖子，用更輕的氣音在傅念君耳邊說：「因為我知道……妳要做我七嬸了……」

傅念君愣然，隨即紅暈爬滿了臉，結巴道：「誰、誰同你說的……」

周紹懿笑嘻嘻露出了一口乳牙。

傅念君在心中嘀咕周毓白不正經，和一個小孩說這些有的沒的。

她拉著周紹懿站起來，同他道：「姑姑一會兒還有事，不能陪你了，小世子你自己去玩好不好？」

周紹懿蹙起了眉頭，似乎覺得很不滿。「他們今天都來了，妳真的不去？」

「他們？」

周紹懿掰著手指數給她聽：「六叔、七叔，大哥……」

不止周毓琛、周毓白兩位皇子，宗室也來了幾位後輩。傅念君想到今日這場宴會的目的，如此也算合情合理。

這一年發生了很多事，夏天時江南水災，入秋之後西夏又有異動，早就該給皇室子弟賜婚，至今已經延期了，趁著如今這個難得空檔，舒皇后想必是想一下解決大多數人的終身問題吧。

傅念君對周紹懿道：「我是女子，不能輕易與他們見面，小世子，恕我不能過去了。」

周紹懿人小鬼大，輕輕「哦」了聲，只道：「只能與我七叔一個見面是不是？」

傅念君：「……」

周紹懿也不難為她，拉著她的手晃了晃。「那姑姑陪我走到那裡吧？那小池子邊，他們都在北邊，妳送我到那邊上好不好？我分妳一塊糖吃……」

傅念君拗不過他，只得應了。

兩人身後有下人跟著，倒是不妨事，傅念君拉著周紹懿的手，聽他嘰嘰喳喳地說話。

再往前就有些不合適了，傅念君鬆開周紹懿的手。「小世子，我們就在這裡分別吧。」

周紹懿努了努嘴，顯得不太情願，突地，他興沖沖將傅念君拉到一道低矮樹叢圍成的屏障前，低聲對傅念君說：「姑姑，我們從這裡鑽過去……七叔就在那邊，守園子的禁軍看不到我們的！」

他說得一本正經，還一馬當先撅起小屁股要去扒開那些綠葉。「真的，妳信我，我從這裡鑽

過……」他信誓旦旦。

這宮裡哪處地方還有他不知道的機關？傅念君無言地把周紹懿拉回來。

他處心積慮的，根本是想騙自己去見他七叔，這孩子……

傅念君拍拍他袖口上的落葉，「小世子，下次吧，好不好？皇后娘娘快要傳見我了……」

周紹懿滿臉的不情願，嘴裡卻言不由衷地說：「那好吧，妳如果想我和我七叔了，就從這裡過來……」

傅念君還沒說話，那樹叢就一陣顫動，嚇得周紹懿又往傅念君懷裡鑽。

傅念君抱著他的背，盯著那樹叢，就見裡頭鑽出了一個人來。

她怎麼也想不到會是她——江娘子就這樣狼狽地和傅念君面面相覷，跟著周紹懿的三個下人也都瞪大了眼，江娘子臉色爆紅，一句話都說不出來。

周紹懿在傅念君懷中回頭，「咦」了聲，隨即道：「怎麼是妳？」

江娘子顯然是措手不及，帶著幾分祈求地望著傅念君，雙眸盈盈秋水般，帶著濕漉漉的狼狽。

傅念君在心中嘆了口氣，握著周紹懿的肩膀讓他站好，自己站起身，對江娘子點點頭。「真是湊巧了，我們也想在這裡玩耍，江娘子怕是迷路了吧？」

江娘子忙順杆下，急切地點了點頭，又忐忑不安地瞟向了那三個下人。

傅念君側首，對那幾人道：「煩請你們帶小世子回去吧，這樣的小路以後就不要讓他走了，我與江娘子兩人約好了作伴，正好一道回正殿，你們可清楚了？」

那三人連忙點頭，不敢言語。

接著傅念君蹲下身，與周紹懿咬耳朵：「小世子，我拜託你一件事，你替這個江姑姑保密好不好？」

周紹懿嘟了嘟嘴，他年紀雖小，卻因生於皇家，懂得比尋常孩子多得多。

他低聲說：「我知道，她也從這裡走，多半是去見我幾個叔叔哥哥的，傳出去對她名聲不好，我不會說的。」

傅念君笑了笑，「小世子真是懂事。」

周紹懿反而歪了歪頭。「名聲對妳們女子來說真的那麼重要麼？」

傅念君覺得他現在這個年紀，怕是還不能很好地理解這個問題，只說：「對女人重要的東西很多，她們男人看重什麼，女人就覺得那東西重要罷了。」

周紹懿越來越喜歡這個姑姑了，她對自己說的話總是和別人不一樣。別人總把他當小孩哄，她卻沒有。

周紹懿和她拉勾做了保證，末了還補上一句：「妳放心，他們幾個都是我的人，我不讓說，他們肯定不會說的。」

傅念君點點頭。「那就謝謝你了。」

目送周紹懿帶人先行離去，傅念君這才轉向江娘子。對方哪裡還有之前對著自己的盛氣凌人模樣，此時只是神情恍惚地站在原地絞著帕子，臉上紅一陣白一陣，看起來焦躁不安，也不知在想些什麼。

傅念君喚了她一聲，她才回過神來。

「我、我……我是那個……」江娘子「我」了半天，也沒想出個合適的藉口。

傅念君不想看她這副樣子，只道：「今日之事，我會替妳保密，只盼江娘子日後好自為之，不要再莽撞行事了。」

她這副模樣，剛才八成是會見了男子，傅念君有眼睛，也有腦子。若江娘子單單只是被他

們撞破，驚恐和慌張之外，為何會有這樣欲語還休的羞怯？瞧她略微淩亂的髮式和嬌娜嫵媚的姿態，傅念君只盼望她別是做了什麼見不得人的事才好。

這裡畢竟是宮裡，一著不慎就死無葬身之地。

至於對方是哪個男人，傅念君一點興趣都沒有，知道太多，往往不是好事。

話說回來，江娘子不是對周毓白有意，卯足了勁，對淮王妃之位虎視眈眈麼？如今看來，她對周毓白也未見有多誠摯熱切的心思。

傅念君搖搖頭，提步欲走，誰知那邊江娘子又追了上來，紅著一張臉對傅念君道：「傅娘子，我還有話和妳說。」

傅念君覺得她夾纏不清，再次強調：「我答應的事情一定會做到，妳放心。」

江娘子咬了咬唇，憋了半天，吐出了一句：「我會幫妳的！」

傅念君詫異。「幫我什麼？」

江娘子剜了她一眼，目光中似乎有不甘和憤怒。「我知道妳也想做淮王妃，畢竟淮王殿下那般人物……妳別說妳不想！」

傅念君好笑道：「那妳打算怎麼幫我？」

江娘子彷若下了極大的決心，咬牙道：「我不會和妳爭的，妳放心。」

傅念君盤算了一下她這話裡的因果關係。所以江娘子覺得自己不和她爭，就是在幫她了？

傅念君不知道這江娘子是對自己太過自信，還是對舒皇后和周毓白母子倆有什麼錯誤的看法。

江娘子見她沉默，以為她不信，忙強調：「真、真的……我真的放棄了……」她越說，話音越低。

傅念君打量她的神色，似乎有點失落，有點悵惘，臉上還有可疑的紅暈，八成是與她那位情

郎有關。

各人都需要為自己的決定負責，傅念君並不關心她的事，只說：「既然如此，江娘子大可不必處處與我這樣針鋒相對，妳我本來就無冤無仇。」

江娘子說道：「我……我是聽淑妃娘子說起妳好幾次，我知道她對妳不喜，所以才……」

傅念君點點頭，表示理解，誰知又聽她繼續道：「不過妳這人討厭也是真的。」

傅念君：「……」到底是誰更討人厭一點？

兩人也不算突然就握手成了好友，只不過是並肩走在一條路上不會再掐起來的關係。

雖然傅念君極力不想與江娘子擁有同一個祕密，但沒有辦法，為免麻煩，她不得不替她保守祕密了。

兩人一直走到了正殿，宮人迎上來請她們去更衣梳妝，等打扮一新，眾小娘子都聽說皇帝已經擺駕過來的消息。

有人歡喜有人愁，說著不知道這次會考校什麼。詩書禮樂，多數人猜測是樂器，有個小娘子還惋惜著最近好不容易留出來的長指甲。

江娘子老毛病改不了，打量了一番傅念君，得出結論：「傅娘子，怕是妳這回會被難住了吧……不過我聽說，妳小時候就喜歡唱歌，不如妳接著唱啊！」

這就是她「幫」自己的方式？傅念君覺得她快不懂這個字了。

江娘子話說出口就意識到自己是在揭人傷疤，後半句話就以只有兩人能聽到的聲音說了。

傅念君冷靜道：「唱，當然要唱，最好關在一個屋子裡，我只唱給妳聽。」

江娘子的臉抽了抽，沒有再說話。

§§§

另一邊，周紹懿興沖沖跑回到周毓白和周毓琛所在的涼亭。

兩人正坐著喝茶，周毓白放下手裡的茶杯，就見周紹懿睜著一雙亮晶晶的大眼盯著自己猛看，什麼話都不說。

「怎麼了？」他問道。

周紹懿朝他搖搖頭。

周毓白對面的周毓琛道：「懿兒怕是又淘氣了，想來找你這個七叔收拾爛攤子吧。」

按照血緣親疏來說，周紹懿自然是和周毓琛更親密些，只是這孩子也不知怎麼回事，從小就喜歡纏著周毓白，嘴裡常嚷嚷的也是「七叔」。

張淑妃是不樂意見到他這樣的，不過丁點大的孩子又懂得什麼勾心鬥角，該怎樣還是怎樣。好在張淑妃也不是與周紹懿很親近，便懶得管他了。

周紹懿還是一言不發，伸手拉了拉周毓白的袖子，水汪汪的大眼依然盯著他看。

周毓白對周毓琛道：「懿兒大概是內急，自己不敢去，我陪他去一趟。」

周紹懿的小鼻子立刻皺起來，周毓琛卻笑了笑。

周毓白牽著周紹懿到了無人之處，周紹懿才抗議：「七叔，我沒有要解手的。」

「我知道。」周毓白蹲下身，與他平視。「所以你想和我說什麼呢？」

周紹懿嘻嘻一笑，露出頰邊一個可愛的小酒窩。「我去找了姑姑，我替你去看她的！」

周毓白失笑。「那可真是多謝你了。你只是幫我去看她？」

周紹懿望了望天，最後還是坦誠：「我還幫你親了她一下……」

周毓白：「……」這小子！

「不過她沒有發現！」周紹懿立刻補充。

周毓白拍拍他的頭。「往後這種事，就不用你代勞了。」

周紹懿轉了轉眼珠，道：「若七叔以後娶旁人了，我也可以幫你娶她的喔！」看吧，他真真是個體貼的侄兒。

周毓白覺得他真是越來越沒大沒小了。

「懿兒。」他放低了語調，「以後可別再說這種話了。」

周紹懿「哦」了聲，心道，就知道七叔小氣，斷斷是不會肯的。

「還有呢？」周毓白問他，「你不會只單單找我說這個吧？」

作為一個合格的守不住祕密的告密者，周紹懿立刻就把江娘子的事抖出來了。他還一本正經道：「七叔，你說她是來見誰的呢？會不會是……」他往周毓白瞟過去。

周毓白鳳眼微揚，周紹懿立刻又轉頭望天。

他叮囑周紹懿：「懿兒，這件事，你不能告訴別人。」

周紹懿擺擺手，「姑姑也是這麼講的，但我知道七叔不是『別人』。」他皺了皺小鼻，又評價：「以前在太婆那裡見著她，我就不太喜歡，那個江姑姑老愛和我說話，一雙眼睛勾人般的……」

周毓白微微擰眉，站起身，望向東南方，臉色微沉。江娘子剛才是去了那裡麼……

高座上的皇帝今日心情顯然十分好，上午諸位小娘子考校詩詞時他不在場，還頗有遺憾。

傅念君聽到皇帝身邊的內侍高聲宣著：「哪位是傅相公家的嫡長女？」

傅念君知道這是皇帝兌現承諾，要見見她這位在詠梅詞中拿了魁首的小娘子。傅念君上前行禮。

舒皇后同皇帝道：「這位就是傅二娘子，端午節時官家曾想喚她來見一見，只是到了今日才有機會。」

皇帝摸了摸鬍子，頷首道：「不愧是傅卿的女兒，寫得一手好詞。」

皇帝親口說出這樣的話，即便旁人再不認，傅念君也要把這個才名認下了。她謝過恩後，便又知禮地退回原位。

旁邊的張淑妃依然忍不住想提醒一下皇帝，傅念君當年的「醜事」。端午節時是她一心想讓皇帝見傅念君，便一個勁兒誇她，現在又倒了個個兒，恨不得讓傅念君在大殿之上丟盡臉面。

皇帝這次沒有讓她三句話給拉過去，只說：「小時候不懂事是難免的，如今這樣出色，正說明傅卿教養得好。」

張淑妃善於見風使舵，眼看皇帝對傅念君印象不錯，立刻轉了風向，不再說她一句不好，反倒開始對她「寄予厚望」。

下午的比試由內侍宣布，項目都在堂下小娘子的意料之外。世家千金不比琴棋書畫，卻要比女紅了。要說比女紅也無不可，誰還不會繡兩朵桃花、梅花的，只是帝后獨闢蹊徑，實在讓她們措手不及。

並不是讓她們比繡藝，而是比紡織和裁衣，且讓尚服局的專職女官做評判。

眾小娘子臉都黑了。這都是農婦做的事情，她們怎麼會懂？

她們每個人身上穿的綾羅綢緞，皆是能工巧匠所做，經過繡娘和裁縫巧手，到她們身上時，件件衣服都已華貴不凡。她們從小就是金枝玉葉，哪裡接觸過什麼苧麻棉花、線軸紡車？何況裁衣這樣的事，若要她們親自動手來做，那還要外頭的裁縫和宮裡的尚服局做什麼？

眾小娘子怎麼也沒想到帝后會給她們出這樣一道難題，傅念君倒是多少能夠理解。

本朝皇帝在皇宮設觀稼殿和親蠶宮，皇后作為一國之母，也會在親蠶宮完成整個養蠶過程，先代皇后多是過過場，但是上回傅念君進宮時就注意到，舒皇后是真真切切自己去做農事的。

連她在三十年後都聽說過，親蠶宮中紡車、織布機一應俱全，都是理宗的繼后舒氏所用。因此帝后想挑的兒媳婦，甚至有可能是今後要登皇后之位的接班人，舒皇后當然希望能找到一位並非高高在上，而是與她一樣，重視農事，起碼是不看輕這些事情的小娘子。

織布要先紡線，當內侍把工具一樣樣抬上來時，眾小娘子更是愁眉不展了，很多人甚至不認識這些東西。

傅念君從前是被當作太子妃培養的，這作為皇后的必修課自然也懂一些，何況小時候與母親住在別院的時候，她母親陸婉容也會自己紡線織布。倒不是傅寧對她們連基本的生活都不照顧，只是日子過得太索然無味，沒有更好的消遣方式了。

在這樣耳濡目染之下，傅念君對這樣的活計也能上手，只是粗通，不能說熟練。傅念君望著

那些供挑選的工具，心道這比試果真是別開生面，撚線、紡線、繅絲，可以由她們自己選擇。

這都是最基礎的農事，也不過是看個花架子，傅念君踟躕了下，選擇了一個手持紡錘，這是個比較穩妥的選擇。

而幾乎泰半的小娘子都選擇了撚線，這是最簡單、最不需要技術的。

自古以來，平民百姓穿麻布做的衣服，麻衣粗糙，而用來織麻布的麻線也是如此，現下的麻皮已經被提前漚過，她們只需將麻皮從麻杆上剝下來，疏理出來，捋光滑了，再放到水中漚一遍，將分離出的麻線用手撚成長長的線就算完成了。

傅念君掃了一眼這些小娘子的纖纖玉手，等會兒八成有一半人得哭出來。

她再望向高座上的帝后，他們神態平和，面露微笑。這或許不只是考女紅技能，旨在觀察她們的心態與脾氣。

傅念君選手持紡錘，可以不必再用手來撚線，操作簡單，不會將手磨得傷痕累累，也不會在帝后面前失態，不過以速度來說，並不比用手快多少。

而這個項目，似乎是為裴四娘準備的，她一個人選擇了腳踏紡車，動作嫻熟，大家在邊上只能看到紡錠飛快轉動，而裴四娘神情淡然。當其餘的小娘子還在交頭接耳，討論該怎麼把手裡纏繞不清的麻線撚在一起時，裴四娘早已經完成了。

尚服局的女官對裴四娘頻頻微笑，舒皇后也出聲誇讚。

「裴家這樣的世家，裴小娘子不但習詩書，竟連這樣的農事也通，實在讓人大吃一驚。」

裴四娘略帶羞怯道：「臣女的爹爹常言，清貴之家無一不是自農家而來，裴家祖先一樣是山中農夫，詩書禮樂固然重要，可做人卻不能忘本，眼高手低，為就金玉而棄農土。因此臣女的娘從小便教臣女這些，只提醒臣女，我不過是芸芸眾生之中最普通的女子而已。」

皇帝聞言哈哈大笑，不吝誇讚道：「不為就金玉而棄農土！裴家果真好風骨，妳小小年紀便見識卓絕，難得難得啊！」

舒皇后與張淑妃等人也湊趣跟著誇了幾句。

裴四娘臉上露出微微得意的笑容，其餘小娘子則神色各異，尤其是盧七娘竟忍不住蹙起眉，目光冷冷地射向裴四娘。

她的神情，除了有搞不定手上麻線的焦躁，更有深深的鄙夷和厭恨夾雜其中。

傅念君低頭看著自己手中的紡錘。裴家真是深謀遠慮，萬千算計，就是等著這一刻吧。

裴四娘的行為太過刻意，說的話也一樣刻意，都是十幾歲的小姑娘，傅念君不相信她有這個愛好，沒事在紡車和織布機上折騰自己的纖纖玉手。

這本來就是提前預備好做給帝后看的，而裴家呢，更可以趁這個機會大表忠心。

自太祖伊始，幾代皇帝就吸取前朝教訓，重庶民而輕世家，旨在削弱門閥勢力，提拔寒門子弟，同時太宗和今上也秉承太祖之志，個個以身作則，表現出愛民如子的親民氣度。從大宋的宮殿就能看出來，這裡不過是前朝一節度使治所而已，歷朝歷代很少有這麼寒酸的宮殿，完全推翻前朝奢靡之風，以簡樸為重。

可前朝世家卻大多端著架子，以為世道還如魏晉前唐一般，足不沾塵，高高在上。

裴四娘這一番話說出來，代表的不是她，而是他們裴家，代表著裴家向新政權低頭。

這說明，世家也願意從雲端走下來，走到他們從前輕視的庶民之中，願意用他們高貴的手去沾惹他們看不上的農事。

裴四娘有沒有贏這場比試不重要，她的態度表現出來了才重要。出於政治考量，帝后必然更願意提拔識時務的裴家，也能讓剩下的世家都警醒些。

所以盧七娘會用那樣的目光看裴四娘，也就容易理解了。
帝后現在眼裡，怕是根本看不到她了。
盧家，又算個什麼東西？
果真，皇帝心情大好，原本還安排讓小娘子們親手織布比試，竟是欽點裴四娘在眾人面前表現。
眾小娘子一顆心總算定了下來，她們終於不用給人當綠葉陪襯了。
春風得意的裴四娘安坐於織布機前，只見她用腳輕提起經線，騰出雙手來來回回迅速穿梭，看得人眼花撩亂，讚嘆不已。
她這工夫看著漂亮，未必能支撐長久，也不像能真正織出一匹布來。大家都明白，這是聖上給她臉面而已。
「梓童，妳看這孩子，這手工夫比起妳來，也不差什麼了吧？」皇帝問身邊的舒皇后。
舒皇后微笑道：「臣妾如今眼睛不行了，自然是及不上裴小娘子如此巧手。」
裴四娘受著背後無數目光，倒是安然自若，只垂著頭等著帝后嘉獎。
傅念君因為詠梅詞出眾得了一柄玉如意，她們在場諸人並不在乎帝后的賞賜之物，要的不過是這樣的抬舉。
只聽皇后說：「既如此，這女紅之上，想必無人能出裴小娘子之右了，官家您看……」
徐德妃卻打斷舒皇后：「這倒未必。娘娘，既是比試，就要公平些，女紅二字，也不只是會紡線織布吧？」
要問她為什麼要說這番話，其實也沒別的，徐德妃這人慣常愛和舒皇后、張淑妃唱唱反調罷了。

皇帝接了徐德妃的話，道：「不錯，梓童擅女紅，常為朕做衣服，當年父皇在世時，所穿貼身衣物也多出自母后之手，這才當得起賢良淑德四字。這些孩子皆秀外慧中，想必於這方面都很有想法，朕倒是很期待。」

誰都看得出來皇帝興致正高，他甚至還琢磨著，這樣有意思的比賽或許往後可以常常舉辦。皇帝畢竟是男人，對於女紅之道只覺陌生而新鮮。

舒皇后問道：「官家，只是這裁剪做衣，怕是一時半刻無法完成的，這如何比試？」

皇帝蹙眉，顯然沒想過這事。

尚服局的女官出面應答：「陛下、娘娘請放心，尚服局中有許多形制相同的素衣，可供各位小娘子施展。女兒家的衣裳於禮制並未有嚴苛規範，宮中宮人與娘子們也時常自己制衣。」

皇帝微笑，覺得這個提議很不錯，一時文人之興大起。文人愛書法，也愛字畫，但凡美之物，皆偏愛。

外頭那放蕩些的才子，更對女子的妝容飾物、衣裳鞋襪皆瞭若指掌。

如此便是還未結束，裴四娘心中不豫，又想到皇帝適才對她的態度，她覺得大概是成功了一大半，才放鬆了些。何況女紅之道，本來她就擅長，再比，不過是讓她的風頭多出一會兒罷了。

眾位小娘子的臉色比起剛才可說是好上不少。畢竟女兒家，沒有哪個不愛折騰衣服首飾的，每個人都對「美」有各自的理解，現在這件素衣就像一張白紙，任由她們潑墨作畫，比起紡線織布來好上了許多。

傅念君拿著手裡的剪刀，依然只有一種感覺：古怪，當真是古怪……

周毓白的父皇母后，大約也是少見的帝后了吧。

那邊盧七娘正同內侍說話，似乎是要取丹砂等顏料來。這位才女，看來是個詩畫雙絕的。

傅念君望向身邊的小宮娥，看得人家怯怯的。

「傅、傅娘子……看、看什麼呢？」

傅念君搖搖頭，只是繼續打量她身上的裝束。她蹙眉，又將目光落向不遠處正聚精會神、仔細操縱著手裡剪刀的裴四娘。

比畫功未必比得過盧七娘，比手上工夫未必比得過裴四娘，傅念君暗道，得尋法子另闢蹊徑才行。

這時，旁邊一直拿著衣裳在自己身上比畫的江娘子竟然抽空朝傅念君使了個眼色，傅念君不解其意。

正好帝后因為坐得久了，暫且離去更衣用茶，她們這些人只需面對尚服局的女官，便鬆快了些。

江娘子朝她皺了皺鼻頭，一臉得意。

傅念君真不知道她要幹嘛，只見江娘子繞著自己的桌子轉了個圈，突然就到了裴四娘身邊，在她不注意的時候撞了她一下，裴四娘一個不小心，手裡的剪刀就在衣裳豁開了一個口子。

傅念君：「……」觀賞了這一幕的傅念君除了無奈，談不上還能有什麼別的心情。

她想起了剛才路上江娘子的話。幫忙幫忙，自己可真是要謝謝她的幫忙了……這是哪門子的倒忙？

裴四娘驚怒交加，不可置信地回頭狠瞪江娘子。「妳……」

礙於場合，她不能破口大罵，傅念君望著她執剪微微顫抖的手，心想若是四下無人，不知裴四娘會不會一剪刀捅過去？

旁邊的宮人也都反應未及，個個目瞪口呆，畢竟他們誰也想不到江娘子敢在這樣的場合放肆。

江娘子卻出奇鎮定，無所謂地瞟了裴四娘一眼，滿不在乎地說：「抱歉，腳底一滑，腳滑了嘛……」臉皮相當之厚，半點都不害怕。

其餘眾人，包括盧七娘都停下了手裡的動作，往她們這裡看過來。

尚服局的崔尚宮走到江娘子面前，冷著臉道：「江娘子這是何意？」

江娘子只挑眉看了她一眼。「別無他意。」

傅念君轉開頭，不忍直視。她真不知道是誰借給江娘子的膽子，或者是撞壞了腦子，才能做出這樣的事來。還是，真的放棄做淮王妃後，破罐子破摔到底了？

張淑妃明顯對她的態度一般，她在這裡搗亂闖禍，還指望張淑妃護她不成？

崔尚宮大概也是許久沒見到這麼不受教的人了，冷笑道：「江娘子是把這裡當作什麼場合了？如此隨心所欲，若是官家、娘娘得知，江娘子可還有臉面回家？」

江娘子也不怕她，居高臨下地睨了她一眼。「尚宮要告狀，自管去就是，我不過是不小心，哪值得妳這樣小題大作。」

崔尚宮臉色鐵青，「不小心？那麼請問江娘子，如何『不小心』從自己案前走到裴娘子身後？」

江娘子聳聳肩，一臉無所謂地走回自己案前，連交代也不想給。

眾人無不吃驚。這江娘子雖然從前就是這樣跋扈的脾性，卻不至於這樣不懂規矩頂撞宮人，別說崔尚宮現在是代表帝后監督她們，就是從前，依照江娘子的身分地位，怕也只有討好崔尚宮的分。

她今天是不是真的瘋了？大家心裡都轉著同一個念頭。

盧七娘是第一個回神的，只撇了撇嘴角，似一切與她無關，繼續埋頭作畫，其餘諸人也都清醒過來，選擇不繼續看熱鬧，手上的活計要緊。

崔尚宮也無法在這當口大發雷霆，她身邊同為女官裝束的宮人上前與她耳語了幾句，她點著頭，便到裴四娘身邊與她說了幾句。

裴四娘眼眶泛紅，一言不發地盯著面前的衣裳，她知道自己該裝大度，可是江娘子如此瘋癲，這樣沒臉沒皮地弄壞自己的衣裳，讓她怎麼嚥下這口氣！

崔尚宮目光冷冷地掃過江娘子，心下決定，這狀，是告定了。

不多時，眾小娘子都完成了手頭的活計。

帝后也被請了回來，崔尚宮第一時間便過去與舒皇后耳語了幾句，只見舒皇后蹙了蹙眉，低頭想了想，轉頭低聲與身邊的皇帝也講了幾句。

皇帝的反應是摸了摸鬍子，再沒有絲毫別的。

傅念君覺得有些古怪，再看崔尚宮，臉上也流露意外之色。

真是有趣，這江娘子有恃無恐至此，也不知有什麼門道在裡面。總之，就像石子入了大海，一點兒水花都濺不起來，帝后根本沒有要為裴四娘做主的意思。

而裴四娘自己就算咬碎了一口銀牙，也只能端著，為了保全自己的臉面，無法親口告這個狀。

「好了。」皇帝發話，「讓諸位小娘子來展示一下她們各自的衣裳吧，朕非常期待啊。」

要說裁衣製衣的工夫，其實各人的本事也都有限，不過只是看個新意罷了。誰能奪了帝后的注目，趁機發表一些獨樹一幟的見解和看法，誰便贏了。

盧七娘不愧是才女出身，如傅念君所想，果真在素衣之上潑墨作畫，難為這樣容易暈染的材質，生生被她畫出了一幅不輸於任何畫工的丹青來。

堂中眾人無不感嘆。

只見那褙子上畫的儼然是一位身段婀娜的仕女，面目嬌柔，姿態鮮妍，栩栩如生，彷彿下一

刻就要從衣服上走出來。

而絕妙之處非在此，等宮人套上了這件衣服，行走之間，大家才真正感覺到其與眾不同。那衣上仕女竟似活了一般，隨人行動之間，也一樣的廣袖翩飛，更添風情。

與此同時，那衣裳右邊的大半幅袖子染了些暈開的朱砂，宮人舉手投足之間，那衣袖便落在宮人肩臂處，褶皺堆砌……

這才是精髓所在。眾人驚覺，那衣上仕女望著那右肩之處，好似正抬頭仰望天邊雲霞一般。這般妙趣橫生的一幅畫，再配合女子纖弱婀娜的身段，舉止行動之間的溫柔小意，當真是說不出的美。

敢說世上男子，無一不喜愛女子穿著這般衣裳。

皇帝一見便拍手稱好，臉上笑意揚起，看得出來確實極為欣賞盧七娘的妙思，相比之下，舒皇后和張淑妃、徐德妃的神情就不能稱得上太好看了。

盧七娘分明是有所側重地討好，只照著皇帝的審美與喜好弄出了這件衣服，可對端莊持重的舒皇后等人來說，怎麼可能會喜歡？

徐德妃更是忍不住朝盧七娘看了好幾眼。這盧家小娘子，怎麼這般輕浮？端著一副仙子模樣，卻是個眼皮子淺想爭寵的。她深覺如今的世家當真是敗落了，這裴、盧兩家自己是一個都看不上。

盧七娘保持著面色淡淡，對於四方的目光都坦然承受了。她很懂得揚長避短，自己沒有裴四娘手巧，便只能在畫上做到最好，她敢說，後頭還有在素衣上作畫的，必然不可能越過她去。

她知道自己怕是不能得這一局的魁首，只是在皇帝面前露臉的機會有限，能夠一展所長，也值得了。

相比於盧七娘令人驚豔的畫作，裴四娘的作品就顯得無趣沉悶了些。

裴四娘比較側重於實用。因為被江娘子一番搗亂，裴四娘索性將褙子的兩袖裁了改作半臂，既俐落又靈活，再繫上鵝黃色的圍腰，美觀大方，修身保暖之外，腰間還能藏些小物件。許多庶民灶堂前的女子，就喜歡使用各種圍腰，而裴四娘在這基礎上又加工了下，另外在領口部分她也做了些許改動，讓衣裳更為便利。

舒皇后對她的衣裳比較滿意。

原本這尚服局出來的素衣，也不是給各宮閣裡的主子所穿，多是給宮娥之流，裴四娘顯然秉持了質樸之風，考慮的不是討好男人，而是確實替尋常婦人著想。

「這設計實在巧妙，本宮瞧著都極喜歡，穿這樣的衣服，想來做事也能方便許多。」她轉而向皇帝道：「歷來宮裡的穿衣打扮，都被外頭女子競相效仿，官家，若是有一天宮裡也時興這樣的衣裳，想必不多時外頭也要流行起來了，簡單整潔，很是值得提倡。」

皇帝也明白她的意思，點了點頭。「裴小娘子小小年紀卻通民生，這衣裳本來就是為人而做，簡樸大方些很好。」

裴四娘這才鬆了神色，退到一邊。

她是要走簡樸路線走到底了，好像今日全天下的庶民婦女都要她來替她們說話一樣。

發覺了這一點，堂中許多小娘子臉上都是瞧她不起的神情。

裴四娘今日這一番表現，贏得了皇帝皇后的器重，卻將她多年來的高架子丟置於地了，從前處處仰望她的小娘子們，今日心裡越發輕視她。

到了傅念君，其實她對於女紅不過馬馬虎虎，人的精力畢竟有限，她小時候傅寧側重於教授她男子所學的權謀策論，在女紅上她自然與精心準備過的裴四娘是不能比的。

舒皇后似乎很期待傅念君的表現，等見到傅念君這件幾乎沒有什麼變化的素衣時，神色也有點疑惑。

江娘子在人群中忍不住翻了個白眼。她琢磨著，難道傅念君準備以不變應萬變？然後唾沫橫飛，胡亂說一堆有的沒的大道理？

其實傅念君也不是一點都沒有改動，只是沒有學她們把衣服折騰得五顏六色而已。

這衣服穿在宮人身上，眾人才看出了些門道。

窄袖高胯，倒是有些胡服的味道。傅念君只是略一動手，這衣服就顯得格外修身俐落，同裴四娘一樣，她追求的是行動方便。

「娘娘，這衣裳是給宮人穿的，臣女與裴娘子一樣的想法，覺得應當以簡便為主，不拘束手腳……」

裴四娘只淡淡地撇唇。這新意二字，搶的就是個先，傅念君的想法與她相彷，卻晚了自己一步，即便她並不是學自己，在帝后那裡，印象必然也不如自己。

這就是為何盧七娘與裴四娘都願搶個先手的原因。

舒皇后微笑著點點頭，贊了一句：「這也是個心靈手巧的孩子。」

張淑妃眼睛尖，問道：「瞧著衣服上影影綽綽的，是描著花樣？」

因著隔了段距離，也不明顯。舒皇后讓那穿著衣裳的宮人走近些，才隱約見到她衣服前襟領口有淡淡的粉色透出來。

舒皇后同左右道：「這倒奇了，是什麼花樣？這樣若隱若現的……」

傅念君上前，施禮道：「斗膽跟娘娘借一杯水。」

眾人皆不解，舒皇后依言賜了杯清水給傅念君，傅念君纖細的指尖輕輕點了點杯中之水，灑

向了那宮人的前襟。她那雙手生得妙，連皇帝都多望了一眼。

那宮人的前襟沾了水，適才隱隱約約的粉色漸漸清晰地透了出來，像是朵朵桃花初綻，在眾人眼前慢慢露出原形。

這一眼，皇帝只覺得奇妙，在水漬暈染之下，那桃花似是活了一般，片片花瓣更是十分可愛。

「妙哉！」皇帝忍不住誇讚，「這可有什麼說法？」

傅念君微笑，卻不敢抬頭直視皇帝。「稟官家，這件衣裳，臣女為它取名為『胭脂面』。」

她其實耍了個小心眼，她畫的畫是在衣裳裡面，用了一層細羅一層宣紙遮蓋，這花樣便隱於素衣之下，一旦沾了水，卻又能巧妙地暈染出來，不過也只能過這個場面，用不了下次了。

胭脂面……堂下不少小娘子並沒有領悟這三個字的意思，皇帝卻是立刻反應過來。

「胭脂面，竟是這個意思……」他嘆了一聲，「三千宮女胭脂面，幾個春來無淚痕。妳這小娘子年紀輕輕，卻也愛讀香山居士之詩啊。」

也不知是否湊巧，皇帝個人正好頗為偏愛白居易之詩，只是少年之時，教授他詩書的老師不喜愛元稹、白居易二人，只說「元輕白俗」，對二人詩風頗有微詞，不讓太子多看二人之詩免得入了流俗，因此皇帝這些年來也不敢多推崇白居易。

這句詩……皇帝再看到宮人身上水漬斑斑的衣裳，結合這詩句，果真無一處不相合。好個春來淚痕，好個胭脂面啊！

舒皇后也淺淺微笑，竟是難得與皇帝心意相通了。

如盧七娘適才那般，雖是畫作無雙，心思巧妙，卻多少有邀寵挑逗之嫌，難登大雅之堂，而傅念君這件衣服，雖然話沒有明說，卻又已說盡。

她是在為三千宮女不平。

這衣裳，不是穿給男人看的，也不是讓她們更方便做事，而是傳達出一個隱忍且寂寥的心思。尋常示於人前，無人能看破這春來淚痕，只有在暗處，宮人才敢淚灑衣襟。

舒皇后輕輕嘆了口氣，轉頭朝皇帝低聲道：「官家，臣妾近日正覺得跟前伺候之人有些多了。咱們後宮之中，也有一批老人到年紀出宮了……」

皇帝微微轉過頭，見到舒皇后一雙明目溫和潤澤，心中竟也跟著一軟，脫口便道：「梓童說得有理。」

舒皇后輕輕笑了下。

旁邊的張淑妃看得咬牙，可是她沒有辦法，因為她沒有看明白傅念君與帝后三人之間的啞謎。

她從小生於市井，後來再如何努力，也無法與書香門第的千金相提並論，她也知道皇帝身上的文人之風頗重，怎會不愛紅袖添香？因此便對後宮多有留意，不是些有臉無腦的花瓶，就是些書卷氣重不識風情的木頭，唯一疏漏的，就是當年她懷孕之時，皇帝被舒氏短暫攏過去心思。

好在舒皇后身上依然是賢淑占了大頭，後來張淑妃生完周毓琛重出江湖，舒皇后也沒有下決心去爭搶，便也無法再與皇帝有那樣的日子了。

其實若沒有張淑妃，皇帝也會喜歡這位年紀比自己小很多的繼后，做男人的，哪裡不希望身邊有位知情識趣、懂自己心意的佳人？便如當下，皇帝的心思舒皇后明白，張淑妃卻不明白。

張淑妃雖書讀得不多，卻善於揣摩帝意，她望向傅念君的眼神冷如寒冰。

這丫頭是什麼妖魔鬼怪化作人形，竟有本事處處給自己添堵！

傅念君則心下一鬆。看帝后這神色，自己兵行險著，還是值得的。

皇帝在高座上說道：「傅小娘子這件衣裳確實提醒了朕，這宮人年年增設，用胭脂面換了白頭，蹉跎了歲月。朕是天下之主，天下子民皆是朕的責任，今日朕便頒下旨意，後宮裁撤宮人內侍，發放遣散銀錢，送歸各家。來年春日，朕可不想再見到『春來淚痕』了啊……」

說完這話，皇帝竟是笑了起來，十分溫和的模樣。

殿中的宮人內侍無不驚訝欣喜，忙跪下叩謝聖恩。

他們之中，即便有些還不到被放出宮的年紀，但他們在宮裡有多年的老友、師父，這樣的恩典對很多人來說，就是看到了生活的希望。

而官家和娘娘這樣和善，也讓他們為皇家賣命更為熱切。

皇帝看著堂下一片感恩戴德，甚至崔尚宮都眼泛淚光，心裡只覺得萬般滿足。他想著，這一年事事不順，或許這是個好兆頭，恩典放下去，祖宗也會感覺到自己為君的仁厚寬容，說不定來年保佑，不僅風調雨順，西夏也不敢造次。

這樣美美地想著，皇帝看著跪下的傅念君也越看越滿意，正好舒皇后在他耳邊說：「傅小娘子怕是沒想到她一件衣裳會引得官家頒下這樣的旨意，官家可莫嚇到孩子了。」

皇帝一聽她這話裡的意思，笑道：「梓童似乎對這傅小娘子挺滿意？」

舒皇后只是微笑，「聰明懂事的後輩，臣妾哪有不喜歡的？」

皇帝也笑了笑，心中不由得轉起了別的念頭。

傅念君只覺得自己緊張得舌根發麻，退到一側時，才微微鬆了口氣。

隨後崔尚宮宣布了女紅這一比試的勝者，竟是裴四娘與傅念君同得魁首。

其實傅念君做的那件衣裳，不過是取個巧，帝后因著她，想到了要釋放宮人，便給了她這個嘉獎，實際上她比人家強的，依然是頭腦靈活和多的那點墨水。

而裴四娘，確確實實在女紅上是要勝於其他人的，因此這個魁首，傅念君有點心虛，裴四娘有點委屈。

這次是張淑妃和徐德妃掏了腰包給她們二人封了賞，皇帝的賞賜則更厚重，只問她二人想要什麼東西，他若有，必然賞賜。

眾人心裡皆是一驚。

金口玉言，九五之尊許下的諾言，還當著這麼多人的面，那可真是重如泰山。

連舒皇后都微微詫異，若是這兩個孩子說出了什麼了不得的話，他該怎麼收場？

皇帝今日顯然心情好得有些過了，給的抬舉也超乎尋常，若是御史台的言官在此，怕是又要揪住好一頓說，好在這裡只有用敬慕眼光望著自己的後輩，這讓他大大地滿意。

裴四娘咬了咬唇。她多想直接說，請皇帝將自己指婚給淮王，可是理智告訴她，她要敢這麼說，怕是父母親都要將她打死在祠堂裡了。

這很考驗一個人的臨場應變能力。

裴四娘定了定神，也不敢去看傅念君的神色，咬了咬牙，依然保持著她那搶占先機的習慣，快一步開口道：「官家，臣女不敢有所求，只求一件事，希望官家保重龍體，護大宋江山千秋萬代！」

傅念君：「……」好諂媚啊！她就不會起雞皮疙瘩嗎？

皇帝是聽慣了這樣的話的，只訝然道：「真的別無他求？」

裴四娘咬了咬牙，硬著頭皮道：「臣女確實無所求。」

她怎麼敢有所求啊！就是淮王殿下站在她跟前跟她招手，她也不敢啊。誰能在官家和娘娘面前表現得這樣貪婪呢？她還指望著做淮王妃的。

皇帝無言了會兒，覺得這丫頭官腔打得厲害，沒有配合自己，面子有些掛不住，便問傅念君：「傅小娘子呢，妳有何求？」

舒皇后察言觀色，笑著插嘴了一句：「妳可別也跟著來一句願本宮長命百歲哪。」她這是委婉提醒傅念君好好說話。

伴君如伴虎，從來就是一句該寫入典籍的至理名言。既要捋對了毛，還要能全身而退不落話柄，當真是難，尤其是她現在還是一個什麼都不是的小娘子，傅念君在心中感嘆著。

裴四娘的做法很穩妥，也很正確，在這場合能求什麼呢？為父兄求功名，還是為自己求金玉？怎樣都不合適。

裴四娘怕了，露怯了，皇帝還能容忍，自己再來一遍，就真的太沒意思了。

若是表現得淡薄名利些，如盧七娘那樣，說不定會求一套名家所製的文房四寶或前朝孤本，可這樣又顯得太小家子氣了，畢竟皇帝開口，卻只要這樣的東西，莫非是看不起皇家寶庫？

好在傅念君犯難只有一瞬間。她的腦筋一向靈活轉得快，各種念頭在她腦海中閃過，她立刻便找到了一個權衡之下最為妥當的請求。

她施禮道：「臣女確實有想向官家所求之物，求官家應允。」

皇帝終於覺得找回了些場子，說道：「但說無妨。」

那邊跪著的裴四娘心中也頓了頓，豎起耳朵想聽聽傅念君到底會說什麼。

「臣女想求官家的墨寶。」傅念君鎮定道：「若是官家恩准，可否賜臣女臨〈蘭亭序〉的摹本？」

眾人默了默。

皇帝卻在高座上朗笑出聲，舒皇后的神色微微鬆了鬆。

皇帝笑道：「妳想要朕的墨寶？朕的書法不如妳爹爹。」

傅念君接道：「官家與臣女的爹爹皆擅飛白，臣女很喜歡飛白，爹爹的墨寶在家中自然是收藏無數。當世名家，若有機緣，臣女也會厚著臉皮求一求，只是官家的墨寶並非厚著臉皮便能求到的，今次機會難得，只求官家一償臣女夙願。」

她這話也不全是假的。理宗皇帝的墨寶雖不能算頂尖，卻也是上乘，傅念君習飛白，自然也喜歡收藏字帖，想來想去，她覺得求這樣東西是最穩妥的。

她所求的東西，並不是「皇帝」這個身分能給她的，而是周晉這個人才能給她的。

皇帝自然是高興的，對一個文人最大的肯定，不就是書法詩詞被人所認同追捧麼？

他只覺得傅琨這些天在自己跟前眼睛不是眼睛、鼻子不是鼻子的模樣，也因為他女兒今天這番表現大大順眼起來了。他倒是會生閨女。

皇帝開心地揮手，「這樣的要求，朕自然同意，只怕妳將朕與妳爹爹的書法做比較，倒是讓朕丟臉面了……」

張淑妃見皇帝這樣開懷，心道不好，她曉得皇帝的脾性，這對傅念君是格外看重了，她哪裡能忍受，便冷不丁插話：「傅小娘子倒是有心，投了官家所好，這樣會說話，裴小娘子卻是沒占到口舌的便宜，也不知傅小娘子這番話，可曾有人教授？」

可巧裴四娘心裡正轉著這番話，讓張淑妃給先說出來了。

皇帝正在興頭上，她這話無疑是潑了一盆冷水。

她這意思，傅念君是摸清了皇帝的心思，故意諂媚討好的。於皇帝，難免就多想一層：怎麼？妳張氏是覺得朕的字不配被後輩敬仰學習麼？

他的視線朝張淑妃掃過來，張淑妃一下子就回神，發覺自己說錯話了。

「臣、臣妾不是那個意思……」

「妳今日怎麼回事？說的話這樣不著調。」皇帝不贊同地說了她一句。

張淑妃今日確實因為傅念君，已經幾次讓皇帝不愉快了。

張淑妃只好擺正了神色，溫和笑道：「臣妾是這兩日有些頭疼，說話也沒個掂量。」

皇帝和她相濡以沫這麼多年，到底情分深厚，並不會多追究，只是剛才的喜悅確實大有影響。

舒皇后這時與皇帝道：「官家，上午我便看這傅小娘子一手字確實難得，應真是潛心於書法之道的，官家要不要給這孩子指點指點？」

張淑妃的話到底給皇帝留了個疙瘩，聽舒皇后這提議，他便欣然同意了。

若傅念君是個只能寫一筆爛字的，那麼剛才的話，就如張氏所說，是唬他的。

等內侍將傅念君上午寫的詠梅詞呈上來，皇帝一看便露出了微笑。

張淑妃則是目光在舒皇后與傅念君之間來回。她就是再笨，也看出舒皇后是有意相幫了。若傅念君真是寫一手爛字的，舒皇后怎麼可能讓皇帝看？她分明就是想藉機駁了自己說的話，給傅念君掙面子。

好啊，好得很！張淑妃心道，這兩人是早就看對眼了。

皇帝摸了摸鬍子，輕輕點了點頭。這字一看就是下過工夫的，而且與傅念君適才所說的一

致，她練飛白也是用過心的，以她這個年紀來說，就是男子，也未見有幾個能比她寫得好的。

「難為妳小小年紀，能有如此毅力和決心練這樣一筆字，假以時日，便是朕的新科進士們，也要讓妳給比下去了啊。」皇帝又笑起來。

這評價竟是一回比一回高了。跪在地上的裴四娘臉都青了，她剛怎麼就沒想到呢！

傅念君跪下謝恩，只聽皇帝又說：「妳爹爹政務繁忙，便是妳兄長，怕是也難得他教導，妳若得空，不如常往宮裡來，皇后也擅書法，妳也可向她討教討教。」

這抬舉！裴四娘這下是腿都快軟了。

徐德妃也十分吃驚，皇帝幾時曾說出這樣的話？當真是對這個小娘子格外看重了！徐德妃望向傅念君的目光越發複雜。

舒皇后輕笑道：「臣妾的字見不了人，官家取笑了。」

皇帝竟駁她道：「我教過妳些時日，怎麼會見不了人？」

舒皇后低頭微笑。

這下換張淑妃臉色鐵青了。今天出門沒看黃曆，硬生生讓皇帝對自己厭了幾分，卻對舒氏多了幾分親近。知道自己不在狀態，張淑妃鳴金收兵，不再冒險亂說話，傅念君今日怎樣出風頭，都隨她去吧。

這次傅念君也算是大獲全勝，就是走一步路，不只那些小娘子們看她，連宮人和內侍都盯著她竊竊私語。

晚上要開大宴，諸位小娘子先下去休息，便由宮人領著，嘰嘰喳喳回到偏殿去休息調整。

盧七娘是第一個在路上叫住傅念君的。她們兩人可說沒交情，連話都幾乎沒說過。

盧七娘眉目清冷，望著傅念君的神色淡淡，說出口的言語卻比她的人更冷。「傅二娘子，妳

我皆是一樣，只是在賣弄心眼這方面，我確實不如妳。」

倒是挺坦誠，一下子就脫了她高貴仙子的外衣。

話裡的不服氣很明顯，她覺得才學能力並非不如傅念君，只是心眼不如罷了。

傅念君看著盧七娘的眼神就像前段日子看著江娘子一樣，有點……慈愛。

盧七娘覺得自己一定看錯了。

傅念君對她笑道：「盧娘子不必這樣說，我確實想出風頭，今日也拚盡全力做到了，我們做女子的，全身上下無一不能作為利器開疆拓土，我只祝願妳下次旗開得勝。」

王宮正的話，傅念君也送給盧七娘，很真誠，也很直接。至於對方能不能受提點，就看她自己造化了。

盧七娘深深看了傅念君一眼，撇了撇唇。「傅娘子，是世人小瞧妳了。」

傅念君只是淡淡微笑。

盧七娘與她話不投機，說了兩句就轉身走開，倒是江娘子算準了時機，又湊了上來。

她諷道：「要恭喜傅娘子了，大殿之上好不風光！」

江娘子與傅念君並肩而行，眉目之間少了幾分從前的尖刻，只是對傅念君的厭惡和不喜依然毫不掩藏。

她若不吐點酸言酸語，傅念君倒是要不習慣了。

「我這風光裡，也有江娘子的一份功勞啊！」

傅念君愛說俏皮話，時常正話反說，話中藏刃，不過遇到江娘子這樣的，她是一次也沒成功過。

原是諷刺人的一句話，江娘子卻聽不出來，得意道：「那是必然的，只盼著妳記著我的恩情

才是。」

傅念君好笑地搖搖頭。

這江娘子也算是個膽大的，若說上午叫她寫詞確實是為難她，但是剛才的裁衣，她怎麼著也該試一試吧，誰知她只在衣裳題了首詩，還是首不著調莫名其妙的，也不知她到底想做什麼。

「妳別管這個。」傅念君說起這事，江娘子只是低了頭，聲音有些悶悶的。「我自有主意。」

她當然很古怪，更古怪的是崔尚宮這樣難看的臉色擺著，帝后竟也都沒有怪責她，甚至張淑妃像刀子般的目光落在她身上，她似乎都渾然不懼了。

處處透著蹊蹺。

江娘子作為張淑妃的養女，在宮裡生活許多年，也算是個半個宮裡人，她的事，宮裡的事，傅念君沒有興趣知道。

還是那句話，很多事情，不要有好奇心才是對自己最好。

§§§

晚上的內宴原本徐太后也該出席的，只是老人家年紀大了，身上常有病痛，徐太后素來不是那和藹可親、愛與後輩來往的，因此就沒有出現。

但皇帝的興致很高，見了這麼多鮮亮的孩子又更高興。

諸位皇子，一些宗室裡的俊秀子弟也出席了，只是與女眷們相隔甚遠。

皇家內宴，其實吃的東西並不算特別好，尤其是冬天，端上來的早已是熱過數遍的，就是再好的味道也經不起這樣的折騰。

傅念君胃口不佳，只略微進食了些。

誰知帝后卻一直記著她，不多時，皇后竟是傳話來賜酒了。

傅念君苦笑，這陣勢，還真如新科進士出席瓊林宴一樣，只差朵宮花了。

傅念君當著內侍的面，迎著身邊無數嫉妒的目光，將舒皇后的賜酒飲盡。

女兒家喝的酒，有著淡淡的果香味。

內侍見她如此颯爽，笑瞇瞇地接過空杯回去覆命了。

傅念君酒量一向差，更要命的是，舒皇后賜了酒，張淑妃也跟著來了，傅念君懷疑她根本就是故意的，因那酒杯足比舒皇后的大了兩圈。

接著是徐德妃、梁昭容、李美人……都過來湊一腳。

那品階低的，傅念君可以稍抿一口，以不勝酒力推脫，饒是如此，傅念君依然覺得酒有些上頭，那些表演歌舞的伎人在她眼裡彷彿一個人有了三個重影。

那廂，周毓白聽說傅家小娘子得了臉面，被後宮諸位娘娘、娘子們賜酒，心中有些擔心。也不知是什麼風氣，女兒家的，又不比男子，如何喝得這樣多酒……

一旁周毓琛卻是一手拍上了周毓白的肩膀，笑道：「七弟在想什麼？豈是也覺得內宴無聊，想溜之大吉？」

他們這裡與小娘子們隔著半面水，也欣賞不到什麼美人。

皇帝今日的重點也不在他們，像周紹雍，還沒見到他露面，不知跑哪裡去了，而周紹懿早就瞌睡得不行，被乳娘抱著家去了。

周毓白聞到了周毓琛身上淡淡的酒味，淡淡笑了笑。「哪裡是想溜。六哥要喝一杯麼？」

「你素來不愛喝酒。」周毓琛說。

「偶一為之，並無不可。」周毓白說道。

兄弟二人便喝起酒來，一杯接一杯，直到周毓琛支撐不住趴在桌上，周毓白才輕輕放下酒杯，玉白的臉上依然淡然無波。

旁邊斟酒的內侍也嚇壞了。乖乖，真不知淮王殿下有這樣好的酒量。

周毓白站起身，淡淡地吩咐左右：「扶齊王殿下回府吧。」

內宴也到時候，該散了。

一天下來，也沒見到他想見的人。

帝后相媳，不過要他們這兩個兒子來做個擺設。

周毓白望向遠處鑽動的人影，突覺心底一股子熱氣往頭上冒，也不知是不是喝了酒的緣故。

他陡然覺得自己等了一天，等的不是這樣匆匆忙忙的收場。

他一甩袍服，轉身便走，身邊內侍要跟，他只是發話：「喝多了酒，散散酒氣，莫要跟來。」

宮裡已經點起了羊角宮燈，眾小娘子由宮人引著去坐轎，馬車無法入宮，舒皇后安排了小轎，將她們抬到宮門口。

傅念君走在最後，腦袋混沌的感覺實在讓她難受。

「傅娘子，這裡請。」一個小黃門引著她到一頂小轎前。

傅念君點頭謝過，便暈著腦袋鑽了進去，想趁著這段路閉眼好好歇一歇。

哪知一鑽進去就落到一個懷抱裡，她下意識出聲要叫，卻被人從後輕輕捂住了嘴。

「是我。」

一個熟悉又陌生的聲音。

傅念君渾身一顫。

熟悉，是因為她聽出來這是周毓白的聲音。

陌生，是因為他聲音中的沙啞是她從未聽過的。

這是一種讓她不禁頭皮發麻的陌生感覺。

他、他怎麼敢就這樣見她呢……這裡這麼多人，竟還坐在了她的轎子裡。

傅念君瞪大了眼，幾乎是下意識地屏住了呼吸。

轎中無光，人的嗅覺便格外敏感。傅念君聞到空氣中的酒味，不但來自於她，更有他的。

兩人都喝了酒，氣息依然是不同的，他喝的酒，與女眷們喝的，自然不一樣，有點像遇仙樓的千日醉，醇厚的味道讓人意亂神迷。

「你……你怎麼在這裡？」傅念君的聲音細如蚊鳴，帶著她自己都覺得有些奇怪的顫抖。

她只覺得從背后擁住她的人身體熱燙得可怕，她整個人坐在他懷裡，像是坐在一堆炭火上，甚至將她微微烤出了一層薄汗來。

這還是自己熟悉的那個周毓白麼？

周毓白在她耳邊輕輕笑了笑，沒答話，只是手從後方緊緊握住了她的腰肢，傅念君渾身一顫，立刻想到當日在洛陽城外客棧裡的一幕幕。

耳鬢廝磨，他們兩人之間靠得比那晚還近，她幾乎能聽到他如擂鼓的心跳聲。

傅念君微微失神。周毓白這樣清淡冷靜之人，也會有這樣的心跳麼？

她以為只有她的心快跳出了喉嚨。

周毓白的手驀地用力，握緊了她的腰，傅念君感覺到他的唇印在自己脖頸上，她此時只覺得頸子那側的血液奔騰，脖頸彷彿下一刻便要支撐不住。

她渾身發軟，酒意越發上頭，再被他身上的檀香味一熏，哪裡分得清今夕是何夕。

她顫巍巍地將手覆上自己腰間的那隻大手，輕聲道：「別……七郎，你、你喝多了。」

周毓白的唇就像遊走的火苗，在傅念君的頸側作亂。

她那軟綿綿的哀求無疑是火上澆油。

「我是故意的……」他的話裡有著濃重鼻音，帶著酒氣，像是打定主意要將傅念君灌醉一樣。

不故意喝這樣多的酒，他怎做得出這樣的事來？

鑽到她的轎裡，將她這樣摟在懷裡輕薄。

他太需要一個藉口了。

在她進轎之前，他的腦海還是一片清明，毫無醉意，但現在，將她抱在懷裡，他覺得自己確實醉了。

不醉，他做不出這樣的事。

他的手微微用力，不再滿足於她柔軟的腰，慢慢地往上游移。

那次不敢做的事，他要補回來。

傅念君也說不上來這是什麼感覺。

酒，一定是喝了酒的緣故。

她知道自己此時應該臉紅得不成樣子，不過她若肯回頭瞧一眼，便也會知道在她後方的人也

好不了多少。

他們二人最為親密的時候，也沒有這種一觸即發的緊繃。

這回……

傅念君心尖一顫，她也不知自己是怎麼了，只覺心緒失控得厲害。

她也好想他，卻沒有哪刻像現在這樣想。

傅念君微微轉頭，望進一雙清亮的眼睛，藉著外頭灑進來微弱的光，她能看到他眼中的光芒，她伸出手，描摹這雙眼睛的輪廓。

周毓白確實控制不住自己，只見他重重吻上了她近在咫尺的下巴……

轎外有人聲響起，傅念君心裡一驚欲掙扎，卻被周毓白托著背摟得更近，兩人幾乎嚴絲合縫地嵌貼。

那些小娘子都喝了酒，因此也都格外活潑，嘰嘰喳喳的，嫌轎中熱，還有遲遲不肯上轎的，江娘子本來就沒規矩，甚至還自顧自趴到傅念君的轎邊和她說話。

「喂，妳睡著了？」她在轎外說，話音懶懶的，帶了三分醉意。

傅念君心裡發慌。江娘子一向是沒個章法的，她要是突然掀簾進來了怎麼辦？然後看到她之前有意的堂堂淮王殿下，正在自己轎子裡……

而這一切的罪魁禍首，好整以暇地坐著，甚至還握著她的指尖不放，帶著一絲促狹的笑，彷彿等著看她笑話。

「我、我有點暈……」傅念君咬咬牙，只能佯裝酒醉，顫巍巍將這幾個字吐出來。

江娘子聽她話都說不連貫，嗤笑了一聲：「妳酒量真是差！」

此時周毓白在傅念君的鎖骨上狠狠吮了一下，令她渾身一個激靈。

鎖骨？他怎麼親到那裡去了？

傅念君低頭瞧了瞧自己微微敞開的衣襟，心裡一陣慌。這位堂堂淮王殿下是瘋了不成！

傅念君推著他的肩膀，只是手腳沒什麼力氣，手一滑，手肘便撞到了轎中隔板，發出聲響。

「妳怎麼了？撞頭了？」江娘子在外頭問，聲音離得很近。

傅念君心跳得更快了，覺得她下一刻就會掀開簾子。

「沒事。」傅念君應聲。天知道她已經用光了所有鎮靜。

江娘子嘀咕了聲，竟然還不肯離去。這位祖宗！

這時，一個內侍的聲音響起，總算解救傅念君於水火。

「江娘子，請您入轎……」

江娘子這才被扶著進了轎子，走遠了。

緊接著，傅念君這頂轎子就被人抬了起來，她鬆了口氣，整個人毫無力氣地靠上身後之人。

這時，她突然想明白了一件事：這內侍抬轎子，哪裡不曉得一個小娘子有多少重量？平白多了一個男子的重量，他們也一聲不吭，顯然是周毓白事先打點好的。他、他竟然做這樣的事？

「你、你……這樣來害我！」她望著他，也不是真的委屈，眼睛裡卻潮潤一片。

周毓白伸出一隻手攬住她的肩膀，另一隻手輕輕將她的頭扭向自己，笑著低聲說：「因為……我喝醉了啊。」

真是個好理由，好到他可以這樣光明正大說出來。

「你總是沒錯的！」傅念君不捨得真生氣，只能半真半假地嘲諷他。

沒想到他卻點點頭，「是呀，是妳的錯。怪妳，讓我這樣想妳。」

他也不過是個普通人，一個被七情六慾所困的男人罷了。

多看看她吧，心裡有個聲音這麼說。他想靠她近一點，再近一點，想看清楚她面色緋紅、手足無措的模樣。

他拋開顧忌，猛地吻上眼前佳人的粉唇。

再不是從前的淺嘗輒止，而是激烈狂熱的掠奪。

唇齒交纏，相濡以沫，傅念君第一次曉得吻可以這樣。

他毫不客氣地掠奪她檀口中的每一寸，把自己的氣息渡給她，又將她的氣息奪走。

傅念君完全沒有選擇。

他竟然有這樣的一面啊！與今次比起來，從前他待自己，算是溫柔得過分了。

外頭的聲音兩人都聽不見了，傅念君微微蹙眉，只覺得舌根發麻，彷彿這舌已不屬於自己。

他要就叼去吧，她也不要了。

「七郎……」她快透不過氣了，小貓似地喚了聲。

像博取主人的憐愛般。

周毓白心想，她怎還有這樣的一面呢？若是被旁人曉得，怎生是好？

他鬆開她，讓喘不過氣的她靠在自己頸側。

傅念君頭暈目眩，身體不自在地扭了扭，而臀下的異樣，他們兩人靠得這樣近，她怎麼可能感覺不到？

她面色緋紅，手足無措，偏那抬轎子的內侍抬得也不穩妥，一有個轉彎兒，她便無法控制地在他腿上磨蹭一下。

倒像是她故意的一樣……傅念君真恨不得挖個地洞鑽進去。

周毓白閉了閉眼，靠在轎壁上，胸膛起伏。

他體內血液奔湧，叫囂著慫恿著，要他從她身上掠奪再多，更多……

可她在自己懷裡微微發著抖，他怎麼捨得？

兩人衣衫和鬢髮皆已凌亂，周毓白睜開眼，映入眼簾的就是傅念君敞開的領口下那一抹淡淡的湖藍色，在暖黃的宮燈和蒼白的月光下灼痛了他的眼。

他剛才控制不住自己，也不曉得幾時扯開了她的衣襟，一層層的，連中衣都不像樣子，露出了她本該遮掩妥當的肚兜。

偏湖藍色的肚兜用了淺粉色的細帶繫著，襯著她漂亮的鎖骨，迷人又魅惑。

她掩藏在衣襟下的皮膚白嫩細緻，從不示人的地方尤甚，隨著她的呼吸，起伏的弧度簡直奪人呼吸。

傅念君察覺他的視線，忙捂住胸口，垂下了頭，不作聲。

周毓白見她這樣，開始有些後悔。他不該這麼待她，應該給她更多尊重才是，但沒辦法，他私心作祟，他想她，可見了她後，又更想她了。

原本，也只是想在她的轎子裡坐坐，醒醒酒，可是不知何時，留下來的念頭飛快地說服了他的理智。

他可以和她像尋常夫妻一般同乘，可以與她靠得那麼近，可以與她說那麼多促狹話，欣賞她這麼多不一樣的表情姿態。

「抱歉。」他的聲音恢復了理智。

他伸手替她攏緊衣襟，一層一層，剛才怎麼扯開的，現在就怎麼繫回去。

傅念君握住他的手腕。「我自己來。」

他的指尖碰到她的皮膚，很是燙人，她真不知該拿他怎麼辦了。

周毓白微微笑了笑，在她頭頂親了下，帶了些歉疚道：「往後，我不會了。」

傅念君曉得他的酒勁八成是過去了。

和她一樣……

那火燒般不受控制的感覺終於退去。

「我沒怪你的。」她輕聲說。

她只曉得活著不容易，她這樣喜歡他，從沒想過要拒絕他。

周毓白卻開始心疼她了。「妳今天怪累的，我還這樣。」他帶著安撫和疼惜地揉了揉她的頭。

傅念君搖了搖頭。她是害羞，不是怪他。

周毓白的身體似乎也沒那麼燙了，但他不敢靠她太近，只讓她坐在自己膝上，看她垂著頭，露出優美的後頸。

他還想和她多說幾句話，可親吻占據了他們太多時間，眼下已沒有機會，宮門口已經到了。

周毓白第一次怨懟這皇宮如此之小，更怨夜裡的時光太匆匆。

「那我走了。」傅念君朝他軟聲說了一句，帶了點依依不捨，整了整衣裳，確認無不妥後，才敢鑽出軟轎。

下轎後，她回望了那轎子裡的黑暗一眼，暗暗地又惱自己，又不是不會再見，怎還有那麼多捨不得的情緒？

都是因為喝了酒啊。

傅念君拍了拍自己紅通通的臉頰，也顧不得和旁人道別，就急急忙忙鑽進自家候在宮門口的馬車。

而周毓白獨自坐在轎中，久久沒有說話。

「王、王爺……」轎外內侍戰戰兢兢地喊他。

周毓白只覺得這晚上的風不夠冷，他第一次覺得自己的血液這麼燙……明明才分別，可是全身每一寸都在叫囂著思念。

他搖頭笑了笑，淡淡地說：「走吧。」

§§§

回到傅家，傅家門口已點亮許多燈籠。

這一路上，傅念君臉上的紅暈未褪。

她可以對別人說是酒意上頭，但是替她用浸了冷水的帕子一遍遍擦過臉的儀蘭知道不是。娘子這面如桃花的模樣，能是喝酒喝的？她猜到了，但只能垂眸不語，只盼那二人親事快些定下來。

情之一字當真磨人，平日裡熬著相思苦，見面後又悵然若失，可真是作孽。

原本也無事，可是不同尋常的是，傅淵竟然親自到門口來接傅念君。

宮裡的旨意和賞賜都先她一步回來，傅淵曉得她今日大大出了風頭，臉上還帶著些讓傅念君覺得太陽該打西邊出來的古怪笑容。

「傅娘子在宮裡大出風頭，早就有內侍回傅家通報了，我這做兄長的，特來迎迎妳。」

有種黃鼠狼給雞拜年的感覺。傅念君只覺得脖子後面寒毛直豎。

傅淵的臉色加上這夜裡的冷風，傅念君徹底從溫柔繾綣的餘韻中清醒了。

也幸好傅淵不大懂男女之情的滋味，只當她喝了些酒，氣色更好罷了。

兄妹倆並肩走了回去，傅念君問道：「哥哥可是在怪我？」

傅淵哼了一聲，似乎是不太滿意。

「聽說官家許久沒那麼高興了，賞人東西卻比受賞的還開心，龍顏大悅是百姓之福，我怪妳作甚？」

那他這樣陰陽怪氣的是怎麼回事？傅念君有點不明白了。

傅淵見她還是懵懵懂懂的，便止住了腳步，蹙眉道：「妳為了他，能做到這種地步，確實是拚盡全力了。」

傅念君愣了一下，回道：「哥哥，你這麼說的話，我也……」

傅淵打斷她：「但妳可知，風口浪尖不是這麼好站的，自此往後，妳得到的將是明槍暗箭，遠遠不是從前的冷嘲熱諷而已。」

傅念君嘆了口氣，她如何不懂呢？當她是臭名遠揚的傅饒華的時候，人們談起她，只當作茶餘飯後的笑話，可當她是才能力壓眾貴女、得帝后青眼的傅念君時，她所受的猜疑和揣度便不可同日而語了。

尤其當旁人猜測傅念君可能是故意韜光養晦，等待有朝一日厚積薄發，便會更加警醒，甚至猜疑到傅琨身上，懷疑傅家是要做什麼。

平凡低調是福氣，聲名赫赫從來就不是，傅念君太清楚這一點了。

她輕輕嘆了口氣。「哥哥，我只覺得給你和爹爹帶來了負累，我是不是有點自私了？」

傅淵擰眉，「我說這番話，不是要妳想這個。妳若覺得好，我與爹爹必然鼎力支持，但是往後的路只會越發艱難，若妳真做了淮王妃，宮裡幾位主子及妯娌，個個都不好相處，妳一定要更加小心。」

他從來沒對自己說過這樣的話，傅念君一時有些怔忡，心中情緒難明。這還是她所認識的那

個傅淵嗎？

傅念君點點頭，「我明白的，哥哥你……也是一樣。」

傅淵負手而立，身姿挺拔如松，淡道：「我又不想尚公主，妳放心吧。」

傅念君到現在也吃不準他對錢婧華是什麼觀感，只道：「我覺得錢小娘子比公主更好。」

傅淵勾了勾唇，岔開話題：「妳今日也累了，早點去歇息吧，宮裡的比試……怕是還不算完。」

他不知是聽到了什麼風聲，還是自己猜出來的。

傅念君點了點頭，在廊下與他別過，往自己院子的方向去了。

廊燈投下的光芒照著傅淵半邊臉，只見他望著妹妹離去的背影，明暗之間，神色晦暗難言。他長吁了一口濁氣，喃道：「神仙指路之言……必須要信。」從前的那個妹妹，他必須逼自己忘記。很多事情，不要硬求答案才好吧。傅淵轉過身，微微搖了搖頭。

§§§

關於傅念君的流言很快就傳遍東京城，那些世家大族，乃至宮中，都在談論這位傅家的嫡長女，而她寫的那首詞也被競相傳閱。

對於這些，周毓白表現算是平靜的，直到自己的母親也傳喚他進宮了。

舒皇后一直知道兒子的心思，他們百般安排，為的是求個堂堂正正，她的兒子在人前人後慣用心計，唯有這件事，她明白他是不想讓傅家那個孩子受一點委屈，不想讓她因為旁的不得已的原因嫁給他。

他想給她一個風光。

舒皇后面色紅潤，似乎心情不錯，與周毓白道：「你爹爹大概快鬆口了，昨日他與我提起傅相家的嫡長女，讓我留意一下。」

這個意思，很明確了。

皇帝記得傅念君，也很喜歡她，而給她最好的抬舉，莫過於將她賜婚給自己的兒子。

周毓琛因為先前傅梨華那事，是決計不可能娶傅念君的，那麼周毓白與她的婚事就顯得順理成章了。

周毓白心下一鬆，同時也挑起了眉。他從舒皇后的話裡聽到了另一件事：昨夜他的皇帝爹爹歇在了移清殿？

舒皇后續道：「傅相那裡，還是要詢問的，畢竟他是國之肱骨大臣，貿然賜婚，也是對傅家不敬。」隨即她又慶幸道：「傅相沒有入樞密院也好，官家不至於指起婚來束手束腳，你要娶傅家姑娘也算妥當，他不會疑你有旁的心思……」

周毓白微微勾起唇。母親可知道她這輕飄飄一句話，自己是花了多少努力得到的？

周毓白並不會因此掉以輕心，只問舒皇后：「這比試，可還有後文？」

舒皇后頓了頓，「官家正在興頭上，怕是還得比一場。」

但凡比試，三局兩勝幾乎是約定俗成，她們這樣的比試，雖然並非一定要拚出個勝負來，但是也不能有頭無尾，而傅念君已經名聲大噪，按著舒皇后的想法，不如趁熱打鐵，定要讓皇帝定了心思，主動認傅念君做兒媳，不然張淑妃枕邊風一吹，舒皇后不知皇帝是否就會將這事給忘了。

舒皇后又說：「無論今次成不成事，傅家小娘子日後會往宮裡多走動的，你……」她不贊同地望了兒子一眼，「你規矩些，不要失了分寸。」

周毓白訝然，立刻想到那晚上自己同她……只是在母親面前，他從未失控過，他不知自己的

親娘怎會這樣想自己，是否察覺到什麼了？他怕舒皇后從此看輕了傅念君。

「娘這是聽到了什麼……」

舒皇后繼續說：「先前那一回，我第一次見她，你們就在我這裡相見，我可以睜一隻眼閉一隻眼，再沒有下次了。」

原來是這個。周毓白鬆了口氣，往後他必然不會再做出和那天晚上一樣的事了，何況是在宮裡，他當時是考慮欠妥當了。

他應承下來：「孩兒謹遵教誨。」

出了移清殿，周毓白看見了一個許久沒見的人影。

「雍兒。」他喚了聲。

周紹雍扭過頭，見是他，露出微微笑意，朝周毓白走來。

「七叔今日進宮了？可是去見娘娘了？」

周毓白點點頭，「你是往哪裡去？」

周紹雍笑嘻嘻地道：「往太后娘娘那裡去。聽說她昨夜有些不舒服，我爹爹特意讓我進宮來請安的。」

肅王府、徐德妃和徐太后的關係親密，非其他人可比。

周毓白望了周紹雍曬得像小麥色的臉一眼，問道：「許久不見你，前幾日宮裡內宴，也沒見你過來跟我和你六叔請安，都在忙什麼？懿兒最近也挺想你的。」

周紹雍立刻換上了一副苦臉，眉眼鼻子全皺在一起，看起來要多滑稽就有多滑稽。

「七叔啊，您老人家是不知道我有多慘啊……」

他像是滿腔的話終於找到了傾瀉管道，拉著周毓白的衣角就站在人來人往的甬道上盡情地大

倒苦水。

「……也不知道齊家那個小表叔鬧哪門子脾氣，你說他好好的京裡不待，為何偏生要跑到軍裡去吃苦頭？大冷天也不肯回來，太后娘娘和長公主擔心，催著我去看他，那地方我真的一天都不想待……」周紹雍恨恨地抱怨：「……那地方盡是些臭男人，我好不容易才借著內宴的藉口跑回來，誰知太后娘娘她老人家又拉著我東問西問的。」

原來他這些天是被長輩逼著去看著齊昭若了。

「幸好，聽說張淑妃和皇后娘娘要張羅給我娶妻，我才能為了自己的『終身大事』趕回來一趟。」他搖頭嘆息，十分惆悵的模樣。「聽說內宴那日很精彩，宮裡來了很多小娘子，可太后娘娘說許久不見我，拘著不讓我出來，其實，我是覺得她對那些小娘子不太滿意，正好，我也不想娶妻。欸，七叔，您老實說，您是不是也躲在樹叢看了一波貌美小娘子？」

他話題跳得很快，讓人措手不及。

周毓白挑了挑眉。他什麼時候讓人覺得他是那種會躲在樹叢裡看美人的人了？「既然姑母和皇祖母都有事交代你，你就能者多勞吧，只是這些日子懿兒不見你，纏我纏得緊了些。」

周毓白叫住周紹雍，確實是想到了傅念君那日提醒他的話。

懿兒和他大堂兄走得近，這裡面竟也有貓膩麼？

傅念君表現得極不肯定，周毓白也不能無端就揣測周紹雍什麼。

周紹雍素日就是這模樣，說話沒邊兒，卻不討人厭，與誰都關係很好，徐德妃母子與張淑妃母子不對付，對他來說都不影響，照樣和周毓琛、周紹懿都處得很好。

這麼多年了，周毓白是看著他長大的，要去懷疑他，周毓白是真的不願意。

但是想想這皇家，又哪裡有真的天真單純之人？就連周紹懿小小年紀，也不得不跟著他們這

些大人學習察言觀色，揣摩皇帝太后的心思。

「七叔，七叔？」周紹雍一隻手在周毓白面前揮了揮，古怪地問：「您這是怎麼了？」

「無事。」

周紹雍卻嘆了一聲，抱頭做痛苦狀。「我也想懿兒了，想好好同他玩一玩，哎，我可不想娶親啊！娶了親，哪有現在自在……」

周毓白道：「你多大年紀，他多大年紀，天天與他一起玩，你也說得出口？他也到年紀該收心好好讀書了，你別有事沒事就去打擾他。」

周紹雍不可置信地長大了嘴，指了指自己，痛心疾首道：「七叔，您這心眼也太偏了吧！我多大年紀，懿兒多大年紀，怎麼是我打擾他？我有那麼不著調？」

周毓白勾了勾唇，沒說話。

周紹雍賊兮兮地左看右看，靠周毓白近了些，問道：「七叔，我聽說內宴上娘娘和官家為您與六叔相看媳婦，傅二娘子那可是一戰成名啊，外頭傳得跟戲文似的，怎麼我從前沒發現她這麼厲害？您可得抓緊把她娶回家了啊。」

周毓白望了他一眼，淡道：「你不說我倒沒想起來，早前宗室裡那些風言風語，甚至傳到後宮裡頭，說我心悅她，都是你傳的吧？」

周紹雍嘿嘿笑了兩聲，尷尬道：「我這是什麼？未卜先知呀。再說，風言風語總歸是風言風語，這親，要定下來了才作數，傅小娘子還和齊表叔傳過點啥，這民間的戲文裡，兄弟相爭的戲碼十分受歡迎，你們表兄弟之間……」

周毓白橫了他一眼。

周紹雍似乎也覺得自己好像越說越沒譜了，馬上閉嘴，眨巴著一雙大眼睛，可憐兮兮地看著

周毓白。

周毓白看著眼前這少年靈動秀麗的臉，那雙炯炯有神的大杏眼十分討人喜歡。周紹雍長得不像肅王，而是像極了肅王妃。

周家這是一脈相傳的俊秀長相，太祖皇帝雖然是個征戰四方的將軍，卻是個玉面書生模樣，當今皇帝也是書卷氣極濃，周毓琛、周毓白兄弟也都是內斂的氣質。

而肅王像了徐家一脈，生得並不好看，但是肅王妃卻是難得一見的美人，看周紹雍就知道。他這對眼睛，不像周家人，似乎帶了隱隱的野性……

周毓白垂眸，用叔叔的口吻警告道：「你這口無遮攔的毛病，也該改改了。」

周紹雍倒是挺受教，「好吧、好吧。」

正好有個宮人沿路尋了過來，是來找周紹雍的。太后娘娘在等著他。

周毓白道：「你快去吧，別讓太后娘娘久等了。」

周紹雍與周毓白別過，興沖沖跟著宮人走了。

這孩子無論何時都是充滿了熱情和活力。

周毓白上了馬車，出宮。

單昀聽周毓白淡淡地吩咐了一句：「回去之後，讓張先生立刻到書房見我。」

單昀覺得周毓白心裡有事，因為他很久沒有這樣「急切」地下命令讓張九承盡快見他了。

趕到書房的張九承也同樣有些驚訝。「郎君是說……肅王世子？」

周毓白點點頭。

「讓底下的人去查查，他在鎮寧軍中做了什麼、見了什麼人，回來之後又去了哪裡、見了什麼人，一五一十查清楚了。」

張九承一頭霧水，「郎君怎麼好好地就疑到肅王世子身上？還是說肅王府最近有異動？」

周毓白挑眉，「異動？他們最近熱衷於走王相的路子，還能有什麼別的異動？到底是和齊昭若走得近的人，查查吧。」他只能這樣說服自己，也說服張九承。

其實他現在對齊昭若，比對周紹雍放心多了。

周毓白抬手揉了揉眉心，內心感覺只有他自己明白。皇家之中，明爭暗鬥，兄弟之間互相算計，這些年早已習以為常。

但是周紹雍是自己的晚輩，他雖沒有比他大幾歲，也視他如周紹懿一般，待日後周紹懿長大了，他是否也要以這樣的眼光去看他？

當真是冷血至極。

張九承不知他心中情緒，點點頭。「肅王世子雖與郎君親厚，但防人之心亦不可無，何況明年與西夏戰事亦未可知，多防備幾位王爺總是不會錯的。」

周毓白頷首，「那就有勞張先生了。」

傅家這裡，沒過幾日，傅淵便又叫人請了傅念君去書房。她直覺是和陳家的命案有關聯。

陳靈之已經快坐不住了，但是除了將他好好看管起來保證他的安全，傅念君別無他法。

傅念君問道：「哥哥，是陳家的事有進展了嗎？」

傅淵臉色沉重，看了她一眼，點點頭。

「怎麼樣了？官府定案了，還是抓到了可疑人物？」傅念君希望得到好消息。

傅淵搖搖頭。

傅念君的心涼了半截。「那哥哥的消息，可是好消息？」

傅淵嘆了一口氣，道：「喜憂參半吧。」

喜的是當夜陳家人並未全部葬身火海，陳老爺、陳夫人的屍骨經過驗屍應是無誤，但是陳家一對兒女都不在列，也就是說陳小娘子可能還活著。

但傅淵說的憂是……

「但是兩日後，有人在二十里郊外找到了三具屍體，經過仵作驗屍，官府認定是陳小娘子和其弟，還有從小伺候他們的乳娘。」

傅念君一驚，問：「是如何死的？」

「流寇盜匪所殺。」

洛陽城外如何能有這樣膽大包天的流寇盜匪！這藉口怕是官府那關都難過。

傅念君蹙眉，「那幫人竟然假借盜匪流寇之手生事，還有王法麼？」還非要這樣趕盡殺絕，十分心狠手辣。

傅淵說：「審案有刑部和大理寺，我們插不上手。」

傅念君道：「但是陳小娘子既從家中逃脫，或許生還的可能性大些，何況陳靈之並沒有死，他好好地在這裡。哥哥，可見官府的消息不可信……」

傅淵表情沉重地看了她一眼，「錯了，陳小娘子生還的可能性很小。」

原來洛陽官府認定的屍首其實只有陳小娘子一人，而她身邊的少年，並不敢斷定是陳靈之。是傅淵暗中操作了一下，才讓官府判定姊弟兩人身死結案。

是傅淵想讓「陳靈之」這個身分死去，所以才有了這個結果。

對於洛陽官府而言，這樣的無頭案，死絕了的一家人，也無人再上告，這樣結案是件好事，省了衙門的人力。

這種情況的案子就是調查出來了，也就街上百姓誇個一兩句的，無關痛癢。

傅念君心中一震。所以陳小娘子即便沒死在大火中，也確實是死在了郊外仇家的手裡麼？

傅念君來不及細想這件事，只問傅淵：「哥哥出手了，會不會對傅家有影響？若對方來頭甚大，我們如何能保全陳靈之……」幫人的前提是要保證自己的安全，她不想傅淵因為一時惻隱之心去冒險。

傅淵搖搖頭，「陳老爺是做生意的，往來的人很多，往官府走路子遞銀子的人也很多，商人無良，總有些爛帳想栽到死人頭上。陳家人死絕了，他們的財產才能拿出來瓜分，所以即便我不出手，也很多人想官府判定陳靈之已死。」

他不過是讓人推波助瀾而已，對方要查根本無從查起。

陳家的事確實是個慘劇，而原因究竟為何，如今怕是只有死去的陳家夫婦知道了。

傅念君吁了口氣，「那麼陳靈之所說，陳家那位姓章的舅爺，哥哥可查到線索了？」

傅淵臉色冷沉，「姓章的根本不是陳家的正經親戚，陳夫人是前朝舊臣府上侍女出身，家境貧寒，在東京城裡哪有什麼親戚？不過是他們胡亂七拐八拐認的罷了。」

下九流出身的平民，大多家境普通，甚至有些孤兒寡母，大家在貧苦之時互相扶持，姊姊哥哥的一通叫，有些念舊的，後來也都當作正經親戚往來了。

「這姓章的手底下有個通貨行，在汴河上也包了個碼頭，家境與陳家差不離，聽說最近雇了鏢隊南下，家裡對於陳家也沒多大印象，對前段時日陳夫人去拜訪倒還有些印象，多的，也查問不出來了，只能等姓章的回京。」

線索斷了。

章家與陳家顯然沒有那麼密切的聯繫。

傅淵看傅念君愁腸百結的模樣，只勸慰道：「盡人事聽天命，妳一時心軟救了他家獨苗已是仁至義盡，可也不能日日撲在這上頭，讓傅家把財力物力全耗費在這樁無頭案上。」

或許根本只是江湖仇殺而已。

傅念君知道傅淵說的有道理，可是陳家的事情依然像石頭般沉甸甸壓在她心頭。她總覺得沒有那麼簡單，而對於陳靈之的搜捕，對方也不太可能憑官府的一面之詞就放棄了。

陳靈之依然很危險。他就像塊燙手山芋，因為查不清楚他的來歷，她甚至不知道該把他往哪裡擺。

傅念君立刻想到了周毓白。他手下有一批江湖勢力，且隱藏極深，傅念君一直是知道這件事

的，傅家能夠用的人有限，若是告訴了周毓白，他必然可以查出些東西來。但傅念君轉念一想，若是自己是多思多慮了呢？只是陳家倒楣，遇到江湖仇殺，而陳靈之命大被自己意外帶出洛陽而已呢？

周毓白每天忙國家大事都忙不完，她這樣去煩擾他，豈不太不應該了？

傅淵說：「那孩子若是再鬧，我倒是可以幫妳處置。」

傅念君回過神，明白傅淵此意。「暫且先放一陣吧，若是事情不明朗，將他貿然送走，或許會害了他的性命，或許他也會將我們家牽扯進去。」

傅淵點點頭。「等過了這陣風聲吧，他若是個懂事的，自然能體諒我們所為，他的家仇該由他自己報，只是不是現在。」

傅淵顯然不大喜歡陳靈之，大概是看管陳靈之的人向他彙報了什麼。

那孩子是個桀驁不馴的，除了傅念君能勸一兩句，其他人的話他都不聽。

傅淵素性冷淡，更不耐煩這樣不懂事的孩子，他這是在告訴傅念君，若那小子想借傅家之勢殺回洛陽，就真的是太天真了。

他若胡鬧，傅淵必然連最後一點忙都不會幫。

傅念君點點頭，在這點上，她和傅淵立場是一致的。陳家將陳靈之養得確實有些驕縱了。

§§

傅念君再次進宮時，各家小娘子與宮人內侍對她的態度已經與從前截然不同了。

宮人內侍見到她尤為殷切，倒不全是傅念君得了帝后青眼，風頭正盛，而是因為她的一件衣裳兩句詩，讓皇帝下令放了宮裡許多老人。

傅念君無意中贏得了他們有些過分的尊敬和崇拜，但她也知道，這裡頭多半也有因為她是傅琨的女兒的關係。

就像傅淵，自身修養固然重要，身分卻也能增光添彩。傅念君想著，若她從小便是傅琨的女兒，沒有中間的「傅饒華」，或許她早已習慣這樣的奉承和殷勤了吧。

就像周毓白說的，若人生有另一種可能……她搖搖頭，將這些思緒趕出腦海，自己真是久未見識鮮花掌聲，一下子也被捧得虛榮起來了。

這次進宮，她四下打量了一圈，發現站在堂中的小娘子少了許多，只有幾位比較出風頭的出席，如裴四娘、盧七娘之流，盧拂柔也算是在上回內宴中表現不錯的，其餘一些不打眼的便沒有再受邀。

當真如科舉似的，層層拔擢了。

上座的皇后娘娘臉色不太好看，不像上一回開心，也有些心不在焉。

裴四娘第一個詢問舒皇后身體是否有恙。

舒皇后搖搖頭。「難為妳們這幾個孩子有心了，今日讓妳們進宮來，本來是想繼續上回的考校，不過現在，只能讓妳們白跑一趟了……」

裴四娘問道：「娘娘怎麼了？可是身體不舒服？請過太醫了嗎？」

舒皇后搖搖頭，「不是本宮，是太后娘娘……」

原來太后娘娘前幾日就身體不適臥病在床，加上飲食不思，御膳房想盡辦法，依然無計可施，太后娘娘因此瘦了好些，帝后這兩天一直很擔心著急。

如此一來，比試什麼的，也沒多大心情了。

舒皇后想著讓這些孩子略坐坐，就讓她們回去，突然有內侍過來傳旨了。

旨意是皇帝下的，可那意思卻是徐太后的意思。

她知道帝后舉辦內宴的意圖，便道這第三輪的題目就由她來出，竟是明日午時前，讓各家小娘子送一席珍饈到慈明殿，不用多，兩三道即可，讓她老人家嘗嘗諸位的手藝，再定奪優勝。

洗手做羹湯，這本是尋常女兒家必須要學的，但是世家千金學的廚上之事也不過是調配下人、指揮廚娘，會認得菜肴新不新鮮，分得清食材是些什麼東西就夠了，哪裡會真的自己下廚。那油煙傷了她們嬌嫩金貴的皮膚可不好。

不過徐太后大概也是知道這點的，因此給她們一天時間，讓她們各自回去想主意。到明日她老人家用膳，還有很長一段時間。

傅念君覺得徐太后根本是不想再吃御膳房的菜，才趁機提了這個要求。

宣旨的內侍朝幾位小娘子道：「太后娘娘近日胃口不佳，只希望幾位小娘子用心些，各位家中都有廚娘數位，想必能精研出幾道讓娘娘她老人家用得高興的菜肴。」

眾人領了命應諾。

舒皇后覺得這樣也好，與她們道：「這是妳們盡孝心的機會，但妳們也不用太緊張，即便做不好也不要有負擔。」

舒皇后說話總是這麼溫和。

她也沒有興致同她們多說什麼了，而堂中各位小娘子也都開始絞盡腦汁想著怎麼在做菜一事上討好太后，因此舒皇后很快就讓她們退下了。

江娘子又一副哥倆好的模樣走到了傅念君身邊，嘴努了努，指向前頭不遠處的裴四娘。「這回換她拉長臉了。上次那麼得意，風水輪流轉，哪裡能常常讓妳占盡風光的……哈！」她這一聲笑，當真讓人聽出了解氣的味道。

傅念君覺得江娘子話裡有話，上回明明是自己更風光一點的。

她咳了一聲，問：「妳怎麼知道裴娘子這回招架不住了？」

江娘子抬起了自己的纖纖玉手，剛染的蔻丹在陽光下鮮亮耀眼。

這樣的手、這樣的指甲，傅念君知道她想表達什麼：她可是不會下廚的。話說回來，今日進宮的幾人都是上回表現尚佳的，這個江娘子算怎麼回事？

江娘子輕哼了聲，「裴家與盧家同為世家，妳覺得孰優孰劣？」

傅念君答道：「這恐怕不是我說了算的。」

「我是說，妳覺得誰家錢更多？」江娘子翻了個白眼。

傅念君聽明白她的意思了，依然滑溜溜道：「怎麼都是比我家多的。」

這世家同世家，也是不一樣的，比方錢家，那可真是一尊金光燦燦的大佛，但是像盧家、裴家，底子到底還剩多少，那真是不好說了。

不過，看裴四娘與盧七娘的神色，多少也能判斷出來。

民以食為天，吃什麼東西，很大程度上能夠反映這家人的經濟情況。

她們這些小娘子，比的哪裡是自己的手藝，根本是在比誰家廚娘更厲害。

如江娘子家中，這樣靠著張淑妃發跡的暴發戶，雖然父兄官不大，但必然成日山珍海味，哪個貴就買哪個，哪個浪費用哪個，而如傅家這樣的清流世家，保持著祖輩一貫的水準，女眷們的伙食尚算中等偏上，對於男兒們就苛刻些，意在讓他們保持讀書人的恬淡寡欲。

也正因為有時吃的實在不行，傅念君才常常給挑食的傅淵開小灶。

如裴四娘家，大概境況就不太好。世家衰敗迅速，很大一部分原因是子孫不事生產，產業經營不當，裴四娘在帝后面前走的是簡樸風格，一部分是他們自己的選擇，另一部分，或許她本來

就無法像盧七娘一般，連筆山都要是上好暖玉做的，否則便覺得侮辱了手裡的筆。

傅念君不禁搖頭感嘆：「倒不如把自家的廚娘都拎到宮裡來，一對　地比賽廚藝，也算是別開生面的趣事了。」

也免得各家小娘子還要在太后面前唱大戲。

她敢肯定，明天肯定會有人傷了手、被火燙了等等。

江娘子聳聳肩，似乎對這比試不放在心上。

兩人在宮門口告別，傅念君正鑽進自家馬車裡，卻聽到有人喚了她一聲，一看，是盧七娘，正坐在車內望著她。

盧七娘白玉般的臉上依然是淡淡的清傲，她提醒傅念君：「傅娘子是聰明人，何必與江娘子走近？這不是明智之舉。」

傅念君打量了她一眼，難不成盧七娘知道些什麼？

「多謝盧娘子提醒了。」

盧七娘沒有再說話，讓丫頭放下車簾，便離開了。

這位盧七娘，與自己說話從來不會超過三句。

§§§

傅念君回到傅家，傅淵也聽說了這「考題」，連公文都不寫了，背著手晃到傅念君這裡來看熱鬧。

即便他是最不像來看熱鬧的人，但是傅念君覺得他確實是來看熱鬧的。

傅淵見傅念君似乎一點都不急，還在處理家中雜事。冬日來了，傅三老爺即將回府，要置辦

的東西很多，傅念君又開始算帳了。

「聽說廚房裡都鬧成一鍋粥了，妳不去看看？」傅淵說道。

傅念君覺得奇怪，「他們鬧什麼？不打算好好做飯了？」

「是怕做不好，明日要掉腦袋。」

傅念君笑著將手裡看到一半的帳本收起來。「杞人憂天。」

廚房裡的王大娘估計又開始自己嚇自己了。哪個說要讓她做菜給太后娘娘吃了？

傅淵問她：「妳有什麼想法？」

傅念君搖搖頭，「如果我跟哥哥說，我什麼想法也沒有，你信不信？」

傅淵的手指輕輕在桌子上點著，閉目凝神想了想。

「我信，要討好太后娘娘……確實不容易。」

傅念君苦笑，「大家都想岔了，這回哪裡是比誰家的廚娘又多又好，官家和皇后娘娘都這樣愁眉不展了，說明太后娘娘確實情況嚴重，這民間的廚娘廚藝再好，能比得過御廚？」

只要冷靜分析一下，就能想明白這個事實。再精心、再美味的珍饈，怕也是無法對徐太后的胃口。

傅念君素來仔細，又道：「何況出宮前，我特意找宮人打聽了一下，近日肅王世子常常出入慈明殿，哥哥……」

傅淵心領神會，「肅王世子頗精通玩樂，近日為了太后娘娘應該也搜羅了不少民間吃食，這樣太后娘娘都不喜歡的話……」

民間小吃是條路子，但看來是行不太通的。

他站起身，「我找人去太醫院問問。」太醫院有傅家的勢力，問這樣的事是不妨事的。

傅念君其實對太醫院沒有抱太大的期望。

現在要找的，多半不是太后娘娘身體上的病因，食欲這東西，只要不是病得太厲害，往往是受自己的心情和想法影響的。

這也像治病一樣，需要對症下藥。

可她又不瞭解徐太后，該從何處下手呢？

兄妹兩人話沒說多久，芳竹就進來與傅念君耳語了幾句，傅念君聽了，目光便落到對面的傅淵身上。

傅淵擰眉，「怎麼？」

傅念君笑道：「是未來小嫂嫂派人過來了。」

她這位小嫂嫂挺熱衷於幫自己的未來小姑子「作弊」的。

就如傅念君在宮裡時想到的那樣，錢家作為富比皇家的豪門世家，吃穿用度自然不同凡響，而且錢家久居江南，口味也與京城的不大一樣，這樣的比試若錢婧華也參加了，必然獨樹一幟。

因此她便委婉地派人來問詢傅念君，可否需要她「借人」。

傅淵倒是無所謂，本來這比試就不是個公平的比試。

「若要的話，錢家的人也可試試，指不定太后娘娘口味變了，偏好江南一帶的菜肴。」

傅念君搖搖頭，「這人，我是斷不會向錢家借的。」

傅淵問道：「為何？」

她笑了笑。「因為……有人比我更需要向錢家借人啊。」

盧拂柔。

所以這人她借了，盧拂柔也借，菜肴送到了太后娘娘面前豈不重樣？

何況錢婧華即便如今與傅念君走得更近，未來也是傅家的媳婦，可礙於多年的情面，肯定是不好意思拒絕盧拂柔的，傅念君何必讓她難做。

她向芳竹道：「去回了吧，讓錢娘子不用擔心，我這裡有主意。」

說是這樣說，可等到傍晚傅淵打聽徐太后病情的消息回來，傅念君心裡依然沒個準數。

徐太后的病其實也說不上嚴重，不過是老人家上了年紀，脾胃虛弱，不比年輕時，而徐太后年輕時跟著太宗皇帝也是吃過幾年苦頭的，一直是個潑辣性子，性情脾氣真的稱不上好，氣大傷身，常有個頭疼腦熱的，多半也都是由她自己的心思而起。

傅淵對傅念君說道：「這確實讓妳猜準了，太后娘娘壓根沒病到多嚴重地步，還想著進食，自然沒有太大的問題，不過是沒有合她意的食物罷了。」

傅念君點點頭，陷入了沉思。這一回比的，其實是誰能猜準徐太后的口味。

她還有一個晚上可以想主意，她覺得旁的小娘子大約這會兒已經試過好幾輪的菜，她到現在唯一的成就，大概就是安撫了廚房裡的王大娘，承諾明日不用她揹鍋砍頭。

這王大娘要是出點問題，傅琨今晚怕是都喝不到一頓熱湯。

傅念君朝傅淵道：「如今也只能賭一把了。」

傅淵挑了挑眉，她要賭什麼？

人生很多事，不過是膽大心細罷了。傅念君想著這膽大心細，自己素來算做得不錯，上回在帝后跟前，她用那件衣裳來意指三千宮人也是很冒險的，但是不冒險，便無法出奇制勝。

只是這一回，對方是徐太后，她可沒有皇帝那樣好說話。

傅淵道：「妳已經打算好了？」

傅念君嘆了口氣，「只能勉力一試了。」

傅淵見她秀眉微蹙，知她心中其實把握不大。換作從前，她定是雲淡風輕、鎮定自若的模樣。

傅淵說：「若是試得不好呢？」

傅念君頓了頓，「試不好……大概，就滿盤皆輸了吧。」

傅淵勾了勾唇，心道她這賭徒心態倒是好，誰也沒有逢賭必贏的本事，但總是賭贏的人，膽子確實是比常人大。

而傅念君，正是此類中人。

這晚，傅淵只覺得躺下去沒多久便醒了，睡得不太安穩，隱隱約約覺得耳根不大清淨。

醒來一看，還不到五更天，外面烏漆抹黑。

他的耳朵沒有騙他。這是在折騰什麼？

他的院子離大廚房不遠，傅家的規矩，晚上大廚房是封灶的，傅家人也沒有吃宵夜的習慣，這會兒吵雜起來，傅淵立刻便猜出是傅念君。

他索性讓人打了水來，早些起身洗漱。

大廚房裡熱鬧聲不止，傅淵背著手晃過來的時候，就見到一張張被灶火烤得通紅的臉，也不知是在激動些什麼。

灶上王大娘見傅淵過來，竟興奮地道：「郎君起得這樣早，是餓了？想吃點啥？」

傅淵心想，他難道看起來這麼像餓醒了來討食的？

傅淵見到傅念君忙碌的身影，她背對著自己，沒有回頭。

她是起得早，還是一夜沒睡？

偌大的廚房裡瀰漫著一股濃郁的肉香，讓人口舌生津。

傅淵咳了聲，朝王大娘道：「不必了，我只是來看看……妳們在做什麼？」

王大娘回道：「是二娘子在煨肉呢，好幾個時辰了，娘子說得煨到送進宮的前一刻！」說著還猛一吸鼻子，臉上表情是暢快又滿足。

傅念君的廚藝好，沒人比傅淵更清楚了，因此王大娘等人不過是替她打個下手，不然此時就不會是她來招呼自己，而傅念君在灶前忙碌了。

傅淵也覺得這味道誘人得過分，腳不由得往前挪了挪，但又覺得自己的形象得端穩，便板著臉問王大娘：「這是要送進宮的，她這做的是什麼肉？」

王大娘說：「豬肉啊……」

豬肉?!傅淵驚訝。怪道這味道這般不同，竟是豬肉……

豬肉此物在大宋，是「富者不肯吃，貧著不解煮」，吃豬肉是下等人的作為，御膳房從來不會出現豬肉，頓頓都上的只有羊肉。

大宋律例，嚴禁屠宰耕牛，所以牛肉也是不能吃的，可食的肉類便是雞鴨羊魚蝦，而宮裡和富貴人家，則還有鹿肉、獐子肉、狍子肉、雉雞肉等珍貴的山珍，可以說除了牛與豬，這天下好東西尚多得很。

傅念君卻偏偏選擇了豬肉。

傅淵終於理解白天時她為何要說賭一賭了。

若是一個不巧，徐太后當場發作，指責她輕視皇家，用賤物侍主，也完全是有可能的。

傅念君經人提醒，才曉得傅淵過來了。

她搓了搓手，走到傅淵面前，朝他點點頭。「可是吵到哥哥了？君子遠庖廚，哥哥不該來這裡的。」

她臉色還不錯，神采奕奕的。

傅淵道：「我不過是來看看妳。妳這樣做確實冒險……哪裡來的豬肉？」

「城門上鎖前，讓人從莊子緊急送過來，是莊頭他們自己養的，漫山放養的小豬，肉質很好的。」

傅念君說這些，傅淵當然聽不懂。他倒不知道，她對這個竟然這樣在行。

「我選了最肥的一塊，沒有辦法，沒有騸過的豬不太香，肉肥些味道才能出來……好在這頭豬還小……」

她說得頭頭是道，讓傅淵想到自己侃侃而談詩賦經義時的模樣。

「騸……」他眉頭緊蹙，重複唸了這個字。

他覺得傅念君作為名門千金，隨意地說這話總是不太好。

傅念君倒是沒察覺。她從小到大學過很多東西，其實她對詩書禮樂不太感興趣，卻挺喜歡做菜的。

傅淵問她：「妳選擇了用豬肉入菜，是因為太后娘娘早年家中是……」

徐太后家中是屠戶出身。徐太后的父親從前操持賤業，在市井殺豬宰羊。

傅念君點點頭，「老人家上了年紀，最常想起的就是過往回憶，越久遠的回憶，就像醇酒一樣，越香。我並不瞭解太后娘娘，不曉得她的喜好，她如今不思飲食，是否是因為懷念小時候那一口味道，也只能猜一猜了。」

既然山珍海味都不能打動徐太后，那麼或許她喜歡的確實不是精緻的珍饈美食。

以己度人，傅念君到現在都記得小時候吃的一碗甜酥酪，那麼或許，徐太后也一樣很懷念小時候吃的東西。

屠戶人家小時候吃的最多的是什麼？答案就在她鍋裡。

傅淵輕輕嘆了口氣，「妳膽子確實大，太后娘娘到了如此位置，已經多少年沒人敢提起她幼時之事，不說官家不耐煩人家提起他外家，就是徐家那兩位國舅……」

徐家那位屠夫國丈早已去世，但是兩位國舅爺，可是你敢多說一句，就提刀砍你的主。人家當年是扔了殺豬刀跟妹夫上戰場的，殺豬成了殺人，還殺得功名赫赫。

傅念君要把豬肉送到太后娘娘面前，不就是明目張膽提醒徐家所有人，他們曾經是屠戶出身麼？

傅念君望了望頂上的大樑，「所以我說，賭輸了，我就回到從前的傅念君了……」被太后娘娘厭棄，皇帝和皇后還會繼續看重她、喜歡她麼？

她雖然可以不在乎一個脾氣古怪的老太太對自己的看法，但那到底是周毓白的祖母，如有可能，她依然希望本就不受祖母喜歡的他，在婚事上能不要同家中長輩再起衝突。

傅淵頓了頓，「其實把握也不算小，何況妳做的……」他的眼睛望向了灶上正煨著火的小鍋。「應該是味道不錯的。」

傅念君見了傅淵這眼神，忍不住在心裡偷笑。

傅淵這人，對事對人都一副冷冰冰的模樣，唯一的弱點，就在美食上，當真是個反差極大的弱點。

傅念君也不想令傅東閣壞了自己的形象，便強忍住笑意道：「哥哥可要來試試菜？」

她分明見到傅淵眼中有光芒掠過，只是等她話說出口，他卻又擺出一副不太情願的樣子。「此乃為太后娘娘所做，豈非不大妥當？」

傅念君有理有據替他找臺階：「就是為太后娘娘所做，更要精心調製口味，有不妥善之處還能挽救。」她看了看外頭天色，「還有一段時間。」

傅淵點點頭，對她這個理由相當滿意。

砂鍋打開，那股肉香味更加濃郁，直往人心裡鑽。

像豆腐塊兒一樣被整整齊齊切成塊的豬肉，放在墊著竹箅子的老砂鍋裡咕嚕咕嚕煮著，顏色紅中透亮，醬汁飽滿黏稠，沒一絲腥味，盡是誘惑人的香甜味道，看得人胃口大開。

傅念君下廚有一些自己的習慣。她常會讓人準備些東西，然後指揮下人做些醬料、醃菜，比方她做的黃豆醬，是連久經廚藝場的王大娘都沒有吃過的。

獨一無二。

所以傅淵根本不懷疑，哪怕是太后娘娘，也沒口福吃過這樣的菜。

傅念君細心地用竹筷子替他夾了一塊四方的肉塊出來，置於乾淨的小碟子裡遞給他。

「還沒到火候，哥哥先嘗嘗看味道，甜不甜？」她問出口的話倒是甜滋滋的。

傅淵盡量端著一張冷臉，用三口覺得太少、四口覺得太多的速度吃完了肉。

厚重油膩，濃香鮮甜，壓著舌根兒的味道久久不散，當真是唇齒留香。

讓人無法拒絕。他的目光在自己都沒有察覺的情況下又投向那小鍋。

傅念君越看越覺得好笑。既然哥哥喜歡，等過了這趟，她再做一鍋給父兄吃吧。

做一大鍋。

「還不錯。」傅淵是這樣回答她的。

傅念君點點頭，笑道：「那就好。」

儀蘭出現在大廚房門口，很是時候地破壞了這兩兄妹之間的氣氛。

「娘子，到時辰了……」她手裡拿著一件厚厚的毛氅。

到什麼時辰了？傅淵看了看外頭濛濛亮的天色。

這個時辰，大概才是傅家下人們起身的時辰。

「妳要出門？」他問。

傅念君點點頭，沒太在意兄長今天的囉嗦，主動解釋道：「出去一趟，太后娘娘早年住在羊腸巷那邊，我去轉悠瞧一瞧，興許能發現什麼……」

她還真是滴水不漏。

「那這裡呢？」傅淵指指那鍋子。

「先這麼著吧，王大娘和芳竹會替我看好的。」

王大娘在旁連連點頭。雖然她昨天得了傅念君的保證，她不做菜，宮裡不會要她腦袋，但這是二娘子親手做的，若是出問題，那掉腦袋的豈不是二娘子？她怎麼敢馬虎！二娘子待他們下人這樣好，這鍋肉現在可比自己的性命都重要。

「沒事的。」傅念君說。這傅家的後宅如今四平八穩，還沒哪個有膽子犯到她頭上來。

她看了一眼兄長，只要他別沒忍住，將它們全吃光就好。

傅淵目送傅念君離開，而後也要回屋整理昨天沒做完的公事，此時王大娘湊在他身邊低聲問：「郎君今日早膳想用些什麼？」

主子都到了這裡，她拍下馬屁總歸是沒錯的。

傅淵淡淡道：「與尋常一樣就可。」

他步出廚房，想到那寡淡的清粥小菜，竟隱隱有種除卻巫山不是雲的感覺生了出來。

§§§

傅念君匆匆忙忙趕回府裡時，已經天光大亮。

今日的傅家注定格外忙碌。

府裡的丫頭廚娘，灑掃小廝，全都輪著替傅念君著急。

沐浴更衣，梳妝打扮，都要費工夫，她們娘子難不成要以這灰頭土臉的模樣進宮去？

還有菜，最重要的菜呢？

太后娘娘沒說只讓妳做一道菜，可廚房裡就一道菜啊。

貼身伺候的兩個丫頭算是再進一步瞭解傅念君了。她們這個娘子，有越碰到大事越拖拉的本事。

聽說第一回比試作詞的時候，她就是拖拖拉拉，在香燃盡的那一刻才完成。

這次呢，也要拖到那時候麼？

府裡人不知道她出府去做什麼，只曉得一大早她就不見了人影。老管家都替她擔心起來，聽門房說天剛亮娘子就出門，便一直守在門邊望穿秋水。

「也不用急。」傅念君對身邊人說。回來第一件事就是大步往廚房邁去。

眾人只能對她這樣的態度嘆氣。

她也不算是毫無收穫吧。

廚房裡，王大娘等人以為傅念君出門一趟，會帶回些不輸於那鍋神仙肉的東西。

他們被逼著聞了好幾個時辰的肉香了，口水都嚥了幾斤下去，還是一刻都不敢懈怠地盯著那鍋子。

但是傅念君找回來的東西卻很簡單。

她在羊腸巷找到一戶曾經賣豆漿的人家，聽說十幾二十年前豆漿生意做得還不錯。那做豆漿的是個寡婦，領著獨子過活，後來寡婦身體不行了，眼睛也不好，便停了生意，由兒子媳婦奉養。

傅念君讓他們都嘗了嘗那豆漿，說一下感受。

那寡婦雖然不賣豆漿了，但是這麼些年吃慣了，習慣早上起來喝一碗，為家人也做一些。

傅念君特地花高價買下，對方怎麼會不願意？

芳竹喝了一口，第一個皺眉，露出苦臉。「娘子，有點酸啊……」

帶點澀，帶點酸，芳竹喝了一口就吐了吐舌，放下了碗。

這不是什麼好豆漿，她尋常喝的都比這好上很多。

王大娘也喝了一口，她畢竟是通廚事的，便對傅念君道：「娘子，這都是市井那些喝不起細豆漿的人喝的，生豆的味道濃得很，也不加糖，別說芳竹姑娘喝不慣，外頭的人，喝得慣的也少……」王大娘低頭又喝了一口，嘀咕：「怎還有股子怪味呢？」

一直跟在傅念君身後的儀蘭臉都快綠了。怎麼能沒怪味？那寡婦用來煮豆漿的那口老鐵鍋她簡直都沒眼看……可她非說，自己從前就是用這口鍋，煮出來的豆漿四鄰八里沒人說不好吃的。

儀蘭猜測，鄰里或許是為了幫襯他們孤兒寡母吧。

傅念君笑了笑。她雖想找回太后娘娘記憶中的味道，卻不能就這樣把東西呈送到徐太后面前。憑著如今她老人家金貴的口舌，這樣的東西怎麼可能入得了口？

傅念君很明白一個道理：記憶裡的味道，若是十分呈現出來，反而不美，只保留三分最佳。

那剩下的七分，原本就是記憶經歷歲月打磨後自己心底的一點眷戀，且這感覺歷久彌新。

所以……傅念君問王大娘：「有炒熟的黑芝麻嗎？」

7 菜色不錯

傅念君到慈明殿的時候，已經有很多人了。

舒皇后依然是和藹可親的樣子，而在慈明殿中，顯然有一個人能比她把頭抬得更高、氣勢更盛，甚至隱約蓋過了皇后的光芒。

徐德妃。

在這宮裡其他地方，包括她自己的寢宮，她怕是都沒有這樣的底氣，但在她親姑母這裡，她可以。

這裡是唯一她能將張氏那個賤人遠遠拋在身後的地方。

而其他妃嬪，大多是抱著看熱鬧的心思來的。太后娘娘病了多日，她們懼怕她的脾氣，並不敢天天上門叨擾。

張淑妃是必然不在的。除非她想看熱鬧的熱切心情，超過了她與徐德妃相爭幾十年的恩怨情仇。

徐太后被宮人和內侍扶出來，矮墩墩的身材，微微有些駝背，穿著深青色大袖翟衣，梳著白角冠，飾有白角梳，幾乎壓得她老人家看不見脖子。

皇帝和她長得不像，親女兒邠國長公主和她也不像，倒是她的侄女徐德妃在面貌上更像她的親女兒。

傅念君是第一次見到太后，她胡思亂想著，所以徐太后喜歡徐德妃多些，不只是因為她是自己的侄女，或許也因為她更像自己？

太宗皇帝娶了自己，所以要讓當皇帝的兒子也娶自己的「翻版」麼？世上或許有很多這樣的母親。

徐太后整個人沒什麼精神，懨懨地靠在迎枕上，一旁的宮人滿臉著急，從她們的談話傅念君得知，原來徐太后早膳也用得不好。

徐太后不耐煩地揮著手，「別在老身耳邊唸叨了，聽著煩……」

宮人只好訕訕地閉嘴。

這堆人面前，只有徐德妃最得臉，只見她上去與徐太后說了幾句話，徐太后臉色便緩和了一些。

眾小娘子心裡都很忐忑，一半是擔心自己入不了太后的眼，另一半則是擔心帶進宮的菜肴。天冷，菜就容易涼，她們的菜肴現在都在御膳房裡安置，就等徐太后這裡傳膳了。

徐太后和徐德妃說了兩句，眼神就瞟向了堂下幾位小娘子，她出口的第一句話倒是讓傅念君有些意外。

「哪位是傅相家中的閨女？過來讓老身看看。」

傅念君上前朝徐太后行禮，並不敢直視她的目光。

徐太后將她上下打量了一番，才道：「傅家小娘子聽說還挺出息的。」

這話裡頭的意味不好揣摩，是褒呢還是貶呢？傅念君也說不好。

徐家和傅家不算有過節，但是邠國長公主有，所以從前傅念君的事徐太后必然清楚，而上回她在帝后面前這樣長臉，她定然也知道。

簡單說了幾句，徐太后就沒再給傅念君更多關注，而是讓內侍傳膳。

不得不說，眾位小娘子各顯神通，滿滿布置了一桌子的菜，架勢完全趕得上宮裡過年。帝后生活簡樸，日常吃飯也沒有幾個菜，比起口腹之欲，他們更怕言官的口誅筆伐，太后這裡已經是素日飲食規格最高的了。

而她近日身體有恙，御廚更是使盡渾身解數，美食流水般往慈明殿裡端，但依然比不上今日的陣仗。

這些菜，就像諸位小娘子，各有風格，精緻華麗有之，樸素低調有之……

傅念君注意到放置自己菜肴的紅木托盤被放在最後，有些驚訝，腦海中突然想起剛才領她們進來時，女官意味深長的眼神。

她在心中笑了下。真是忙糊塗了，連打點宮裡人都忘了。

這廚藝的比試，不像前兩次，這回的先來後到格外重要，要是太后娘娘吃到妳的菜時已經飽了，那妳還比什麼呢？

徐太后動了動眼皮，並不在乎她們忐忑站在一旁的模樣，反正她不過是想嘗鮮。

排在第一個的是江娘子。

傅念君終於意識到，她臉上那洋洋得意的神情是從何而來了。這個土財主……她不是已經不打算爭什麼王妃之位了，要出這樣的風頭做什麼？

而傅念君對她那兩道菜的水準也只能表示歉意。

那盤子裡碩大的蘿蔔雕成的大龍頭實在是稱不上多美，甚至徐太后見了都微微皺眉。只能說這樣大的蘿蔔確實不好找，江家的有錢體現在這裡。

這道菜是燴羊羔，只瞧這誇張的擺設，傅念君還以為是天上龍肉了。

徐德妃和舒皇后兩人全程陪著徐太后一起做評判。舒皇后似乎對這樣令人眼花撩亂的美食興趣不大，只一心盯著徐太后的反應，倒是徐德妃見徐太后下了一筷子，她便也讓宮人服侍著嘗了一口。

等不來徐太后的評價，總不能冷場讓人下不來臺吧。

菜自然是好菜，色香味俱全。但是除了那雕花，並無什麼出眾之處。

徐德妃嘗了一口，道：「這馮翊縣出產的羊羔肉嫩第一，確實滋味甚美。」

這就是她的評價。

盧七娘和裴四娘等人心裡立刻鬆了鬆。

徐德妃只誇羊肉不誇廚藝，看來是對江娘子這道菜不太滿意。

不過江娘子並沒有表現出特別在乎的樣子。

傅念君瞧她這副表情，開始猜測這兩道菜或許是她去外頭酒樓打包來的。

徐太后陸續嘗了其他小娘子上呈的菜肴，皆不置一詞。

看不出喜歡，卻也沒有說不喜歡。

她胃口確實不好，每道菜大約只吃一兩口就放下筷子，沒有太厚此薄彼。

旁人都沒有換來老人家一個反應，哪怕是皺眉，唯有一個人的東西，她吃過之後微微點了點頭。

盧拂柔。

那道讓徐太后點頭的菜並不名貴，看起來甚至略微寒酸，但是勝在罕見，許多人都叫不出名堂。

傅念君卻是知道的。

盧拂柔只說這道菜叫「雲英麵」。這是江南風味，用藕、蓮、芋、百合等混在一起，擇了淨肉蒸爛後在臼中搗細，再用蜀地的糖和蜜拌勻搗爛，如此揉成了一團，等冷卻變硬後再用刀切了吃。

這是道涼菜。在這樣的天氣裡選擇這菜，盧拂柔還是需要很大勇氣的。

不過她的嘗試確實值得，畢竟徐太后都點頭了。

盧拂柔在旁鬆了一大口氣。

傅念君悄悄微笑。江南風味……看來她猜的沒錯，盧拂柔確實是找了錢婧華幫忙。

終於，輪到了傅念君的菜。

好在這殿裡暖，不至於讓它們冰冰涼涼就送到了太后嘴裡。

精緻的鍋蓋打開，幾乎一瞬間就奪走了殿中眾人的嗅覺。

色香味，她這個香，確實是做到了。

許多人不自覺偷偷嚥了口口水。

傅念君一共準備了三樣東西，除了那肉，還有豆漿和一碟蒸餅。

蒸餅是傅家人平日吃的那種，沒有什麼特色，不過方才出爐，還挺新鮮。

徐德妃的反應快一些，眼刀落在傅念君身上，直截了當地問：「這是什麼肉？」

傅念君回道：「是豬肉。」

她也沒有多解釋，只是回答了徐德妃的問話，平靜鎮定。

而徐德妃臉上的表情可以說很精彩。

在場中人也有不少幸災樂禍的，皆道這個傅家娘子當真是囂張，得了帝后一點賞識，就尾巴翹上了天去。

徐德妃的臉色不太好看，但她終究還是忍下了，畢竟她沒有資格替太后做決定。

舒皇后也望了傅念君一眼，目光從容，顯見對傅念君極有信心。

舒皇后和徐德妃都偏過頭去看徐太后，只見她拿起了筷子，眼皮抬了抬，夾了一塊肉出來。

徐德妃心中微微震驚，但很快就穩住了神色。

徐太后吃完後，說了一句：「……倒是讓老身想起了小時候。」

徐德妃臉上僵了僵，其實她不太願意提起自己的祖父曾是殺豬匠的事，但是徐太后說了這話，她總不能不接。

「是啊，娘娘，只是您小心油膩……」

她看著這碗裡的肉，濃油赤醬，看得食欲大開，加上這撲鼻的陣陣香味更是一種無言的誘惑。

但是……徐德妃記著自己的身分。在這麼多小輩面前，作為曾經的屠夫的孫女，如今高高在上的德妃，她怎麼能吃豬肉？她們當中，有好幾個都出身名門世家，是清流之後，會給這些不知世事的小丫頭添多少笑料？

她憋著一股氣。

而另一邊的舒皇后，絲毫不顧忌這個，朝徐太后笑道：「看您吃得這麼香，我也有些饞了。」

徐太后微微點頭，這已經是她心情很好的表現了。

舒皇后總共不過動過兩三次筷子，她對傅念君的抬愛，不言而喻。

大概是一直盯著舒皇后和徐太后進食，旁邊的眾人又不自覺嚥了口口水。

傅念君一顆久懸的心終於落定。

犯到徐德妃頭上不算什麼大事，目前看來徐太后還算滿意。

徐太后又喝了一口豆漿，她的神色變得有些難以揣摩。

徐德妃跟著嘗了嘗，卻覺得這口感十分奇特，有芝麻的濃香，帶著微微的清甜，卻又有種酸

澀的豆味。

她又喝了一口。味道雖奇怪，卻真的挺不錯的。

傅念君用糖炒過的芝麻來去掉那豆漿裡的酸澀。芝麻味保留三分，豆漿味保留七分。

徐太后的唇角微微勾了勾，露出一個勉強能稱之為笑的表情。

「……這讓老身想起了小時候喝過的豆漿，當然，市井裡的東西，沒有這個精細。」很像，但她又確實知道，這不是。

她小時候哪裡能這樣奢侈，還在豆漿裡加芝麻。

徐太后挺惜字如金的，評判了一句，就沒後話了。

傅念君一直低著頭。

徐德妃用內侍遞過來的帕子擦了擦嘴，問傅念君：「傅小娘子，妳這兩樣東西倒是有新意，可是出自妳手？」

傅念君不怕她懷疑自己的手藝，只答：「是。」

徐德妃在心裡嘀咕，這小娘子打腫臉充胖子，若是要她當場去廚房做一道菜出來，那時她才曉得要哭吧。

她側眼去看徐太后，想讓徐太后說兩句話。

她是不喜歡傅念君，可這裡畢竟是慈明殿，是徐太后的地盤，誰知扭頭一看，便驚住了。

徐太后胃口大開，根本就沒有停下的意思，三兩口又吃完自己碟子裡的肉。

「娘娘，不可啊！」徐德妃要攔，「這東西油膩，不好多吃的。」那小丫頭根本不懷好意吧，太后娘娘病了那麼多日，怎麼還敢端這樣的東西上來？

其實她若肯再看看，就會發現，江娘子那道羊羔，其實也沒有好多少。

徐太后好不容易吃到一頓合意的飯，見旁邊這不曉事的一直在嘀嘀咕咕，煩得耳朵疼，當即臉一黑，手裡的筷子「啪」的一聲重重落在桌上。

驚得四下的人屏住了呼吸，大氣都不敢出。

「閉上妳的嘴！我吃點東西還要妳首肯麼？再囉嗦就回妳自己居閣去！」

徐德妃的臉色很難看，尷尬之色明顯。她這人這輩子最好的，就兩樣東西：架子和面子。大概是因為幾十年來被皇帝厭棄多了，被張淑妃打壓得多了，她格外注重身分架子，尤其是在這麼多小輩面前……她的指甲緊緊攥在手心裡。

徐太后此時根本沒工夫看她一眼。

她老人家一直就是這個脾氣，對誰都不會特別和顏悅色，即便是自己非常偏心的娘家人，有時火氣上來了，還是照罵不誤。

不過她若不是這麼個性子，年輕時，太祖、太宗兩兄弟出門從軍，征戰四方，她自個兒在家帶兒子、侄子，恐怕早被人欺負了去。

殺豬匠家的女兒，到老氣勢依舊凶悍。

舒皇后給徐德妃使了個眼色，徐德妃這才緩了臉上神情，同她一起服侍徐太后用膳。

徐太后確實是胃口大好。多少年了，沒好好吃上一口好豬肉。

小時候記憶裡，她的爹爹常會帶些豬下水、沒剃乾淨肉的骨頭回來，她知道那些東西又腥又臭，但回憶起來，總是一種特殊的味道。

不知不覺，徐太后就著蒸餅，將那一小鍋肉吃了個乾淨，她喝了一口豆漿，讓內侍用最後一口餅刮了鍋壁上的醬汁吞進了肚裡。

眾人看得目瞪口呆。

舒皇后頻頻蹙眉，連忙讓身邊人去拿消食的果脯來。

她們不敢攔著徐太后，可萬一吃出個好歹怎麼辦？

傅念君也嚇了一跳。她沒想到徐太后這樣給面子，而且這面子也……給得太大了吧。

她相信宮裡宮外很快就會傳遍，徐太后吃肉吃得差點舔鍋子的事。

桌上其他菜都撤了下去。也是，太后娘娘都吃了那麼多，哪裡還吃得下旁的？看她現在喝口茶都費勁。

撤下去的菜，就像裴四娘、盧七娘等人的臉色一樣冷。

除了江娘子走神就快站著睡著以外，其餘幾人的臉色都不能稱之為好看。

不知是不是因為終於吃了一頓飽飯，徐太后看起來心情還不錯。

她放下茶杯，目光掃向了傅念君。她不說話，傅念君只覺如芒刺在背，這老人家什麼都要她自己猜。

傅念君偷眼往舒皇后看去，舒皇后朝她點點頭，她心中一定，便走到徐太后跟前行禮。

「不錯。」徐太后望著傅念君說。

是菜不錯，還是人不錯？

徐德妃努力想找回場子，這時朝傅念君道：「傅小娘子心靈手巧，廚藝更是出眾，只是到底年紀小沒有分寸，怎好讓娘娘吃了這麼多？娘娘脾胃虛弱，妳這孩子也沒事先考慮麼……」

舒皇后覺得頭都快疼了。

所以，太后娘娘胃口大開吃光了人家的菜，卻要倒過來怪做菜的人？

也幸好是徐德妃說了這樣的話，要換了別人，恐怕要換來老人家一頓暴喝。

徐德妃說話經常沒頭沒尾，胡說八道一通。

張淑妃比她聰明許多。像上回那樣的情況，是張淑妃失常，而徐德妃超常表現，通常情況下，徐德妃就是站出來討人嫌的。

其實要論她有沒有壞心眼，在自己姑母跟前被庇護了幾十年的徐德妃能有什麼壞心眼？她說這樣的話，不過還是那個初衷：為了臉面，為了身分，為了架子。

傅念君平靜地回道：「德妃娘子容稟，臣女在燉肉時加入了山楂、荷葉等消食之物，不會造成太后娘娘積食的，請您放心。」

那肉燉得入口即化，哪裡會吃得積食？

「……那妳倒是挺有心的。」徐德妃乾巴巴擠了這麼一句話，「不過……」

還沒等她說完，徐太后的眼神就射過去，徐德妃只能順勢收了話，咳一聲緩解自己的尷尬。

其實畢竟她也是五十歲的人了，這樣確實有點難看。

徐太后並沒有舒皇后這樣和顏悅色，喜歡拉著她們這些不熟悉的後輩話家常，她年紀也大了，吃飽了飯就起了倦意，眾小娘子也不好再多待。

這第三次的比試，誰勝誰負，已經不用宣布了，徐太后的行為和態度就說明了一切。

傅念君也隨著眾人一起退出慈明殿。

她悄悄鬆了口氣。倒不是因為賭贏了，她這輩子賭贏過很多次，不至於就這樣興奮得沒了頭腦。

徐太后……她想到了坊間的傳言，還真是稱不上和善啊，哪怕她對自己的態度算是比對其他人好了。

比起來，還是帝后二人脾氣好，給人如沐春風之感。

她一路靜靜走在路上，今次沒人來和自己搭話。盧七娘和裴四娘不說，那個聒噪的江娘子呢？

傅念君注意到，好像出了慈明殿就沒再看到她了。

別的小娘子都是三三兩兩，但是江娘子身邊，是絕對不會有人的。

傅念君順口問了替她領路的內侍一句，對方也是一臉懵，說他也沒看見。

算了。傅念君想，或許她是輸了比試終於想通，去張淑妃那裡哭訴了。

反正不關自己的事。

§§§

回到傅家後，傅淵對於她順順利利又碾壓了旁人一通的表現毫不意外。

「我知道妳確實是有這個本事的。」

他早上明明不是這麼說的。傅念君第一回在傅淵的話裡隱隱聽出點傅琨的味道來。

可以稱作是……對她過分的有信心？

傅念君心情好，與他開玩笑：「是不是哥哥殿試的時候，身邊站著那麼多人，也有這種感覺？」

一覽眾山小。

傅淵瞟了她一眼，道：「別太得意。」隨後頓了頓，說：「雖然確實是那樣。」

傅念君：「……」

這人還是傅淵嗎？有一天他嘴裡竟然會吐出這樣的話！

傅念君噗嗤一聲笑出來。他們兄妹倆這樣不知天高地厚的對話要是讓傅琨聽見了，怕是要一起去跪祠堂了。

傅淵的玩笑點到為止，很快又回復正經神色，提醒她：「別忘了妳早上說過的話。」

傅念君：「……」

早上的話？是指為他再做一次菜吧！

兄妹兩個說完了話，傅念君便去見傅琨。

傅琨這些天靜心在家休養，傅念君尋常也不大敢去打擾他。

聽她說完了今日之事，傅琨只是搖頭嘆息。「也不知宮裡這陣子會不會讓妳繼續過去……」

傅念君接道：「繼續為太后娘娘做菜麼？」

傅琨點點頭。

傅念君笑了笑，其實也不必那麼麻煩，她那菜譜可以交給御廚，她不藏私，就是外頭有人想學，她都可以傾囊相授。

只是幾個菜譜而已，何況有些東西，也是她拾了三十年後之人的牙慧，投機取了巧而已。

「我答應了三哥，還要為爹爹和他做一次呢！若是宮裡有旨意過來，女兒把做菜的法子交給他們就是。」傅念君這樣答。

傅琨聽了，臉上露出了一抹微笑。

傅念君明白他的意思。尋常人有這樣的機會，早就上趕著去慈明殿伺候太后娘娘了，畢竟皇帝都不敢跟自己老娘叫板，討好徐太后更為實際。

但是傅琨並不希望與徐家這樣的外戚走得太近，傅念君自己也沒這個閒情去給古怪的徐太后獻殷勤。

她老人家那樣的脾氣，她真怕自己招架不住。

傅琨又說：「三日後，妳三叔三嬸就要回來了，府裡由妳張羅，有什麼難處……」他怕她這幾天為了應付宮裡的內宴，分了心，辦不好這件事。

傅念君笑道：「爹爹放心，我記在心上呢。」

也不是忙得腳不沾地，她還沒那麼嬌貴。

§§§

就像傅琨猜的一樣，宮裡第二天就來了內侍宣旨，說是徐太后想那一口了，讓傅念君再做一回。

傅念君將菜譜交出來，沒想到慈明殿的內侍還是不放心，硬是歪纏了很久，好說歹說，讓御廚下回親自到傅家來跟她學才算完事。

傅念君只能再做一次了。而對方大概也看出來她不敢欺瞞，當真是她自己一步步在灶上烹飪出來的。

傅念君除了應付嘴刁的太后，還有家中的饕餮傅淵，再來答應了兩個丫頭也讓她們嘗嘗鮮，算來算去，還要做好幾回，傅念君只覺得自己看到豬肉都要吐了。

與此同時，傅家私房菜的名頭就這麼流傳開來了，外頭的豬肉突然漲了價，更有甚者，廚房王大娘出門莫名其妙就被好多人塞了銅錢「賄賂」，都是求她透露傅家私房菜祕方的。

甚至連她自家男人都和她說，還有東京城大酒樓的東家三顧茅廬，要請她去做掌廚鐺頭。

這都什麼亂七八糟的！王大娘解釋了好幾遍，那都是他們娘子隨便折騰出來的，可外頭人認定了傅家的廚房裡臥虎藏龍。

王大娘膽子小，立刻把這些賄賂錢都上繳給傅念君，還把外頭這些話一併告訴了她，指天指地表忠心，說絕對沒有要離開傅家的意思。

儀蘭和芳竹也勸傅念君：「娘子以後不能隨意下廚了，太后娘娘是什麼身分，怎麼跟旁人比？您事事愛親力親為，可終究不是廚娘啊，哪家的千金會這樣鑽在灶台前的？」

傅念君也明白，過猶不及，她又不是要開酒樓。

但畢竟是出風頭的代價，她也認了。

不過好在太后娘娘吃她一口肉，也不是摳門的，慈明殿的厚禮和三老爺三夫人的車架一起進了傅家。

歡喜歸家的兩夫妻，領著牙牙學語時就離開東京城的小兒子回來時，差點被這些賞賜擠得走了側門。

老管家眉開眼笑地舔著毛筆尖兒，在賞賜目錄上勾勾畫畫。多體面！皇帝的賞賜、皇后的賞賜、太后的賞賜，可都是分開來的！

就是說，每一份禮物，代表了三位主子各自的意思。

他們家娘子，難道不是這東京城裡小娘子中的頭一份嗎？由於太興奮，老管家甚至都忽略了三老爺夫妻。

「這是怎麼了？」三夫人曹氏覺得傅家上下喜氣洋洋得過分。

多年沒回家，得到這個待遇，她心裡當然有些不舒服。

不過她也看出來，這些東西都是宮裡賞的，不然也不會開了正門迎接，既然是宮裡的，自是比他們重要。

老管家終於看到他們，一拍腿，嚷道：「三老爺、三夫人提前回來了！」

其實也不混亂，傅家早就準備好迎接他們了，傅淵帶著弟弟妹妹等候，而三房的傅秋華淚眼汪汪的，一個勁兒望著自己父母。

傅念君站在傅淵身後，仔細打量了一下三老爺傅琅和三夫人曹氏。

她發現，傅琅雖然是府裡唯一庶出的老爺，卻是長得最像傅琨的，從身量到氣質和樣貌，連

讀書都像，他也是正經的二甲頭幾名進士出身。

當然，他的年紀要比傅琨小許多，又保養得宜，傅念君似乎能在他身上見到傅琨十多年前的丰采。

似乎察覺到她的視線，傅琅轉過頭來，朝這個侄女微微笑了笑。

與傅琨如出一轍的溫和。

三夫人曹氏也是個細緻溫婉的女人，給了傅念君一對價值不菲的鐲子做見面禮。

「我們離開的時候二姊兒才那麼小，如今竟出落得這樣標緻了。」

曹氏朝她微笑，神態和藹，半句都沒提消失的傅梨華。

他們的孩子，排行第八的傅游也被教養得很有禮貌，就是面對自己親姊姊含著熱淚模樣稍微有點手足無措。

傅念君想著，三房夫妻當年去嶺南赴任時沒有帶著女兒，必然是存了留她在京中長大，有利婚事的意思。不過，從前姚氏和傅梨華那不正的上樑和下樑擺著，傅秋華也差點被她們帶歪，還不如他們兩夫妻一起把她帶去來得好。

總體說來，她對三房的印象還不錯，等他們一家人認完了親，傅念君便吩咐接風宴可開席了。

曹氏瞧她幹練的模樣，心道看來都是真的，大伯確實把傅家中饋交給這孩子了。

三老爺夫妻是回來參加傅淵的喜宴並過年的。

為了避開長兄這個宰相，三老爺主動要求遠調，在嶺南已經待了多年。

這次他回來，傅琨也很高興，兄弟二人在書房有很多話要說。

傅琨對這個弟弟一直覺得有些歉疚，因此早就和吏部打了招呼，想著讓他先歇息一陣，之後即便不能留京，也有希望去洛陽任官。

家中四個兄弟，二老爺早逝，四老爺又從小紈絝不靠譜，其實傅琨一直以來最看重這個三弟，何況三老爺為人也清正，與長兄投契，他雖然念書為官比傅琨略差些，卻也能獨當一面。

「你比我小這麼多，總為我這個哥哥讓路也沒道理，今次回來，就別再走這麼遠了……」

聽見傅琨這樣說，傅琅蹙起眉。「大哥，您這是……」

他知道傅琨放棄樞密院之事，以為他是生了隱退之意。

傅琨嘆了口氣，「皇上年紀越來越大，幾位皇子也已經長成，我也不知還能在朝上待幾年……」確實是時不我待，這是沒有辦法的事。

傅琅道：「我一直知道大哥的夙願，為國為民，不計後果，若是大哥有用得著我的地方，我自然願意留在京城，也能與大哥共商諸事。」

他覺得這些年，傅琨看來老了許多。前朝事多，後宅不穩，他也不容易。

說了些正事，傅琅便難免扯到了家事。「大哥，我看這樣不行，大嫂被你送去了庵堂，四姊兒又被出族，闔府家務都是二姊兒在打理，短時間還好，長此以往……若是日後有人有心算計，恐落了把柄，到底是個大隱患。」

他不瞭解之前的事，覺得傅琨處置繼妻和女兒嚴重了些。

傅琨卻很堅定，「三哥兒就要娶妻，那小娘子是吳越錢家出身，教養手段都不會差，到時府裡的事就交給她吧。」

傅念君年紀也到了，留不長了。

錢婧華嫁過來，上無婆婆掣肘，下沒有難纏的小姑，嫁過來就能主掌中饋，錢家對此可以說是相當滿意的。

而姚氏被送去庵堂之事，姚家也是同意的。

他們不敢不同意。方老夫人聯合邠國長公主對傅念君做出這樣的事，姚安信都沒有臉來面對兩個外孫。

所以，即使日後有人要拿這個把柄做文章，也得先通過姚家。姚家那裡，傅琨不用出手，從出事到現在，都是傅淵過去的，聽說姚家的人現在見了他，比自家主子都恭敬。

還有傅梨華的事，傅琅也不太忍心。

兩個都是傅琨的女兒，因為一個要害另一個，傅琨因為比較偏愛這個，不客氣地懲處了另一個，他覺得到底有些偏頗了。

這對母女的事，知道內情的人都不會覺得傅家過分，傅琅只是還沒打聽明白，加上自己女兒傅秋華的敘述本來就有偏頗，不過見兄長這樣篤定，他就不好再多說什麼了。

回房之後，傅琅與妻子曹氏交代：「我看大哥對那兩個孩子偏疼得很，只是那兩個孩子都極有想法主見，長嫂又去得早，兩個都不好相與。若是無事，我們只需做好本分，也不用與他們太親近，還有秋兒，從前也太過胡鬧，今後要好好管管她，她馬上該說親了。」

曹氏聽他這話，覺得裡頭的意思是要與大房保持距離。

她試探道：「老爺，老夫人仙去多年，府裡雖然一直住在一起，可二姊兒當家後實際也都各過各的，今後分家……」

傅琅蹙眉，「大哥是我的大哥，他若不提，我們如何提這樣的話？妳今後休再胡說了。」

曹氏以夫為天，曉得他素來敬愛兄長，便不敢再說什麼了。

8 值得幫忙

隨著天氣越來越冷，傅淵的成親的日子也越來越近，傅家開始張燈結綵，而新郎本人則是一如往昔的鎮定。

他真的一點都不忐忑麼？傅念君想，他果真和別的少年郎不太一樣。

傅淵那日喚她去書房，傅念君就有七八分猜到他要說什麼。

上一回他這樣的表情，是跟他說陳家事情的時候。

「那個姓章的商人，在回京途中……」他看了傅念君一眼，道：「被殺了。」

傅念君感覺腦中似乎有根弦被狠狠撥了一下。

她其實並不意外。「有線索麼？」她直接問。

傅淵搖搖頭，「蜀邊一帶本來就不太平，又值年關，賊寇流匪更多，當地官府最多只會判個謀財害命，真要查，恐怕線索也被抹去了。」

這樣的事每年都有很多，在快過年的當口，衙門裡的人也懶怠，定然不肯好好調查。

「陳家這件事，我們不能再插手了。」傅淵擰眉道。

越陷進去，越發現不簡單，原本傅家的麻煩就不少，不能惹禍事上身。

「我已經安排好了。」傅淵不等她回應，又繼續說：「等過了年，把陳靈之送往西南一帶，他父母原本想讓他去蜀中，怕也是存著讓他離京城越遠越好的心思。北方不太平，他只能往南去，

若是他願意，進大理也是可以的。」
大理與大宋交好，相對而言百姓也和善些，不像遼人凶狠。
「以他那個長相，怕是去不了大理。」傅念君苦笑。
他長得實在很像胡人。
傅淵道：「總之，目前看來，與他殺父仇人硬抗不是明智之舉，我覺得躲個幾年才是對的選擇。」
傅家可以助他逃難，但絕對不會再花心思去替他尋仇人了。
傅念君點點頭，僅有的線索也斷了，不管對方是不是連姓章的都追查到了，此時他們都該明白，情勢並不容許陳靈之任性了。
他若有血性，等長大了選擇報家仇，或者收了仇恨，隱姓埋名不再追究，自是由著他。
只是現在，他這樣的年紀還做不到。
既然他被傅家救了，他們現在唯一能做的，就是送佛送到西了。
「好。」傅念君拍板，點頭同意了傅淵的做法。「把他送走，讀書習武，由他自己選擇，等他安全了，我們便不再干涉。」
傅淵點點頭，道：「妳對他，已經仁至義盡了。」
傅念君笑道：「就像路邊撿了小貓小狗，雖然是自己黏上來的，也不能隨便扔了。」
而且陳靈之那孩子，哪有小貓小狗可愛啊？他那脾氣，到時估計又是一場硬仗。
正好隔天，陳靈之就讓大牛來給傅念君傳信，說要見她，非要見，是很重要的事。
傅念君只好去看他。
其實她覺得他可能是太寂寞了。

陳靈之見了她，也不說話，彆彆扭扭的，傅念君陪他吃了一頓飯，又鬥了幾句嘴，他才恢復了些活力。

「傅姊姊，快要過年了啊……」他愣神望著窗外飄落的雪花，疏疏落在窗櫺上。

竟然都開始下雪了。傅念君想，這是今年的第一場雪麼？好久都沒注意了。

傅念君望著陳靈之手撐在窗櫺上、伸著脖子探出頭的背影，才明白這孩子是真的想家了。

「傅姊姊，我能……回洛陽看看麼？」陳靈之的聲音也像雪花落地一樣輕，帶著軟軟的懇求。

他先前從來沒有用這樣的語氣對傅念君說過話的。

傅念君頓了頓，她知道明確的答案，是「不可以」。但她知道，現在不能這麼說。

「過兩天我們再看吧。」

「妳騙我！」陳靈之回頭，走到她面前，表情有些激動。「妳不會讓我回洛陽的，是不是？」

傅念君嘆了口氣。她真的做不來老婆子，她還要給這孩子說多少道理？

「那位姓章的、你所謂的舅公，已經死了。」她平淡地說。

陳靈之完全怔住。

「你明白這意味著什麼？你陳家或許根本沒那麼簡單，你們的仇家很可能……但凡知道你們家情況的人就不留餘地痛下殺手，你現在有多危險你能明白麼？傅家有多危險你可知？」她勾了勾唇，「回洛陽？回洛陽怎麼夠呢？你需要敲鑼打鼓站在大街上，告訴大家你是誰，你讓他們主動來找你啊！」

陳靈之臉上表情變了幾變，這段時間幾乎等同幽禁的生活讓他內心始終有股澆不滅的火，總是想找機會躥起來。

「我知道！我拖累妳，拖累你們家了，妳不想我為你們家引來禍端，妳就是不想管我了，

妳——」

他的話沒有說完就被打斷，因為傅念君將桌上已經變溫的茶水全潑到他臉上。

她冷靜地放下茶杯，「清醒一點沒？」

陳靈之一把抹去臉上的茶水，一雙眼睛像兔子紅通通的。

「我不想管你麼？」傅念君看著他，「陸家隱瞞你的消息，我兄長為你四處打聽，我呢，我照顧你吃穿，為你安排藏身之處，我們做這些，還叫不管你？行，那你走吧，我不讓人攔你，你就去報仇吧，記得大搖大擺走出去，看看能不能挨人家幾刀，去了地府見你爹娘，再坐下來和他們吹噓你是如何聰明地想出了這法子來見他們，又是如何把他們一片苦心糟蹋的。你覺得怎麼樣？」

傅念君不收斂的時候，那尖刻的話幾乎無人能招架。

陳靈之還是個半大少年，被她說得滿面通紅，只敢看著地上。

「對、對不起……」他清醒過來後，就明白剛才自己有多過分了。

沒有傅念君，他早就去陪他爹娘喝孟婆湯了。

她不是他的親姊姊，他不能對她任性，他沒有資格任性。

傅念君對於這種不知感恩的孩子也沒什麼太大好感，她又不是日日沒事，專門鞍前馬後幫忙調查家仇，她把原本不打算說的話一併冷冰冰吐出來。

「過了新年，我們會派人送你前往西南，你在這裡不安全。你爹娘的仇要報還是不報，都由你自己決定，我們只能幫你那麼多了，等你長大，你自然有選擇的權利。」

陳靈之雙目瞪大，不可思議地說：「妳要……送我走？」

「你還有更好的建議嗎？」傅念君反問。

陳靈之噎住。是啊，還有更好的辦法麼？以傅家的立場，他這麼危險的陌生人，值得他們傾盡所有來助他報仇嗎？就是傻子也知道不可能。

「我、我……」他覺得有些尷尬，吃的用的，都是傅念君替他準備的，可他還是說了那樣的話。

傅念君見他大概也不是故意的，便起身準備回去，只道：「你依然可以有別的選擇，我若強勢要求你聽我的安排，是不尊重你。命是你的，家仇也是你的，你該有自己的考量，你決定好了再告訴我吧。」

是接受傅家的幫助，還是踏出這個大門，江湖意氣一時爽，結果像傅念君說的，送上門去做砧板上的肉，都由他自己決定。

傅念君踏出門，吸了一口寒冷的空氣，微微打了個顫。

其實她根本沒那麼無私，她是故意讓陳靈之選的，而她知道他一定會選擇接受傅家的安排。

她之所以支持傅淵的建議，有一部分原因，確實是意識到陳家的死肯定牽扯了什麼惹不起的人，即便放陳靈之走，恐怕他留下的線索也會將傅家扯進去。

她已經沒有選擇了。

將陳靈之送走，是最好的辦法。

但她依然擔心會留下證據，要乾乾淨淨地把陳靈之這個人從世上抹去，恐怕傅淵還沒有這個能力。

她還是要去找周毓白。

但是現在的麻煩，是自從她在宮裡表現出色、聲勢大漲後，關注她的人越來越多，甚至有不太來往的小娘子遞拜帖，想來傅家作客。

她們的心思也不掩飾，傅念君懶得和她們虛與委蛇，一概不見。

她正是在風口浪尖的時候，周毓白那裡怕也是有事，兩人自共乘轎子那夜過後，就默認暫且先斷了聯繫。

所以陳靈之的事，該如何找周毓白幫忙呢？傅念君坐在馬車裡時還在想。

郭達已經不太替自己傳信了，她也不希望他太冒險，想來想去，或許還有一個機會，就是傅淵成親的時候……

傅淵的婚事進展得很快，傅家已經準備好，等著錢家的人來鋪房。

所謂鋪房，是女方家派人先至男方家掛帳幔，鋪設妝奩器物，把珠寶首飾器皿都擺出來，還要派婢女婆子來守新房。

錢家這樣的人家，傅念君覺得那架勢必然不會小到哪裡去，因此準備招待錢家僕婦的都是最高規格的伙食和住宿。

離傅家去迎親還有幾日，錢家卻在這時遞了帖子，是給傅念君的。

還沒見過哪個沒出嫁的新娘子這樣惦記未來小姑子的。

傅念君覺得錢婧華不是那樣不講規矩的人，她可能是有事要和自己說，便讓人收拾了簡單的牛車，出門去了錢家。

錢婧華整個人看起來比以往明豔許多，肌膚潤澤，眼波帶水。

在傅念君看來，她已經準備好用最好的面貌迎接自己的人生大事了。

傅念君接過丫頭遞來的手爐，取笑錢婧華：「未來小嫂子叫我過來，可是害怕了？」

她想到了自己前一世即將出嫁的時候。她沒有錢婧華這樣的甜蜜笑容，也沒有她這樣發光的眼神，只有古井無波的平靜。

錢婧華紅著臉道：「不是，我不是那個意思……」她請傅念君過門，並非要與她說傅淵。

錢婧華讓下人都退下，只她們兩人說私房話。

傅念君見她的眼神中隱隱透著兩分嚴肅，便也收斂了戲謔之意，仔細聽她說。

就算屋裡沒有其他人，錢婧華還是刻意壓低了聲音，道：「妳可知妳在慈明殿露臉那日，江娘子去了哪裡……」

傅念君想到當日，她還好奇江娘子為什麼不見了。

「她怎麼了？」

錢婧華咬了咬唇，「她……後來在宮裡住了幾日，直到前天才出宮。」

傅念君擰眉，思索這話裡頭的意味。

江娘子雖然曾是張淑妃的養女，但前兩年就已經被家人接回家中了。她這個年紀的女子，早到了說親嫁人的時候，宮裡張淑妃不幫她籌畫，她家裡也該著急了。

這會兒都快過年了，她住在宮裡做什麼？

張淑妃看來也不是多喜歡她，舒皇后和徐太后就更不用說了。

傅念君想到了第一次比試那日，江娘子被自己撞破……她一直懷疑她是在宮裡會了什麼情郎。

這麼說來……傅念君覺得要吐出口的話有些艱澀：「難道是……官家？」

錢婧華朝她微微點頭。

她們兩個是未嫁的小娘子，討論這些不太好，但是江娘子這件事實在太匪夷所思了。原來也不關錢婧華的事，但是江娘子昨日竟然給她來信，錢婧華就不得不提高警惕。

「官家怎麼會……」傅念君蹙眉，實在不覺得皇帝是喜愛女色的人。

錢婧華和她說起了自己所知的消息。

傅念君當真覺得她比自己更像土生土長在這京城裡的。

錢婧華說，當年江娘子被張淑妃送出宮，就是有人傳言聖上在她的會寧殿中多看了這個逐漸長大的江娘子幾眼，養母女的情分也淡薄了很多。

傅念君早就發現，江娘子頗為推崇張淑妃，也願意處處學著她，旁的就不說了，江娘子生得不算特別出眾，但是勝在身段好，又從小跟了宮裡教坊司的伎人學舞，學得還不錯。

而眾人也知，張淑妃年輕時就是靠著唱曲兒打花鼓得了皇帝青眼，江娘子有意模仿，這些被正經人家視為取悅男子的不入流技藝，她學得很起勁。傅念君聽錢婧華說了才知，她還有一手打紅牙板（注1）的好本事。

不是琴，不是箏，不是箜篌，是民間伎人上不得檯面的技藝。

不過皇帝確實是喜歡的。

所以，逐漸長大的江娘子成了張淑妃眼裡的威脅，被她早早送出宮，誰知道藉著這次要替兩位王爺和宗室相看的機會，她又進宮了。

至於那一日，到底是不是她主動勾引了皇帝不得而知，傅念君也沒那麼多好奇。

但可以肯定的是，她在宮裡住了三日，確實是與皇帝成了那事的。

而顯然她事前就隱隱曉得自己會遇到什麼，所以比試時才敢那樣放肆，卻無一人敢為難她。（注2）

注1 紅牙板，樂器名，指拍板。因多用象牙或檀木做成，再漆成紅色，故稱為「紅牙」。

注2 江娘子這件事，是作者借用宋仁宗和養女范觀音的典故。不過僅見於北宋王鞏所著《聞見近錄》，真實性已無法考證。

種種可疑之處，總算是對上了。

傅念君嘆了口氣，錢婧華也跟著嘆了口氣。

她們都明白，這京城裡哪有什麼祕密？這樣的醜事，即使沒張淑妃從中作梗，也會被那些耳聰目明的內侍傳些隻言片語出來。

本來，被皇帝臨幸了，賜下身分就是宮裡的主子，但這樣被送出來，大家都有腦子，想想便明白，一定是張淑妃不樂意。

舒皇后這樣的好脾氣，哪裡會阻撓？

只有張淑妃。她在皇帝眼中的分量怎麼是個小小的江娘子能比的？自然她說趕出來，就趕出來了。

江家的大門都幾日沒有開過了。她這樣還能嫁給什麼人呢？誰敢討皇帝碰過的女人做媳婦？

傅念君問錢婧華：「她給妳寫信做什麼？」

錢婧華回：「想必妳也猜到了，她是讓我救她。」

能夠有本事和張淑妃對著幹的人不多，錢婧華是被張淑妃視為眼中釘、肉中刺的，江娘子只能來求她，而也只有錢家還能有點分量。

傅念君覺得江娘子真是一如既往地辦事糊塗。

她讓錢婧華怎麼幫她？這麼快就忘了當日她為了討好張淑妃，是怎麼針對錢婧華的？

也虧得錢婧華人品好，不和她計較那些雞毛蒜皮，換作別人，拿了她這封信出去，江娘子立刻成為全京城最大的笑柄，怕是只能一根白綾死在家裡乾淨了。

傅念君望著錢婧華道：「妳打算幫她？」

錢婧華反問：「我有能力幫她？」

皇帝內帷之事，就是大臣言官也管不得，江家本來也不是什麼好人家，靠著張淑妃的裙帶關係爬上來，在朝有品格地位的大人誰耐煩搭理他們，現今出了這樣的事，唯一能救她的，只有皇帝。

傅念君嘆道：「妳今次叫我來，必然是覺得救她這件事是值得做的。」

錢婧華微笑，「曉得妳聰慧，我那點心思哪裡瞞得過妳。」

確實值得救。

暫且不提江娘子曾經在女紅比試上「幫」過自己，就是從她這個人的性格頭腦來分析，還是很值得救的，傅念君想。

這件事過後，江娘子定然恨張淑妃入骨。

錢婧華考量的，定是覺得放這麼個人在皇帝身邊，對傅家、錢家，對她和傅念君，都有大好處。

江娘子做事沒章法，也沒頭腦，容易控制，又算是個「性情中人」，比如上回，自傅念君答應替她保密後，她的種種所為也能看出她為人是比較爽利的。

比裴四娘、盧七娘之流簡單多了。

所以幫她，也是在為日後考慮。

張淑妃總歸會老，而皇帝也老了，定下儲位不過是這一兩年的事，即使江娘子入宮後生下皇子，也不可能成為儲君的有力競爭者，一個牙牙學語的稚兒更需要的是兄長的保護。

錢婧華是聰明人，多少也意識到，未來公爹傅琨即便選擇做純臣，不站隊，但是她的夫君傅淵還年輕，作為新帝的儲備臣子，既然選擇了娶她，顯然在他心中張淑妃和齊王母子的可能性就很低，那麼她也要為他的仕途考慮，有江娘子在宮裡，算是個消息管道，她可以早做謀畫。

而同時張淑妃有了鬥爭目標，放在朝政的精力相對也會少些。

傅念君也知道，這件事對周毓白來說是有利的，只是她不由得感慨，她們都還未嫁人，卻已經一心籌畫起這些了。

錢婧華顯然比她適應良好，已經完全將少女心性收起來，把自己調整為一個朝臣的妻子了。

她點點頭，對錢婧華道：「把她的信給我吧，我去見她。」

錢婧華眼裡掠過一抹光，隨即又躊躇起來。「這件事，妳要不要回去再商量……」

傅念君笑看著她，「這樣的事，還有比我們來做更合適的麼？」

如傅琨、傅淵之流，他們是人臣，也是清正的文人，她不想讓他們沾手。

錢婧華也不想。

「那妳打算怎麼辦？」傅念君未來的小嫂子遲疑地問。

她想了一天，也沒想個十全十美的好主意出來。

傅念君望著桌上的茶杯，淡淡道：「能夠影響官家的，未必只有張淑妃，還有……舒娘娘。」

錢婧華微訝。「妳若說徐德妃倒還合理，只是太冒險，等於我們將把柄往她手裡送。而舒娘娘，她是什麼樣的人大家都明白，如何肯出手做這樣的事？除非……」

錢婧華話音戛然而止，從桌後一下站起身，面露驚訝，來回走了兩圈。

她看著傅念君的目光飽含深意。「原來如此，原來如此，怪我一直眼拙，竟沒看出來，妳與淮王殿下……」

幾日後她將是自己的嫂子了，她與傅淵坦白的話，也沒有必要對錢婧華隱瞞，何況嫂子的聰慧並不輸她。

傅念君說：「說這樣的話還太早，總歸要等開春再議。」

錢婧華噗嗤一聲笑出來，望著她道：「妳還跟我裝什麼？開春再議？我說妳在宮裡出這樣大

的風頭做什麼，妳根本不是這樣的性子，原來是這個緣故。」

傅念君也是第一次聽人打趣自己，勾了勾唇，沒有太當作回事。

錢婧華大約是從前被她取笑得狠了，即使前一刻還聊著嚴肅的話題，一有機會，就出氣般調侃傅念君幾句。

傅念君自覺在厚臉皮這事上早就「獨孤求敗」，絲毫不似尋常女兒家羞澀，照單全收，反而讓錢婧華覺得索然無味。

兩人說回正事，錢婧華與她談起舒皇后。「這麼多年來，舒娘娘始終退讓，在這件事上，若她為江娘子說話，怕是……」

傅念君卻有不同的看法。

那個人是周毓白的母親，依肅王、周毓琛、周毓白三人來看，同一個父親，為人做事差別卻這樣大，大概他們的頭腦都是傳自母親。

舒皇后絕對不是一個簡單的人。

即便要將江娘子弄進宮裡，也不會是一道懿旨這樣輕易。

傅念君拍了拍錢婧華的手，道：「妳先安心吧，現在沒有什麼比妳自己的終身大事更重要，我可不想我哥哥娶一個憂思重重的新娘子回去。」

錢婧華雙手捧著臉頰，認真道：「看起來很糟？」

傅念君忍不住笑道：「不能更美了！」

兩個人說笑了幾句，傅念君便要告辭，擇日不如撞日，她打算立馬就去江家拜訪。

臨走前，傅念君想到了一件事，叮囑錢婧華：「我哥哥素來簡樸慣了，不喜歡奢靡之物，小嫂子叫人去鋪房，千萬記得分寸。」

錢家豪富，定然排場驚人，她不想自己兄嫂成親頭一天就因為這些小事起了罅隙。

「若是小嫂子有心，不如準備些精緻可口的江南糕點吃食，我哥哥定然喜歡。」她頓了頓，怕自己這樣說錢婧華聽了心裡有疙瘩，又道：「當然，小嫂子這樣嬌嬌俏俏往他面前一站，他都是喜歡的。」

那塊冰山，也只有錢婧華這樣熱情如火的性子能融化吧。

錢婧華知道這是傅念君想幫她得到傅淵的喜愛，怎會有不滿？只嬌笑道：「我都明白的，妳快上車吧，看這天又要下雪了。」

傅念君與她別過，讓丫頭攙扶著上了車。

江家果然像錢婧華說的一樣，大門緊閉，門庭冷落。

本來到了冬月，準備過年，各家走動的親戚友人也會多些，江家這樣的情況確實是不多見。看到有客來訪，門房也都很興奮。

傅念君讓大牛規規矩矩遞了拜帖，他們是臨時拜訪，更要懂規矩些。

江家老爺和夫人都在家中，尤其是江家夫人，見是傅家小娘子拜訪，受寵若驚，忙把傅念君往裡面請。

傅念君看了一圈，發現江家下人確實懈怠，個個不做事，拿一對眼睛好奇地盯著她瞧。

江老爺也沒讀過什麼書，但因為自己的老母親和張淑妃，還有宣徽使張任那邊帶了點親，就被提拔了個三衙裡的閒職，不鹹不淡混著日子，不過沖著張淑妃的面子，每年的孝敬收了不少，宅邸修建得很氣派。

「歌兒，妳看誰看妳了？歌兒……」江家夫人也沒讓下人通報，自己叫喚著女兒。

江娘子的閨名喚作菱歌。

傅念君覺得這名字和裴四娘裴如煙倒是挺相襯的——雖然兩人在宮宴過後就成了死對頭。

江家夫人朝傅念君訕訕笑了笑。傅念君有些意外，她一直以為江氏夫婦會比江娘子更目中無人，今日一瞧倒還好，除了喜歡像土財主般往自己身上和家裡堆寶貝，旁的，真的都還好。

「傅娘子，妳看，那孩子……」

傅念君不由得想，其實對於外戚，或許大多數人是天生就存著偏見。

江娘子對待自己的母親也沒多客氣，就見她披散著頭髮，一身素衣，插著腰出現在了帳幔後。

「還有誰會來瞧我，娘妳別……」她的話止住，一雙眼睛直盯著傅念君。「……竟然是妳。」

江家夫人把地方留給她兩個，自己帶著下人離開了。

「沒想到妳會來看我。」江娘子嘲諷地勾了勾唇，「傅相的嫡長女，不怕汙了自己的身分麼？」

她說話一向如此，傅念君已經習慣了。

「我以為我起碼會得到一杯熱茶。」傅念君的視線看向桌上的茶杯。

江娘子立刻喚丫頭重新沏茶。

她們兩人因為宮宴和三場比試，建立了還算熟的關係，江娘子也曉得傅念君就是這個樣子，無論自己拋什麼尖刻的話過去，她都是這樣不鹹不淡、卻能噎死人地回給她。

「想不到，妳這個不算朋友的朋友，卻是這幾天唯一登我們家門的。」江娘子握著茶杯，臉色有一種萎靡的蒼白。「妳知道我父母為什麼這樣殷切麼？其實他們不是真的關心我……」

「我知道。」傅念君喝了口茶，淡淡表示。

「妳知道？」

「當然。」

江娘子都能看明白的事，傅念君怎麼可能看不明白？

從前人家巴結他們是因為張淑妃，現在人家不敢來他們家，也一樣是因為張淑妃。

哪怕從前來往再密切，甚至跟她父親借了很多錢的親戚，也一樣不敢。

一人得道雞犬升天，相反，一人獲罪，全家都跟著擔驚受怕。

誰會為了江家去得罪張淑妃呢？

江氏夫婦能夠預見未來的艱難，如何能不急。

傅念君不想和她多費口舌。「雖然妳不是太聰明，但也應該能看明白，我來，不是真的來看妳，而是，我敢得罪張淑妃。」

江娘子：「……」

傅念君說她不是太聰明可以忍，可她真以為傅念君和她是有友誼的呢！

「妳敢？妳、妳是什麼意思……」江娘子狐疑地盯著傅念君。

傅念君掏出懷裡的信，平靜道：「妳想活不是麼？妳找她幫忙，不如找我。」

江娘子認出那是自己給錢婧華的信，一瞬間嘴唇有些發白。

傅念君嘆了口氣，將這封信連同信封一起丟進腳邊的火盆子，直到它化為灰燼。

「妳知道妳這東西要是落到別人手上會有多大的麻煩？」傅念君問，「給妳自己，和給她。」

「所以她把這個交給了妳。」江娘子微勾唇，「差點忘了，她馬上就是妳的嫂子。」

「不，是我要過來的。」傅念君道：「我是來救妳的。」

我是來救妳的。聽聽，多動聽的一句話。

「不相信？」傅念君點點頭，「不相信也沒辦法，妳還有別的路嗎？」

她上下打量江娘子，江娘子被她這目光看得羞憤難當。

她確實不知檢點，沒名沒分就和男人……可那個男人是九五之尊啊，而她不過是張淑妃抬手

就能捏死的一隻螞蟻。

「經過上次，妳我也算『並肩作戰』了，難道妳覺得信旁人，比信我更好？」傅念君說，「妳難道不想風風光光，報復現在這些看低妳的人？不想讓他們對著妳點頭哈腰、搖尾乞憐？」

「想！」江娘子幾乎是立刻脫口應道。

傅念君很清楚，她追求的，確實是這個。

但很快，她又換上了一副悲戚模樣。「我知道你們傅家是大樹，我靠著你們自然是好，可是我有什麼底氣來相信呢？現在隨便什麼人都能來踩我一腳。」

她的意思，傅念君今日決定幫她，明日說不定就不要她了，輕鬆就能把她甩了。

傅念君喝了口茶，心道，和她說話真的是要費兩倍口舌。

「所以啊，誰都靠不住的，妳要靠妳自己。」傅念君說，迎向江娘子的目光。「進宮服侍官家，才是唯一一條活命的路。」

「我我我我……」江娘子「我」了半天，慫了。「我不敢。」

她不敢還和皇帝發生這種事？傅念君簡直想翻白眼了。

江娘子現在滿心忐忑，確實是不敢。榮華富貴誰不喜歡，可是榮華富貴背後就是張淑妃那雙讓她脊背發涼、寒毛倒豎的眼睛，她想起來就慌。

她跟著張淑妃生活在會寧殿幾年，是少數熟悉張淑妃如何懲治下人的人之一。

她憑什麼去和張淑妃搶呢？

傅念君見她這以往尾巴都要翹上天的孔雀，突然成了鵪鶉樣，覺得自己有點像勾欄裡逼良為娼的老鴇。

江娘子的手在桌子底下緊緊攥著一塊帕子，確實很緊張。

傅念君盯著江娘子道：「妳比張淑妃差什麼？年紀？美貌？出身？」她頓了頓，「如果不比頭腦的話……」

「妳！」江娘子拍案而起。

她就是故意的！

門口看門的丫頭被這動靜嚇了一大跳。

傅念君微笑，「這個氣勢就不錯啊。」

江娘子頹然坐回椅子上，沉默了好一會兒。

「我想活。」她這麼說。

她的一輩子不該就這樣結束，她還那麼年輕。

「只是活麼？江娘子妳是這樣的人？」傅念君笑著問她。

江娘子咬了咬唇，知道她說得沒錯。自己從踏出那一步開始，其實多少就是抱著那樣的心思去的。

追求榮華富貴、高高在上有什麼錯？在旁人面前她或許不敢說，但在傅念君面前，她可以。

傅念君不是盧七娘和裴四娘，她眼裡沒有那些鄙夷和輕視，也或許，她根本懶得去鄙夷輕視任何人吧。

畢竟不管是她自己，還是盧七娘和裴四娘，都是遠遠不如傅念君的。意識到這一點的江娘子終於冷靜了。

「但是，妳救我，妳能得到什麼？」江娘子望著傅念君，眼神中盡是懷疑。

傅念君道：「以妳現在的情況，我能從妳這裡得到什麼呢？」

江娘子被她這麼一問，瞬間就滅了氣勢。是啊，與她相反，傅念君正是聲名赫赫的時候。

「自然，很多事都是等今後再談的。」傅念君說道。

「那我現在呢？我、我該怎麼辦？」

其實江娘子已經被她說服了。她知道傅念君和她是不一樣的，她身上有種說不出來、能安定人心的力量。

傅念君說的話，她願意信。

「怎麼辦……」傅念君看著她蒼白的臉色和沒光澤的頭髮，說：「養好自己的身子，照顧好自己，如果有心，就要有準備，妳現在這樣子，誰看了會喜歡？」

江娘子摸了摸自己垂在肩側的髮尾，點了點頭。

「我明白了。」

傅念君離去前，江娘子最終還是沒有忍住，在她身後問了一句：

「我若說我沒有勾引聖上，妳……信不信？」

這話問出口其實她就有點後悔，畢竟連她自己的親生母親都不太信。

傅念君回頭，一雙眼睛澄亮，只見她靜靜望著江娘子，緩緩點了點頭。

「我信。」

誠實無欺。

「好……」江娘子突然喉嚨一陣緊縮，心底湧上一陣酸楚。

傅念君信自己，那麼自己，也一樣願意信她。

傅念君走出門，鵝毛大雪撲面而來，厚厚地落在她頭髮上，芳竹忙撐開傘，嘴裡嘀咕著江家下人沒有眼色不會做事，連這都不曉得提醒一句。

上車時，傅念君還在想江娘子最後那句問話。

是啊，「勾引」二字何其重，江娘子先前一心想嫁給周毓白，少年郎君，姿容絕世，正是慕少艾的年紀，無論哪方面，她的情感都驅使她為靠近自己欣賞的男子而努力。

而皇帝……或許江娘子身上有他久未見過的東西，也或許是江娘子幼時在宮廷生活兩人有過牽絆。

不過，這都不重要了，無論如何，在這幾天，江娘子不再是從前的那個人了。

錢婧華，江菱歌，這世上或許總是女人更容易被改變吧。

傅念君笑了笑，吩咐駕車的郭達：「走吧。」

§§§

即使傅念君事先和錢婧華提過，但錢家鋪房的派頭依然讓傅家上下為之震驚。

打個比方，就連最不起眼的帳幔都垂著一顆顆不大卻齊整的北珠。

一般富貴人家喜歡南珠，因為南珠個頭大，光彩好，看上去極氣派，可其實不如北珠珍貴。北方戰事不休，這北珠尤為難得，尤其是綴了一整面帳子、大小一樣的北珠。傅念君只能在心底嘆氣。

好在傅淵並沒有多留意新房的布置，傅念君也不知他一天到晚有何可忙的，就連給他量尺寸做喜服他都擺著一張冷臉。

傅念君只能說服自己，他這是「害羞」。

迎親這日，沒有下雪，只是冷得很，但再冷也擋不住府裡的喜氣。

傅念君身邊的丫頭都起了個大早，戴了紅色的頭花，鮮鮮亮亮的，連芳竹和儀蘭的氣色也比往日好了不少，臉頰紅撲撲。

當然，更有可能是被北風吹成這樣的。

傅家的男子成親都晚，尤其是嫡長子，講究先立業，後成家。

傅淵是傅琨的嫡長子，他的親事，自然不是府裡其他人可比。

傅念君今日挑了件鮮亮的衣裳，去傅淵院裡看他的時候，他已經穿戴妥當，正有些不耐煩地應付著帽子上紮著紅巾的小廝的囉嗦。

他們生怕這喜服哪裡沒穿好。

傅淵不習慣用丫頭貼身伺候，因此身邊得力的都是小廝。

傅念君看了一圈，確定沒有問題，笑著誇讚道：「哥哥今日這一身很好看。」

「男兒何需好看不好看的……」

在下人面前，傅淵還是很愛端兄長架子的。

「一輩子就這一次，當然要好看點。」

她看著他袖口松齡芝壽的花紋，覺得很滿意，這是她挑的。

傅淵覺得喜服繁瑣，動手挽了挽袖口，叮囑傅念君：「妳若起得太早，不妨先去歇一會兒，等迎親回來，時辰還早，別太累了。」

門口的鼓樂已經吹打起來，整個傅家都蓄勢待發，他這個新郎官卻與自己說這個？

傅念君道：「今天是哥哥的大喜之日，我一點都不睏。」

傅淵微微揚唇。

這是在笑？傅念君想，看來架子端得再高，他心裡還是高興的啊。

這遠不是結局，想到了傅淵和錢婧華兩張鮮活的臉，傅念君覺得，這一切，似乎都在越來越好……

9 喜迎新嫂

傅家的婚禮不算特別隆重，喜慶的氣氛卻很好，樂隊吹吹打打吸引了半條街的行人，行郎們也早就抱著東西準備妥當了。

男方的迎親人稱為行郎，他們手裡抱著花瓶、花燭、香球、紗羅、銅鏡、照台、百結、青涼傘等物。

傅淵的朋友和傅家的宗親們多是年輕俊秀的兒郎，這樣一整溜往門外一站，立時引來不少看熱鬧女子的嬉笑。

樂隊在鞭炮聲中吹吹打打出了傅家的門，花簷藤轎一起，眾人的喝彩聲也熱鬧地響起。

傅東閣娶了吳越錢家的小娘子，在東京城算是引人注目的一樁婚事了。

到了錢家，錢家並無為難之意，知道新郎才高八斗，便爭相向新郎索詩，傅淵很快揮毫了一首七絕，順利進了錢家大門。

錢家用上好的酒禮款待，並拋撒花紅、銀碟等物，東京城的百姓曉得錢家巨富，因此早在門外聚集多時，錢家也不小氣，錢豫拿定了主意替妹妹祈福，今日拋撒的銀錢便格外多。

樂隊奏樂催促新娘上轎，稱之為催妝。新娘被丫頭喜娘顫巍巍地扶上了轎，行郎們收了酒錢紅包，這才浩浩蕩蕩返回傅宅。

新娘被接進門，還有一些繁瑣的儀式，跨馬鞍、坐虛帳等等，以傅念君的年紀，並不適合到

新房，因此她只到中堂去觀禮。

兩條打著同心結的紅綠彩綢牽著新郎新娘兩人，傅淵挺拔清俊，新娘子則略顯嬌小了些，可是身形婀娜，兩人看來十分般配。

兩人參拜了諸親高堂，被人簇擁著送回了洞房。

傅念君聽見身旁有人問：「二娘子不去瞧個熱鬧麼？」

傅念君搖搖頭。

新房裡還有一套繁瑣的禮節，她都替兄嫂累得慌，何況此時新房裡外定然都擠滿了人，還有放開性子吵鬧的孩子們，她一早起來就顧著家裡大小事，覺得有些累，便搖頭走開了。

獨自繞回後院，傅念君想找回片刻清淨，只是傅家今日賓客眾多，哪兒都沒有個清淨地方。

「娘子，要不您先回房去歇一會兒？」儀蘭在她身旁提醒道。

「不用了。」傅念君說，「一會兒開宴也要忙的，回屋歇不了多少時候……」

她突然止住了話，因為見到前面有個熟悉的人影一閃而過。

她微微擰眉，低語：「他也來了？」

儀蘭望了望前面，好奇道：「娘子說誰？」

傅念君搖搖頭。傅寧……他也是傅氏宗親，出現在傅家情有可原，只是不知道為何，傅念君見了他，心裡總有些不太好的預感。

儀蘭扶著傅念君在廊下坐了會兒，前面是傅家享有盛譽的梅林，雖然地上覆著一層白雪，依然擋不住賓客踏雪尋梅的興致，來往之人踩踏著白雪，混著泥土和花瓣，看起來十分髒亂。

沒一會兒，芳竹出現了，一路碎步跑到傅念君跟前，話語有些凌亂。

「娘、娘子，那、那個……」

她這神情，傅念君以往也不是沒見過，便冷靜地問：「是他來了？」

芳竹瞪圓了一雙眼睛，用力點頭。娘子果然料事如神。

傅念君點點頭，看了看外面天色。齊王和淮王駕臨，是傅家的榮幸，只是今日人多眼雜，若淮王殿下失蹤太久，肯定要引人懷疑，但傅念君有些話不得不與他說。

周毓白與她見面的地方，是從前傅梨華妄圖在這裡設局勾引錢豫的地方。

傅念君在十步外，視線就落到了那個挺拔的身影上。

傅念君不禁腹誹，周毓白對傅家的各個角落，倒是比她這個正主還熟。

傅念君走到周毓白身後，他才轉過身來，對她笑了笑。「冷嗎？」

傅念君搖搖頭。

她知道他們之間的時間不多，因此也不耽擱。「我想和你說些事情。」

周毓白點頭，「我知道。」

傅念君說到了陳靈之。

周毓白細細思索了一下。「這件事妳先不用急，我讓人去打聽一下，過年之前，我會給妳消息。」

傅念君微微鬆了口氣，又說到了江娘子的事。

周毓白道：「這件事即便妳不提，我也會去做的。」

傅念君狐疑地望著他，「難道說，這是你……」

她以為是他安排的？周毓白似笑非笑地看了她一眼。在她眼裡，他就是這樣的人麼？親手給自己的父親安排女人？

「當然不是。」

那天周紹懿無意間與他說江娘子會情郎的事，他便留心去查了查，江娘子與皇帝的事情雖然瞞得很好，卻不至於一點風聲都聽不到，從那時起，周毓白就在等著今天了。

傅念君聽他說了，心道這滕王小世子真是不夠意思，與她拉過勾的卻全然忘記了。

她問周毓白：「那舒娘娘是否也早就……」

周毓白點點頭。這是後宮的事情，周毓白選擇告訴自己的母親。

傅念君想到那幾日舒皇后對江娘子的態度，還真是半分都看不出來。

周毓白似乎知道她在想什麼一樣，低語：「世上的夫妻，各有各的相處之道，我母親……也有她自己的思量。」

傅念君只是覺得可惜，也說不清這感覺從何而來。

「並不是所有人都能像我們一樣。」周毓白臉不紅氣不喘補了這麼一句。

傅念君臉一紅，輕啐了一口。「我們哪裡是什麼……」是什麼夫妻了。

周毓白笑得十分自信，「過兩日禮部就會到妳家來宣旨了，開春采選，會將妳的名字加進去。」

傅念君一愕，「這是……誰的意思？」

周毓白眼中有光芒掠過。「自然是官家和太后娘娘，還能是誰的意思呢？」周毓白笑著反問她。「妳在宮裡表現這樣好，難道這不是意料之中的事嗎？」

雖然是這樣……但他這樣說，傅念君多少覺得有些害羞，感覺他這話調侃意味甚濃。

她輕咳了一聲，岔開話題。「那江娘子的事，你到底有什麼打算？」

要安排皇帝回心轉意，不是件容易的事。

周毓白道：「我自有分寸，妳不要插手了，這個當口，我也不想節外生枝。」

他指的是他們兩人的事。

宮裡的長輩好不容易對傅念君的印象大大改觀，若是她牽扯進來，怕是徐太后那裡不好應付。

傅念君微微蹙眉，雖然他說讓自己什麼都別管，但是她也不能就這樣兩眼一抹黑，什麼都不知道。

周毓白見她如此神色，輕輕嘆了口氣，認輸了。她對他，從不需要施展任何無形的武器。

「還記不記得我與妳提過的，入內副都知桓盈這個人？」

這個人對於皇帝的影響，不容小覷。

「其實他算是我母親的人。」周毓白說道。

傅念君微訝。她先前也想過，依照周毓白的年紀和資歷，要收服皇帝身邊的親信不太容易，何況還是個內侍。其實對於大多數皇帝身邊的親信內侍來說，最盼望的不是什麼太子儲君，而是眼前的皇帝能長命百歲。所以桓盈願意這樣幫他，周毓白也相當信任對方，這讓傅念君多少覺得有些奇怪，原來是這個緣故。

「他早年進宮時受過些苦，是我外祖父慧眼識珠，提點過他，後來我母親進宮，早幾年因為張淑妃，她的日子很不好過，與桓盈也算患難之交了。」

雙方微寒時的情誼，永遠是功成名就時無法比擬的。

周毓白微微側頭，盯著傅念君，輕笑道：「所以說外頭的話不可盡信，這世上很多事若只靠我自己，也未免太累，我外祖父和母親不是沒有計量的人，妳放心。」

外人都說舒相公不管女兒、外孫的死活，事實恐怕不是如此。

周毓白不希望傅念君太操心，如今還沒成親呢，若是她成親後也這樣，那他娶她的初衷豈不是變了？

他是想與她在一起，不是想讓她為自己吃苦的。

傅念君微微揚唇，只覺得自己如今變化真是太大，僅僅他這樣幾句話，心情便忽上忽下，難以自持。

「我該走了。」她突然說。

「等等。」周毓白伸手握住了她的手，傅念君嚇了一跳，忙要掙開。

他只是試試她手上的溫度。「去吧，別著涼了。」他很快又鬆開。

傅念君低頭「嗯」了一聲，腳步一時間卻挪不動。相聚的時間總是這樣短、這樣快。

「那你……晚上少喝點酒。」

她輕聲囑咐，才依依不捨地轉身離去。

儀蘭不知在看什麼，神情緊張，連傅念君走到她身邊也未察覺。

「怎麼了？」傅念君問。

「娘子……」儀蘭忐忑道：「我、我剛好像看到那裡有人……」

傅念君心中一驚，「看清楚了嗎？」

儀蘭搖搖頭。「我也不確定。」

傅念君想了想，「先走吧。」

§§§

傅秋華氣喘吁吁地拉著弟弟到了自己母親曹氏面前。

曹氏今日見了許多夫人，正有意替女兒多說兩句話，說不定能因此尋到一段良緣。

「娘、娘，我、我們剛剛看到……」

「看到什麼？」曹氏覺得有些奇怪，她這樣突然把自己拉到這沒人的屋角做甚？

傅秋華踮起腳尖，在自己母親耳邊道：「我剛剛看到二姊，在、在偷偷見一個男人……」

曹氏臉色丕變，忙喝止她：「這話如何能亂說！」

傅秋華一臉無辜，「不信妳問弟弟，他也看到了。」

曹氏望向兒子，傅游點點頭。

曹氏已經有點信了。她這個兒子從小老成，不愛說話，卻從來不會說謊。

傅游因為剛回到傅家，也沒什麼熟人，所以今日雖然熱鬧，他也不願意和那班同齡的孩子玩，姊姊傅秋華就帶著他逛園子，誰知越走越偏，就在西北角那裡就見到了傅念君。

因為樹木遮擋，他們沒看清對方是誰，可瞧這人的身姿，絕對是個男子。

今日來赴宴的男賓多，不乏俊秀郎君，傅秋華很是不齒傅念君。她在宮裡大出風頭又怎麼樣？還是江山易改，本性難移。

不過她也不是從前的她，會由著傅梨華挑唆去跟傅念君過不去，她爹娘現在都回來了，這樣的事，她不說出去，只來告訴母親。

曹氏心中訝異，再看兩個孩子的神色，都不像是說謊。

她叮囑兩個孩子，一定不能說漏了嘴，這件事就當沒看見。

「娘……」傅秋華不依，覺得曹氏太怕事。

「聽話。」曹氏板起臉。

比起她的大嫂姚氏、四弟妹金氏，曹氏可說是聰明不少。她雖不瞭解傅念君，卻知道不能輕看她，在她看來，聰慧能幹和生性放蕩並不一定衝突。

即便傅念君從前的傳聞都是真的，她們母女也不該去犯姚氏母女的錯，以此為由拚命去踩她。

畢竟，得罪過這位傅二娘子的人，下場都不是太好看。

到了晚上開宴，曹氏再見到傅念君，依然是前幾天的模樣。

傅念君的視線在她身上多轉了兩圈，只覺得曹氏神態自如，倒是傅秋華年紀小有些繃不住，與傅念君視線相對時分明有所閃避。

不是恐慌，或許是厭惡？傅念君微微笑了笑。

若真是三房的人看到的，她也不怕。曹氏如果是姚氏、金氏那脾性的倒好對付，不過現在看來，或許她選擇明哲保身，那她也可以落個輕鬆。

酒宴上，各家夫人和小娘子對傅家的恭維聲不斷，傅念君知道，這是出風頭後的代價，也只能一一接下。

只是筵席上的夫人們再熱情，卻沒有一個提起傅念君的親事。

她如今風頭正盛，婚事宮裡都還沒個準數呢，她們怎麼敢搶先一步？只能都先觀望著了。

傅念君喝了些酒，懶怠應付她們，很快就退席了，獨自站在廊下吹風。

傅家這樣熱鬧的夜不多，微涼的空氣裡瀰漫著酒菜的香味，混雜著白日未曾散去的鞭炮硫磺味，是一種別樣的滋味。

傅淵終於成親了啊。

儀蘭走到傅念君身邊，低聲向她稟告了幾句。

傅念君聽了有些詫異。「爹爹已經回屋了？」

儀蘭點點頭，「相公或許喝多了酒，娘子要不要去看看？」

傅琨如今身邊連個知冷熱的人都沒有，他也早對納妾失了興趣，同僚要送女人，每回都是推拒的，堂堂一國之相，如今孑然一身。

傅念君突然有些自責，傅琨如今這樣，她也要負一點責任的。

「去煮一壺醒酒湯，我自己端過去。」她吩咐。

傅琨是因為長子成親，才心情低落的麼？

他當然也疼愛傅淵，只是傅淵是他的嫡長子，繼承了他與亡妻所有的期望，所以從小到大，他才不得不與兒子疏遠，避免過分親近，才能一路鞭策他上進吧。

這樣想著，傅念君覺得，今天這夜晚，或許最傷懷的就是傅琨了。

到了傅琨的書房，傅念君覺得他似乎不止是傷懷，還有點不太對勁，連她進來都沒發現。

「爹爹？」傅念君喚了聲，將醒酒湯放在桌上，傅琨才回過神來。

「是妳來了啊，念君……」

「爹爹怎麼了？」

傅念君覺得他的臉色有點古怪，有些心不在焉。

「無事，只是有些累了。」傅琨抬手按了按自己的眉心。

這個動作，傅琨每次在朝上遇到什麼難事，就會出現。

傅念君不明白，今天是傅淵的大喜之日，他為什麼會有這樣的表情？

「爹爹，您是遇到什麼煩心事了麼……」傅念君覺得不太放心。

傅琨朝她微微笑了笑，主動岔開了話題。

「沒有。不知不覺你們都這麼大了，妳和妳哥哥……都要成家了，而我，也老了。」他話裡的悵惘讓人心酸。

「爹爹或許馬上就能抱孫子了，不開心麼？」傅念君安慰他。

傅琨呵呵笑了幾聲，點點頭，接過她的醒酒湯，一飲而盡。

放下碗，傅琨站起身，說：「偷閒也夠久了，我該去送送賓客了。」

他這樣的身分，不送其實也沒什麼，但是今天有兩位郡王在，他也不能太怠慢。

傅念君去扶傅琨，只覺得他腳步都有些不穩了。

傅琨不是貪酒的人，傅念君不覺得他會在兒子大喜之日鬱悶地喝個大醉。

他確實是心不在焉。

「爹爹當心！」

目送傅琨離去，傅念君才轉身，問伺候他的小廝：「爹爹剛才見過誰了？」

小廝想了想，踟躕道：「也……沒有誰啊，左不過就是今日赴宴的大人們，還有前來拜訪的後生學子。」

傅琨脾氣好，對於晚輩也從來沒有架子，藉著今日這機會上門來拜訪他的人自然就多。

傅念君望著深濃的夜色，點了點頭。「好，我知道了。」

§§

另一邊，周毓琛與周毓白兩兄弟今夜都參加了喜宴，心情卻各不相同。

喝多了酒，周毓琛這樣彬彬如玉的人也難得地放開了。

他拉著周毓白的胳膊，一隻手撐在他肩上，蹙著眉和弟弟說話。

對他來說，傅家，就像個惡夢。

傅梨華。

即使她如今不在傅家，是個已被出族的傅氏女，可周毓琛清楚知道，隨著自己的婚事逼近，離她入王府的日子也越來越近了。

這樣一個女子，竟然也是傅相的女兒。周毓琛只覺滿心苦澀。

他不忍苛責自己的母親，他知道，這一切都是她自作主張所造成的。

「七哥兒，再陪我喝一杯吧……」周毓琛又舉起了手裡的酒杯。

周毓白的酒量很好，上一回周毓琛就見識過了，他知道自己根本喝不過他。

「六哥還是當心自己的身體，喝這麼多，張淑妃又該派太醫來替你醒酒了。」他伸手去攙扶兄長。

周毓琛卻揮開了他的手，眼睛格外明亮。

有時人挺奇怪的，明明已經醉得一塌糊塗，可是眼睛看起來卻比往常還清亮。

「七哥兒，你實話告訴我，你想當太子麼？」周毓琛直勾勾地望著周毓白。

周毓白那雙顏色微淡的瞳孔在燈火下流光溢彩。

他面上沒有任何反應，只淡淡地說：「六哥，你醉了。」

周毓琛笑了下，問他：「你恨我阿娘麼？我知道，她這些年來做了很多錯事……儲君之位，立嫡立長，本該是你的，本就該是你的……怎麼也輪不到我……」

若非周毓白十分瞭解他，真的要以為周毓琛是藉酒裝醉來試探他了。

他的手穿過周毓琛腋下，施力讓他站好，旁邊的人要來扶，周毓白揮手讓他們站遠一些。

「儲君是爹爹屬意的人選，哥哥做了儲君，會難為我麼？」他輕聲在周毓琛耳邊說。

周毓琛笑起來，是大笑。

「是啊，是啊，我們是兄弟嘛，是兄弟……是兄弟麼？」

他越說越有些含糊，歪在周毓白肩膀上，開始胡言亂語，讓人再也聽不清他說的話。

周毓白這才喚來兩個形影不離的侍衛，讓他們扶周毓琛離去。

他獨自望著天上的月亮，只覺得這月亮冷得過分。

他始終記得小時候，自己和周毓琛兩個人一起學騎馬，兩人調皮，趁師傅不注意同乘一匹馬，最後雙雙跌下來，周毓琛還記得將自己壓在他身上。

到現在，周毓琛的膝彎處還有當年磕到石塊留下的疤痕。

他們是兄弟，只是這皇家的兄弟，太多人希望他們做不成啊。

但他不是旁人，周毓白彎唇笑了笑。

結局是由他定的，不是旁人。

§§§

喜宴第二日，新婦錢婧華拜見府裡的親戚，二房、三房、四房的夫人們也依次給了見面禮。

而傅淵下面的幾個弟弟妹妹，都被這位新嫂子的出手所震懾。

從進門開始，錢婧華臉上的羞澀就沒褪過。

傅淵瞧著依然一副高山冷泉的清冷模樣，可傅念君從他細微的表情看出來，這位今天心情相當不錯。

錢婧華面對傅念君時格外害羞，支支吾吾喊了聲小姑。

傅念君不好再取笑她，規規矩矩喊了聲嫂子。

認完親，傅淵便要帶錢婧華四處看看，再去祠堂拜祖宗。

新婚夫妻不能只顧著恩愛甜蜜，他們還有很多事情要做。

成個親真是夠累的，傅念君想著。

錢婧華三朝回門之後，傅家人算是徹底習慣了這個新媳婦。

傅淵是嫡長子，錢婧華娶進來就是宗婦，自然有些不一樣。

傅念君找了個機會，想將府裡的中饋都交給她，錢婧華被她嚇了一跳。

「我才成親幾天，怎麼能攬這樣的大權？」

傅念君道：「妳是我嫂子，是這個家裡名正言順的少夫人，為什麼不能？」

錢婧華擺擺手，一副驚嚇過度的樣子。「太快了太快了……」

傅念君和她說話隨便慣了，便取笑她：「嫂子可是覺得不該將時間浪費在家事上，要先抓緊時間給我添個小侄子？」

錢婧華笑著要去擰她。

「我是覺得剛過門的媳婦就攬權，說出去……怕是對你們家不好，人家也會說我是個母老虎。」

傅念君攤手，「那怎麼辦？難不成我一輩子不嫁，替你們管理家務，一直到我侄子侄女長大成人？」

她睨錢婧華，嘖嘖了兩聲。「好有心計的小嫂子。」

錢婧華也不甘示弱，嗆道：「說來說去，原來是妳巴望著嫁人，才不想管家裡的事。」

「家裡的事有人比我更上心，我還管什麼？」

「妳這嘴巴倒是利索，不許吃我的糕點！」

「只能我哥哥吃？好偏心的小嫂子！」

兩人一來一回胡鬧了一會兒，最終，錢婧華同意慢慢接手傅家的中饋。

傅念君和她仔細說了說府裡的情況，主要是傅溶和漫漫兩個小的，具體的現在還不適合多說，只道：「他們兩個的教養以後要勞煩嫂子多上心了，尤其是傅溶，我不讓他去見他母親和姊姊，他對我一直有怨懟，但他年紀還小，心眼也說不上壞，多教教，總是可以明白事理的。」

錢婧華點點頭。

傅家的情況算好了。傅淵只有一個同父異母的弟弟，比旁人家中庶子庶女一堆的要好上不知道多少。

姑嫂兩人絮絮叨叨說著話，不知不覺就到了晌午，錢婧華留傅念君下來吃飯，傅淵此時也回來了。

傅念君這才明白了小灶的力量。

這位新上任的小嫂子很懂得此中道理，就傅念君來看，她這廚子本事極為不俗——想想也是，錢婧華借給盧拂柔的人，還替盧拂柔在徐太后面前掙了臉子的。

在人家新婚夫婦房裡賴著不走，傅念君自問沒這個臉皮，用完飯，便急忙告退回去了。

§§

她一直在等周毓白給她遞消息，關於陳靈之和江娘子。

冬月過得特別快，周毓白去調查陳靈之的事情，傅念君一直沒有得到答覆。

她開始懷疑，難道這陳家，竟複雜到連周毓白也查不清底細？

不過江娘子的事，進展得倒很快。

據說，在某個傍晚，聖上悄悄微服出宮，去的不是旁的地方，就是江家。

隔了兩日，江娘子就被抬進了宮裡，封了美人。

這位江美人，結結實實翻了一次盤。

只是地位不同了，當初各種看不上江娘子的小娘子，與她也不會有見面的可能了。

畢竟成了宮妃，哪裡還有自由可言？

朝上的言官又不消停了，好不容易準備過年，在家休息了幾天的大人們聽說了這事，頂著鵝

毛大雪都要精神抖擻地進宮面聖。

其實他們對江娘子這個人根本不感興趣，對於皇帝收用她也無多大意見，問題在於江娘子曾是張淑妃的養女。張家外戚勢大，三不五時遭到彈劾，今次這事，就被言官抓住大大做了文章。

直斥張淑妃居心不良，養女以邀寵，不恤龍體、毀壞聖德等等。

其實他們都知道張淑妃不可能故意安排年輕貌美的小娘子來替自己分寵，這不過是他們罵張家的藉口罷了。

言官嘛，每日最大的興趣，就是從東罵到西，再從西罵到東。

張淑妃氣得很，但這麼大的啞巴虧，只能往肚子裡吞。

明明全天下沒人比她更不待見江娘子，卻因為她曾是自己的養女，自己還得因為她無端被罵，沒有比這更憋屈的事了。

傅家這裡風平浪靜，徐太后還召見過傅念君一次，只是後來老人家身體有些不適，便又作罷了。

傅念君沒想到，那幾道菜竟能讓徐太后對自己印象這樣深刻。

但慈明殿不比舒皇后的移清殿，她還是不太想去的。

沒幾日，就跟周毓白說的一樣，禮部發了文書，讓傅二娘子參加開春的采選。

這消息一出，傅念君收到了更多豔羨的目光。

禮部的名單，從裡頭除名容易，加名字可就沒那麼簡單了。

這定然是宮裡帝后或太后的意思，而這一加，意味也很明顯。

他們是不會讓傅家失望的，一定會給傅念君指一門漂亮的好親事。

這下子，傅二娘子再次成了人人稱讚巴結的對象。

心裡最酸的莫過於傅秋華，她不止一次在自己母親面前嘀咕：「她還偷偷和男人私會呢，不知檢點，卻過得這樣體面，就是欺負皇后娘娘她們不知道……」

曹氏聽到了，狠狠喝斥她，不過也沒有多大作用。

§§§

除夕夜到來，宮裡跟往年一般，先一步賜下了鍾馗像。

新年裡天氣冷，各家都閒著，夫人們急著找牌搭子，平日忙碌的朝官也會在新年玩上幾把，文人的說法，叫「小試年庚」，用新年裡賭博的輸贏來判斷來年的運道。

除夕夜闔家團聚，晚上閒暇時光，桌上準備著宵夜果，諸般細果、時果、蜜煎、糖煎及市食等，各色各樣。

今年的宵夜果是錢婧華準備的，種類豐富，有十般糖、澄沙團、韻果、蜜薑豉、皂兒糕、蜜酥、小鮑螺酥、五色萁豆、炒槌栗等，傅家幾房人湊在一處，熱熱鬧鬧，喧譁不斷。

傅琨卻獨自站在廊下，傅念君近來總是看到他這樣出神。

官員休沐，朝上無事，連皇帝在今天都是高高興興地闔家團聚，有什麼事能讓他這樣煩心呢？

傅念君想了想，覺得這次新年，傅琨似乎一直情緒不高。

她問過兩次，可傅琨什麼都不肯說。

他對女兒一向溺愛得很，有些朝中大事甚至都不避著自己，能讓他對自己閉口不談的事，會是什麼呢？

傅念君正出神，就覺得衣角被拉了拉，低頭一看，是十三娘子漫漫正睜著一雙大眼扯她的衣角。

她是拿了蜜酥來給自己吃的，傅念君笑著摸了摸她的頭。

「謝謝。」

漫漫還是一貫的不愛說話，只回了個小小的笑容給她。

錢婧華也走到傅念君身邊，看了一眼外頭的公爹，道：「天氣這樣冷，要不要給父親取件厚氅子來？」

傅念君說：「這倒不必，爹爹在這方面嚴以律己，太過和暖他不喜歡。」

錢婧華點點頭，隨即又把傅念君拖到無人的角落，問：「三嬸一直拿眼看妳，我總覺得那意味不太對勁，妳自己當心點。」

傅念君笑了笑，覺得錢婧華未免有些驚弓之鳥。

「妳放心，三嬸是聰明人，不會做蠢事。」

傅念君多少能猜到曹氏的想法。她現在八成是陷入了糾結，一方面覺得自己發現了傅念君的大祕密，一方面又看傅念君最近風頭太盛，有些吃不準對她的態度。

傅念君轉了轉眼，對錢婧華耳語：「小嫂子若真的想幫我，不如替三房找點事做，三嬸便不會把心思放在我身上了。」

錢婧華一愣，「什麼事？」

「五姊兒的婚事啊。」傅念君道。

錢婧華是長嫂，傅家沒有主母，如今大小事都是她這個少夫人說了算，傅秋華的婚事她操心一二也是合情合理。

錢婧華俏皮地眉眼一揚，說：「三嬸離京多年，對京城裡的人家確實不太瞭解，合該我來幫這個忙的。」

錢家，連皇家都不敢小覷，哪家不想攀附？錢婧華消息又特別靈通，連傅念君都自嘆弗如，她若是想讓曹氏忙起來，並且是開心地忙起來，有得是法子。

姑嫂兩人說笑了幾句，錢婧華就說到了自己昔日的好姊妹盧拂柔。

錢婧華有點歉疚。「我知道妳不會計較我這點小心思，當日盧姊姊問我借廚娘，我不好不給，幸好妳這裡推拒了，不然我還真怕妳們兩人在太后娘娘面前撞了菜色。」

傅念君表示自己沒有放在心上。

錢婧華說起盧拂柔，表情有些沉重。她如今嫁了傅家，自然事事以傅家為先，盧家的連夫人曾經算計傅念君，還害得傅梨華最後成了個被出族的小娘子，盧拂柔也沒臉上門來，她們倆十幾年的姊妹情，確實是不可避免地淡薄了。

傅念君和錢婧華年紀都不小了，盧拂柔比她們還年長，已經拖成了京裡的老姑娘，卻還沒有說上一門好親事。

傅念君也體諒錢婧華，其實盧拂柔的人尚可，不過是她母親有些過分。本來盧家與崔涵之說親，若順利，盧拂柔和崔涵之現在也該成親了，後來因為出了種種事端，周毓白又插手從中，崔家與盧家的親就結不成了。

「妳別擔心。」傅念君安慰錢婧華，「盧姊姊在宮裡的表現很不錯，舒娘娘定然會指一門好親事給她。」一九成是周毓琛，只是這話還不能和她說。

錢婧華點點頭，剛剛還為好姊妹傷感，很快老毛病又犯了，輕聲問傅念君：「說到那位崔五郎，妳可知道他如今境況如何？」

傅念君對崔家和崔涵之沒有任何興趣，只道：「他進了翰林院慢慢熬資歷磨性子，跟著名士大儒學習，想來今後前程也不會差吧。」

錢婧華噎了噎。誰關心他前程了？

「我是問，妳可知他與我盧姊姊親事談不成，又去談了哪家？」

聽錢婧華這話裡意思，那家應是她認識的。

傅念君配合她，問道：「哪家？」

錢婧華神祕地與她咬起耳朵：「這消息還沒傳出來，但我看八九不離十了，是孫計相！」

傅念君：「……」

怎麼還有這種事？天下是有多小？

孫秀家裡三個小娘子，醜得聞名京城。長女嫁的，是品貌不佳、寒酸不堪，至今被皇帝丟在角落遺忘、有史以來最慘的新科狀元郎秦正坤。次女則嫁了那位才名揚京城，詩詞受皇帝好評，正努力下屆科舉再戰輝煌的蘇選齋。

小女兒今年十四歲，但孫家夫人打從兩年前就開始打算了。

錢婧華和傅念君這對姑嫂曾在街頭和孫家姑娘們動過手，對她們三個，可以說是比較熟的了。

傅念君只覺得：孫計相家是個什麼地方哪？秦正坤、蘇選齋、崔涵之……雖然都是青年才俊，可總覺得有哪裡不對勁。

難道，孫計相熱衷於撿拾被嫌棄的兒郎？

看傅念君一臉不信的神情，錢婧華皺了皺眉，很認真地再次強調：「真的！哎……不信妳問妳哥哥，他也是知道的。」

傅淵也知道？

傅念君這些日子從來沒關注過崔家，傅琨、傅淵父子出於對她的愛護也不可能主動來跟她說崔涵之的事情，所以她是真的不清楚崔涵之的近況。

傅念君輕聲問錢婧華：「如何可能？孫計相與我爹爹是這樣的關係……」

他找崔涵之做了女婿，又把傅琨的面子往哪裡擺？

錢婧華頓了頓，覺得自己失言了，有些尷尬。「怪我多嘴，或許是父親不想讓妳知道這些……」

傅念君笑道：「就像妳說的，如果十有八九定下來了，我早晚都會知道的，打聽也不難。」

錢婧華這才和她說了幾句從傅淵那裡聽來的閒話。

這回似乎是孫秀親自到傅琨面前來說的，說是家中老妻看上了崔涵之。

傅琨從前會勸誡孫秀，卻也不能真的把他當自己的下屬來教訓，何況傅琨覺得崔涵之在人品、才學等方面還可以，總比他先前那位準女婿杜淮好上許多。

孫秀先前已經聽傅琨一次，與邠國長公主斷了結親之意，選擇了蘇選齋，所以這一次，傅琨更加不會強逼孫家。

他與孫秀說，兒女親事是雙方家族的事，自己這個外人不便參與。

崔家的奚老夫人到底是自己的親姨母。

孫計相見傅琨如此態度，感激之餘竟留下了幾句意味不明的話。

傅淵沒有說仔細，錢婧華只能自己猜，傅念君也跟著她猜。

孫家的意思，或許是說日後不會再在儲位之爭上隨意站邊，而是先看傅家的動向。

傅念君只能搖頭嘆息，不太明白孫家夫人執念所在，同樣也不能明白崔家奚老夫人的執念。

依照崔家的家底和崔涵之的相貌才學，京中有無數世家姑娘可匹配，但是奚老夫人找的這些小娘子，同平章事傅琨嫡女、武烈侯盧璿嫡女、三司使孫秀嫡女……她是真的把崔涵之當鳳凰，非梧桐不棲、非醴泉不飲了。

錢婧華湊在傅念君耳邊說：「不過這位崔五郎，面對孫家小娘子，大概也沒有辦法再嫌棄

了……哈哈，真想看看他的表情！」她笑得很幸災樂禍。

傅念君和崔涵之的事她知道一些，何況傅淵和傅念君也不會瞞她。

傅念君無奈地看了她一眼。「小嫂子，妳能別笑得這樣幸災樂禍麼……」

錢婧華捧了捧臉，「我有麼？」

傅念君嘆氣。

錢婧華又來勾住傅念君的臂彎，「妳同崔五郎退婚，是再好不過的選擇，畢竟淮王殿下比起他來……」

傅念君抬手掩住她的唇，笑道：「小嫂子越說越沒邊了，成親前沒有人告訴過妳，不能來夫家亂說話？」

「放心。」錢婧華拿下她的手，「我看好你們。」

雙眸閃亮，似燭火映照。傅念君真不知該拿她怎麼辦才好。

§§§

過了除夕，就是成泰三十年。

今年冬天的雪下得格外厚，在正月初十，傅念君接到了阿青的消息。

不得不說，現在已經很少有能夠讓她驚訝的事了。

陳靈之跑了。阿青說，雪下得厚，也沒注意修葺屋舍，竟不知陳靈之在後院角落里弄了個洞，加上進了年關，好幾個護衛都回到傅家和自己的家人團聚，小別莊上的人手就更鬆了。

陳靈之就這樣溜走了，只留下了一張字條。

阿青把字條呈給傅念君看。

他表達了對傅念君的謝意，並說自己有不得不做的事必須離開。短短幾句話，滿是少年江湖豪情。

傅念君只覺得頭疼。

阿青十分愧疚，還向傅念君請罪，說院子裡養的幾條狗，本來是想聞著氣味去追的，誰知因為雪太厚，沒追多遠就斷了線索，沒了蹤跡。

傅念君沒責怪他，甚至讓儀蘭給他封了個紅包。畢竟是年節，只有阿青是孤家寡人一個。阿青受寵若驚，連連叩謝。

傅念君坐下來思考。她覺得自己上次和陳靈之談過之後，他已經認清了現實，可怎麼突然這樣傲氣凜然，用遠走江湖的氣概……爬狗洞走了。

鑒於他頭腦時常不清楚，傅念君覺得為今之計，只能先去與傅淵商量。

傅淵比她鎮定多了。

「別管他了，妳也不要再去別莊。」

傅念君蹙眉，「可是哥哥，我們幫過他，若是他真的……」

傅淵搖搖頭，制止她。「念君，妳已經在這件事上花費太多心力。他還是個孩子，但是他也有選擇權利。」

他選擇生，還是選擇死，都是他自己的事。

傅念君看著他，嚴肅道：「哥哥，你應該比我更清楚，他的身分或許很不凡，更可能與西夏和大遼有關。」

傅淵只是低著頭，耐心地寫著自己未完成的字，頭也不抬。

「念君，別去想了，和我們沒有關係。」

他這麼說，傅念君更篤定，傅淵是知道了什麼。

「好吧，我聽你的。」說完，她離開了他的書房。

她之所以能這麼鎮定，是因為她知道，周毓白不可能放任陳靈之自己離去。他答應自己調查陳家之事，卻一直沒有回音，更讓她斷定這個陳家大有祕密。

他不會對自己言而無信，只是她沒法子立刻見到周毓白。

好在，上天總是會給機會的。

「娘子、娘子……」芳竹興沖沖地和傅念君說話，「街上又開始布置彩燈了，今年或許會比往年更盛大，畢竟是聖上登基三十年的整年頭兒……」

又快要正月十五的上元佳節了。傅念君一時有些怔忡，竟然又到了這麼個日子。

傅念君想到了去年上元節時，周毓白戴著面具出現在自己面前，她哪裡想到後頭會有這麼多事發生呢？

這也是她可以名正言順出府的日子。

或許，自己不去找他，他也會來找自己的。

傅念君打定主意，陳家的底細，屆時一定要問清楚。

10 又是上元

正月十五這天，傅念君說好了和錢婧華一起出門。

錢婧華本來是有點羞慚的。

「我都成親了，不好再這樣出去吧……」

傅念君笑她：「這麼俏麗的小嫂子，我是該替哥哥看著，可我哥哥和同僚出門了，小嫂子甘願乖乖在家裡等他？燈會不只一日，你們夫妻二人一定可以找個機會單獨出門的。」

錢婧華被她戳穿了心思，更是臉紅耳熱，可到底是同意了。

姑嫂兩人帶了家丁丫頭，一起出門去看燈會。

錢婧華發現今夜傅念君有點心不在焉，既然心不在焉，她又為何要出來？仔細想了想，她猜測：「妳今日是不是和淮王殿下……約好了？」

傅念君搖搖頭。

錢婧華也抓住了機會取笑她：「那就是妳在等他。」

傅念君沒有說話。她確實在等周毓白，但如果沒有等到呢？

滿城煙火，人聲鼎沸，傅念君卻覺得了無意趣。

兩人在街上未逛多久，就尋了個街邊的茶樓歇腳。

芳竹和儀蘭今日也活潑了些，在傅念君耳邊絮絮叨叨，說著去年上元時的事。

細節。

什麼捉弄痛打崔九郎之類的事，她們不敢說得太明白，可是錢婧華卻很感興趣，拉著她們問

幾個人熱熱鬧鬧地說著話，這時茶樓的夥計來送點心，卻朝傅念君多看了一眼。

是個很微妙的眼神。

夥計給她倒茶水時也在茶壺柄上輕輕叩了叩，視線落到傅念君面前的乾果小碟子上。

待他離去，傅念君便在那乾果碟子下輕輕摸了下，摸到一張字條。

在手心展開一看，確實是周毓白的筆跡。

傅念君鬆了口氣，還有絲隱隱的甜蜜。

錢婧華看她好像在笑，湊過來問她怎麼了，傅念君在她耳邊低語：「我暫且離開一會兒，勞煩小嫂子在這裡等我。」

錢婧華了然，忙道：「妳儘管放心，記得快些回來就是。」

傅念君帶了儀蘭，穿妥了外氅，隨茶樓夥計出了後門，沒過兩個巷子，就到了一家不大的首飾鋪前。

這地方……傅念君搖頭失笑，待上了二樓，果真見到了眼熟的單昀。

單昀向傅念君拱手行禮，然後自覺地退開半步。

傅念君對他點點頭，推開了他身後的格扇。

周毓白正坐在桌前烹茶。

這裡隱隱能聽到些從外頭傳來的熱鬧人聲。

傅念君微微吸了口氣，坐到他對面，一雙眼睛只盯著眼前的俏郎君看。

周毓白將茶杯推到她面前，見她目光這樣專注，也微微笑了笑。

他們見面的機會不多，時間也不能太長，傅念君更有許多話急著問，不是盯著他發呆的時候。

周毓白抬頭對她溫和道：「新年裡過得如何？」沒等她回答，又自顧自說下去：「怎麼好像瘦了些？妳心思太重了。」

傅念君捏了捏自己的臉，倒覺得還好，不過她確實是一向心思重。

「七郎……」她喚了他一聲，「我只是……」

周毓白明白她要說什麼，道：「妳一向愛操心，妳爹爹的事，妳哥哥的事，現在連旁人的事都操上心了。」

傅念君擰眉，解釋：「原本也沒想這麼多的，那陳家，我只是越琢磨越不對，陳靈之此人，恐怕有些來路，我是覺得……」

「覺得什麼？」周毓白笑道：「他會對我有用？」

傅念君被他說中了心事，臉有些泛紅。

她確實是這麼想的。陳靈之身上或許有什麼祕密，更可能與西夏或大遼的人有聯繫，如果他真有什麼不可告人的身世，那麼對周毓白來說，或許會派上點用處。

「所以我猜對了嗎？」傅念君抬起頭問他。

周毓白抬手喝了口茶，「猜對了些吧。」

這陳家的事周毓白費了些心力去找線索，他在洛陽自然是有眼線的，陳家這樣的大案，鬧得滿城風雨，不可能一點痕跡都找不到。

將陳家滅口的都是高手，但終究不可能做到來無影去無蹤。

線人說，下手的可能是契丹人。至於一些繁瑣的證據和說明，周毓白也沒有這麼多時間和傅

念君一一闡述。

契丹高手再努力掩藏，也不可能與漢人一模一樣，何況那是西京，不是燕雲十六州。如果是契丹人，就很能說明問題了。

「聽說過蕭凜嗎？」周毓白問傅念君。

「南院都監，南京統軍使蕭凜？」傅念君驚訝地反問。

這個人很有名，也非常讓大宋懼怕。

難道陳靈之的身世未必和大遼皇族耶律家有關，卻很可能和蕭家有關？

傅念君低聲說：「陳靈之竟然和這個人有關係？」

周毓白點頭，「是什麼關係還不得而知，但那幫人很有可能是蕭凜的手下。」

蕭姓，並非他們本家之姓，蕭家原姓拔里氏，蕭凜的這個蕭姓，一點都不低於耶律氏，正是因為那位幾年前過世的女中豪傑蕭太后。

這位奇女子的一生，不只遼國，就是大宋境內，也幾乎無人不知。

而蕭凜的父親蕭溫，是蕭太后的兄長，曾經帶兵雄踞燕雲十六州，太宗在位時，就對這個蕭溫十分佩服，承認他是自己多年對手。

蕭溫更曾率軍南下，兵臨澶淵城下，當時遼國與大宋簽訂澶淵之盟，此人功不可沒。

澶淵之盟是十年多前的事，後來蕭溫就一直守著燕雲十六州，與大宋也算相安無事，使臣來往密切，通商互利。而如今，大宋與北境關係又緊張起來，多少是因為這個繼承了老父衣缽的蕭凜。

大臣在朝上也經常罵這個人，胡人匹夫、茹毛飲血云云，說這個蕭凜是頭不可控制的狼，牙尖齒利，難藏狼性，遼國將他放在邊境，其心可誅。

遼國分南北兩院，因為疆域廣大，在南院的將領都有很高的自治權和領兵權，而燕雲十六州向來是漢家土地，大宋一直力圖收復，讓蕭凜這麼一個凶悍且對大宋並不友好的人坐鎮，確實讓大宋朝臣很不放心。

如今沒有問題，只是因為他還年輕，父親舊勢力都在，可等幾年後，就說不準了。

傅念君的臉色恢復如常，與周毓白道：「若真是這個蕭凜要殺他，那麼陳靈之的身分就不太可能比他低。」

周毓白搖搖頭，「到底如何，就要問蕭凜了，陳靈之自己也不知道。」

傅念君與那孩子相處最多，他若對自己身世知曉，早就告訴她了。

「那他怎麼會偷跑？」傅念君盯著周毓白，眼神有些不善。

周毓白笑道：「妳這是什麼眼神，以為我是什麼人了？」需要這樣慫恿一個孩子。

「那為什麼……」傅念君覺得這事沒頭沒尾的，很是奇怪。

周毓白說：「這件事說來也是緣分……妳還記不記得我曾經同妳說過的一個人，董長寧？」

董長寧是江淮一帶了不得的人物，因著周毓白外祖父舒文謙的關係，才助周毓白一臂之力。

傅念君聽周毓白說過，那個狐狸一樣的和樂樓老板胡廣源，就是董長寧做局在對付，對方已經在他手下吃過幾次暗虧了。這一年來，董長寧時常東奔西走，而幕後之人靠胡廣源疏通的財路，也被他堵了起碼一半。

錢和人就像他們做大事者的兩條腿，缺其一便走不動路，幕後之人最近這樣消停，怕也是領教了厲害，不敢再貿然布局。

像從前算計齊昭若那事，他貿貿然就可以砸一個私礦進去，如今就是有這機會，他怕是也沒有能力這樣做了。

傅念君疑惑，「我知道，可這事和董先生有什麼關係？」

「所以我說是緣分啊。」周毓白回道，「妳哥哥大概和妳說過了，洛陽衙門給陳家結案，是因為找到了陳家小娘子幾人的屍首。」

傅念君頓了頓，遲疑道：「難道說，陳小娘子……沒有死？」

周毓白點點頭，「確實是被董先生所救。」

他要派人去查陳家的事，通知了董長寧，才知董長寧已經捲了進來。

傅念君瞠目結舌，誰能料到這世上竟有這樣巧的事？

原來陳小娘子當日逃脫，是帶著奶娘和奶娘的兒子，只是沒逃多遠，就在路上遇到契丹人截殺，奶娘母子雙雙殞命，她還剩最後一口氣，結果被董長寧的人所救。

那夥契丹人凶狠異常，並非像漢人山賊一樣為劫財劫色而來，董長寧素有江湖豪情，須臾就動了惻隱之心，救下了陳小娘子陳靈舒一條性命。

陳靈舒得救之後便求董長寧救她弟弟，她從父母口中得知線索一二，只知弟弟陳靈之與遼國有關，父母親更要她以命相護，絕不能讓弟弟出事。

董長寧一聽就知這件事不普通，那夥人果真是胡人，再到洛陽城一查，便知陳家滅門慘案。於是在她養傷的同時，董長寧一邊做了假證據，抹去陳靈舒還活著之事，一邊努力尋訪陳靈之的下落。

陳小娘子猜到陳靈之有可能往東京城去，董長寧便派人去尋那位姓章的舅爺，這姓章的商人與陳家夫婦是多年故舊，但是董長寧派人偷了他家中來往書信，發現這個章舅爺很有可能與契丹人有聯繫。簡而言之，他可能就是出賣陳家人的罪魁禍首，所以陳家出事之時，他躲去了外頭，可能不是巧合。

董長寧是老江湖了，不可能像年輕時那麼不知事，手底下有兩三個軍師，甚至有一個還是受過舒文謙指點的學生，他們當即著手從章家抽絲剝繭，章家來往的人當中，有一隊人顯得很奇怪，在年前過來，問的卻是陳家的事。

這是當日傅淵派出去的人，如此，董長寧就查到了傅家。

傅念君突然明白過來。「所以那個姓章的商人，其實是董先生的人殺的？」

周毓白點點頭，「在年節前，契丹人想大搖大擺進東京城，還是有點困難的，何況這些人是殺人高手，偵查卻未必行，所以董先生派人先他們一步找去了章家，得到線索後，又搶在契丹人之前……」殺了他。

董長寧這樣的江湖人，年輕時也是刀頭舔血過來的，知道做事的時候，不能有絲毫猶豫和心軟。派人滅了陳家的多半是蕭凜的人，這也是從那姓章的嘴裡問出來的。

董長寧花那麼多心力，看中的，確實是陳靈之日後能夠拿捏蕭凜的作用，茲事體大，甚至可能牽涉兩國邦交，他就更不能夠讓這件事出紕漏。

傅念君吁了一口氣。原來姓章的是被董長寧的人殺了。

她先前還以為滅了陳家的人真的本事通天，能夠千里之外截殺了姓章的，如今看來，是周毓白和董長寧快一步，占了上風。

對方怕是也沒想到，主人交付的一件任務會衍生出這麼多麻煩。

「所以，」周毓白說道：「董先生不知道我和傅家的關係，便想法子通知了陳靈之他姊姊的事情，他才會逃離別莊。妳放心，他現在很安全。」

他能知道這些前因後果，肯定也是和董長寧見過面，細論過這件事的輕重了。

等到一切算塵埃落定了，他才在今天來見她，告訴她這件事。

傅念君突然有些鬱悶，那種感覺……原來自己一直以來做的都是最邊緣的事，別人早就把這事給摸透了。

「這件事妳家不方便出面，所以妳聽妳哥哥的，不要再插手了。」周毓白伸手握住了傅念君的。他應該是提前和傅淵打過招呼了吧，傅念君想，所以傅淵對自己才會是那樣的態度。

也罷，這件事本來到這裡她就幫不上忙了，不要說什麼遼國，出了東京城，她都沒有人可以用。

傅念君抬頭，迎向他柔和的目光，輕輕地點了點頭。

窗外璀璨的煙火映在半透明的窗紙上，周毓白道：「今日是上元，過了年，外族人混進東京城就容易很多了，何況今年是爹爹登基三十年，定然要大肆舉辦慶典……妳知道，我不能讓妳和妳家人冒險。」

傅念君明白他說的。那些契丹人沒完成任務前是不可能回去的，年後守備鬆懈，趕上每年這樣的盛會，他們說不定偷偷摸摸溜進城，就像去年上元刺殺周毓白的那些水寇一樣，在這樣的節日裡，什麼都說不準的。

而就像董長寧能夠通過章家人查到傅家一樣，那些契丹人或許也可以。

董長寧是一條暗線，那麼傅家就像一條明線，或許當日傅家留下的線索，已經夠讓契丹人找到他們了。

周毓白也不能讓董長寧去滅了章家滿門，姓章的商人死了也就罷了，他的其餘家人肯定是動不得的。

所以周毓白才會說不想讓傅家冒險，傅家的敵人已經太多了。

「我明白。」傅念君回握周毓白的手，「等過了這幾日，我就想法子再招些護衛家丁，我那新嫂嫂嫁妝豐厚，更需要看顧。」

用這個藉口，沒人會說什麼的。

周毓白笑了笑，道：「那我屆時安排兩個人進去……」

傅念君輕輕瞪了他一眼，低聲咕噥：「你把我家當什麼地方了？」

周毓白笑了笑，執著傅念君的手走到窗邊，推開了窗戶，宣德樓城門那裡正在放煙火，天上一片流光燦爛，喧囂的人聲透過夜空傳了過來，兩人都不由得想到去年上元時的種種情景。

誰能想到一年後會是這樣的光景呢？

傅念君突然笑道：「你的面具還在嗎？」

周毓白道：「自然還留著。」

傅念君心底覺得十分熨帖。不知不覺，她和他已有了這麼多共同回憶，且是外人無法打攪的回憶，讓她覺得無限甜蜜。

傅念君覺得自己手上的力道重了些，便聽得他在自己耳邊說：「明年上元時，我們再也不用偷偷在外面相會了……」

傅念君臉一紅，一時也不知該做什麼反應。

她抬頭望向他的眼睛，只覺他那對眸子燦若星辰。他有很多面貌，兩人不熟悉時的高貴淡漠，在轎中時的狂烈炙熱，還有此時的溫情脈脈……每一種樣子，她都見過了。

傅念君覺得此時的自己像懷揣著一個無比巨大的祕密，心跳如擂鼓。

她朝他微微笑了笑，點點頭。

明年的現在……她也一樣無比期待著。

周毓白握著她纖細的肩膀，低頭輕輕將唇印在她額頭上。

兩人之間毋須言語，盡情享受著靜謐的時光。

但這時光很短暫就是。

格扇被叩響，是單昀在門外提醒他們。

周毓白放開傅念君的肩膀，輕聲說：「去吧，別讓妳家裡人等急了。」

傅念君點點頭，伸手抱了他一下，很快退開，在他的目送下閃身出了門。

§§

回到茶樓，錢婧華看傅念君的眼神就多了幾分揶揄。

只是傅念君此次與周毓白見面不是為了兒女情事，因此從她的表情裡，錢婧華沒發現她期待的線索，很失望。

她在傅念君耳邊低聲感嘆：「這樣的日子多少人在私會，偏你們兩個，見了面也好像沒見似的……」

傅念君這樣的人，說她不守規矩，確實是不守規矩，可真要說守規矩，也是守規矩的。在錢婧華看來，她的聲名狼藉根本坐不實。

相較江娘子都在婚前失貞了，如今也沒人敢說什麼，傅念君不過是空擔個名頭而已。

兩人略微逛了逛就回家。這上元節的盛會，今年在傅念君眼裡，並無多少樂趣。

錢婧華大約是惦記著傅淵，因此也沒有很重的玩興，姑嫂兩人早點回府，她也好早點給傅淵準備晚上的醒酒湯和茶點。

上元節的氣氛來得快散得也快，傅家的各項事務很快步入了正軌，錢婧華是個聰明人，家事上手很快，而傅淵和傅琨陸續開始上朝，新年的氣氛逐漸淡去。

這段時日，上從皇帝，下至百姓，大概都是心情比較低落的。剛過完盛大的節日，春天還未

到來，迎著北風，在天寒地凍中開始新一年的勞動，大家都是不太情願的。

同時，京裡也開始忙碌地展開了進入成泰三十年的第一次募兵。

對於這件事，傅念君不知傅琨和周毓白在其中起了多少作用，但是這次募兵讓她心中有了些希望，或許大宋在成泰三十年，並不會像自己記憶中那樣慘敗於西夏之手了。

西夏人消停了幾個月，或許皇帝有所鬆懈，但是如傅琨和周毓白這樣的人都是時刻警惕著的。西夏的虎狼之師壓在邊境，就如一把刀懸在大宋頸上，稍微有些政治遠見的人都知道不可輕忽。

傅琨重新忙了起來，與兵部的大人時常有話要談，至深夜才回府；而傅淵因為年前成親，在昭文館中的差事也有所延誤，如今正一心撲在書海之中。

傅琨和傅淵父子在外忙政事，女眷們就在內忙家事。城裡在募兵，傅家也在傅念君的主持下多招了一些護衛。

錢婧華還因此笑她：「敢和朝廷搶人，傅二娘子倒是膽子大。」

傅念君不甘示弱地回：「還不是因為娶了尊財神回來，怎麼能不多加小心看護？」

她不敢去賭，傅家的安危，她必須要保護好。

錢婧華其實也覺得府裡添人手是有必要的，因為傅家如今不只多了個她，到了二月底，二房的傅瀾也要成親了，迎娶的是他的表妹陸婉容。

錢婧華是長嫂，雖然不是嫡親的，可也不得不多出點力。

陸氏能幹，可她到底是寡居之人，很多事不方便出面，這籌辦親事的大頭就由傅念君和錢婧華攬了過來。

這些日子錢婧華也摸清了傅家家族裡的門道。

四房的金氏吃過傅念君的虧，如今乖得很，只閉門過自己的日子，其餘事情一概不管。三房

的曹氏是個聰明人，雖然三老爺和傅琨親近，她卻和大房保持著距離，與他們關係親密些的，就只有二房了。

錢婧華與陸氏接觸過幾回，她雖然性格古怪，其實並不難相處，她自己也很細心地籌備傅瀾的親事，一有什麼不明白的就找傅念君討論，姑嫂二人鎮日在房裡商議來商議去，丫頭們都說，這四郎君的親事，怕是要比三郎君的都隆重了。

錢婧華私下也與傅念君說過因由。陸婉容的哥哥陸成遙本就與傅淵相交甚篤，同科的進士，又同朝為官，大房與二房關係親密，陸成遙與傅淵也能更進一步。

她的兄長錢豫遲早要回江南的，他們錢家素來為皇家所忌，錢倒是不缺，可在傅淵仕途上的助力實在有限，有旁的機會，她定然要替傅淵做好打算。

傅念君不得不再次嘆服錢婧華的遠見。她嫁了傅淵，當真是一門心思撲在他身上，方方面面都想周全，她甚至都忍不住勸她：「嫂嫂大可不必如此，我哥哥娶妳不是希望妳為他增添助力，你們夫妻二人才新婚，考慮這麼多完全沒必要。」

「你哥哥值得。」她這樣說。

錢婧華提起傅淵就雙眸發亮，傅念君知道女人陷入愛情多半會失去才智，但她沒想到錢婧華對傅淵是這樣無怨無悔。

她自覺錢家的地位、她母親的身分拖累傅家，所以為傅淵做再多事，她都是願意的。

同為女子，她也會站在錢婧華的角度想，傅淵這冷冰冰的性子，到底值得不值得她這樣？可是後來她見到傅淵回家，第一句話問的就是錢婧華為何手這麼涼，她便覺得自己是杞人憂天了。

傅淵是個好哥哥，也是個好丈夫。

他們應是天底下最合契的一對了。

難得傅淵有空早回家，傅念君不想留下給人家夫妻添堵，卻被傅淵叫住了。

傅淵只一個眼神，錢婧華就心領神會，帶下人回避出去，把地方讓給他們兄妹二人。

「妳知道不知道，爹爹將傅寧弄到國子學去了？」傅淵開口就是這麼一句。

「什麼?!」傅念君吃驚，「爹爹他怎麼會……」

傅淵搖搖頭，臉上神色不明。「我原以為妳和爹爹親密些，他向妳提過，不過看來是沒有。」

「我一點都不知道。」傅念君老實道。

這太奇怪了，怎麼可能呢？

國子學這樣的地方，只有傅淵這樣出身的少數優秀貴族子弟才能進去，傅寧毫無家世，才學雖然不錯，卻連舉人都不是，就是進太學都勉強，他怎麼有資格入國子學？

傅淵道：「今日我遇到國子學的張直講，他親口與我說的，說是爹爹親自吩咐，誰敢不給他這個面子？」

傅念君心中大駭。傅琨是什麼人？以他的地位，不要說塞個區區的學生入國子學，就是「草菅人命」也是可以的。

可問題就是，這麼多年了，傅琨何曾用過這樣的權力？

他的門生很多，可也只受他指點，他再欣賞的後輩，再想加以栽培，通常的做法也只是推薦他們給大儒，或寫舉薦信給各書院，但是絕對不可能濫用職權塞人進國子學的。

這種事被政敵抓住把柄，可是會遭受攻訐。

「何況我上回就將傅寧推薦去了敦復書院，憑他的水準，去那裡已經有些勉強了。」

言下之意，傅寧還不滿足，竟又找上了傅琨，而更奇怪的是，傅琨竟然同意幫他這樣的大忙。

「哥哥，」傅念君蹙眉，想到新年期間傅琨的怪異之處。「我覺得爹爹他前陣子有些古怪……」

傅淵沒有留意到，問：「妳懷疑是因為傅寧這樁事？」

傅念君點點頭，「我早就說過傅寧這個人不普通，他在府裡被哥哥壓了這麼長時間，先前一直不敢有什麼動作，可後來怎麼突然有底氣與你和爹爹談條件了？我總覺得……不對勁。」

在傅淵看來，傅寧一直都是個小人物，即便背後有人，也早就被人家當作廢子拋棄了，若非傅念君一直很在意他，傅淵真的不會給這個人太多關注。

不過確實，傅琨為何一反常態將傅寧弄進國子學，這件事他也想不通。

傅淵道：「我會去查傅寧最近有什麼動作，而爹爹那裡……若是他肯告訴妳，就最好了。」

其實他們兄妹都不太抱希望，傅琨是什麼樣的人他們太瞭解了，既然他不想說，那一定就是不想讓他們知道。

傅念君因為這一席談話心情有些沉重。

回自己院子的路上她一直在想，傅寧這個人……其實她一直都不瞭解。

即便他是自己前世的親生父親。

傅念君走著走著，突然停下腳步，差點讓後面跟著的芳竹一頭撞上她的背。

「娘子……」芳竹捂著鼻子甕聲甕氣地喚，被儀蘭扯住了袖子不讓她說話。

傅念君神色嚴肅。似乎有什麼從她腦海掠過，是一件之前發生過的事……但是什麼事呢？她一直都太忙了……

是宋氏！傅寧的母親宋氏。她想起來了。

在傅淵成親前，宗族裡的孀娘周氏曾來傅家幫過自己一些忙，她從洛陽回來時，府裡人說過，周氏曾帶著傅寧的母親宋氏來過傅家。

傅念君當時以為她們是來打秋風的，再去請，宋氏沒有露面，周氏來了。

她沒有把這件事放在心上，但仔細想想，當時宋氏是來找傅琨的！

她一個瞎了眼的女人，又是寡婦之身，貿貿然登門，開口就要找堂堂宰相傅琨，這怎麼想都不合情理。

即便自己不在家，宋氏也可以找淺玉姨娘啊。

這件事傅念君當時存了個疑心，但洛陽回來後諸事繁忙，她一直忽略了，現在想想，一個寡居養大兒子、清貧了一輩子的女人，還能因為什麼求到別人家去？

只能是為了兒子。

所以這事，她或許該去問宋氏。

傅念君打定主意，就尋了個日子出門，門房還特地多囑咐了她幾句，說最近城內城外不太平，讓她出門一定要當心。

傅寧和宋氏住在城外，先前傅寧在傅家做傅溶的伴讀時，有段時日曾將寡母接進城來養病，這件事傅念君還是聽傅淵說起，只是後來似乎也不了了之。

傅念君依然請了族嬸周氏領路，到了傅寧家中。

周氏一如既往的熱情和能說，聽說傅念君要去宋氏家裡，更嘮嘮叨叨了一路，說宋氏多麼不容易，獨自養大一個孩子，又說她日子過得多艱難，平日為人卻很和善，瞎了眼睛還想著做女紅補貼家用。

芳竹和儀蘭很是懷疑這話裡的真實性。瞎了怎麼做女紅？不會紮到手麼？

傅寧在城外的家只有兩間屋，圍了一個不大的小院子，零散養著幾隻雞鴨。

周氏在院子門口就開始喊了：「寧哥兒他娘，有客人來了，妳快出來看看喲……」

芳竹和儀蘭再次懷疑周氏說話不經過頭腦。宋氏不是瞎了嗎？她要怎麼出來「看看」？

傅念君終於見到了宋氏。這是她第一次見到這位自己前世的「祖母」。

畢竟宋氏在傅寧功成名就之前，早已過世。

宋氏是個面目溫和、輪廓秀美的女人，雖然臉色蠟黃，顯得蒼老，一雙眼睛也渾濁了，可依然能看出年輕時的風姿。

宋氏一雙手巴著門框，正努力迎著光線往外頭張望。

「是周嬸子嗎？快進來坐……」

傅寧母子的輩分低，所以她得稱呼周氏一聲嬸子。

屋裡有些潮濕陰暗，因為這日天光也不是太亮，一進屋子就更讓人視線不清晰，芳竹想去點燈，可找了半圈都沒找到油燈，傅念君向她搖了搖頭，她只好癟著嘴退回到傅念君身後。

宋氏似乎並不慣常點燈。

幾人落座，宋氏一聽傅念君是傅琨的嫡長女，神態就有些侷促。

「我、我給娘子倒點熱茶吧……」

她磕磕絆絆要出門，周氏一把將她按回椅子上，熱心地出去燒水沏茶了。

傅念君在來之前就聽周氏說這母子二人的不容易，宋氏也不是個只會伸長手等別人施捨的人，早年她身體還不錯的時候，就是眼睛不好也主動下地去耕作，就是為了讓兒子專心讀書，不要每年都向族裡借錢。

只是她這幾年身體越發不好了，向親戚打秋風的日子才漸漸多了起來。

何況傅寧在讀書上確實有些天分，如今這世道，但凡家中有些能力的，都會選擇讓子弟念書識字，宋氏是個慈母，自己再苦再累，都願意為了兒子能讀書犧牲一切。

周氏還誇傅寧孝順，說起上半年他接宋氏進城治病的事，說他手頭有現錢，也還掉了欠他們家的一些債，只是後來卻不知為何沒有什麼進展，宋氏知道住在城裡貴，鬧著就回來了。

傅念君又問起周氏帶宋氏去傅家找她的那次，周氏很感恩傅念君還記著這事，因此盡量對她知無不言。她說她們去傅家前一天晚上，傅寧似乎和自己親娘吵了一架，宋氏瞎了眼睛，摸著黑一路跌跌撞撞敲了自家的門，周氏一開門，看見在路上摔得不成樣的宋氏也嚇了一大跳，宋氏卻是個倔脾氣，愣是沒哭，只說第二天請周氏陪自己去傅家。

周氏只當他們家銀子又不夠了，見她執意要去，就同意了下來。

傅念君問她，為何宋氏開口就要找傅琨？

周氏早忘了這一茬，只能按照她自己的猜測給傅念君解釋了一遍，說估計是傅寧在學業遇到了什麼難事，只能求傅相公幫忙，宋氏才會想去傅家吧。

傅念君又問，那為什麼後來又不來了？

周氏只道，看宋氏的樣子，似乎是麻煩解決了，自己再問她，她也搖頭說不會再出門了。古古怪怪的。

周氏只請傅念君多包涵一下宋氏，說她確實不容易。

這會兒周氏出門去燒水，傅念君便有空好好地看看宋氏身上的「不容易」。

宋氏的眼睛似乎直視著自己，目光定定落在傅念君身上，一眨也不眨，怪瘮人的。

她這雙眼睛怎麼瞎的，傅念君也問過周氏，可是她也說不明白，只說很早以前就不好了，至於早到何時，說很可能是在成親前。

想想確實有可能，傅寧的父親病弱又家徒四壁，若非宋氏眼睛有毛病，想必也不至於嫁進來。

「傅二娘子……可是有什麼事？」宋氏忐忑了半天，沒聽見傅念君開口，只好先出聲。

「也沒有什麼。」傅念君說，「就是帶了一些東西給宋嫂子。」

宋氏受寵若驚，「年節前族裡給了好些東西，現在都還沒吃完呢，娘子實在不必如此。」

「那是族裡的，這是我們家的。」傅念君說道，「何況寧哥兒先前在我弟弟身邊做伴讀，一直都很辛苦，再怎麼樣，這點微薄謝禮嫂子也是受得起的。」

宋氏聽她這麼說，心裡放心許多，只覺得這位傅二娘子說話讓人如沐春風，又不端高架子，真是十分親切。

傅念君很曉得如何讓她放鬆下來，聊了聊他們家年過得如何，再聊起傅寧在做傅溶伴讀時的事，聽起來真的是為感謝而來。

周氏燒了水進來，傅念君讓兩個丫頭接手沏了茶，繼續有一搭沒一搭地說著話。

宋氏逐漸放鬆，就開始感謝傅念君。感謝的，是傅淵將傅寧舉薦到敦復書院這件事。

傅念君不動聲色，聽宋氏來回謝了幾遍，她才確認宋氏不知道傅寧即將入國子學。

也是，這件事還沒完全定下來，旁人不知道也屬正常，但是傅寧不可能不知道。

也就是說，他去找傅琨，完全是他自己的主意，宋氏很可能並不知情。

傅念君拿定了主意，試探性地問宋氏：「宋嫂子，若是寧哥兒眼下有更好的前程，妳可會贊成？」

宋氏聽她這麼問，反應竟是頓住。這一停頓，就顯得格外微妙。

一個為兒子學業前程辛苦了一輩子，最大的希望就是兒子出人頭地的母親，為什麼聽到這話的反應會先是遲疑？

還是周氏嘴快，接過了傅念君的話頭：「二娘子說的是什麼事呢？」

傅念君順勢道：「是我爹爹，最近官家讓他整理《集古錄》，他有意找學生代筆，只需這一

兩個月，也有工錢。雖然是個尋常小吏的工作，但對於學識也頗有要求，他想著這是個歷練的好機會，如今正在學生後輩裡找……」

周氏一聽，忙替宋氏喜道：「這可是受傅相公提攜的大好事啊，多少讀書人夢寐以求，我看寧哥兒行的……」

宋氏卻愣愣的，完全沒有周氏這樣的熱烈反應。

傅念君其實也不意外她這反應。

「寧哥兒他娘？」周氏說了半天，見正主兒沒反應，便低聲提醒宋氏。

宋氏回過神，卻是說：「這、這自然是件好事……」

「那妳還有什麼好猶豫的？還不快答應二娘子。」周氏都替她著急。

宋氏對傅念君說：「不瞞二娘子，我是一直想讓寧哥兒專心讀書的，這件事……我看我還是等他回來再問問他吧，多謝二娘子費心了。」

「無妨。」傅念君微笑，「那就請宋嫂子好好考慮吧。」

又坐了一會兒，這屋裡實在冷得很，芳竹和儀蘭擔心傅念君的身子，周氏也明白分寸，便適時提議離開，傅念君便向宋氏告辭。

宋氏不知是真的覺得與傅念君投契，還是沒想周全，還拿出了自己存下的十幾個雞蛋想送給她。

她說這雞蛋都是自家母雞下的，她這母雞養得好，蛋也很好，若傅念君不嫌棄，就拿回去嘗個鮮。

傅念君沒有看低她的意思，欣然應允了。

宋氏很開心，又強塞了四五個鴨蛋給周氏，不讓周氏拒絕。

傅念君在回去的馬車上還在想，雖然只是十幾個雞蛋，但可以看得出來宋氏是個知恩圖報的人。

一個人的品行往往要從她周圍的人身上看，周氏是什麼人傅念君算有所瞭解，她對宋氏這麼好，也可見宋氏身上除了可憐，一定有很多值得鄰里幫助她的品格。

所以，這樣一個人，她會貿然求到傅琨跟前去麼？

傅念君勾唇笑了笑。宋氏可能自己都沒發現，她對傅家的態度，和對周氏等宗親鄉鄰，還是有細微差別的。

她習慣了接受饋贈，可是接受如周氏這樣的人的饋贈，她會更不好意思一點，也會有償還之意，而對傅家，就接受得相對坦然。

這樣的差別很微妙。

一般這樣的心態會出現在什麼情況？

當你覺得對方欠你時。

而連結傅琨的反應來看，傅念君幾乎可以猜到一個大方向：傅琨，或是傅家，對不起他們母子。

能有什麼事讓傅家對不起他們這對母子的……傅念君越想就越往豪門深宅裡錯綜複雜的關係

去猜，畢竟前世今生，她見得太多了。

最後她只得自己命令自己打住這種疑神疑鬼。

傅琨的人品她是知道的，如花似玉的繼妻姚氏都不曾撼動他對結髮妻子的感情，怎麼可能會有旁的亂七八糟的桃花債？

到底是怎麼回事，她只能慢慢去查了。比方說，宋氏年輕時的事情，還有傅寧的父親……

「娘子不擔心麼？」儀蘭在馬車裡問她，「您就這樣去了傅寧家中，他回家後，一問便知。」

若是娘子真的懷疑傅寧什麼，豈不是打草驚蛇了？

傅念君笑著搖搖頭，「他知道了也無妨，若是他要親自來見我，也是好的。」

若傅寧真覺得傅家虧欠他們母子，那麼他只會對傅念君的所作所為生氣，而不是惶恐。

她還真希望他到自己面前來，解開自己的疑惑呢。

馬車到了城門口，卻通行不暢。

一列列的官兵嚴肅又凶煞，說是要盤查出入車馬和行人。

傅念君心裡一緊，想到了周毓白在上元當夜說的話。

她一直希望是周毓白揣測太過，或許情況根本沒有那麼嚴重。區區一個陳靈之，犯不著讓遼國的蕭凜大動干戈，甚至讓契丹高手混入東京城。

等回到了傅家，傅念君才知道自己的僥倖心理是多麼可笑。

傅家今天有不速之客上門，老管家對著傅念君恨恨地罵了半天。

因為上門的人是齊昭若，帶著官兵，說是如今城裡不太平，要搜捕賊人。

「呸！」老管家一口唾沫噴得老遠，破口大罵齊昭若：「紈絝子弟，也就年前被他老爹塞去鎮寧軍裡，不知立了點什麼芝麻大小的功，過年回來就能領禁兵了，帶著瓜軍司的小兒們狐假虎

威，還敢說上門來盤查？當真不知深淺。」

宰相門前七品官，老管家平日也是耀武揚威慣了。

「我看他就是故意的，真該亂棍打出去，娘子前些時日招了不少好手，真該練一練。」

傅念君不禁失笑，「您老人家可別胡鬧了，他們是兵，您是民，不是鬧著玩的。」

老管家恨死了邠國長公主一家和齊昭若，畢竟他現在和廚房王大娘幾個，幾乎是毫無原則地擁護傅念君，這種「欺負」過傅念君的人，當然不能給他好臉色。

傅念君笑完了，回過頭，立刻臉色就沉了。

連齊昭若都親自帶人盤查城裡，看來情況確實很嚴重。

到了傍晚，傅淵給她帶來了確切的消息。

那姓章的人家，在昨天夜裡遭人入室劫掠，全部死於非命。

一起遇害的，還有旁邊幾戶商家，官府給的說法是盜賊劫財，但傅淵和傅念君一聽立刻就明白了。

哪裡是什麼盜賊劫財？其餘的人不過是掩飾，姓章的人家才是重點。

那些契丹人，就如周毓白所猜，真的已經混進城了，且膽大包天，敢一下子對這麼多大宋子民痛下殺手。

看來他們不找到陳靈之，是不會善罷甘休的。

而禁兵也跟著出動，就表示官府顯然知道這夥賊人的來歷絕對不是普通盜賊，所以城門嚴防，齊昭若也上門盤查。

情況比傅念君想像的更嚴重，她先前抱著的那點僥倖心理，此時顯得如此可笑。

「官府這麼要緊地拿人，說明對方不容小覷，很可能是窮凶極惡之徒。」傅淵說。

傅念君蹙眉，「那我們……」

傅淵打斷她，「妳別怕，淮王殿下已經跟我通過信了。」

傅念君有些訝異，「通過……信了？」

對她這表情，傅淵的反應是挑了挑眉。

「我與他未來也是要做郎舅的，這樣的書信往來，沒有什麼不妥吧？」

是沒有不妥，不過……傅念君古怪地看了傅淵一眼，還是說成親了人就會有所變化？

從前傅淵哪裡會對她說這樣的話，他可是三令五申希望自己在親事定下前與周毓白別往來的，怎麼他自己又……還說什麼郎舅之類的話，太不像傅淵了。

說回正事，傅淵讓傅念君不要太擔心，章家那裡，周毓白早有布置，具體如何安排他們雖然不知道，但是兩兄妹都清楚周毓白的能力。

傅念君也想著，上元節時周毓白既然提醒了自己，也說了章家那邊很可能被契丹人盯上，那麼他就不可能毫無準備，所以這回官府這樣大的動作，裡頭究竟有沒有周毓白的手筆，她也不甚清楚。

和傅淵簡單說了幾句，傅念君就告辭了。

有些事她實在是插不上手，何況還牽涉到大宋和遼國的邦交，這裡頭的分寸若拿捏不好，把傅家都搭進去都是有可能的。

§§§

傅念君回到自己的院子，正好碰上自己房裡的丫頭霈霈在找貓，這些丫頭尋常閒著沒事，便收養了府裡被母貓遺棄的一隻小貓，每天逗著玩。

「霈霈，阿四又不見了？」芳竹問。

阿四是她們給小貓起的名字。

霈霈點頭，「剛剛還看見的，一眨眼，又不知鑽到哪裡去了。」

「八成是小廚房的灶台底下。」芳竹說，「牠最喜歡那裡。」

傅念君說：「那妳們過去找吧，天還冷著，小廚房不開火，灶台底下也涼，別凍著牠了。」

正說著話，幾人就聽見一聲軟綿綿、淺淺的貓叫。

「是阿四！」霈霈興奮道，朝那聲音追了過去。

傅念君也不自覺跟著兩個丫頭的腳步動了。

那小貓卻喵喵叫著不肯停步，讓人能聽見聲音，卻又抓不住牠。

這隻貓一直挺聰明的，也願意親人，所以院子裡的大小姑娘都喜歡牠。

等到了小廚房附近，阿四終於被霈霈抓住，一把抱在懷裡，可阿四在她懷裡不停叫著，很急切的樣子。

霈霈見傅念君也來了，立時就有點不好意思。「娘子，平時牠不是這樣的，今天確實挺古怪……」

傅念君沉眉，伸手摸了摸阿四的頭，視線落向不遠處，小廚房西牆邊搭出來的半間小棚子。

冬日裡的花容易死，花匠和丫頭就把花搬到那裡養，只是今天……

霈霈一臉忐忑地望向傅念君。「娘子，您怎麼了？」

「無事。」傅念君回答，收回視線，隨即轉頭對芳竹說：「路上有點暗，去提盞前頭的燈來。」

芳竹一愣，隨即點頭應是。

幸好現在天色暗，她臉上的神色看不清，若是仔細看，就能看到她額頭上細密的一層汗。

傅念君警戒心很重，從前就教導過芳竹和儀蘭，有些動作或神態就是在暗示她們立刻去叫人。

芳竹反應過來。娘子一定是發現什麼不對勁了！

她提步就往前走，傅念君在後頭對霈霈說：「抱著阿四去我房裡玩一會兒吧，也好久沒見牠了……」

霈霈應了，跟在傅念君身邊。她沒覺得有什麼不正常之處，只有懷裡的阿四有點不一樣。

「乖哦，乖哦。」霈霈撫著阿四倒豎的後頸毛，一遍遍軟聲安慰，只以為牠是許久沒見傅念君對她陌生才這麼緊張。

一陣寒風掠過。

隨著阿四的一聲貓叫和躥出老遠徹底消失的身影，傅念君只來得及用餘光看見霈霈軟綿綿倒下去，下一刻，她的脖子後面被一件冷冰冰的東西抵上，如果沒猜錯，是把鋒利的刀。

「如果不想死，就安靜點。」

身後男人的聲音響起，震得傅念君耳朵發麻。

冷冰冰沒有溫度，無端讓傅念君想到一種陰毒可怕的動物：蛇。

讓人無端恐懼的壓迫感。

傅念君不敢說話，只輕輕點頭，那人就握住了她的肩膀把她拖到小廚房東側的格扇裡。

屋裡很暗，傅念君不敢回頭，只能背對著他，盯著格扇上的菱格。

那人的刀沒有離開過她的脖子。

「我問妳話，妳點頭或搖頭就行了。」他說。

傅念君點頭。

「妳是這家的主子？」

點頭。

「妳剛才發現我了？」

搖頭。

他冷笑，刀鋒逼近了兩寸，傅念君立刻感受到脖子上傳來了細微的疼痛。

「說實話。」

傅念君點頭又搖頭。

他似乎忍不住，問道：「什麼意思？」

傅念君已經能夠肯定，這確實是契丹人，哪怕他漢話說得再好。

「點頭是我已經說了實話，搖頭是我剛才確實沒發現閣下。」傅念君冷靜地回答他的疑問。

身後的人默了默，竟然收起了刀，傅念君剛想鬆口氣，又感覺到他蒲扇般的大手扣住了她的肩膀，鑽心的疼。

這凶蠻的胡人！傅念君在心裡狠狠咒罵。

那人在她耳邊說：「妳，很不錯，也不怕我。我可以饒妳性命，但是妳要去給我弄藥來。」

他受傷了。

傅念君剛剛在外面，判斷這裡有人的時候，不僅是因為小貓古怪的反應，還有淡淡的血腥氣味。

有人躲在她的院子裡，且還是個受傷的人。

她不動聲色，讓芳竹去叫人來，可沒想到這人警戒心這樣重，立刻就選擇動手了。

所以現在，她的處境很危險……

「閣下想要什麼藥？」傅念君狀似無知地多問了一句。

那人又是一聲冷笑，聲音更低了。「小姑娘，妳是個聰明人，所以最好別耍花招，妳知道該怎麼做的。如果一會兒妳的丫頭帶了人來，妳讓我怎麼相信妳剛剛說的話？」

傅念君似乎聽到了刀鋒在衣料上劃過的聲音，讓人頭皮發麻。

「我是個亡命之徒，將妳殺了，再與妳府上護衛惡鬥，我也不吃虧。」他幽幽地說。

傅念君咬了咬牙，心道這人竟不是個匹夫，還是個有腦子的。

傅念君依然道：「我認為閣下挾持我來換一匹快馬和傷藥，會更方便些。」

那人嗤笑一聲，「你們這些宋……」他原本想說「宋人」，很快又改口：「你們這些人都是奸猾之徒，我若這樣做了，即便一時逃脫，必然引得身後追兵無數，不若悄無聲息離開來得方便。妳放心，我也不是言而無信之輩，妳幫我這一次，我必然銘感五內。」

唷，這位還真把自己當條好漢呢。傅念君在心底輕嘲。

但是她隨即也放鬆了一些。她一開始以為契丹人找到了傅家，是來尋線索的，現在看來，他似乎並不知道這是哪裡，只是希望得到幫助。

「好。」傅念君立刻答應，「這是我的院落，旁邊就是我的寢房，你跟我過去，我保證不會叫人抓你，我雖為小女子，但也言而有信，只求閣下治好傷後速速離去，不要給我帶來麻煩。」

她一番話條理清晰，簡明扼要，蕭凜是第一次見識到有這樣膽識的宋人女子，心底不由得生了幾分讚賞。

何況從她剛才的種種反應看來，她應該是猜到了自己躲藏在此。

如此聰慧，幸而他先一步出手。

傅念君依言帶著他摸黑走到自己寢房，路上遇到了一個丫頭，卻被他快手打暈了。

今夜她這裡的丫頭們真是遭殃了。

儀蘭在屋裡溫著茶和火爐等傅念君，正想著不過就是去看看貓怎麼還不回來，一走出去，剛好傅念君回來了，正覺得奇怪，卻見她身後閃出一個高大的人影。

「這個不能打！」傅念君忙出聲喝止身後人。

若慢一句，怕是儀蘭也要躺倒下去了。

她院裡本來人就不多，全打暈了誰去幫他拿傷藥。

那人的手堪堪落到儀蘭的肩膀上，儀蘭也是見慣大場面的，立刻穩住心神，咬住了唇不敢出聲。

她見傅念君朝自己點點頭，便退進屋裡，進了溫暖的屋裡，儀蘭才敢打量這個高大的男人。

這人的體型比尋常人高大，模樣看不清，因為包住了頭臉，只有一雙眼睛露在外面，這雙眼睛格外狹長，且眸子泛著淡淡金光，儀蘭以為自己看錯了，再要看清，那人的目光十分凶惡地看向自己，讓人立刻收了窺探之意。

傅念君吩咐儀蘭去取傷藥，順便向她使了個眼色，說：「我今夜要早點休息，別讓人來打擾。」

儀蘭明白她的意思，又見芳竹還沒回來，怕是去叫人了。

現在那羅剎在屋裡坐著，若是叫了人來，她們娘子的安危還能有保障？

儀蘭這些時日經過傅念君的培養，膽識智謀也提高了些許，知道現在一定要伺候好這位大爺，她們主僕才能安全。

何況娘子既然把他帶來，想必是心裡有主意的。

蕭凜坐在椅子上，眼眸微瞇，靜靜打量這主僕二人。傅念君眼角餘光瞄著他的動作，知道他這坐姿，只一個動作，恐怕就可以立刻伸手扼住她們兩人的脖子。

「閣下放心，這侍女乃是我信任之人，我既與你達成君子協定，便不會食言。」

「君子協定？」他哼了聲。

傅念君看了他一眼，心中猜測這人的身分。

一定不是普通的死士，這人說話談吐有一種久居上位者的氣勢，且很聰明果斷，知道不可能在挾持自己的情況下順利逃脫，就不如與自己好好交易。

許多被逼上絕路的人往往都異常兇暴和緊張，在做判斷和決定的時候會失去冷靜，很少有他這麼鎮定的。

而死士則是不被允許任務失敗，都是以死為終結。

顯然他也不是。

而且齊昭若親自上門追查，顯然這人對官府來說很重要。

起碼……是那位南京統軍使蕭凜的心腹將領吧。傅念君在心裡下了結論。

「看出什麼了嗎？」

傅念君不過多看了兩眼，他就冷冷問了這一句，隨後竟大手一揚，毫不顧忌地扯下遮臉的布巾，傅念君立刻轉開頭。

蕭凜差點笑出來。她又不看了？

其實他是餓了一天，準備吃東西，不可能圍著這累贅東西。又不是脫衣服，她躲個什麼勁兒？

傅念君凜眉嚴肅地道：「閣下還是講究些吧，我不想看到你的真面目，免得日後惹麻煩。」

蕭凜嚼著她桌上的糕點，就著溫茶一口吞了下去。

他確實不講究，一點也沒有被追捕的犯人的自覺。

儀蘭忐忑地取了傷藥進來，盯著正大吃大喝的「兇徒」，有點愣神。早知道……就在今天的糕點裡加點藥了。

連儀蘭也不顧忌地打量他了，傅念君索性轉過頭來。

布巾下的臉……也算是意料之中吧，一把濃密的鬍子，根本看不清長相，難怪不介意她們看到臉了。

傅念君朝儀蘭使了個眼色，儀蘭戰戰兢兢地把手裡的東西放在桌沿。

蕭凜正好吃光了桌上的糕點，看了一眼傷藥，朝她們點點頭。「謝謝了。」

儀蘭瞪大了眼，覺得有點不可思議。凶徒竟然還會和自己說謝謝？她真不知該說什麼才好。

傅念君冷靜地問他：「閣下總不會還要我們幫你上藥吧？」

「不敢勞駕。」蕭凜回道。

傅念君吸了口氣，道：「我會安排你盡快離開，閣下要吃要喝想來也夠了，我家中父兄都是厲害人物，你不能在此久留。」

她看他似乎是不太想走的樣子。

蕭凜聽她這樣說，一時對她感到十分好奇。

「小姑娘，妳就這樣放走我？不怕縱出什麼禍事來？」

傅念君心裡很明白，既然這人應當在遼國有些身分地位，那麼他在傅家不論是被抓還是喪命，都對傅家沒有任何好處，相反的，還可能惹來麻煩。

這人要的不過是安全脫身，她沒有必要把事情鬧大。

「若說是禍事……閣下現在這樣狼狽，怕是禍事已經犯下了，我放了你出去，我想你當務之急應該是逃命吧。」

即便處境不好，她該說的話還是說得不怎麼客氣。

蕭凜的眼睛瞇了瞇，更顯狹長陰沉，那目光掠過傅念君臉龐時，就像蛇信舔過般。

傅念君真的不喜歡這種感覺。

「很好。」他說，「看妳的模樣，我確實相信妳父兄都是厲害人物。」

蕭凜這樣說，就是同意她的提議了。

他又喝了杯茶，才道：「我也不想冒險。」

傅念君微微鬆了口氣，說：「等會兒我就安排，你可以從我家側門離去。」

蕭凜那一把大鬍子很好地遮掩了他部分表情。

他盯著她，說：「妳家裡是妳說了算的？」

傅念君不想回答他。

好在家中的鑰匙還沒有全部交到錢婧華手上，傅家後宅的事，暫且沒有什麼是她說了不算的。

蕭凜或許是坐久了，動了動腿腳，儀蘭一副如臨大敵的模樣瞪著他。

蕭凜朝她點了點下巴，「看看妳主子的脖子。」

儀蘭去看傅念君的脖子，傅念君這才想起來，剛剛自己被這人的刀鋒在後頸劃出了道傷口。

儀蘭放在傅念君後領上的手微微顫抖。她家娘子金枝玉葉，萬一留下了疤可怎麼辦？

「沒事。」傅念君倒是不覺得痛了。

她拉下儀蘭的手，與她低聲耳語幾句。

蕭凜沒有在聽，他正在給自己的傷口上藥。

傅念君不關心自己的傷口，因為她沒有這個工夫。她知道自己不能一直等下去，看時間差不多了，就讓蕭凜跟自己出去。

芳竹那裡驚動了人，大牛、大虎他們雖然是自己的心腹，但是難保傅琨、傅淵不會察覺，到時候就算她不想鬧大，也只能鬧大了。

不知為何，蕭凜也漸漸放鬆對她們主僕二人的警惕，甚至沒有像一開始那樣，動不動就動手打量她們。

傅念君親自將他送到西北角門前。

路上看門的婆子與小廝都讓儀蘭支開了。

「江湖路遠，閣下自便吧。」

門內亭亭玉立的姑娘表情淡淡，從容鎮定得不像親手放走了一個差點殺了她的凶徒。

蕭凜再次覺得疑惑，可這股子古怪勁兒他又說不上來。

「姑娘今日幫了我，在下銘感五內。」

他說話還算客氣，傅念君心中不無諷刺地想，沐猴而冠罷了。

「不必了，請吧。」傅念君朝他點點頭，想快速合上門。

「等一下。」

他一隻腳橫插進來，已經重新用布巾遮起來的面容出現在門縫。

傅念君心中怒意漸起，「我不可能給你送上真金白銀和車馬，你懷中的兩瓶傷藥已是極限，請尊駕不要得寸進尺。」

從「閣下」到「尊駕」了。蕭凜想著，宋人說話花樣可真多，聽著怎麼都不太對勁。

「小姑娘，妳把人想得太壞了。」他說，「那我們……後會有期。」

那雙狹長的眸子掠過一抹光，在門合上的最後一刻，都直勾勾盯著她看，傅念君只覺渾身不舒坦。

遼人，契丹人，她為了自己和傅家，放走了一個可能奪走幾十條人命的凶徒。

儀蘭也嚇得腿軟，整個人靠在門板上喘氣，還是大冷的天，可主僕兩個都是一身的汗。

「娘子，我們……怎麼辦啊……」儀蘭上氣不接下氣地問。

傅念君說：「放走他，是為了方便抓。別怕，回房去。」

儀蘭點點頭，立刻跟上傅念君的腳步回屋。

傅念君吩咐儀蘭將剛才那人用過的東西都處理掉，還有打量的兩個丫頭，和他是否曾留下什麼痕跡，全部都要處理乾淨。

芳竹也因為今夜的事急出一頭冷汗。大牛、大虎他們都已經準備好了，可是儀蘭卻鎖緊了院門，通知她不要回來，究竟是怎麼回事？

傅念君也沒有多解釋，只讓她把郭達叫來。

今夜郭達是別想睡個好覺了。

傅念君親筆寫了信，讓郭達交給周毓白，郭達滿臉苦澀。

「……小的已經很久沒聯繫上郎君了。」

傅念君回道：「府裡新增的護衛，別說沒有你認識的人，想法子，一定要把這封信交給他。」

那契丹人藏匿傅家的事她可以瞞著任何人，卻不能瞞著周毓白。

他的眼線和勢力遠勝於她，或許他能從中發現些蛛絲馬跡也未可知。

等忙完了這些，她才有工夫讓儀蘭替她上藥。

「娘子這是平白遭了什麼殃啊……」儀蘭一想到今夜的事，就忍不住替傅念君鼻酸。

為什麼偏偏是她們娘子呢？

傅念君苦笑。自己為什麼那麼倒楣撞上這契丹人，或許一半是因為老天，一半是因為自己吧。

老天讓小貓阿四領著她去了那裡，而自己自作聰明讓芳竹去叫人，又引起了對方的疑心，最後造成了這樣的局面。

並不是所有事老天都會站在她這邊的。

「但願那人是個守承諾的。」傅念君說。

她幫他一次，他也從此忘了今夜。

儀蘭低聲嘆了口氣，「瞧他那樣子，實在不像個好人啊，只盼這事到此為止……」

§§§

折騰了大半夜，傅念君並未休息多長時間。

第二天清早，傅淵去昭文館前，先到了她院裡。

傅念君早知道瞞不住他。

昨夜的動靜雖然不大，可到底十分異常，這陣子又是風聲鶴唳之時，傅淵只要早起聽下人稟告，就很容易猜到她這裡有事發生了。

傅念君真該感謝傅淵如今新婚燕爾，休息得早，若是在成親前，他怕是昨夜就發現不對勁了。

兄妹兩人坐下，傅念君把昨夜的事情一五一十交代了。

「胡鬧！簡直胡鬧！」傅淵很少有這樣激烈的情緒外露。

這樣危險和不可思議的事情，就在他眼皮子底下發生了?!

傅家的內宅，傅念君的院子裡，竟這樣巧就潛入了外頭禁兵找得天翻地覆的人。

「這陣子添了這麼多人手，他們都是怎麼辦事的！」傅淵第一次覺得自家人不中用到了極致。

他開不了口罵傅念君，因為他知道她做出了最對的選擇，在那當口，她除了將賊人送走，確實沒有更好的法子保全自己和傅家。

他的怒火只能轉移到護衛身上。

傅念君嘆了口氣，無奈道：「府裡添了很多護衛，但是我這院子靠近四叔他們那裡，我猜那人八成是通過他們那邊進來的。」

傅家新近招募了許多家丁護衛，府外和幾道大門都加強了守備，可傅家這麼大，又是分房不分家，如金氏那樣小心思多的人，自然有得是鬼主意。

四房夫妻都不事生產，金氏素來是鐵公雞性子，近來辭退了不少院裡的老僕，明擺著想占大房便宜，那些新招募的人手她才用，要自家掏錢養人，想都別想。

何況傅念君也沒那個本事讓人將傅家圍成銅牆鐵壁，光梅林那一片，就很難防備。

「說到底，咱們家這座大宅子確實挺招風的。」傅念君中肯道。

換了她是賊人，肯定也找房屋多好躲藏的人家，誰會躲在一眼就能望遍的小戶人家？

傅淵噎了噎，瞪了眼傅念君，還是忍不住責怪她：「妳膽子也太大了，與虎謀皮。」

傅念君反過來勸慰他：「也有好事，那契丹人並不知我們查過章家，若他知道了，那昨夜我大概就是……」凶多吉少。

傅淵嘆了口氣。她怎能用雲淡風輕的語氣和自己說這樣的話？昨夜，她這樣一個小姑娘，可能瞬息間就遭遇不測了。

「總之妳這裡，往後該用的人還是要用。」傅淵叮囑她。

傅念君不習慣在跟前放太多人，但凡在她眼前的，都是受信任的。

傅念君點點頭，表示贊同。看來還是要用幾個貼身護衛安全些啊。

隔了一日，不速之客齊昭若又登了傅家的門。

門房和老管家對他的恨幾乎從眼神中滿溢出來了，不過齊昭若安之若素，迎著傅家上下仇恨的目光，領著人大步進了傅家的大門，半點慚愧和不好意思都沒有。

他當然不會覺得不好意思，他連夜探傅家這樣的事都做過。

傅淵在家中，傅念君和錢婧華便不用去面對齊昭若，只是她們二人到底放心不下，派了人在一邊偷聽。

傅淵不得不承認，齊昭若比起從前，真的是判若兩人。在軍中歷練或許真的能夠讓人快速成長，他只覺得眼前這人無論從相貌還是氣勢，都非昔日吳下阿蒙。

齊昭若的來意很簡單，依然是為了捉拿殺人狂徒。

傅淵冷著臉道：「前幾日齊都知已經帶人來過了，今日又來這遭，敢問你把傅家當作什麼地方了？」

齊昭若如今不再遊手好閒，在侍衛步軍司也有了官職。

齊昭若很鎮靜，只淡淡對傅淵說：「前幾日來是例行公事，今次來，卻是事出有因。如果……貴府沒有窩藏要犯的話，我也不會走這趟，請傅東閣見諒。」

傅淵靜靜地抬眸望去，目光如刃。「窩藏要犯？還請齊都知慎言，這裡不是你可以放肆的地

方。」

齊昭若笑了笑，一對桃花眼再無平素春情，只是眸深似海。「我是武人，不比探花郎高才，論道理我是說不過你的。請令妹出來吧，這事自然見分曉。」

傅淵不知他究竟是從何處聽到傳言，敢這樣大膽上門質問，傅家私放要犯一事除了傅念君幾個心腹以外無人知曉，他又是怎麼……

「無憑無據的事，我若真讓家妹受你盤問，豈非顯得傅家心虛？」傅淵冷笑，「齊都知拿出證據來就是，何必如此虛張聲勢？」

「虛張聲勢？」齊昭若勾了勾唇。他覺得傅淵這人極大的礙事，他還以為自己是當初的齊昭若麼？

他從懷裡掏出一封信揚了揚，道：「這封信出自誰手，想必傅二娘子比在下清楚。」

傅淵沉了臉色，他雖不知道什麼信不信的，但見齊昭若這麼信誓旦旦，他不免動搖了幾分。

「你……」

他剛要開口，被人出聲打斷了。

「三哥。」

傅念君的身影出現在側簾後。

她緩步走出來，對傅淵點了點頭，然後轉向齊昭若，冷笑道：「不知齊郎君有何指教？」

齊昭若望著她的臉。兩人數月不見，她神態依舊，目光裡的不馴一樣沒變，對他不客氣地說著「有何指教」。

洛陽一別，再見卻是如今了。

齊昭若在心底笑了笑，笑自己癡妄，也笑自己可悲。

齊昭若揚了揚手裡的信，對傅念君道：「我想傅二娘子還是應當對令兄解釋一下。」

傅念君的視線落在他手中的信上，目光隨即一冷。

這是她寫給周毓白的信，竟然落在齊昭若手上。

她不說話，齊昭若也不說話。

他在等她做決定。

傅念君微微轉頭，對傅淵說：「哥哥，讓我和他單獨說幾句話，稍後我再向你解釋。」

傅淵點頭，看了齊昭若一眼，未置一言就起身回避了。

他離去後，齊昭若對傅念君說：「看來你們兄妹感情現在還不錯。」

「多謝關心，我們兄妹關係如何不勞你費心，你還是顧著你與長公主的母子之情吧。」傅念君對他說話是一如以往的不客氣。

經過洛陽之行，傅念君對齊昭若的恐懼在不知不覺中減少了，但到底仇是仇，恨是恨，她覺得自己一輩子都不會是和他走同一條路的人。

她還以為他學乖了，知道不該來打擾自己，今天卻又討人嫌地出現了。

他究竟是何來意？怎麼就不能有點自覺呢？

齊昭若將手裡的信扣在桌上，平靜地望著她。

「私放要犯，證據確鑿，這是妳自己寫的供詞。妳可知這封信若到了衙門，妳傅二娘子和傅家，恐怕就……」他沒有說完。

她明白他的未竟之言。

這對她自己的姻緣和傅淵、傅琨的仕途，都是巨大的傷害，甚至往大了說，傅琨能被政敵扣上通敵賣國的罪狀。

傅念君卻不害怕，只是冷了臉質問他：「你幾時在我家裡放了眼線？」

「錯了。」齊昭若說，「我的眼線沒有放在傅家。」

傅念君有一瞬間的疑惑，但揣摩了一下他話中之意，又立刻明白了。

郭達必然是通過那幾個新招入府的侍衛來傳信，而這幾人是周毓白安排的，其中有齊昭若的眼線。

是了，從他開始有意識培植自己的勢力那天起，他就不可能永遠處於被動。

傅念君絕對沒有想到自己有這樣陰溝裡翻船的一天。

她盯著他，「你竟安排人在他身邊！他是你的……」

「父親麼？」齊昭若揚唇，打斷她的話，眼神卻暗了暗。「已經不是了。」

何況，或許本來就不是父子。

齊昭若用手指點了點那封信，「不過妳放心，我若要害他，今日就不會只是拿這封信過來。即使妳恨我，但我們是同一陣線的，這點妳可以放心。」

周毓白和他長談過，齊昭若也明白自己現在最該做什麼。他要報他的仇，他要弄清楚自己前世今生的生死宿命，所以他害周毓白和傅念君有什麼好處？

傅念君聽了他的話連連冷笑，「你何必把我當作三歲孩子來騙？你若無所要求，就不會拿出這封信來威脅我了。」

她的眼神澄亮，彷彿能夠洞悉人心。

「你在他身邊放人，說明你很想占據主動，不想永遠被人壓制。周紹敏，承認吧，你一身反骨，造反，然後身死，你或許根本不是為了家仇，那就是你的必然結局。」

她的表情譏誚，在說出「周紹敏」三個字時，他心底陡然冒出一股火。

她的神情是如此高傲倔強，看著他的目光是如此嘲諷。

齊昭若的右手漸漸緊握成拳，以一種十分扭曲的力度攥著，骨節泛白。

她沒說錯，她一句都沒有說錯！

傅念君不再懼怕了，她還怕什麼呢？

他威脅她，就和從前一樣，區別只是少了一把劍指在她胸口而已。

她已經不怕他的威脅了，在平等的基礎上，她知道她未必輸他！

她繼續說：「所以你若是想達成目標，繼續培養能夠和所有人抗衡、能夠不受人擺布的勢力，為什麼不直接拿著這封信去見我爹爹？他那麼疼我，你威脅他比威脅我有用，他是一國之相，他的權力更值得倚靠，更能助你成事。但是你拿著這封信來見我，為什麼？你想威脅的人是我，你想從我這裡得到什麼？」

她目光如冰，如利刃破開齊昭若的心思，讓他無所遁形。

他想，或許祝真人沒有說錯，她確實是自己的劫數，是自己夢的源泉，也是解開他宿命的鑰匙。

在她掌心翻不出去的人，是他！

他望著她秀麗嬌俏的臉，「我想從妳那裡得到什麼……妳不知道麼？傅念君，傅念君，妳不知道麼？」

他連喚了幾聲「傅念君」，像咒語一樣，讓傅念君渾身泛起不自在的寒意。

「我早就說過我想要什麼，妳不知道？」

他咄咄逼人地反問，腳步一步步朝她挪近，傅念君不自覺往後倒退了幾步，差點撞上椅子腿。

「妳躲什麼？」他突然笑了，比女子還秀氣俊美的臉上透著一股邪佞，那張臉似乎與東宮那

夜的周紹敏完全重合，像地獄裡爬出來的羅剎。

「妳確實是最瞭解我的人了……難道不是？」

他的嘴角微揚，露出右側鮮少露出的虎牙，看在傅念君眼裡，只覺得那是惡狼的獠牙。

傅念君啞口無言，渾身一顫，咬著牙罵了他一聲：「瘋子！」

他很冷靜，只淡淡地說：「一直都是啊。」

是啊，他想要什麼，她怎麼會忘了呢？在那一天，他識破自己的身分時，他就說過。

他覺得她是和他命運糾纏的人，他不想放過她，甚至還說要娶她！

後來在老君山，他們一起去見了祝真人，那時的齊昭若還算正常，可是從那時到現在，或許他骨子裡的念頭根本沒有被壓制住。

傅念君突然意識到，他一直都把自己當作特殊的存在。

獨一無二。

若說齊昭若喜歡她，未免有點不可思議，喜歡她怎麼會一劍殺了她呢？

唯一的解釋，在來回生死糾葛之間，他把她當作某種寄託了吧！他對自己，或許根本是種扭曲病態的情感。

想到這裡，傅念君頓時全身發冷，像在冰窖中，從腳底泛起涼氣。

他果然，還是沒有放開……

「你、你！不可能！」傅念君臉色陡然轉為青白，「我和你，不可能的！你不是早就死心了麼？」

齊昭若又往前一步，目光似乎越過她的頭頂落在後面，目光沒有焦點。

「不，不是。」他說著：「妳可以不嫁給我，但是……也不應該嫁給他。」

傅念君對齊昭若怒目而視，「我嫁給誰，是我的自由！」

齊昭若的外婆是徐太后，他也是皇親，應該能聽到更多宮裡的消息。

傅念君早聽傅淵和傅琨透過口風，就在最近，禮部采選的結果就要出來了，開春，就是為兩位王爺和宗室子弟賜婚的大事。

她和周毓白走了這麼多彎路，他為她努力，她也為他努力，眼看就要柳暗花明，可是路途中的阻礙，總是沒有減少……

她忍不住罵道：「你憑什麼來管我?!」傅念君覺得自己對眼前這人的恨意如滔天烈焰重新燃燒起來。「憑你殺過我嗎？齊昭若，周紹敏，你真是有病！」

齊昭若的臉皺到一起，表情混合懵懂和迷茫。

他在乎的，早就不是父親沒有娶自己的母親，他只是不能容忍傅念君風風光光嫁給周毓白。他以為他能忍住的，從洛陽回來，他就一直在努力，他知道傅念君和周毓白是兩情相悅，根本容不得別人。

容不得別人，沒有關係；容不得自己，也沒有關係。

他的內心焦灼了無數個日夜，最後他終於承認，很多情緒是壓抑不住的，輾轉反側無數個夜晚，反復思量，他得到一個結論：他們不能在一起。

好像是從靈魂深處發出的聲音，每日每夜鞭笞著他，要他屈服。

儘管就像自己喜歡傅念君一樣，這種洶湧而莫名的感覺毫無道理，可他沒有辦法抗拒。

就像一種「本能」。

祝怡安從來沒有說錯，齊昭若想，或許他這條命，他這個人，就是圍繞著傅念君轉的。

他面對她怒火只是平靜。「妳還有更過分的話就儘管罵吧，這封信……妳想清楚，對妳的傷

害大，還是對我七哥的傷害更大？如果讓太后娘娘和官家知道，他早就勾結了傅家，他和妳早就私定終身，妳的名揚京城也是刻意設計，他會怎麼樣呢？」

他的臉色很白，不知是被東窗灑落的陽光照的還是怎樣，傅念君只覺得這人就像個蒼白的怪物。

「無恥。」她說。

他竟然可以不顧一切到這種地步，毀了周毓白布的大局，他是在幫幕後人翻盤，難道他不明白麼？

什麼時候起，她的婚事竟然比他的仇恨還重要了？她只能認為齊昭若一夜之間瘋魔了。

「是挺無恥的。」齊昭若嗤笑了一聲，反問她：「妳覺得我七哥又好多少呢？」他啊了一聲，「或許在妳眼裡，他就像神仙一樣完美無瑕吧？聰明強大，永遠勝券在握，可是他能做到這麼多旁人做不到的事，收服那麼多江湖勢力，手上真的乾淨麼？」

他微微偏轉過頭，下巴的弧度很尖，看起來有種冷酷的鋒利。

「知道為什麼那個契丹人找到了傅家，卻不知道傅家麼？」他問傅念君。「因為我七哥早就搞定姓章那戶人家，他們用章家的長子做人質，其餘人等，面對契丹人的質問不敢多說一個字，否則那孩子立刻就身首異處，但契丹人的嚴刑逼供讓人難以想像，章家的婦孺懼怕，就快要招架不住，這時，有個丫頭瘋了般跳起來，衝出去用剪刀去捅契丹人，契丹人暴怒沒有忍住，才把他們全部都殺了，當然這時候，官差也差不多到了。」

齊昭若笑了笑，「妳知道我為什麼知道這些麼？我事後去查過，那個丫頭與章家的舊僕根本對不上號，她是被安插進去的人手。妳看，多殘忍，七哥他知道契丹人一定會殺章家，只是他要的，是讓章家人一句話都不能說地被殺光，甚至為此不惜賠上忠心下屬的一條命……一切他都算

好了，什麼時候讓契丹人殺章家人，什麼時候又讓官差殺契丹人……至於那個章家的孩子，事後又有多大可能性活著呢？」

他感嘆道：「他保護妳就像保護公主一樣啊，可是旁人付出的代價，他根本沒有看在眼裡……」

傅念君渾身冰涼。是啊，契丹人沒有從章家人嘴裡聽到傅家，這一點就讓她很懷疑了。

周毓白竟是用了這樣的手段，花了這樣多人力物力……

齊昭若頓了頓，重新看向傅念君的眼睛。「他一直都是這樣的人，我比不上他，從那時候起。」

從他還是周紹敏的時候起。

周毓白一直都是這樣的個性，他回憶裡的那個，和現在這個，別無二致。

冷漠，充滿算計。

傅念君承認，他這番話給她帶來不少震撼。

是啊，周毓白的很多事情她都不清楚，許多事他都讓她不要管，可是他籌畫這麼多事情，到底又為她犧牲過多少人呢？

她不敢去猜。

一直以來，她無數次說服自己，如今和「過去」是不一樣的，那時候的淮王是齊昭若的父親，與她愛著的人是不同的。

因為時空的扭轉和無數不同的因素，她就像重新經歷一遍人生，那麼這條路和那條路，又怎麼會一樣呢？世上哪有兩條一模一樣的路？

但是……

如果……

傅念君的指甲掐進自己的手心，逼自己把腦海裡的「但是」和「如果」甩出去。

她抬頭望向齊昭若，堅定道：「我從不認為他需要對我毫無保留，是人都會有祕密，我也曾為了擺脫婚約算計崔五郎，且手段狠毒。我不會到處說，但也不怕被他知道。」

齊昭若嗤笑了一聲，「所以啊，大家都不是什麼善男信女……」

傅念君瞪著他，咬了咬牙。

齊昭若背著手，幽幽地說：「但願妳心裡是真的那麼認為。」

她當然是這樣認為的。傅念君告訴自己。

齊昭若說完該說的話，收起情緒，轉身，將信收回自己懷中。

「傅念君。」齊昭若沒有回頭，背對著她，淡淡地道：「抗拒命運很有意思麼？承認吧，妳和他，才是不一樣的，而妳和我，是相同的人。」

呸！傅念君在心底重重啐了他一口。她這輩子，都不想再和他扯上關係！

齊昭若收好了信，轉回身，深深地望了她一眼。「妳自己想想吧。」

說罷，也不等傅淵回來，不與人告辭，就轉身離去了。

在傅念君怔忡中，傅淵不知何時回來了，她卻久久無法回神。

傅淵輕咳了聲，傅念君才反應過來，朝傅淵抱歉地笑了笑。

「哥哥，我……」她想解釋幾句，開口卻發現言語澀滯。

「那信真是妳寫的？」他問。

傅念君點了點頭，垂下了眼睛。

他又問：「他想要什麼？」

傅念君搖搖頭，沒有正面回答傅淵，只低聲道：「他是瘋了……」

傅淵不是笨人，見這情形多少也能猜出點門道，齊昭若只為傅念君一人而來。

他輕輕嘆了口氣，道：「妳臉色不太好看，先下去休息吧，有什麼事，不要忘了，妳始終還有我和爹爹……」

傅念君垂下了頭，也說不清楚自己此時到底是何想法。她有時不得不承認，齊昭若這個人，總是很能夠影響她的心情。

§§§

隨後幾天，三衙的官兵和禁兵都沒有抓到逃亡的要犯，而城裡大多數百姓都在私下討論，這麼幾天工夫，怕是早就逃出城了。

傅淵先前就讓人去通知了周毓白，而齊昭若登傅家門這件事，即便他不說，周毓白也很快就知道了。再加上郭達知道事情出了岔子，又再次聯繫了他的人，周毓白很容易就能弄清楚事情的前因後果。

他並沒有急著去見齊昭若，齊昭若做出這樣的事，周毓白並不意外。

畢竟齊昭若對傅念君的執念之深，連他都看得出來。

周毓白直接進了宮，很快，皇帝就下了一道聖旨，讓齊昭若跟著狄將軍去西北軍隊歷練。

其實這件事，齊昭若一直在等消息。他從鎮寧軍中回來，也是打著這個主意，他知道成泰三十年的這場仗九成是要打起來的，不如早些上戰場建功。

但是齊昭若作為邠國長公主的獨子，他的命不只是他自己的。

與西夏的戰事如何，遠在京城的人永遠都說不準，打起仗來，他們只知道有一茬又一茬的新兵送過去，卻不見幾人能回返。

就算邠國長公主與兒子的關係如今差到極點，她也絕對不會同意他去冒這個險。

包括齊家上下，也絕對不會讓齊昭若親自到戰場去感受刀劍無眼。

但是誰都阻止不了他。

齊昭若不想知道周毓白用了什麼法子讓皇帝鬆口，他只要這個結果。

而周毓白的想法他多少也能揣摩一二。

他們兩個人相互合作，又相互猜疑，齊昭若不可能真的將傅念君的信交出去，他要說的話已經說了，目的也已經達到了。

而周毓白，他做這件事，既是幫了齊昭若的忙，也是讓他不要插手自己婚事的最好辦法。

兩人誰都不用說明白，皆默認了這件事的進展。

齊昭若進宮謝恩，最後去了他外祖母的慈明殿。

意外的，徐太后是唯一支持他的人。

「你還年輕，這個年紀上了沙場，正是做一番大事業的時候。」

徐太后的臉常年都是僵硬的，看起來凶悍刻板，話也不多，對待子侄後輩都比較冷淡。

但是她對於外孫肅王一脈，和女兒邠國長公主一脈的後輩還是比較偏愛的。

「可惜，你不能在京中參加你兩位表兄的婚禮了。」徐太后說道。

看來徐太后對於采選的結果已經有自己的考量了。

「外祖母已經定好了？」齊昭若問了一句。

徐太后輕輕抬了抬眼皮。齊昭若自墜馬後便性格大變，再也不會在她老人家面前撒嬌耍滑了。

「你的婚事卻要耽擱了。」她沒有回答齊昭若的話，只轉了話頭：「不過你還年輕，等建功立業了，往後要怎樣的閨秀都是可以的。」

她知道齊昭若在婚事上不順，先前和孫秀家議親最後也不了了之，前後又有各種雜七雜八的

桃花債。

他看來也不肯定下心，與其逼他，不如讓他去戰場，得了軍功，日後也能為肅王帶來些幫助。

她決定好的事，邠國長公主再怎麼樣也無力回天。

邠國長公主可以對世上任何一個人態度強硬、毫不留情，唯獨不敢忤逆自己的老娘。

畢竟她的一切，都是立基於徐太后。

所以徐太后同意了，齊昭若的事情就簡單很多。

齊昭若在心底暗嘆周毓白有法子，似乎冥冥之中，他在每個人的背後都安排了一雙無形的手，但凡他需要，輕輕一推，無數人都能替他做成他想做的事。

「多謝外祖母體諒，我一定不會辜負您的期望。」

齊昭若跪在徐太后面前，拱手行禮。

徐太后的嘴角微微揚起了一絲笑意。這麼多年了，她總算在後輩子孫身上見到那麼一點當年亡夫的身影。

「如此，外祖母就送你一份大禮吧。」

她隨即示意左右，有兩三個內侍抬出一張弓。

那張弓很沉，通身烏黑，又泛著淡淡金光，氣勢凜然，十分漂亮。

齊昭若瞳孔收縮，瞬間有點失神。這張金弓……正是他夢裡的那張！

點起回夢香後，祝怡安對他所說的「前世」之中，他就是用這張弓，站在鋪天蓋地的人潮中，一身銀甲，一箭射殺了一個面目模糊的人……

他竟然在徐太后的慈明殿裡見到了這張弓！

祝怡安沒有預知未來的能力，他也說了，自己的未來不可預測。

可那又為什麼……齊昭若只覺得手臂泛起了一股雞皮疙瘩，再望向那張光彩熠熠的弓，覺得只有「鬼魅」二字可以形容它了。

徐太后見他目不轉睛地望著這張弓，以為他是極喜歡，便讓下人扶著自己的手，緩步走到那張弓前。

「這張弓……是太祖皇帝命人所製，以百年烏柘木，輔以金色牛角做成，尋常水牛，只有本白、中青、末豐三色，可你看它……」徐太后枯瘦的手指在弓身上流連。「其上之弦，甚至被稱為『龍筋』，耐久不斷……太祖皇帝視其為寶，取名為『破月』。」

上古帝夋賜后羿之弓，名為「射日」，而它命名為「破月」，可見其無上珍貴程度。

「後來太祖皇帝將它給了太宗，陪著他南征北戰，它到過的地方、經歷過的戰事，多過如今大宋任何一位將軍。」徐太后說著，目光望向了齊昭若。「除他們兄弟二人，幾十年來，宗室親族之中，再無一人可以拉開這把弓，我一直想把它賜給能夠秉承太祖、太宗遺風的後輩。」

徐太后不喜歡文人，甚至說，她厭恨那等軟弱的做派。

太宗坐穩江山後果斷地放棄了刀劍，封存了盔甲，拿起紙筆治國，到了今上，這種情況更甚，文人大勢，連皇族裡的孩子也都尚文不尚武。

徐太后這些年來早就厭煩透了。

「拿去試試吧。」徐太后吩咐齊昭若。

她身邊的宮人望向齊昭若的目光都帶點懷疑。這張弓兩個人抬都費勁，這齊郎君瞧著半點也不威武雄壯，能不能行啊？

齊昭若挺胸抬頭，胸中憋著一口氣，右手握住了弓身，將它舉了起來。

這把弓就如他想像的一樣稱手，甚至比他在夢裡握住它的感覺更好，彷彿天生就該是他的一

樣……弓弦顫動的聲音如此美妙，好似破月在叫囂，迫不及待要與他一起上陣殺敵。

它孤單寂寞了太久，也等待了太久……

齊昭若步出慈明殿，拉弓搭箭，迎著刺目的日光，往天上射去第一箭……

箭聲嗖嗖，是破月吶喊的聲音。

宮人們一個個仰著頭看，只覺得目眩，什麼都看不清。

「有東西掉下來了！快看！」突然有人高聲喊道。

眾人瞇起了眼努力望過去，只見遠處一個黑點隨著一支箭落下。

這是隻不大的雀鳥吧？看都看不清，他是怎麼射到的？

眾人無不驚訝佩服，忙稱讚齊昭若箭法好，恭喜他得到神兵利器。

齊昭若掂了掂手裡這張微沉的弓，似乎能感受到它身體裡的躍動。

你是在等我嗎？他在心底問它。

弓弦嗡嗡，好似在回答。

齊昭若轉身走向內殿的徐太后，再次跪下叩首。

「多謝太后娘娘！」

徐太后微微點了點頭，臉上帶了一絲笑意。

「以後，就讓它和你並肩作戰吧。」

齊昭若凜然應道：「是！」

§§§

齊昭若很快啟程離開東京城，除了邠國長公主在家裡躲著哭了幾日，著實沒有人真的關心他

的去留。

而沒有抓到逃犯，也是東京城常有的事，冤假案子這麼多都審不過來，官府哪裡有這麼多時間關心無頭命案。

刺骨的冷意退去些許，時序漸漸步入春天，傅家吹吹打打替傅瀾娶了親，陸婉容成了傅家的新婦。

此時，錢婧華幾乎已經完全能夠接手傅家後宅的內務了，不只風光體面地協助二房娶了新婦，連姚氏那裡的打點也沒忘記。

她是個好媳婦，偶爾會抽空去看庵堂裡的姚氏，傅淵和傅念君都不願意見到她，因此只叮囑，不必多理會她。

正好趕上傅家事情多，傅念君也不想出門，成日待在屋子裡做做針線、看看書。

郭達因為替她辦壞這樣一件大事，愧疚得不敢來見她，後來又冒頭來，是因為他再次替周毓白傳信，說他想見她。

傅念君自那夜被那個契丹人挾持後，謹小慎微起來，院子守備更森嚴，傅淵也派了人時刻回報，就怕再出現這樣的事。這樣的情形下，不適合出門去見他，於是傅念君順理成章地回絕了。

他們終究還沒有訂親，三番兩次不明不白地相見……她突然覺得有些疲憊。

周毓白也不會勉強她，他從來不是齊昭若那樣的人，會強迫她做她不願意做的事情。

只是晚上躺在床上的時候，傅念君忍不住會想，她是不是沒有從前那種燒灼不滅的熱情了呢？她為什麼沒有那麼想去見他了呢？

她不想承認齊昭若的話對她有一定的影響，可事實上，她確實不能控制自己不去想這些。

齊昭若突然就離開京城，一定是周毓白安排的。

時日越久，傅念君就越發現，周毓白比她想像的更無所不能。

從前她覺得自己很能幹，可以做很多旁人做不到的事，想很多旁人想不到的，可以與他並肩作戰，平起平坐。

可如今卻只發現，她存在的意義，或許就是漸漸成為他生命裡的一個印記。

只是標誌著周毓白的底線。但凡涉及她的事，他便無法容忍。

傅念君苦笑，什麼時候成了這樣的呢？她確實不夠瞭解他吧……

迷迷糊糊她又睡去，似乎回到當日自己對他剖白心跡的那一刻。

她比很多女子都充滿了勇氣，她當時沒有想那麼多，只是單純地不想這輩子留下遺憾而已，不想苦苦地守著年少時無疾而終的哀思，在日後幾十年只得以在夢中回味，畢竟她經歷過死亡，知道人生就是如此，今日不知明日事，很難保證明日和意外哪個先來。她告訴他心意，並不是期待他的回應，她只是憑著熱情去做這件事而已。

傅念君輾轉反側。是她的情感太純粹，想得太天真了吧……

周毓白生活在複雜的皇室，風華正茂，是不會明白她的彷徨和隱憂的。

她只能在心中默默許願，兩個人走了太多彎路，但願在她疲累之前，能讓她見到屬於她的幸福曙光。

傅念君並沒有等太久。

隨著天候暖和，宮裡的主子也開始張羅早前就預備著的大事。

各家長輩開始操心又長了一歲的孩子們的親事。

兩位王爺都耽擱了一年多，拖不得了。

這是皇帝最後兩個兒子了，因此皇帝格外重視。他發覺自己真的是老了，該卸下擔子了。

而朝中大臣也早有準備，成泰三十年，將是重大的一年。

隨著兩位王爺的婚事塵埃落定，聖上終於要擇儲了。

在傅念君的記憶裡，她的那個前世中，此時肅王已經出局，而周毓白的情形也不好，兩位有疾的王爺一貫深居簡出，只有齊王周毓琛一人獨大。

但如今，他們全部相安無事，甚至肅王早就枕戈待旦，力圖最後一搏。

只是傅念君知道，接下來與西夏的戰爭恐怕會打亂所有人的腳步，而戰爭何時爆發、事態會朝哪個方向發展，她也不能預測。

好在如今的東京城裡還是一片歡騰，傅念君希冀這些嫁女娶媳的人家能動作加快，再拖下去，恐怕往後就再沒有這種喜悅心情了。

在這個當口，宮裡又來傳了旨意，讓傅念君再次進宮。

錢婧華和陸婉容這對新妯娌對這件事比傅念君這位正主要上心，兩人輪番在她屋裡商量進宮要穿什麼衣裳、準備什麼頭飾。

你一言我一語，停不下來。

她們兩人都是好脾氣、好修養的小娘子，傅念君不意外她們會相處得很好，而陸婉容曾經對傅淵的那點心思，如今早就煙消雲散了，有陸氏在旁指點，陸婉容再不可能像傅念君所知的那樣，做一個悲戚慘澹、一輩子活得毫無希望的深宅婦人。

至於錢婧華知不知道陸婉容曾經對傅淵起過心思，傅念君也吃不準，總之這是他們夫妻二人的私事，人家關起門來說什麼、不說什麼，她不好多問。

錢婧華和陸婉容相處融洽，雖是隔了房的妯娌，關係還算親密。

傅念君對於進宮的事表現得很平靜，錢婧華看出來了，問道：「妳怎麼了？可是緊張？」

傅念君搖搖頭。

錢婧華安慰地拍拍傅念君的手，「別怕，太后娘娘和皇后娘娘待妳都不錯。」

比起其他小娘子，傅念君簡直沒有緊張不安的必要。

民間的風向往往是跟著上頭人的意思走，從前的傅饒華身為傅相嫡女，卻還能被這麼多人踩在腳下，隨便哪個小門小戶的姑娘都能看不起她，有一部分多少是因為宮裡不喜歡她，她是被徐太后等人親口責罵過「不知所謂」的人，那還能指望別人怎麼高看她？

如今不同了，傅二娘子名聲大噪，年前收了宮裡多少禮啊，長眼睛的人都看得出來這是什麼意思。

甚至傅念君那套神仙指路的說法又被人翻了出來，多少人開始轉風向，說她這是厚積薄發，一鳴驚人。

所以擔心自己不被皇家指婚，大可不必。

傅念君對著錢婧華和陸婉容兩雙關切的眼睛，也說不出什麼拒絕的話，只好一切都聽她們吩咐，微笑著由她們打扮自己。

§§§

過了一個年再進宮，再見裴四娘、盧七娘等人，大家心態未免都有些變化。

那時候一見面便鬥嘴的江娘子已經成了後宮的嬪妃，而她們幾人，終身大事也就快要定下了。

小娘子們的年紀禁不得長，翻過一個年，大了一歲，就是件很不得了的大事。

像傅允華那樣拖到十八九歲才嫁人的，到底說出去算樁笑話。

裴四娘和盧七娘都朝傅念君點了點頭，算作打招呼，兩人的臉色還算平靜，也沒有年前望著

她時的古怪神色了。

傅念君在心底笑了笑，暗道她們還真容易長大，婚事稍有不順，她們立刻就長成了大姑娘。

舒皇后氣色不錯，問了幾句各人家裡的情況和過年時的趣事，幾位小娘子和從前一樣，乖巧地一一應對了。

舒皇后說起徐太后，說太后娘娘還惦著她們，覺得她們年前的比試很有意思，只是礙於身體不好，也不能召她們過去單獨問話了。

眾人聽了，都在心裡鬆了口氣。

說實話，對著徐太后的臉色和古怪脾性，還真沒幾個人可以應付自如。

說了些場面話，舒皇后覺得時機差不多了，終於說出讓幾個小娘子提心吊膽了一上午的話。

「妳們幾個都是好孩子，我和官家都看在眼裡，本來年前就想著做樁好事，替妳們指了婚的……」

每個人的神色都變化得厲害。

「開了春，天氣也和暖了，好日子也多，正適合辦喜事。」

舒皇后說話的語調永遠溫溫和和，春風般吹進人心裡去。

眾位小娘子聽了這話，也沒人敢答話，都垂了頭做害羞狀。出門前，各家夫人不可能不給自己女兒提醒，舒皇后會這麼說，也都是和各家通過氣的，大宋畢竟是個較為開化的朝代，今次宣她們進宮，舒皇后也算是給自己和皇帝有個交代，沒有哪個孩子是被強迫的。

如今就等禮部正式擬了名單，過了章程，這幾個小娘子就擁有體面的親事了。

這可是帝后下旨指婚，無上光榮。

舒皇后的目光掃過她們一個個低垂的頭，笑道：「個個都這樣不說話，我都不知道我是不是

辦了壞事了？」

眾人這才反應過來，跪到了地上，道：「謝謝娘娘恩典。」

舒皇后讓她們退下，獨獨留下傅念君。

裴四娘和盧七娘臉上都是一僵。其實宮裡的意思，她們多半都瞭解，恐怕淮王的王妃之位，帝后是屬意傅念君的。她們早做好了心理準備，傅琨身分擺在那裡，傅念君上回比試又如此出色，這並不意外，只是當著她們的面發生了，難免心裡有些不舒服。

盧七娘倒還好，裴四娘卻著實傷心了一陣子。

裴四娘的母親給她透過宮裡的意思，說她指給齊王周毓琛的可能性比較大。

裴家夫人對這個結局可以說是欣喜若狂，如今雖然儲位懸空，但多數人還是比較看好齊王，因為皇帝的偏愛到底在皇嗣繼承中占著主導地位，何況先前太宗皇帝都有過兄終弟及的先例，立嫡立長之說，確實沒有很站得住腳。

也就是張淑妃為人難相處些。

裴家夫人勸了女兒幾天，分析她嫁給齊王的好處，遠勝淮王。

裴四娘也不是喜歡周毓白喜歡得嫁不得就要死，何況以他們家如今的境況，她嫁齊王真的就像她娘說的一樣，是高攀中的高攀了，她只是覺得心裡有些不暢快罷了，尤其是外頭都說傅念君即將成為淮王妃……

她輸給了傅念君，一敗塗地。

若是盧七娘成了淮王妃，她還安慰些。她承認，盧七娘在很多方面都勝過自己。

裴四娘回過神，目光瞥過傅念君亭亭而立的身影，心中一陣酸楚，卻只能轉身出去了。

13 就是我的

舒皇后留下傅念君和她單獨說話，傅念君知道她不會為難自己，也放鬆了些。舒皇后和她敘了幾句家常，話也沒有很明白地說，但意思很明顯，她很中意自己。

「妳也不用怕，這樣的事，妳們女兒家大了總會來的，下旨意或不下旨意，不用太放在心上。」

舒皇后見她神色似乎有點緊張，就多吩咐了幾句，怕傅念君覺得自己沒有母親出面應酬，就把自己身分放低了。

傅家的事她一清二楚，這位傅家夫人姚氏的為人，她也在去歲端午節時結結實實地見識過了，確實難登大雅之堂。即使如今傅家沒有當家主母，卻不會影響宮裡和傅家結親。

傅念君又和舒皇后聊了幾句，她說話很有分寸，只是舒皇后陡然就是她未來的婆母，她不敢表現得過分熱情，也不想失態，一句話要想三遍才說出口。

舒皇后怕她拘束，因此也沒多留她。

在傅念君離去後，她才與左右道：「我總覺得這孩子心事重，想是成親的事壓在心上太久，快壓出心病來了。」

旁邊的嬤嬤笑說：「所以娘娘更該趕緊將淮王殿下的親事辦了才是，總讓有情人隔著那麼一層，也是作孽。」

舒皇后笑了笑，心裡自有琢磨。雖然兩個孩子都不容易，但是經歷些磨難未必不是好事。

她很瞭解自己的兒子，他不像自己，也不像他父親，他更像他的外祖父，表面溫和，可在很多事上其實十分固執，甚至可以說有點獨斷。

而傅念君，也是一位個性極強的小娘子。

她只是怕他一心撲在這位傅家小娘子身上，若與對方的感情不如他所想，還引起了對方的反感，那麼對兩人來說豈不痛苦？

她嘆了口氣，嬤嬤忍不住問她：「娘娘是在愁什麼？」

舒皇后笑道：「大約是我想多了，瞎操心，我自然是想早點抱上孫子的。」

看著周紹懿那可愛機靈的樣子，她也盼望著能夠親自教養自己的孫子。

舒皇后對皇帝早就沒了期盼，她只能自己尋找寄託。

「一定會的。」左右的宮人都湊趣接話。

§§§

傅念君走出舒皇后的移清殿，沒走多遠，就被內侍叫住了。

傅念君看他的打扮，不像是舒皇后殿裡出來的。

那內侍只道：「傅娘子，我們娘子有請。」

傅念君想了想，問：「不知是宮裡哪位娘子？」

內侍回答：「是江美人。」

傅念君微訝。江菱歌？

她看了看四下，「現在？」

內侍點點頭。

傅念君無言，覺得這江娘子如今在宮裡大概挺受寵愛的，否則被張淑妃這樣猜忌，她敢這樣叫下面的人攔路來請自己？

肯定是過得不錯。

傅念君改道，跟著內侍到了江娘子現在住的閣分，江娘子早就等不及在門口翹首盼望了。見到傅念君，感覺就像見到親人一樣熱情。

傅念君瞬間懵了一下，什麼時候自己和她這樣熟了？傅念君搖頭失笑。

「我知道妳今天要進宮……一切都還好嗎？恭喜妳，奪得美人歸了。」

她朝傅念君眨眨眼，模樣俏皮，不復上次見面時形容枯槁的模樣。

傅念君有點驚訝她的變化。進宮後，她以為江娘子會有些想不開，沒想到她反而狀態更好了。

傅念君說道：「妳把淮王殿下比作什麼？他是美人？」

江娘子嘖了聲。她現在成了婦人，說話就更沒顧忌。「情場如戰場，女子也該有征戰沙場的氣魄，再怎麼樣，妳確實是明刀明槍地贏了她們啊！」

她倒是一點都不介意自己從前對周毓白的心思，說放開就放開了。

傅念君覺得她這話感覺不對，說得好像她是硬把周毓白搶來做自己的壓寨夫人一樣。

她一時也懶得反駁，「妳請我來就是為了說這個？」

江娘子鄭重地點點頭，「這難道不值得恭喜？」

她看著傅念君的眼神就像看著一個浴血奮戰歸來的將軍一樣。

傅念君無語，被她逗樂了，也假作正經道：「妳大可不必，什麼沙場不沙場的，他本來就是我的。」

他本來就是我的。

江娘子哈哈大笑，承認她再一次服了傅念君。「為妳這句話，我們今天一定要喝酒……酒呢酒呢，快拿酒來！」

傅念君拉開她的手，「別胡鬧了，我怎麼能在大內喝得醉醺醺的？」

她不過是順著她的話開了個玩笑。

江娘子總算能正經好好和她說話了，傅念君問她進宮後的生活如何，江娘子也老實交代。

「從前我覺得日子過得沒意思，但後來想開了，就覺得也還好……妳看我現在的樣子不錯吧？我知道官家喜歡我鮮鮮亮亮、充滿活力的樣子，我會一直保持的。」

原來是這個緣故，傅念君噎了噎。

江娘子看著自己手上價值不菲的玉鐲，對傅念君雲淡風輕地說：「這宮裡不缺聰明人，我這樣的人，有什麼資格去耍性子呢？那日妳走後，我就想通了，也決定好了。妳說得對，我已經沒有回頭路了，這樣走下去才是唯一的法子。」

所以她絕對會以最好的精神和皇帝最喜歡的樣子迎接他，爭取留住他幾年的寵愛。

傅念君很想誇獎她是真的變聰明了，又怕她生氣，只好說：「妳能想通，是再好不過了。」

不是她不想同情江娘子，而是有時候命運這玄乎的東西，普通人實在無法控制。

前世裡的自己不也早做好了在後宮奮鬥一輩子的打算麼？

沒有什麼可憐的，都是自己看開了就好。

江娘子感嘆：「還是皇后娘娘聰明啊……」

傅念君猜她肯定是受了舒皇后的提點。

「皇后娘娘那裡我去站了好幾日樁，天天伺候茶水，等著請安。我當時想得簡單，要能在宮裡混下去，得找個靠山，我得在張淑妃眼皮子底下活命啊……」

所以她去找了舒皇后。可是舒皇后又不是張淑妃和徐德妃，哪裡會隨意讓什麼嬪妃倚靠？光以這件事來說，傅念君覺得江娘子果然還是江娘子，一點都沒變。

傅念君接道：「所以後來呢？舒娘娘指點妳去找了徐德妃？」

江娘子驚訝，「妳怎麼知道！」

傅念君嘆了口氣。她真的覺得她不怎麼適合後宮爭鬥。

算了算了，指不定皇帝就喜歡這樣的。

不管徐德妃是如何想的，其中是否有舒皇后的促成，總之如今的江娘子，對張淑妃來說，成了一根雖然不大、卻總是插在心上的針，讓她時時留意著，時時不舒服。

江娘子的價值，算是因為張淑妃得到了很好的體現。

傅念君和她聊了一會兒，但知道不能久留，畢竟她們二人現在身分懸殊，她留在後宮妃嬪這裡不走算什麼樣子。

傅念君要走，江娘子捨不得，說到底在宮裡的生活，再怎麼樣都是寂寞的。

「往後能夠來看妳就來。」傅念君向她許諾，只是這承諾，她自己都覺得像風中柳絮。

離去時，江娘子甚至倚著門框目送她，傅念君覺得自己頓時又成了負心漢……

她搓了搓胳膊，跟著內侍快步離去。

§§

宮裡賜婚的事很快就傳遍東京城。

禮部派人來傅家宣旨之前，流言已經在城裡飛了好些天了。

看熱鬧的人從東家趕到西家，又從西家趕到東家，比肩繼踵，也沒鬧明白到底要看些什麼。

尋常傅念君出門，連路邊的野貓都不耐煩理她，如今卻是連面都不敢露了。

裴四娘、盧七娘家門口的情況也差不多，幾家下人都抱怨，這開了春，滿京城沒事做的百姓，是把他們家門口當作春遊的好去處了。

百姓大多就是看個熱鬧，誰家小娘子賜婚給誰，裝模作樣地評論了一番。

傅淵在家都忍不住感慨，這樣的風光，就是他們新科進士遊街的時候都比不上。

傅念君被指給了周毓白，裴四娘則指給了齊王周毓琛做正妻。可是齊王不只這一樁桃花，同時武烈侯盧璿家的嫡長女盧拂柔也被指給了他做側妃。

許多人都誇周毓琛好福氣，殊不知張淑妃在宮裡氣得跳腳。

這兩個妻子，有哪個是能實實在在幫上周毓琛的？全是不省心的東西！

盧七娘的指婚倒是有些讓人意外，她被指給了咸寧郡公周雲禾。

宗室子弟中，周雲詹還未娶妻，本來是最合適的人選，只是他如今一直活在皇城司的監視之下，也談不上娶妻了；而肅王世子周紹雍也到了該娶親的年紀，誰知這一位死活鬧著不肯成親，聽說還揚言再逼他就要學他齊家小表叔遠走西北，肅王妃愛子，只能不了了之。

於是盧七娘就被輪到了周雲禾，這周雲禾還比她自己小一兩歲呢，看來今年是沒法成親了。

其餘還有幾樁親事，都是帝后做下的順水人情，京裡的大家族趁著這風氣張羅兒女親事的不在少數，這些權爵之家早不若以往光景，也只能在親事上掙回些臉面。正當權的朝臣文官，多數反而喜歡偷偷摸摸捉了才子女婿回去成親。

錢婧華替傅念君開心，又暗自替盧拂柔不值。

側妃側妃，說到底只是個妾，何況齊王未必能登大寶，那麼盧拂柔想掙個誥命都得卯足了勁生兒子了。

傅念君知道她的心思，便勸她去看看盧拂柔。畢竟她們姊妹一場，錢婧華在京中的日子多虧盧拂柔照應，這點情分，無論盧拂柔和傅家怎樣，錢婧華也不能不管她。

錢婧華握住傅念君的手，感激道：「念君，我知道連夫人從前要對妳不利，我盧姊姊懦弱，只幫著她作惡，如今妳卻不計前嫌，我替她謝謝妳。」

傅念君笑道：「嫂子何必如此，我都是看在妳的情面上。何況我與盧家，也是無仇無怨兩清了，妳只正常往來就好，不用太顧及我的感受。」

她知道錢婧華太在意傅淵和傅家，生怕有一點事犯了他們的忌諱，其實傅家人都護短，錢婧華既然成了傅家人，他們又怎麼可能提防猜忌她？

錢婧華去了盧家，回來時，帶了盧拂柔送給傅念君的賀禮，恭喜她要成為淮王妃了。

成親是所有小娘子必須經歷的一個檻兒，雖然還沒過這個檻兒，可許多小娘子都已經長大了。盧拂柔給傅念君送禮，接著裴四娘、盧七娘的禮物也都送到了。

傅念君清點過後，又回了差不多價值的禮物，幾個人有來有往，和和氣氣，再沒有昔日那些小心思和猜忌。

就像是曾經的同窗友人，共同度過了一段時光，天各一方之前，都算是徹底放下了。

傅淵曉得這些日子送到傅家的禮物像流水一樣，傅念君點也點不過來。

他難得休沐一日，負手走到傅念君和妻子處理家事的正堂，卻差點走不進門。

看著這滿堂的東西，他蹙眉道：「這連日子都還沒定，怎麼這些人都火急火燎地上趕著送禮了？」

老管家幫著少夫人和二娘子一起把這些東西登記造冊，見傅淵來了，笑說：「郎君，這禮部和宮裡也急得很，來敲了好幾次日子，這不是相公一直沒肯定下，不過也快了……這成親的日子

說不定趕著就在眼前了，這些人也是燒熱灶，指望咱們府裡能記他們個好。」

傅淵冷哼一聲，表情冷硬，能凍死人。

「有什麼可急的！人家三書六禮，一等就是三年五載的可怎麼辦？」

老管家在心裡嘀咕，三年五載，這要等到自家娘子二十幾歲不成？二娘子已經不小了好不！

錢婧華和傅念君停下手裡的活，忙得口乾舌燥的，傅念君沒來得及招呼兄長就先喝了杯茶，錢婧華朝傅淵一笑。

「夫君怎麼過來了？」

傅淵掃了一圈地上的東西，冷道：「看看妳們有沒有什麼地方需要幫忙的。」

錢婧華一噎，給了他一個莫名其妙的眼神。他？來幫忙？當真？

傅念君差點笑出聲，「真是太謝謝哥哥了。」

老管家在旁邊看了直腹誹，這三郎君還真是同相公一樣，不捨得二娘子出嫁就直說，拐七拐八地鬧不痛快。

這裡正說著話，下人來通報，說淮王殿下來了。

傅淵一擰眉，盯得那小廝瑟瑟發抖。「你再說一遍，誰？」

小廝顫巍巍地回：「淮、淮王殿下啊……」

沒錯啊，就是自家未來的姑爺淮王殿下啊！又不是別的什麼王爺，郎君怎麼這副表情？

傅淵冷笑提步，嘴裡卻淡淡地說：「訂了親的人，還往女方家跑，我倒要親自問問殿下這是什麼道理。」

錢婧華算是看出點門道了，回頭朝傅念君說：「我出嫁時我哥哥也不捨得，但他這樣的，還真是……」

傅念君失笑，心道嫂子這是沒見過傅淵從前對自己的態度。

她道：「我哥哥挺古怪的，難為嫂子妳容忍。」

錢婧華臉一紅，「沒有，我覺得妳哥哥他哪裡都好。」

傅念君望著她突然害羞又驕傲又仰慕的模樣，只能嘆服。錢婧華對傅淵，大概真的可以用「癡迷」來形容了。

錢婧華回過神，忙對傅念君道：「淮王殿下是來見妳的，妳快去洗個臉梳個頭吧，先讓妳哥哥和他說會兒話……芳竹，儀蘭，快帶妳們娘子去梳妝！」

嫁人了，錢婧華依舊是風風火火的性子。

傅念君心想，她再狼狽的樣子周毓白都見過了，梳妝什麼的，其實沒有太大的必要。

錢婧華卻雙眼發亮，興致勃勃地催促傅念君去見周毓白。

大概是自己正和夫君恩愛，就希望全天下的有情人甜甜蜜蜜。

周毓白在花廳等待，對舅兄表現得很客氣，而傅淵的神情確實古怪。

他竟然對著這位淮王殿下說：「不知殿下這樣著急，對在下的稱呼何時會改口呢？」

老管家一路跟了他過來，正在旁邊聽壁角，聽見這話差點嚇得肝膽俱裂。

郎君是怎麼了？他怎麼敢對堂堂淮王殿下說這種話！

周毓白對傅淵淺淺地笑了，「舅兄。」

傅淵的神色舒展了些，心想真是不容易，永遠如仙人般高高在上的七皇子，會毫不猶豫地跟自己妥協。可不知怎麼，傅淵的心裡又不痛快起來了，臉色也是一變再變。

「勞煩，我想見見她。」周毓白說。

傅淵原本不想難為他，畢竟周毓白是什麼樣的人，他先前就很清楚知道，只是他這樣上門

來，傅淵就是十分不想如他的願。

「殿下雖然與我妹妹訂親，但終究並未成親，婚前私自見面，總是不妥。」

周毓白道：「舅兄可否行個方便？我只說幾句話就好。」

傅淵覺得周毓白也不正常了。他是在請求自己？從前他不是都不把傅琨和自己放在心裡，私下同傅念君見面麼？怎麼如今倒是守起規矩來了？

傅淵回道：「殿下若也是做哥哥的，可會希望自己的妹妹婚前與外男隨意見面？」

周毓白還真的沒有妹妹。他想傅淵這是憋了許久的火氣吧，自己從打算娶傅念君開始，就很注意盡量與她少見面，可是中間發生了那麼多事，兩人多數也是為了談正事相見，可傳到傅家父子耳裡，心裡肯定是不舒服的。

難得今天有這個機會，傅淵確實是不想忍了。

而周毓白也是知道這一點，所以選擇正式上門拜訪。他尊重傅家和傅念君。

「很遺憾我沒有妹妹，不過舅兄可以放心，我臨行在即，只是來告辭的，說幾句話就走，絕不會冒犯。」

傅淵一愣，不是急著成親麼？怎麼要走？

他心裡其實已經同意了，面子上卻有點拉不下來，好在錢婧華適時出現了。

她決意要把橫亙在人家中間的丈夫拖走，雖然她很能理解當哥哥的彆扭心情，可再不捨得，也不該沒完沒了地擋在有情人中間吧。

錢婧華來請傅淵，傅淵找到了臺階下，嘴裡對周毓白說：「希望殿下注意些分寸。」

跟著，就暫時把地方交給他了。

他們夫妻二人離開後，側簾邊出現了一個人影。

隨著簾子微動，傅念君緩步走出來，周毓白正好側轉過身，背著陽光，望著她淺淺地笑了。

傅念君盯著他看得怔愣。

沒見到他的時候覺得還好，可真的見到了，她才發現自己多想他。傅念君不禁攥了攥拳頭。

「怎麼了？」周毓白朝她走近兩步，視線落到她手上。

她心裡有事，他能夠看出來。

傅念君抬頭，望著周毓白，道：「你最近……好嗎？」

這是他們訂親後，她對自己說的第一句話。

周毓白輕嘆了口氣，道：「妳不願意來見我，我就來見妳了。」

「我沒有不願意見你。」傅念君否認。

周毓白笑道：「妳生我的氣？」

她怎麼會生他的氣呢？他這樣的人，誰都無法對他生氣的。

她右手的手指絞著自己的衣角，朝他說：「我之前想的是，咱們不好再經常私下見面，上回我哥哥成親的時候，那一次……我三嬸已經發現了。」

好在三房還算識相，並沒有在事後惹出什麼么蛾子來。

周毓白靜靜盯著她看，道：「念君，妳心裡有事。我們訂親了，妳不開心麼？」

他這麼溫柔地問出了這樣的話，傅念君怎麼捨得他在自己面前露出一絲一毫難過。

「我當然開心……我很開心。」

她心中的感覺無法與人訴說。

這無疑是上天最好的恩賜，本來她沒想到能夠走到這一天的，像做夢一樣。

周毓白又嘆了口氣，走到她面前，伸出右手握住她的手，左手輕輕抬起她的下巴，直視她的

眼睛。「妳心裡有什麼事，都可以對我說。」

他的眼睛還是如同他們第一次見面時澄亮，眼角微揚的鳳目，比常人顏色更淡的雙眸，望著她時，幽幽靜靜，好似一潭水。

「齊昭若對妳說了什麼？」周毓白似乎明白她的不安來源，輕聲問她：「足以讓妳對我的感情產生動搖……」

傅念君截斷他的話：「我不會動搖的。」

周毓白笑了，「是，妳永遠是一往直前的。」

「我只是，怕你因為我而……」傅念君仰頭望著他道：「他和我說了章家的事……」

周毓白的眸色暗了暗。

傅念君嘆道：「七郎，我可以一往直前，但是我不希望你也如此，我對你，從來沒有要求的。」

她不希望看到他為了自己做出一些本來不該做的事，成為他往後人生被詬病的來源。

周毓白勾了勾嘴角，「我從來不是什麼溫和的人，妳早知道的。」

「可我不想成為旁人試探你的底線。」傅念君說道。

「妳不是。」周毓白握緊她的手，認真道：「念君，我知道，妳是個能夠將感情和現實分清楚的人，無論妳遭遇多大的困難，妳都會勇往直前地踏過去，妳喜歡我，可卻不執著於成為我的妻子。」

她和別的女子不一樣，她喜歡他就只是喜歡他，不指望他的另眼相看，甚至也不期望和他共同白首。

就是因為明白這一點，周毓白才會做那麼多事，想讓她明白，在這段感情裡他比她更執拗。

「我將妳視為妻子，妳值得尊重，也有資格與我並肩而立。妳怕什麼呢？妳不輸給任何人不是麼？」他輕撫她的臉頰，嘆道：「妳不必這麼沒有自信，在我眼裡，妳值得我做所有的努力。」

他竟說出這樣的話！傅念君一顆心酸汪汪的，不知道該說什麼好。

她從他眼裡看到了執著和堅定，讓她覺得不可思議。

「也對我有信心一點，妳將是我的妻子，不是別的任何存在。我知道齊昭若告訴妳那番話的意圖，他想讓妳主動心生退意。但是我對章家做的事不僅僅是為了妳，妳不用有任何心理負擔，我早就說過，只要妳問，我什麼都會告訴妳，光彩的不光彩的，毫無隱瞞。」

傅念君垂眸，眼眶有點濕。「對不起……」

她不該害怕，不該退卻，不該對他心存疑慮。

往後的事誰知道呢？就算周毓白日後真的成了一個精於算計、野心勃勃的人，起碼現在，他對自己，是單純且熱切的。

就像她對他一樣。

她確實對日後有所不安，可日後的事就讓時間來見證吧，有他這一刻的溫情，無論哪個女子都不會拒絕的，就是飛蛾撲火也甘之如飴。

十年八年後，她想，再回味起這一刻，她也此生無憾了。這一刻，讓她為他做什麼她都是願意的。

「有什麼好對不起的。」周毓白笑道：「是我沒有對妳說明白，我不想讓妳太操心，但是我也太一廂情願了。對不起，我不該把妳當作禁不住事的金絲雀。」

他先前沒有想過，他所以為的出於憐惜的隱瞞，其實傅念君並不需要。

兩人一直拖著沒有成親，作為女子，她心底的不安和恐懼自然會發酵，甚至也讓他忘了，在最

初，她在自己面前是多麼容光煥發，她的聰慧和強幹並不輸任何男人，若她生為男子必然也是王佐之才，他又怎能因為自己與日俱增的患得患失而將她「鎖」起來，用保護她的名義約束呢？

沒有人能因為「愛」而綁架對方，逼對方接受自己的一切。

他確實是忘了。

周毓白要謝謝齊昭若，若沒有他來找傅念君胡說八道，或許他們都還無法意識到彼此的情緒。她對未來太沒有信心，而他則對她握得太緊。

傅念君靠進他懷裡，主動伸出手擁住他，靠在他肩膀上不想動。

他身上的味道太讓她眷戀。

「七郎，我們都是普通人，你不是完美無缺的，我很高興。」

周毓白親了親她的髮頂，「我不喜歡完美無缺。」

她笑了聲，「幸好我也不是。」

他握住了她的肩膀，心道只有將她娶回家自己才能心安吧。

她嘆道：「你今日的話，足夠讓我愛你十年。」

周毓白擰起眉，「只有十年？」

「十年之間，我想，你只有再說些旁的動聽話，我的愛才能延期。」

她笑得狡黠，十分可愛。

傅念君有很多種面貌，板著臉和人吵架，厚著臉皮耍賴，還有這樣活潑地調戲他。每一個面貌他都喜歡。

周毓白抬起她的臉，忍不住俯身欲覆上她的唇。

傅念君眼疾手快，伸手捂住他的唇，道：「注意場合。」

周毓白立刻清醒過來。是了，若被傅淵知道，他肯定受不了，要從中作梗。

周毓白拉開她的手，只說：「看來今日沒機會輕薄妳了，若是妳哥哥不這樣如臨大敵，我還能稍微討個臨別禮物。」

臨別禮物？傅念君突然揪心起來，「你要去哪？」

周毓白回道：「別擔心，一點小事，我要往北邊一趟。」

北邊。

他的話沒說明白，北邊是多北，燕雲十六州，還是大遼？

他道：「去澶州。」

那裡接壤北境，澶淵之盟就是在那裡簽訂。

他去那裡，多半是要會遼人。

傅念君立刻明白過來，心中一驚。「官家知不知道？」

周毓白笑道：「妳在想什麼？自然是他的密旨。」難不成她以為他通敵叛國？

傅念君心裡鬆了鬆。

其實大遼皇室一直和宋皇室有聯繫，兩國為了長治久安也經常互通書信，只是很多事不能被百姓和朝臣知道，畢竟有些熱血的讀書人和將軍，成日嚷著要奪回先祖土地，重振漢人雄風。

政治是複雜的東西，有時退讓不一定是屈服，朋友也可能轉眼就成仇敵。

傅念君憑藉著一點先見之明，立刻就反應過來。「若真要與西夏開戰，大遼那裡必然要打點妥當。」

周毓白點點頭，「契丹人性狠，又兵強馬壯，與西夏有如前狼後虎，不可不防。」

傅念君對這事很擔憂，她記憶中大宋慘敗的這場戰事，西夏是最大的贏家，但是遼國也從中

獲利不少，而他們與宋廷和西夏朝廷究竟如何談的，傅念君不可能知道。

「你手上可有籌碼？」傅念君問周毓白，「與契丹人談條件，必然不可能空手而去，若是拆東牆補西牆，未免也太過窩囊。」

周毓白笑道：「這事算來還是妳的功勞。」

「我？」傅念君疑惑了一下，隨即醒悟。「陳靈之……」

周毓白點點頭。雖然陳家的事董長寧出力比較多，但是若沒有傅念君起初的留意，周毓白也不可能注意到陳靈之。

「不止，那日妳放走的那個人。」周毓白說道：「他應該就是蕭凜。」

傅念君驚愕，「那人是大遼南京統軍使蕭凜？」

周毓白點點頭。

傅念君呼了一口氣，現在想來還覺得脖子上陰風陣陣。

周毓白續道：「妳家中出這樣的事，皆因傅家宅邸太大顯眼導致，尤其是你們幾房人並居，太好摸進門了。」

傅念君汗顏，朝他咧嘴笑了笑。

周毓白也無奈，難不成他還能跑去傅琨、傅淵那裡訓他們？只好對她道：「幸好我府邸不大……妳快些嫁過來吧。」這樣他就不用擔驚受怕了。

傅念君臉紅了紅，說著正事呢。她趕緊扯開話題：「那個人被我放走了，是不是成了棘手的麻煩？」

周毓白搖頭，「這倒不至於，讓他逃回去也有好處，他若死了，陳靈之還有什麼用處？」

蕭凜親身犯險入東京城，就是為了陳靈之。

傅念君直覺周毓白已經和蕭凜打過照面了。

「你是要去見蕭凜麼？可會有危險？你身邊的人一定要帶夠。」

周毓白見她擔心自己的安危，心中一片溫暖，望著她道：「我是用陳靈之和蕭凜談條件，妳不會覺得我太過卑鄙麼？」

周毓白失笑。

傅念君還真的沒有這種想法，她想了想，道：「你肯定沒有我卑鄙。」

她坦白：「我也做了很多不好的事，件件說出來都是會被人罵作毒婦的。」對崔涵之，對姚氏，對傅梨華，甚至對淺玉姨娘、三房四房都不怎麼樣。

「而且我不以為恥，反以為榮。」她自嘲了一句。

她與尋常和順溫婉的大家閨秀實在差得太遠了。

他忍不住捏了捏傅念君粉白的臉頰，「妳如今連隱瞞的工夫都懶得做了。」

傅念君心情好時便俏皮，拉住他的袖子歪著頭說：「京裡的姑娘，裴四娘等人大概是沒有摸清楚淮王殿下的喜好，神仙中人其實比較喜歡陰狠毒辣的女子呢。」

他說：「妳怕是還稱不上這四個字，繼續努力吧。」

傅念君皺了皺鼻子，不想和他說這些俏皮話了，她是真的擔心他出事。

周毓白說：「我還要回來娶妳的，怎麼敢出事？我都等了這樣久，親事一定是立刻就要辦的。」

做完這件事回京，他們就要成親。

傅念君聽他這樣說心裡自然開心，面上不想表現得太熱切，但想了想，她的臉皮他難道沒數，自己還裝什麼？於是好整以暇地點點頭，說：「那你一定要快點。」

一對眼睛格外水靈，亮閃閃地望著他。

真是個活寶。周毓白覺得自己又想親她了。

他側頭吸了一口氣，嗓音有些啞地說：「我該走了。」

時辰不等人，他們兩人不能無限制地說下去，周毓白知道傅淵大概在隔壁急得快來闖門了。

傅念君也不捨得他，這可能是兩人成親前最後一次見面了。

他去澶州，來回少說也要二十來日，婚期定得再急也要一個多月之後，那時候就是春天了。

她很想在春暖花開時嫁給他。

「一定要小心些。」傅念君再次不放心地叮囑，她自己都覺得快趕上錢婧華對傅淵的嘮叨了。

周毓白點點頭，最後還是忍不住握住了她的手。

「等我回來。」

傅念君踮起腳尖，輕輕在他下巴上親了一下。

周毓白望著她水汪汪的眼睛，待要再說兩句話，門外已經響起了輕咳聲。

老管家是忍無可忍，毋須再忍。

他聽慣了壁角，傅淵默默暗示他過來「打攪」人家，他雖老大不願意，卻也不得不從。

老管家耳朵不好，是聽不清兩人說話的，只能眯著眼在門縫觀察他們是不是守規矩。

從剛才兩人靠在一起成了一個身影時他就想咳嗽了，好不容易忍住，誰知兩人分開沒一會兒又要貼在一起，這怎麼行！

14 開始備嫁

傅念君聽出是老管家的聲音，更在心裡暗嗔傅淵不上道。

她做好妹妹時，有打擾過他嗎？他怎麼能這樣！

傅念君忍不住朝門那裡瞟過去一眼，眼神帶了些怨念。

周毓白瞧她一副比男人被打斷好事還氣的模樣，又想笑了。

說開了之後，她更無所顧忌。

她若能永遠保持這樣的性子，他也算值得了。

「好，我是該走了，再不走……我該慶幸妳哥哥是個提筆的文人。」

若是個武人，怕是提著刀來了。

傅念君點點頭。

兩人分別，傅念君從側簾後出去，周毓白等傅淵過來同他告辭。

周毓白走後，傅淵不忘去見傅念君，帶點故意去看笑話的意思。

傅淵一直是個太嚴肅的人，如今能有這樣的變化，傅念君覺得要多虧新婚妻子的「教導」。

他雖沒有說什麼過分的話，可眸子往傅念君臉上一瞟，傅念君就叫他瞧得好不是滋味。

好在傅念君早和錢婧華通了氣，錢婧華假說自己院中有事，拖傅淵離開了，留下傅念君獨自和老管家大眼瞪小眼，繼續清點禮單和禮物。

老管家貓著腰不敢多說話，生怕二娘子又目光灼灼地盯過來。

「您老人家一定要請郎中好好瞧瞧嗓子，別落下了病根。」還留著幾分被老管家打斷的惱怒，傅念君存了些壞心故意這樣說。

老管家只能呵呵地笑，乾巴巴地謝著她的關心。

§§§

周毓白到府之事傅琨也知道了，傍晚他就傳傅念君去了書房。

父女倆各自忙各自的事情，許久沒有像先前那樣坐下來談心了。

與傅淵稍微有點反常的彆扭表現不同，傅琨則是對傅念君出嫁有著更多不舍。

他最不放下心的女兒，終於要出嫁了，快得讓人措手不及。

他對著傅念君感嘆起她小時候的事。「那時候妳出生，才這樣大一點，哭的聲音很弱，妳祖母以為妳或許養不大了……如今卻要嫁人了。」

他臉上流露出一絲回味和悵惘神色。

傅念君嘆了一聲。自髮妻死後，傅琨這樣的一面或許只留給自己了。

傅琨說的這些經歷她都沒有記憶，可是他絮絮叨叨說起來，她竟不覺得陌生，感受著他難得的溫情，而自己，似乎從來不曾缺失和他那十幾年的父女之情。

傅念君覺得傅琨近來似乎瘦了許多，看來更顯清癯。

她心中微酸，忍不住說：「爹爹如果捨不得我，我不急著嫁人的……」

傅琨笑著打斷她，「歷來小娘子說不急著成親，皆是謊話，爹爹已經多留了妳很久，不能留妳一輩子。」

傅念君突然歉意大增。她出嫁了以後，傅琨怎麼辦呢？

他身邊什麼人都沒有了。

傅琨彷彿看出了她的憂心，擺擺手，很隨意地說：「你們都會長大，我也會老，今後妳就是王妃了，也沒有那麼容易回娘家，這家中有妳兄嫂，一切都好，妳萬不要為我這老父多憂心傷神。」

他平靜地說出了這些話，傅念君更覺得眼眶發酸。

「爹爹，我永遠是傅家人。」

如果今日她要嫁的不是周毓白，而是旁人，或許傅琨不會說出這樣的話，他是知道她對周毓白的感情，也知道周毓白身上的負累，所以才希望她沒有後顧之憂，好好地做淮王妃。

選擇踏上了一條注定不平凡的路，她成婚後，必然面對更多挑戰和麻煩，他比她更清楚。

傅琨微笑道：「妳是我的女兒，我很……開心。」

在亡妻故去的那段時日裡，這個小女兒給他帶來心靈多少慰藉，皆無法與外人道。

有這份感情在，傅琨對傅念君才會有這樣無原則的偏寵。

「還有些時日，妳在家中，不用想太多，就過得開心些吧，爹爹不會拘束妳的。」

他的眼神溫和，充滿慈愛，最後的叮嚀竟是讓她不要太逼迫自己。

做姑娘的閨閣時光已經沒剩多少，傅念君自己都不曾注意，傅琨卻替她想到了。

「還有妳娘給妳留下的嫁妝，也該清點出來了。」傅琨最後說：「爹爹做官幾十年，也沒有攢下太多東西，妳哥哥早前就和我說過，他不需要我留什麼，便都留個妳添妝。」

傅念君驚訝道：「不可，我的嫁妝實在不必要太過厚重……」

傅琨卻是不容置疑。

「這個妳就不用管了，妳是嫁入皇家，總不能太過寒酸。」

傅念君皺眉，真是怕傅琨弄得太誇張，反而令皇家吃驚了。

§§

兩天之後，兩位王爺娶親的吉期正式定下，宮裡不知是不是因為想省些事，就決定把周毓白和周毓琛的婚事一起辦了，日子定在四月初三，是個黃道吉日。

大家都知道兩位王爺的婚事延誤了許久，如今他們年紀都大了，自然在娶妻一事上就急了些。日子一定下來，許多人都心安了，傅念君則不屬於那其中之一，因為她一直擔心周毓白這次祕密奉旨北上會出意外，這感覺沖淡了她的興奮之情。

芳竹和儀蘭都勸她，說淮王殿下身邊有很多高人異士保護他，肯定不會有問題，但是傅念君還是不太放心。

可她去問郭達，也問不出什麼來，周毓白或許是徹底不打算把他收回去了，只當傅念君自己的人用著，他便沒什麼消息可以傳達。

郭達為此還挺心酸。他雖然犯了錯，讓傅念君的書信落到齊昭若手上，鬧出後續的麻煩來，但就是贖罪也不能做一輩子花匠和車夫吧？

芳竹倒是為此勸過他，說等娘子嫁去王府，他就能作為陪嫁回去了。

郭達聽了更加心酸，他被當作「陪嫁」從傅家回到淮王府……他都能想像兄長和弟兄們看自己的眼神。

傅念君唯一能做的，是掰著手指數日子。周毓白說他會在二十天後回來，二十天……

她從來沒有覺得這樣漫長。

§§§

婚期定下之後，傅家開始真正地忙碌起來，畢竟是風光的大事，傅家肯定要好好準備，姚氏生前留下的大筆豐厚嫁妝急著清點出庫，而傅念君的舅舅姚隨也讓人送來豐厚的賀禮添妝。

大家都知道傅二娘子陪嫁不少，卻沒想到有那麼多！

老管家張羅著管事僕婢，人手一度不夠用，院子裡臨時搭起了天棚用來放置箱籠，層層疊疊的，看得人眼花撩亂。

好在錢婧華是巨富之家出來的，面對金山銀山都是從容不迫的神態，照料起小姑子的嫁妝也是鎮定果斷，讓傅家的下人對這位新任少夫人心服口服。

傅念君覺得自己先前的擔憂一點都沒錯。傅琨是文臣，是清官，就算傅家從前有家底，可這麼多東西，在大街上抬著都打眼。

她不由得想到與自己同日出嫁的裴四娘。

裴家是世家，如今卻是表面文章，裴四娘父親那支又是擺明要走簡樸風格的，決然不可能理出這麼多抬嫁妝。

一起舉行的婚禮，周毓琛還是周毓白的兄長，落到張淑妃眼裡，怕又是一樁麻煩。

不過錢婧華也勸她，說傅琨低調了一輩子，人家都知道傅念君的外祖母，當年的榮國夫人是怎樣巨富，加上做節度使的舅舅，還有傅家老夫人身後留下的嫁妝，林林總總加起來，這些並不為過。何況周毓白為嫡，周毓琛為庶，她的嫁妝就是蓋過裴四娘的又如何？禮部都沒有辦法說嘴。

傅念君想想也是，就任他們去了。

傅家這熱熱鬧鬧的場景也讓她想起自己前世的光景。她是要嫁進東宮做太子妃的，陣仗只大

不小，也是一樣的宅子，卻是不一樣的傅家。

記憶裡的備嫁，自己就像個扯線傀儡，冷冷清清的，傅寧雖然高興，可那種高興卻是因為她成為太子妃，能夠給他的仕途帶來莫大的幫助，整個家上下，沒有人是為她這個人而高興。

如今已是不同，不能說這家裡所有人都為她高興，起碼最親近的幾個親人，確實是為她考慮的，想到這，傅念君緊繃的心緒也放鬆了些。

府裡幾房人合住著，嬸娘們自然都要為她添妝。

二房裡，陸氏自然出手不菲，送了好幾套瑪瑙、珍珠首飾，赤金的都沒好意思拿出手，四房的金氏從來都是小氣性子，倒是很湊巧地送了套赤金的頭面來。

錢婧華看得直笑，她知道傅允華成親時，傅琨送出去的禮有多好，更別說傅允華這樁親事還是傅淵兄妹挑選的。

雖然傅允華沒有如金氏的意嫁去大富大貴的人家，卻夫妻和睦，感情甚篤，金氏對大房的感激態度也就只有這樣。

三房送來的添妝禮比較中規中矩。三夫人曹氏為人比較妥帖，回到傅家這些日子，傅家上下對她都是交口稱讚，唯一有些奇怪的，錢婧華也察覺到的，是曹氏對傅念君的態度和眼神。

還有傅秋華，幾乎是將不滿寫在臉上。

「五姊兒是覺得我有什麼不妥當的？怎麼用這種眼神看我？」傅念君故意問。

曹氏只得接過話頭：「她是為了二娘子高興，姊姊有這樣一門好親事，妹妹們都能跟著沾光。」

傅秋華臉上的不滿之色更濃。

「是麼？」傅念君微笑，看向曹氏的目光很有深意。「我還覺得五姊兒是對我的親事有什麼

意見要說呢。」

曹氏目光一閃，只道：「這怎麼會？」神色很不自然。

錢婧華好奇，在她們母女走後，就迫不及待地問傅念君這是怎麼回事。

傅念君老實交代了傅淵成親當日，她與周毓白見面說陳靈之的事，被三房的人看到了，以為她不知檢點私會男子。

錢婧華是聽傅淵說起過陳靈之的，好笑道：「怕是到如今，她們都不知道妳當日見的人是誰吧。」

傅念君點點頭。

曹氏母女還一直覺得窺破了傅念君的祕密，隱忍不敢發作，如今她被指婚給周毓白，怕是她們連覺都睡不安穩了，如同反復將自己放在油上煎。

「妳還故意這樣說話，讓她們怎麼想好？」錢婧華哈哈大笑，實在不敢猜測曹氏母女心中周毓白和傅念君的形象。

傅念君說道：「這都是她們自己愛亂猜，怨不得旁人。」

既然要明哲保身就堅持到底，瞧著傅秋華的模樣，傅念君一點都不懷疑她有一天會忍不住跑到周毓白面前去「揭發」自己。

四夫人金氏是有什麼事心裡就藏不住，喜歡當場發作，而三夫人曹氏呢，就是太藏得住事。

庸人自擾，傅念君無所謂，只由著她們去了。

§§§

與皇家結親非比尋常，宮裡三不五時就派內侍和女官過來教導。

傅念君要學的東西還有很多。

前世作為太子妃，該學的禮儀她至今還倒背如流，讓宮裡的女官很吃驚，但人家也要交差，因此不管怎麼樣，傅念君依然要接受她們的教導和指點。

宮裡的女官之中，傅念君和一位姓楊的姑姑處得比較好。

楊姑姑生了一張圓盤臉，和和氣氣的，對人說話也是輕聲細語。

她教授傅念君梳妝打扮，閒暇時也會和傅念君聊天。

她會笑眯眯地打量傅念君，「我也見過很多小娘子，像娘子這樣的水靈的，確實不多見了。」

傅念君謝過了她的誇獎，和她聊起皇家的媳婦們。

不管是宮裡的女官，還是外頭的女子，都有一樣說閒話的毛病很難改掉。她們也不是愛說旁人壞話，只是日子無聊，難免關注的人和事就多一些。

楊姑姑說她覺得唯一能夠和傅念君媲美的，就是年輕時的肅王妃了，如今的裴四娘、盧七娘等人，在她眼裡，稱不上什麼美人。

傅念君有些意外，畢竟這皇家的女眷，美人太多了，沒料到楊姑姑會獨獨拎出這個肅王妃說事。

傅念君是從來沒有聽說過這個肅王妃，不禁好奇起來，問楊姑姑：「不知這肅王妃是什麼來歷？」

楊姑姑道：「哪有什麼來歷？肅王妃不大出現在人前，因為她不是什麼名門世家之後，不過是普通的民間女子罷了。」

傅念君想了想，自己前世今生確實沒有聽過多少關於這個肅王妃的消息，人家鮮少露面，也不出現在交際場合，深居簡出，默默無聞。

而且仔細一想，肅王府對於爭儲之事如此上心，費力拉攏四方勢力，連齊昭若的親事都差點被拿去和孫家打關係，可是從未聽說本來最該出力的肅王妃娘家有何背景。

傅念君不好做什麼評價，只說：「想來肅王妃有其獨特之處吧。」

楊姑姑卻道：「獨特之處未可知，肅王妃生得美卻是真的，當年肅王殿下為了她可是不惜和徐德妃……」她說到這裡就沒有說下去，掐斷了話頭，岔開了話題。「娘子看看這個髮式如何？」

傅念君心裡暗自驚奇，竟不知肅王年輕時竟還是個癡情種子。

楊姑姑的話沒說全，但她能猜到。

徐德妃對肅王，可是比起今日張淑妃對齊王還有過之而無不及，對他們這些皇子來說，娶一位好妻子太重要了，如今的肅王妃無權無勢，當年肅王為了娶她，想必是同自己親娘爭過一番的。

畢竟是近二十年前的事了，傅念君他們這一輩都已經長大，肅王夫妻也快娶兒媳婦了，如今再說這些，難免不合時宜。

楊姑姑只是稍稍提了一嘴，傅念君暫且把這件事放下了。

籌備婚禮的日子過得很快，因為是皇家成婚，六禮表面上完備，但是納采、問名等繁瑣禮儀實際上有所簡化，畢竟傅琨的親家是皇帝，難不成讓皇帝紆尊降貴，好好地同傅琨來議親不成？

所以三書六禮，如今只追求六禮形式上的完整即可。

先前宮裡已經送了納采禮，是由欽點的使者親自送到，也不算太隆重，函書一封，押函的馬、羊且不論，只一些玄纁羅、真珠翠毛玉釵等物瞧來確實稀罕。

傅琨早與傅念君說過，大宋皇室簡樸厭奢靡，宮中之禮未必有巨富之家極盡奢靡之象。

傅念君倒是不在乎這些。

到婚禮前一個月，傅念君估摸著周毓白快回來了，宮中也開始送來聘禮。

傅家門前一貫多了許多看熱鬧的人。

他們倒不是多想見識寶物，而是因為周毓琛、周毓白兩兄弟和前頭的哥哥年歲差得有些大，已經有許多年百姓沒見到親王納妃了。

行聘之禮並無定制，多數看帝后心意，白金萬兩是必不可少，此乃彩禮，也是讓女方準備嫁妝鋪房之用。

其餘的，酒、羊、絹等物不論，還有蠟面茶（注）、花果、花餅等等。

而一些妝奩之物，小色金銀錢、金釵釧、金纏、珍珠琥珀瓔珞項圈、珍珠玉釵諸般，楊姑姑和傅念君說了，帝后置辦兒子聘禮，基本都是這樣的規制。

宮裡拿出多少好東西大家都是不意外的，唯一不同的，大概就是其中幾襲或真紅或銷金的生色衣裳了。

此乃皇家之物，是后妃服制，尋常人或敢輕易穿了，便是僭越大罪。

傅家的女眷看了這幾件衣服，受到的震撼遠比那些金銀珠寶大多了。

這是皇家的象徵，最尊貴的體面，是多少金銀財寶都換不來的風光。

而親王納妃之禮，下聘當日，宮裡賞了王妃服飾下來，傅家也要向親王獻物，象牙笏、玉帶、泥金綴珠衣、鎏金銀鞍轡馬、紫羅金袋、烏皮樺等等，皆是特殊定制，不是常人能見到之物。

這些東西，從側面彰顯出這樁婚事與尋常百姓的不同之處來。

下聘的使者走後，傅家又是一陣忙碌，這些東西的處理要十分穩妥，而傅家的嫁妝也在籌備著，兩處都是堆積如山的寶貝。

傅淵一度覺得家中成了藏寶窟。

府裡的人說不眼紅是假的，可是眼紅也眼紅不來，又不是每個人都那樣的好命，可以穿上御賜的銷金生色衣做王妃的。

晚間，累了一天的傅念君還要聽芳竹在自己耳邊不滿地嘮叨。

「聽他們說，裴家那裡的陣仗可大了，都是今日下聘，人人都說齊王殿下的聘禮比起淮王殿下，要高出不知多少來……」她嘀嘀咕咕地表達不滿。

傅念君想了想，著重問道：「齊王殿下的聘禮很多？」

儀蘭過來倒茶，擠走了芳竹，對傅念君說：「娘子別聽外頭人胡說，又不是那位王爺的聘禮重，就能抬王妃身價的，沒這樣的道理。」

傅念君反而笑了，「齊王殿下的聘禮，看來是張淑妃安排的。」

這種越俎代庖的事，只是一招蠢棋。

她猜張淑妃大概是覺得兒子受盡了委屈，在婚事上沒有一次嘗試如意過，所以破了規矩，追加了聘禮。

這樣做不但打了裴家的臉，因為裴家哪有那麼多嫁妝相稱？更是沒有給皇帝留面子。日後若有人說皇帝厚此薄彼，給兩個兒子如此大的區別對待，讓皇帝該怎麼想呢？

所以傅念君心情還不錯。張淑妃近來頻頻出錯，自己急著將自己置於劣勢。

「娘子……」儀蘭欲言又止。

注 蠟面茶，唐、宋時福建所產名茶，因其泡時如乳泛湯面，與鎔蠟相似而得名。

傅念君問：「妳想說什麼？」

儀蘭道：「如今齊王殿下要成親了，那麼四娘子她……」

傅梨華。

傅念君差點忘了。是了，傅梨華只能在周毓琛成親後抬去他府上做妾，這是早就說好了的。

「她那裡有什麼動靜？」

傅念君這些時日自己的事都忙不過來，無法做到面面俱到。

儀蘭道：「林家派人來過，只是沒人耐煩見他們……少夫人昨天去庵裡見了夫人，回來以後神色似乎不太好。」

種種跡象表明，或許是傅梨華又要作什麼妖了。

儀蘭說完就有點愧疚，「是我多嘴了，不該和娘子說這些事。」

娘子都要出嫁了，真沒必要管她們。

傅念君平靜道：「這也沒什麼，她們母女始終和傅家脫不開關係。」

她都想好了，傅梨華那邊，就是做妾，她也會送一份禮過去，而姚氏那邊，若是她情況有所好轉，自己出嫁後要否接回來，也全聽錢婧華做主。錢婧華在府裡站穩了腳跟，又有傅琨、傅淵父子全力相護，就是做主在後院闢一個小院給姚氏獨居，根本影響不了什麼。

她是傅家堂堂正正的少夫人，背後還有吳越錢氏撐腰，以姚氏的出身和過去的劣跡，根本影響不了她半分。

§§§

第二天，傅念君吩咐郭達再去打聽周毓白的消息，讓儀蘭挑了些東西送去林家給傅梨華。

她不想見傅梨華，給她些東西添妝也是仁至義盡了。

儀蘭回來後只說那邊情況不好，傅梨華幾乎是看不出原先的樣貌了，只像救命稻草般扒著她。從何時開始，自己身邊的丫頭都是傅梨華的救命稻草了？傅念君覺得有點諷刺。

「算了，隨她去吧。」她淡淡回了一句，不想再管。

對大多數人，她一向都是心如鐵石。

周毓白還沒有回城。淮王殿下離京是祕密，不能宣之於眾，但算算時日，已經拖延了好幾天，傅念君很擔心，郭達和幾個周毓白的人也開始不安。

「我哥哥和郎君一道走的，只是我送出去的信鴿沒一隻回來的，娘子，我、我真的不知道啊！」郭達苦著臉向傅念君請罪。

傅念君道：「我知道是我難為你了，你這幾日在家休息吧。替我把何丹叫來。」

何丹是新收入府的護衛，和大牛、大虎一起，如今負責傅念君身邊的護衛之事。

他原本是郭達兄長郭巡手底下的人，沒有進過王府，但一直是周毓白培養的。

郭達老大不情願，出了門以後就被芳竹嘲諷：「該！讓你辦事辦不好，現在不叫你辦了你又不樂意。」

郭達朝她重重哼了聲，不理她。

自己當初也是郎君身邊的得力助手，來了傅家，不但地位全無，現在還要受一個小丫頭的奚落，真是忍不了！

傅念君沒空留意郭達的情緒，她叫何丹來交代了兩件事情。

第一件，她讓他去淮王府見張九承，現在唯一有可能知道周毓白近況的，就只有張九承了；其次，她讓他去上元節時自己與周毓白相見的首飾舖買首飾。

她知道那裡多半不會有線索，不過是周毓白手底下產業之一，但此時也只能碰碰運氣了。

她沒有辦法得到他的消息，唯一能做的事，想來想去，只有這兩件了。

傍晚，何丹回來了，告知傅念君，張九承先生說會再跟他聯繫，到時讓他去首飾舖等就行，因為現在張先生自己都還在追蹤周毓白的消息。

「張先生讓娘子先放心，郎君吉人天相，手底下有那麼多高人，一定不會有事的。」何丹為人嚴肅，說話也是冷沉沉地一字一頓。

傅念君憂心忡忡，她怕周毓白出事。

但是轉念一想，他手下有張九承為首的幕僚群，還有單昀、陳進、郭巡等高手，更有董長寧等江湖勢力，自己的擔心根本無濟於事，她手下這些人也派不上任何用場，她如今能做的，確實就是坐在家裡等張九承的來信。

他說了，一定會趕回來娶她的。

他一定知道她在等他。

§§

隔天，傅念君一邊準備自己的婚事，一邊繼續等待。

芳竹過來向傅念君細聲稟告，說傅寧來了。

她知道傅念君格外在意這個傅寧，這傅寧似乎不是什麼好人，便一直留意著。

傅寧何時有資格能這樣堂堂正正被請進傅家了呢？

傅念君了然，問芳竹：「爹爹見他了？」

芳竹說：「這倒是不知，我現在就去看看。」

傅念君點點頭。

傅寧要入國子學讀書，之前肯定要來傅家「感謝」，只是能夠暢通無阻直接去見傅琨，這就有些微妙了。

傅念君讓儀蘭拿了斗篷，出了自己的院子。

傅寧到傅家，她是無論如何都坐不住了，與其在這裡乾等，不如去外頭走一圈，若是能和傅寧見一面，或許會有所發現也未可知……

算起來，她重新活過來以後，都沒有和傅寧面對面說過話。

她心裡的疙瘩很難消除，所以總是有意識地逃避他。

傅念君沒怎麼仔細看路，儀蘭在她身後微微地虛扶她一把。

「娘子小心。」

傅念君站穩，抬眼，冷不防假山中一個身影斜刺衝出，往她撲過來。

儀蘭馬上大聲叫起來，傅念君趕忙閃開，卻還是被那人抓住了袖子。

傅家如今的護衛很多，聽到動靜，原本守在廊下的護衛立刻衝過來兩個，一下就到了她們面前。

傅念君覺得眼前之人有點面熟，忙阻止要把人拖走的護衛。

「慢著。」

她沒有像儀蘭那樣一驚一乍，而是瞇了瞇眼打量眼前的人。

那人穿了一身傅家小廝的衣裳，卻不合身，小帽下還能看到烏溜溜的頭髮。

是個女子。

「把頭抬起來。」傅念君命令她。

那人渾身一顫，似乎受了極大的震撼般緩緩抬頭，儀蘭在後頭低呼一聲。

因為這黑瘦的小廝不是旁人，正是傅梨華，她滿眼含淚望著她們，一張臉髒兮兮，不復以往圓潤漂亮。

傅念君一陣頭疼，揮手讓兩個護衛放開她。

「你們站遠一些，我認得她，沒事的。」

護衛相視一眼，這才領命走到廊下站好，視線卻一直停留在傅梨華身上不肯放鬆。

傅念君打量傅梨華這番狼狽模樣，她為了摸進來大概也費了不少力氣。

「妳跟我回屋，最好能解釋一下妳這舉動是何意。」傅念君淡淡地說，望著傅梨華的目光很冷，讓她不寒而慄。

傅梨華被帶到傅念君的院落，她站在堂中，抬頭看著上座的傅念君。

她身邊站著數個丫頭僕婦，一水兒不客氣地盯著自己，門外還有身強力壯的護衛，只要稍有情況，隨便哪個人都可以把她扔出去。

傅梨華攥緊了拳頭，垂下了眼，心中一片淒涼。

是啊，她已經不是傅家的四娘子了，這些僕從沒必要再對她卑躬屈膝。

她只是一個被趕出家門的人……

「有什麼話，就請傅娘子說吧。」傅念君淡道。

她稱呼她為傅娘子，客氣而疏離。

傅梨華眼中光芒閃爍，模樣十分楚楚可憐，可傅念君對她視而不見。

半晌沒聽到傅念君再問話，傅梨華咬了咬牙，彷彿鼓起了很大勇氣，抬頭朝她道：「二姊，求妳……幫幫我吧……」

這話一出，連傅念君身後的丫頭都徹底愣住。

這還是那個不可一世的傅家四娘子嗎？僅過了區區幾個月，她竟然像變了個人，主動向恨之入骨的傅念君低頭？

她說幫幫她……傅念君扯了扯嘴角。

她沒有興趣嘲諷傅梨華，更沒有心情去猜測她聞者傷心的心路歷程。

她問：「妳想我幫妳什麼？」

「二姊。」傅梨華眼睛一亮，突然炯炯有神地盯著傅念君。

她以為這是傅念君同意幫她的意思了。

「傅娘子不適合叫我二姊。」傅念君打破了她的美好幻想，「我們就事論事，但是套近乎大可不必。」

傅梨華噎了噎，才支支吾吾道：「我不想去給齊王做妾……」

傅念君差點笑出來。

「這不是早就定好的事？妳說不去就不去，怎麼向齊王府交代？」

她的名聲已經一塌糊塗，傅琨也曾給過她機會，這輩子她若還想留在京城，就只能去給人家做妾。

若是傅梨華當時頭腦清醒些，願意低頭認錯，傅琨念在父女情誼上，即便令她出族，也會將她遠嫁，她或許還能得到一段良緣。

是她自己放不開榮華富貴，是她自己要拿終身大事去搏，到了這地步，她又想反悔，世上哪裡有那麼好的事？

傅梨華哽咽道：「齊王要納妃，一正一側，我去了又算什麼？只怕根本沒有人能想起我來！」

她沒有傅家撐腰，和裴四娘、盧拂柔比較起來，什麼都算不上。

這幾個月在林家的生活，讓傅梨華深刻認識到權勢的重要，她也漸漸明白傅家對她的態度，傅琨是真的不可能回心轉意了。

她等來等去，只等到一片心灰意冷。

所以考慮再三，她選擇卑微地向傅念君低頭，因為已別無他法。

「二姊，我知道，爹爹都聽妳的，求妳了……以前的事都是我的錯，對不起，對不起，妳原諒我好不好？我求求妳……畢竟我們是親姊妹！」

她說著就哭起來，越哭越傷心，眼淚成串地滾落。

儀蘭和芳竹都是第一次見到傅梨華哭得這樣悲痛，也被她嚇到了，見傅念君點點頭，儀蘭忙拿了帕子替她揩淚。

誰知傅梨華卻邊擦眼淚邊拉住儀蘭的袖子，抽噎道：「儀蘭，我知道我以前做了很多不好的事，妳不要怪我，我從前不懂事的，妳別氣我……」

儀蘭尷尬道：「娘子請放開我吧，這、這個……我不敢怪您的。」

傅梨華把儀蘭當救命稻草這事看來一點都不假。

「好了。」傅念君出口打斷傅梨華。

「妳現在以什麼立場來求我？爹爹和哥哥不認妳，我就能認妳了？」

「我、我……二姊……」傅梨華漲紅了臉，只是不斷重複：「我沒有辦法了，二姊，妳幫幫我！」

傅念君頓了頓，道：「也不是不可以商量。」

傅梨華一喜，芳竹和儀蘭驚詫地看向傅念君。商量？娘子真要和她商量？

傅念君接著問：「不過妳得先告訴我，誰帶妳進府的？」

傅梨華支吾道：「我扮成小廝混進來的，沒有人帶我進府，傅家的路我熟……」

傅念君冷笑，「妳不肯說老實話，我就收回剛才的話。妳若是不讓我看到誠意，我憑什麼幫妳？就憑妳以前害我那麼多次？」

傅梨華臉色慘白。既然決定來求傅念君，她早就把自己的尊嚴和架子拋在身後了。

「我、我說……是傅寧，他今天進府來……我、我沒錢，傅家的門房不好買通，我自己是混不進來的……」

果然！傅念君了然。她沒有猜錯。

憑傅家現在的護衛，傅梨華怎麼可能這麼輕易摸進來？只能是傅寧帶她進來的。

「他什麼時候找上妳的？」

傅梨華道：「過年前，他、他說能幫我，讓我想想……我一開始沒同意，後來我實在是……我、我不想過那種寄人籬下的日子了……」

傅寧。他有什麼資格可以幫傅梨華？他有什麼本事可以指揮曾經的傅家千金？

傅念君心中情緒激盪，雙手在椅子把手上緊握。

「二姊，我沒相信他的！」傅梨華看她神色不對，怕她反悔，立刻與傅寧畫清界限。「我是為了能有機會進來見妳！本來我想等妳出府，但是好幾個月了，妳都沒怎麼露面，三哥成親時我也沒機會混進來，一直等到了今天。二姊，妳相信我，我真的不敢害妳了，我娘都成了那個樣子，我還能有什麼指望？我不求爹爹認回我。求妳了，我只是不想去齊王府做妾，張淑妃一定不會放過我的！」

她在這方面突然又很有腦子。

張淑妃有多討厭傅家和傅念君，來日就會加倍報復在傅梨華身上。她如今在林家已經體會到什麼叫生不如死，哪裡還敢耍什麼千金脾氣。最能讓小姑娘長大的，無非就是生活的磨礪。

傅念君看著傅梨華狼狽的樣子，道：「我不會食言，妳先回林家，我會再想辦法。」

傅梨華緊緊握著拳頭，不作聲。她這是不肯相信傅念君。

傅念君也不指望她的悔改是真心實意，只道：「我會派兩個人跟妳回去，林家沒有人敢再欺負妳，妳有什麼話也能讓他們傳給我。如果妳不聽話，我依然會收回我的承諾，妳日後該怎樣就怎樣，沒人救得了妳。」

傅梨華趕緊點頭。

「還有，」傅念君道：「妳回去之後，如果傅寧繼續來找妳，妳要把他的話一字不差地都轉達給我，否則……」

「我明白的！我一定照做！」傅念君如今說什麼她都會同意。

「好，那妳先回去吧。」傅念君點點頭。

傅梨華踟躕了下，這才點頭，跟著芳竹出去了。

她還是知道傅念君的，她不輕易答應事情，一旦答應，就真的會幫自己。

15 諱莫如深

傅梨華走後，儀蘭在旁擔憂道：「娘子，妳真的要幫她？」

傅念君說：「緩兵之計。我若不應承她，她必然去找哥哥和爹爹，爹爹為她的事添了多少白髮，我實在不想他繼續操心。」

「可是……」儀蘭道：「那就這麼騙著她？一直騙到她進齊王府？」

傅念君看了她一眼，知道這丫頭一向心善。「她不去做妾，爹爹宮裡交代不過去，但是做了妾未必不能大歸。」

儀蘭驚詫：「娘子是說……」到時再想辦法把傅梨華弄出齊王府？

傅念君點點頭，「她既有悔改之心，留在齊王府確實太糟蹋，何況有張淑妃在，我也不放心，傅梨華若真的出了什麼事，到底她也是爹爹的骨肉，他肯定會傷心的。」

讓傅梨華遠走，未嘗不是個好結局。

儀蘭感慨道：「娘子做的一切，都是為了相公考慮。」

「自然是為了爹爹，不是為了他，傅梨華的死活和我又有什麼關係？」

傅念君對傅梨華從未有過一絲心軟。

儀蘭也嘆了口氣，「四娘子她確實是……適才也未提及夫人和六郎君一句。」她只顧著自己的安危，姚氏和傅溶，都沒有她自己重要。

傅念君不想再對姚氏母子三人做什麼評價，他們不值得自己浪費時間，她的重點還是在傅寧身上。

「走，我們去見見那位始作俑者。」

傅念君神情凜然。傅寧這顆毒瘤，不可不拔！

但上天似乎很喜歡和她作對，碰到傅寧的事，就沒有一次順當的。

傅念君還沒走到傅琨的書房，就聽下人說傅寧已經離開了，傅念君只好去見傅琨。

傅琨闔目半靠在臨窗的躺椅上休息，樣子有點疲憊。

聽到動靜，他睜開眼，見到傅念君，眼中有了然神色。

「爹爹。」傅念君不想再忍了，直接道：「我想和你談談傅寧這個人……」

她以為傅琨會像從前無數次一樣，再大的事，父女倆也能有商有量，誰知這次，傅琨只是揮揮手，對她道：「我知道妳要說什麼，念君，對他我自有主意，妳不用管了。」

「可是他……」

「好了。」傅琨竟打斷她，「妳就要出嫁了，準備得如何了？妳沒有母親在身邊，但是繡活也不能懶怠，若是去了王府，連一套新婚被褥都繡不出來，可是會被笑話的。」

他故意把話題扯到這上頭，傅念君心中像有團火在燒，卻絲毫找不到出口。

「我自然是準備好的了。」

「那就好，成親是人生大事，要好好準備才行。妳聽話，爹爹有點乏了……」

他都把話說得這樣明顯，傅念君還能說什麼呢？

「好，爹爹你先休息，我回去了。」

她只能退出傅琨的書房。

他這是什麼意思呢？為什麼涉及傅寧，便這樣諱莫如深，竟是一句話都不肯與自己多說？傅念君是晚輩，她不能太僭越，去做那不孝子孫，否則她大可以把傅寧的母親宋氏接到傅家來對質。

有些東西，下了狠勁去查，便可以得到一個結果。

可看傅琨的樣子，她真的不敢……如果她得到了結果，卻是對傅琨的傷害怎麼辦？

傅念君心煩意亂，只覺得自己現在做事束手束腳很難受，可她暫時也沒有太好的辦法。

好在如今傅寧並沒有什麼傷害傅家的舉動。

她推測，傅寧去找傅梨華，也不是幕後之人的主意，因做出這件事太蠢了，根本沒有意義。那麼很可能就是他被幕後之人放棄，成為一顆廢棋後，自己不甘願就此隕落，如今所為，都是他自作主張的爭取。

傅念君嘆了口氣，傅琨不是自己的弟弟或晚輩，她不能替他做決定，先等等看吧。

過了一夜，第二天清晨，因為前夜下了雨，空氣裡都是泥土混合著青草的芬芳氣息。

芳竹推開窗戶深深聞了一鼻子，轉頭對傅念君笑道：「娘子，妳看這草，一天瘋長過一天，前天才剪過的……春天真的來了！」

傅念君望著窗外綠油油的一片，心情卻不是那麼好。

春天來了，你怎麼還不回來？到底是否安全？她整顆心都繫在周毓白身上。

儀蘭急匆匆進門，面色嚴肅朝傅念君道：「娘子，何丹等在外頭。」

「快讓他進來！」傅念君的聲音中帶著急切，她知道一定是張九承有消息傳過來了！

何丹身上的衣服能看出明顯的深淺痕跡，是被清晨的微雨和露珠浸染的，看來很早就出門了。

「怎麼樣？」傅念君忙問。

何丹回道：「二娘子，張先生說，郎君已經到了城外。」

傅念君懸了好幾日的心終於落地。

「那他怎麼不回城？」

何丹頓了一頓，才道：「回不了。」

「何意？」傅念君蹙眉，重新緊張起來。

「因為……郎君受了重傷。」何丹一字一頓地說。

何丹不曉事，大喘著氣才說完這個消息，傅念君的心忽上忽下，終於一下子被提到了嗓子眼。

重傷！他遲遲不歸的原因竟是這個！

「那現在情況怎麼樣了？他身邊的人呢，為什麼會受傷？」

傅念君倏地站起身，神色緊張，連聲音都有些顫抖。

何丹見狀，忙道：「張先生讓二娘子先不要急，郎君在城外治傷，等好一些就能回城，如今……如今若讓宮裡知道了官家和娘娘會擔心，他讓我們瞞著。」

胡說！傅念君知道一定不會是這樣的理由，他不進城肯定是有別的原因。

傅念君渾身發冷。他一定是遇伏，莫非是凶手還未找到，他進城可能遭遇危險？是幕後之人安排的截殺嗎？

她腦中紛亂一片，無數個念頭叫囂著湧入腦海。

「娘子、娘子！」

出神了好一會兒，傅念君才聽見芳竹和儀蘭在自己耳邊喚她。

兩個丫頭見傅念君臉色發白，一臉冷汗，也開始著急，儀蘭甚至遷怒地給何丹投去一個責備的眼神。

傅念君回過神，深吸了一口氣，重新坐下來。「我沒事……」

她逼迫自己冷靜下來。她現在這樣慌張，根本無濟於事。

她重新問何丹：「他現在在城外，那藥和郎中呢？」

何丹愣愣地回：「回二娘子的話，張先生沒有細說……要不，屬下再去問問？」

傅念君皺緊眉，神情緊繃，最後下意識地點點頭。

何丹只能先退出去。

儀蘭忍不住嘀咕：「這人像個呆木頭一樣，話也不問清楚。娘子妳放心，淮王殿下吉人天相，一定會沒事的，要不，咱們將府裡的好藥材送些過去……」

傅念君神思回籠，握住了儀蘭的手。「不錯！」

多虧儀蘭提醒，傅念君才想到，張九承得到這個消息，肯定第一時間要送藥出城去，那麼她……

傅念君趕緊吩咐芳竹：「快把何丹再叫進來！」

芳竹趕忙去喚住何丹，何丹一頭霧水地進門。

傅念君此時已經徹底冷靜下來，「張先生一定會安排人和藥送出城，你現在立刻去見他，就說……」她看了看外頭的天色，「就說他傍晚出城也幫我帶一個人出去，他如果不讓，我就只能讓傅家截他的人了。」

何丹領命出去了。

儀蘭對傅念君道：「娘子要讓誰出城？郭達，還是……」

傅念君只說：「妳去替我尋一身小廝的衣裳來。」

儀蘭吃了一驚，「娘子，妳、妳要自己……」

傅念君點頭，「去把庫房裡的珍貴藥材點一點，拿幾樣妥當的。」

周毓白不想讓宮裡知道受傷的消息，那麼肯定無法從宮裡拿藥出來，好在傅家庫存豐富，之前傅念君理嫁妝時發現不少她母親、甚至可以說是外祖母留下的寶貴藥材。

沒想到這麼快就派上了用場。

她明明希望永遠不要用到它們的。

§§§

張九承果然不敢不依她。傅念君在傍晚時分換了小廝衣裳，偷偷坐著牛車由郭達送到了首飾鋪門口。

張九承在後堂守著，看見傅念君，臉上也沒有多少緊張神色，反而朝她呵呵笑了一下。

「傅二娘子，久聞大名啊。」

傅念君和張九承都是在周毓白的描述中認識對方的，真的面對面，還是第一次。

傅念君向張九承行了師禮，誠懇道：「張先生，實在是對不住，我太任性了，給您添麻煩了。」

張九承擺擺手，「二娘子實在不必說這樣的話。你們年輕人，難免的，老朽理解，倒是傅二娘子膽識過人，老朽很佩服。」

他看著傅念君帶的救命藥材，笑得臉上皺褶更深了。

傅念君現在沒心情和他多交流，她的心都在周毓白身上，生怕他傷勢嚴重。

青布簾微動，轉出來一個中年文士，對張九承道：「老師，車已經準備好了……」

張九承摸了摸鬍子，對江埕介紹：「這位就是咱們未來的主母了。」

江埕忙向傅念君行禮。

傅念君不顧張九承的調侃，朝江埕回禮。

江埕覺得傅念君和傳聞中不大一樣，和自己想的也不一樣。

傅念君冷靜地吩咐下屬幾句，郭達、儀蘭都一一安排妥當。

儀蘭想跟，被傅念君勸住了。

「妳若去了，我不在家的事可能就要穿幫，一切都靠你們支撐了。」

儀蘭只得堅強地點點頭，一副絕對不負娘子所託的堅定模樣。

江埕遠遠地瞧見郭達一張苦臉，與張九承道：「那小子跟在傅二娘子身邊，我看倒是很合宜。」

張九承說著：「往後這二娘子與我們郎君就如同一個人，跟在誰身邊不都是一樣。」

江埕搖頭失笑。自家郎君那樣的性子，竟也會與人這樣情深意濃，看來這位傅二娘子確有獨特之處。

交代完畢，傅念君跟著江埕上了馬車，張九承留在城內，叮囑了車夫幾句，車架便出發了。

傅念君和江埕坐在車內，江埕不敢離她太近，一路上他看傅念君神情緊繃，雙手緊握在膝上，便勸道：「二娘子不用如此緊張，郎君的傷勢沒有那麼重，妳不用自己嚇自己。」

傅念君呼了一口氣，對江埕道：「多謝江先生寬慰。」

她一點架子都沒有，江埕也放鬆了些。

此時天色已經暗了，他們今日出城，只能宿在城外，等明天城門開了再回城。

江埕問傅念君：「二娘子如此出門，家中會不會有不妥？」

傅念君低頭搖了搖。「不親眼確認他的安危，我不放心。抱歉，給你們添麻煩了。」

江埕倒是覺得她很坦率。「不會的，二娘子沒有給我們添麻煩。」

傅念君朝他笑了笑。

江埕心中暗自感嘆，她與郎君還未成親，卻已經情深意重了。

馬車駛得飛快，車夫馭馬聲在耳邊盤旋，隨著馬蹄躂躂，不大的馬車很快消失在漸暗的暮色中。

§§

周毓白的人在城外十幾里一個傍山的小村莊，租了一所宅子歇著。

周毓白在這裡休息了一夜，神智已經完全清醒了。

聽到京裡來人送藥，周毓白也只是輕輕點頭，吩咐榻邊的單昀：「是江埕來了麼？讓他進來見我，我有幾句話要問他……」

話音剛落，格扇就被推開，裹挾著微微帶著濕漉寒意的夜風。

單昀眸光不客氣地掃過去。誰敢這樣不召而入？

格扇很快又合上，郭巡正笑嘻嘻站在一個小廝打扮的人身後。

單昀仔細瞧了瞧。這小廝怎麼這般眼熟？想了想，不是傅念君又是誰？

周毓白也愣住了，隨即擰眉咳了起來。

郭巡賊兮兮地笑，「郎君，你的『藥』來了啊。」

一語雙關。

周毓白無暇顧及他人，只看著眼前的人，目光專注，傅念君也微微向前挪了挪步子，目光閃閃地瞧著他。

郭巡搓了搓自己的胳膊，朝單昀使了個眼色，意思是：沒看見這兩位眼裡容不得別人了，還不快走！

單昀也尷尬了一下，貼著牆挪到門邊，和郭巡一起識相地消失了。

傅念君走到周毓白榻前，半蹲下身子，目光與他平視，問出壓在自己心頭沉甸甸的一句話：「你受傷了，痛不痛？」

周毓白微笑著搖搖頭。他的眸色很淡，唇色卻比眸色更淡，整個人蒼白得不像話。

傅念君滿心酸楚，分別還不到一個月，他卻成了這樣子。

周毓白抬手，輕輕撫上她的臉頰，輕笑道：「一點都不痛的。」

看到她之後，就更不痛了。

「撒謊。」傅念君的臉靠在他掌心，只覺得他的掌心冰涼涼的，一般失血過多的人都會這麼冷，他一定吃了不少苦。

從他的臉開始，她的目光將他從頭到腳掃了一遍，急切道：「你傷了哪裡？嚴重不嚴重？還是讓我看看吧……」

周毓白拉住自己的衾被，握了她冰涼的指尖放到被子裡暖和，責怪她：「妳為什麼不多穿幾件衣服，手這樣涼，他們的馬車裡沒放火爐麼？」

她念著他，他卻念著她。

傅念君嘆了口氣，不搭理他的話，固執道：「七郎，你聽話，讓我看看傷。」

周毓白不想讓她擔心，「一處在肩膀，一處在左下腹，都是劍傷，沒事的，都敷了藥包紮著，妳要我解開？」

傅念君當然不會這麼要求他，只是嘀咕：「你怎麼不放個侍女在身邊？郭巡他們粗枝大葉的，怎麼照料你的傷？」

「我用不慣女子。」他坦白，「這倒不是為了討好妳，天生不大喜歡罷了。」

他對女子的想法一向都很淡，甚至不喜歡異性的親近，天生如此。

傅念君，是他這輩子唯一的例外。

傅念君握住他的手，一個一個看他的手指，秀眉就沒有鬆開過。

「為什麼不進城去？是怕人追殺麼？進城就有御醫，有良藥，總好過在這裡……」

周毓白眉目舒展了些，「我不想進城的理由……因為若讓爹爹和阿娘知道了，妳我的婚期必然要耽擱。」

傅念君愣住，他竟然是為了這個理由，他瘋了不成！

她佯裝生氣道：「太胡鬧了！你怎麼能拿自己的身體開玩笑？婚期耽擱就耽擱吧，總歸我也不會跑掉，你、你這樣……」

突然不知怎麼，她眼眶有些紅了。她擔心了他好幾日，他卻這樣任性。

「抱歉。」周毓白的手指摩挲她的額頭，「是我讓妳擔心了。但是念君，我真的不想等了，這點傷，我原來不想讓妳知道的，不過是流了點血，我還沒這麼弱。」

他不想讓她擔心，更不想她多想，只要安心備嫁，準備做淮王妃就是。

哪知道張九承他們這樣辦事不力，不僅沒瞞住，還把人送到了自己跟前。

她這次還會不會原諒自己呢？周毓白是有點忐忑的。

傅念君也不敢真的和受傷的人置氣，起身去替他倒了杯熱茶，讓他捧在手裡。

「先暖暖手吧，你好好和我說，你是怎樣受傷的，現在情況要緊嗎？七郎，你不要瞞我，你說過的，只要我問，你都會坦白告訴我。」

周毓白捧著茶杯朝她眨眨眼，似乎有意博取她的憐惜。

「妳不信我說的？覺得我隱瞞傷勢了？」

傅念君瞥開眼，不想被他迷惑。

「我怎麼知道你……」

周毓白故意輕咳了幾聲，彷彿很費力，她忙又轉回頭，過來替他拿走了杯子順氣。

「妳看，我若真的傷勢嚴重，一定不會想著隱瞞，而是取消婚事啊。」周毓白對她道：「我怎麼捨得讓妳一過門就做寡婦？」

傅念君捂他的嘴，「呸」了聲。「瘋了不成，這樣的話也敢講！」

他拉下她的手，「我對妳從來都坦白的，念君，我是真的想快點娶妳進門，我身上的傷勢沒有什麼……張九承怎麼和妳說的，妳怎麼這樣害怕？」

傅念君聽他這樣說，臉上不自覺飛上兩朵紅霞。

「我、我也不是特別害怕的……」

軟糯糯的聲音讓人分神。

周毓白知道，關心則亂，她這一回確實是方寸大亂了。這都要怪自己。

他凝神仔細打量她，見她穿著小廝的衣服，烏黑的秀髮藏在青布小帽裡。

周毓白想也沒想，伸手過去把她的帽子扯去，讓她一頭秀髮披散而下，燈火下，他瞧著這畫面，覺得這才是上天對病人莫大的恩賜。

傅念君側首攏著頭髮，嗔怪道：「你做什麼……」

他笑道：「好久沒見妳了，有點想妳。」

聽他這麼說，傅念君連耳朵也紅起來，可她一向不甘示弱的，便道：「只是有點？我可是……非常想你……」說完，又覺得這句話有點太不害臊了，便要去捂他的耳朵。「你沒聽見沒聽見！」

周毓白覺得她真是可愛極了，捉住她兩隻手往自己身前一拉，傅念君整個人就半趴在他身

上。

她急忙要起身，驚嚇道：「你的傷！」

「沒事。」比起她來，周毓白可以說毫不擔心。

他的手指又放到她臉上，細細摩挲著，視線落到她唇上，眸光暗了暗。

這意味十分清楚。

傅念君臉一紅，周毓白慘白的臉色似乎也有了些生氣。

「我想……」他話音低沉而纏綿。

傅念君立刻拉開他的手，搖搖頭。

他失笑，「我還沒說完。」

「別說。」傅念君輕聲說，神情有些不好意思。「你知道，你的要求我總是無法拒絕……」

所以不能讓他說。

他身上有傷，親熱什麼的，是不行的。

周毓白微微彎了彎唇，停下手中的動作，只用目光緊緊鎖著她。

傅念君被他看得害羞，忙轉身在自己攜帶的包袱裡拿了一些東西出來。「這是我從家中拿來的藥，也不知有沒有用，先帶來給你們看看。」隨即她又想到了什麼，說：「我是不是耽誤你看郎中了？還有江先生也在外頭等著，似乎是有事和你商量，我去替你叫單護衛進來……」

傅念君見他安然，無性命之憂，心裡定了定，琢磨著他受了傷，更不能讓他分神。

她不敢再耽誤他的要事。

周毓白卻微微直起身拉住她一片衣角，不許她走。「就讓他們等等吧。」

傅念君覺得這樣不太好，「是我給大家添麻煩了……」

周毓白不以為然。「往後我們成親了，他們總要習慣的，妳是他們的主母，我們說話讓他們等著，難道有什麼問題麼？」

傅念君頓了頓，道：「我是想讓你多休息一下。」她不想他因為和自己說話，耗費太多精力。

「難道妳不想聽我說說，我這段日子出去的事？」周毓白反問。

傅念君重新回到他榻邊，認真地盯著他看。「這些都沒有確認你的安全來得重要，那些事……來日方長。」

周毓白笑了一聲，「我想說給妳聽……我想多和妳說說話。」

他這樣的語氣，讓人怎麼拒絕？傅念君道：「那你傷口痛的話，一定要告訴我。」

周毓白點點頭。

傅念君嘆了口氣，問：「旁的倒也不好奇，我只是想知道，行刺你這件事，是不是幕後之人下的手……」

她已經許久沒見對方有動作了。對方絕對不可能服輸，他一定是在暗中等待翻盤的機會。

周毓白略頓，問她：「不懷疑契丹人？」

傅念君想了想，道：「如果真是契丹人做的，那就太明顯了，他們如果在這個時候刺殺你，想挑起兩國紛爭的話……要嘛是大遼已經與西夏結盟，要嘛是西夏人用的離間計，好叫宋遼反目。」

那麼問題的關鍵在於……

「那個蕭凜如何？他知道麼？受傷了麼？」傅念君追問。

他對周毓白遇伏有什麼反應呢？這是很重要的線索。

「我是在澶州與他們的人分別後遇刺的，後來我讓人給他遞了消息一起緝凶，但是他那裡調查的結果如何……」周毓白頓了頓，「我就無從得知了。」

傅念君蹙眉，「刺客抓到了麼？」

周毓白搖搖頭，「死了一個，屍體上沒有查出任何線索，只敢肯定，不是中原人。」

這是必然的，不論是大宋、西夏還是大遼，若要選擇做這樣見不得光的事，用中原高手是很冒風險的。

「在西夏境內，包括吐蕃和大理諸部，都有很多遊俠和高手，這些人沒有身分見不得光，那些殺手若是對方雇來的也未可知。」傅念君分析道。

周毓白點點頭，「從殺手的身分查起，無異於大海撈針，何況我當時也不可能多停留。」

單昀、陳進等人也或多或少受了些傷，他們一路都是撐著回來的，肯定沒有辦法留在那裡調查。

「七郎，你預備怎麼辦？線索斷了，還怎麼查？」傅念君擔憂地問。

周毓白搖搖頭，「線索斷了，總會有別的事情浮起……」他笑了笑，目光裡有著一如以往的自信。

「你在安排什麼？」傅念君立刻警覺，「從這件事裡你要做什麼文章？」

她只擔心他的身體，也很快反應過來，臉色不善。「難道說，你是提前知道，故意設計自己受傷的？」

周毓白見她目光中微微帶了些憤怒，忙解釋：「我適才就說了，我現下唯一琢磨的事，就是和妳成親，讓自己受傷這一招……我犯得著麼？」他說完就咳了兩聲。

傅念君這才算收回了責備的目光，去端茶給他喝。

周毓白握住了她的手。「我是在猜……妳知道的，在事情沒有任何進展前，我只能去設想。」他最擅長的就是這樣的事。「我遇刺之事可能只是一個開端，就像一塊石子投入湖中，引

出無數漣漪，這絕對不會是對方想要的結果，因為我現在死，價值並不大。」

他這樣一個人，活著絕對比死了有用。

傅念君點點頭，她經歷的那一世，幕後之人也確實是那麼安排的。

「所以到底是誰做的，只能說都有可能。幕後之人，契丹人，西夏人，或者他們其中互相聯繫合作，都不一定，這事水太深，一時半刻我也不敢篤定。我透露這個消息給蕭凜，他卻沒有回音，也從側面說明了一件事……」

傅念君聰慧，一點就通。「很可能說明，遼國朝廷和皇室內部也一樣權力傾軋、派系鬥爭。蕭凜據守南院，權柄很大，在朝廷中也會遭受算計，所以他才如此保守，因為他和你一樣，置身於權力漩渦，吃不準暗箭來自何方，也摸不清對方意圖。」

當一個國家的權力鬥爭牽扯與別國邦交，情形就更複雜了。

所以周毓白遇刺這件事，到底是有人想害他，還是害大宋或大遼，現在很難說清楚。

「當然，我心中的猜測，更偏向和妳的一樣。」周毓白說，「幕後之人不可能長時間蟄伏，在安分守己的這段時間裡，他一定安排了別的計畫。」

而且他為了應對目前的局面調整的新布局，很可能是傅念君和齊昭若所不可預測的。

「那麼……我們只能等麼？」傅念君掌心微微出汗。對方在暗處，比起他們，還是有很多優勢的。

「除了等，妳覺得我會毫無準備麼？」周毓白微笑道。

是啊，他一直以來在智計和謀略上都勝過對方，他們如今未必是處在劣勢。

「而且，妳有沒有發現，幕後之人很多手段都……」周毓白頓了頓，「挺像我的。」

比如說，但凡他開始做一件事，就絕對不會只有這件事如此簡單，後面一定會有接二連三的

布局來應接。

這樣局布得大，他就藏得越深，牽涉進去的人也越多，方便他暗中操控，一箭多雕。

但事實證明，這樣的做法一旦遇到聰明人，他手裡的主動權就很容易被對方奪去。

周毓白幾次壓制幕後之人，就是因為他有足夠的能力看穿對方的陷阱。

傅念君笑道：「是有點像，不過他沒有七郎聰明就是了。」

周毓白輕咳了聲。不知是不是病人的特權，她待自己，比起以往倒是不吝於甜言蜜語了。

「眼下既然我也無法判斷行刺之人是否受其指派，不妨大膽假設，若真的是幕後之人有動作，那麼近來京裡一定會有動靜，且大概就在我身邊……」

傅念君驟然嚴肅起來，「所以你要瞞著自己的傷勢麼？將計就計……」

因為在不明朗的情況下，正常人一般會靜觀其變，而為了順利讓幕後之人進行他的下一步計畫，周毓白自然就更應該配合他靜觀其變。

傅念君鬆了口氣。他不進城，竟然有這麼多考量。

「當然，最主要的，還是我不想耽誤和妳的婚期。」周毓白對傅念君說，眼神很認真。

她又想說他胡鬧，可周毓白的神色很正經。

「我是說真的，念君，不能再等了……接下來可能會有很多麻煩事，這一回，若是不出差錯，我想也是時候了，我一定會讓幕後之人露出面目。」

他不可能永遠和對方玩貓捉耗子的遊戲。

傅念君直覺他或許已經摸到了什麼脈絡。

她點點頭，「我明白的……」越拖變數就越多，何況眼下還壓著一場仗沒有打，他們只能在前線的號角吹響前加緊成親。

周毓白望著她的眉眼總是盛滿深情。

「對不起，我等不到一切塵埃落定，妳匆促嫁給我，可否覺得委屈？」

傅念君微笑，那笑容帶了幾分調皮，她調侃他：「嫁給聞名遐邇、舉世無雙的七皇子，何來委屈二字？你不知江娘子還曾與我說，我是征戰沙場、浴血奮戰後的將上，打敗很多人才奪得美人歸的。」

她也學著輕佻浪子把食指伸到他下巴，輕輕柔柔的，像羽毛撓在心上。

「那妳是怎麼回答的？」周毓白問道。

傅念君揚了揚頭，帶了幾分驕傲。「我說你本來就是我的。」

周毓白笑著親了親眼前玉白的小手，低聲說：「是，念君，我本來就是妳的……」

他突然這樣說，傅念君反而不好意思起來，她抽開手，站起身，嚴肅地說：「不行，不能再說下去了，天色已經暗了，你吃東西沒有？我去弄點吃的來……我先讓單護衛進來見你。」

周毓白確實不想她走，可是想她一路趕過來，確實也累了，便點了點頭。

「妳讓郭巡他們燒些熱水。妳不比他們，今天宿在這裡，什麼都沒有，太委屈妳了。」

傅念君不覺得有什麼委屈的，沒有丫頭服侍她又不是沒有手腳，民間的夫妻都是兩人過日子，也都好得很。

她立刻逼自己止住想法。怎麼思緒就這麼跳到「夫妻」上頭去了？她搖了搖頭，拉開格扇。

周毓白只覺得她好玩，站在那裡也不知在想什麼，一會兒蹙眉一會兒羞怯的。

門外，單昀拱手向傅念君施禮，卻忍不住抬眼往她臉上看去。

「單護衛，我臉上有東西？」傅念君抬手摸了摸臉。

「沒有，沒有。」單昀連忙否認。

他是覺得他們兩人在房裡「應該」做了點什麼，想從傅念君臉上看出端倪。

傅念君不疑有他，去找郭巡了。

單昀則去請了江埕，一起進到周毓白房裡。

§§§

周毓白一行人都是男子，這幾日單昀他們又草木皆兵，住在這莊子伙食便很將就。白天是一位大嬸給他們做的飯，蒸了滿滿幾籠饅頭。

郭巡抱怨：「路上趕路，也沒吃點好的，嘴裡都淡出鳥來了！」

傅念君看了一下灶上的食材，吩咐郭巡去殺了兩隻雞，弄了幾個雞蛋過來，就著野地裡種的新鮮蔬菜弄了幾樣簡單的菜肴。

做好之後，就連一直當著值的陳進都被香味引了過來，郭巡更是搓著手在旁邊眼巴巴望著。

傅念君很護食地端走了要給周毓白的那一份，那兩人就像阿青每天餵養的惡犬一樣，平時對外人凶狠，此時卻委屈巴巴地裝可憐，跟在傅念君身後。

傅念君笑道：「灶上還有一鍋呢，你們自己分，先到先得啊，我現在去通知單護衛了……」

郭巡和陳進立刻像餓虎撲食般衝向了廚房，消失在傅念君身後。

傅念君端著一路飄香的宵夜去周毓白房裡，此時江埕話也說得差不多了。

見傅念君過來，他很識相。

「郎君還是身體要緊，不能辜負了二娘子的手藝。」

傅念君好意道：「江先生也一起吃點吧？」

江埕雖然已經飢腸轆轆，可是做幕僚的，眼色還是有的，他立刻擺手。

「不用不用，在下不餓。」

「廚房裡還有些吃的，江先生如果不嫌棄可以……」

江埕退下，到了門口，就一個疾步加速往廚房去了——

16 又是一夜

傅念君望著江埕離去的背影直笑，自己走過去關好了格扇。

她轉頭對周毓白道：「他們都挺有趣的。」

「我覺得他們聽到妳這樣的評價……應該不會太高興。」周毓白靠在榻上朝她笑道。

傅念君過去替他用迎枕墊了後腰。

「換過藥了？」傅念君問道，察覺到有股清新的草藥味。

房裡烘得很暖，周毓白只穿著一件薄薄中衣，領口鬆垮垮的，精緻的鎖骨也遮不住。

「要檢查麼？」周毓白雲淡風輕地問她。

傅念君努了努嘴，臉皮一厚，索性道：「那你脫吧。」

周毓白作勢要解衣裳，她立刻按住他的手。「別鬧了。」

她將做好的雞湯和小菜端到榻邊。

「殿下，我知道宮裡規矩嚴，榻邊進食是為不雅，只是此番，就只能請您將就一下啦。」

周毓白知道她是故意這樣說的，回道：「我有這樣講究麼？我的形象，大半不過都是旁人臆測，往後妳嫁給我，天天這樣吃飯，我覺得也很不錯。」

聽了他這樣的話，傅念君的喜悅止不住地染上眉梢。

兩人平靜地吃完了宵夜，傅念君要把東西端去廚房，卻被周毓白制止。

「這裡的路不好走，也沒有多少燈火，妳放在門外讓他們送去就是。」

傅念君拗不過他，只好聽他的。

轉回頭，傅念君就與他道：「江先生今晚睡哪裡？我看房間還挺多的，能不能空一間出來呢？」

周毓白靠著榻朝她笑，目光清清淺淺的，可是她怎麼看都帶著幾分揶揄。

「七郎笑什麼？」

周毓白的目光掃了一圈這不大的屋子。「妳今晚恐怕只能和我一道睡在這裡了……」

傅念君大窘，忙道：「不行。」

周毓白反問她：「這裡不是京城，也不是旅舍，哪有這麼多打掃乾淨的房間備著？這是唯一一間乾淨的，江先生今晚恐怕也要與蛇蟲鼠蟻相伴過夜了，就是妳肯，我也不願意讓妳去住的。」

「這哪裡成……你這裡住不下……」

傅念君心跳如擂鼓，在心裡怨懟自己怎麼沒早點想到這個問題，只顧著來見他了。

他這裡都是男子，確實不方便。可是和他一起……

周毓白望著她說不出話的樣子，頗覺有趣。「這是咱們一起住的第一夜麼？妳忘了那時在天清寺，妳還和寺裡的師父們說我是妳的『好姊妹』。」

他越說笑意越濃，乍然提起這事，傅念君也忍不住想起當日。

那時候是她遇險，他趕來救她，大家一同到天清寺避雨，她也是胡亂應了寺裡師父，才鬧出這樣的笑話。可當時屋裡有床有榻，還有她的丫頭們，和現在怎麼比？

「所以……現在這『好姊妹』就不是好姊妹了？」周毓白故意逗她。

傅念君也不怕他，哼道：「自然不一樣。你現在馬上是我夫君了，還怎麼做『姊妹』……」

周毓白臉上笑意更濃，一雙眼尾上揚的眼睛更是盛滿春色，幽幽望過去，讓人心亂神迷。

「既然這樣，就不要介意了，念君。」

他還真是……

她走到榻邊，很不客氣地坐下去，賭氣道：「你別後悔！」

周毓白讓出一點位置，執起她的手，嘆道：「妳別怕，我說過的，不會再在成親前讓妳受委屈，上回在宮裡……」

他指的是那次喝多了以後兩人在轎中……想起當日情景，兩人不由得都紅了臉。

「……那是最後一次，今天妳睡榻，我睡地上。」

「不行！」傅念君立刻否定他的提議，「你受傷了。」她怎麼可能讓他去睡冰涼的地上？

「我睡地上。」傅念君決定了。

反正兩人同房而眠也不是第一次，不用這樣拘束，何況周毓白的傷勢她確實不放心，自己在旁邊看著也好。

「妳覺得我會同意麼？」

周毓白也不和她爭論。他從來不會臉紅脖子粗地和人講話，無論是什麼情況，他永遠自有一派翩翩公子的風度。

此時，他僅是平靜地說：「妳是女兒家，怎麼能吃這樣的苦？單昀昨夜鋪了鋪蓋在我屋裡守夜的，也不會多難熬。」

「不難熬所以我睡呀。」傅念君覺得他才是無理取鬧，便威脅他道：「你若不同意，我現在就騎馬回城。」

周毓白無奈地看了她一眼。平時無論多聰慧的女人，鬧起性子來也是六親不認的。

「那我只能……」周毓白不打算讓步，坐起身來，如法炮製道：「我只能騎馬去追妳，放任

傷口裂開了。」

「你！」傅念君咬牙。

好啊，他就會拿自己威脅她。

周毓白卻沒有什麼生氣的樣子，依然帶著寵溺的目光，抬手輕撫她的長髮。

「捨命陪妳，我不會有一點猶豫的。」

傅念君最終咬牙道：「好，那我們一起睡！」

她拍拍手底下的床，反正寬著呢。

周毓白眼神裡卻流露出猶豫，「不太好……」

「沒有什麼不好的。」彆扭過了，傅念君也就接受了。

反正自己這輩子只認定他了，不過是睡在同一張榻上，她還怕自己名聲壞了麼？

這裡都是周毓白的親信，心裡也早就有數了。

她和周毓白，糾糾纏纏這麼久，確實算不上一清二白了。

傅念君突然感受到一點做「傅饒華」的快感。

她站起身，帶了點大義凜然的意味，對周毓白說：「七郎，我去弄些熱水來吧，你想不想洗洗臉？」

周毓白從下往上望著她的臉，點點頭。「也好，單昀他們確實不太會伺候人……」

傅念君聽他這樣說，有點心疼，便快步生風地往外走去。

周毓白望著她離去的背影，唇角微揚，靜靜地垂下眸，眼睫在臉上落下一片陰影。

夜風很靜，敲在窗上的聲音微不可察。

就像他的心一樣。

她所在之處，即是他心安之處。

§§§

吃飽喝足的郭巡和陳進二人，正蹲在黑漆漆的廊下抬頭看月亮。

幸好今天月亮和星星還挺亮，能照亮一下他們孤單寂寞的心。

也不知是不是因為這裡人煙稀少，月亮看起來都格外大。

郭巡講話一直最沒規矩，邊剔著牙邊閒閒地問陳進：「你說郎君和傅二娘子兩個人今夜……」

他伸出右手兩根手指扭到了一起，暗示那屋裡兩人的情況。「會不會這樣呢？」

郭巡用手肘捅了捅陳進。

陳進年紀比他小，半懂不懂的，此時正努力回味剛才雞腿的美味。

「不會吧……」他說，「郎君這樣重的傷，那他也太厲害了。」

他得出的結論就是這個。

郭巡嘁了聲，不滿道：「你懂什麼！這男人啊……這點魄力還是要有的。」

陳進不敢苟同。「魄力？郎君傷得都剩半條命了還有心思想這些？」那簡直不能用厲害來形容了。

郭巡暗嘆陳進有眼無珠。

「你以為呢？剛才我負責張羅江先生的房間，我特地進去多問了郎君一句，要不要準備傅二娘子的房間，你猜郎君怎麼回的？」

「怎麼回的？」陳進很配合。

郭巡嘿嘿一笑，「郎君竟然說不用太折騰，體恤我辛勞呢！」

陳進還沒反應過來，直說：「那挺好的啊，你該開心。」

郭巡忍不住想敲這小子，嘖嘖感嘆。「你們這些愣頭青，竟聽不出這話裡的意思……」

多數像陳進這樣的王府護衛，都受過很好的訓練，從小培養，不像郭巡，是混江湖出身，什麼葷腥不懂？從前胭脂堆裡都混過的。

「郎君哪裡是體恤我，他心底啊，是要把傅二娘子留在他那裡。」

陳進忍不住跟著嘖嘖讚嘆了一聲。「沒想到啊沒想到，郎君也是這種人……」

「男人嘛。」郭巡很懂行地拍拍陳進的肩膀，「你年紀輕輕的，怎麼在東京城曲院街、錄事巷就沒個相好的？」

陳進努嘴，「哪有心思想這個。」

郭巡想想也是，周毓白馭下嚴格，不要說陳進他們不敢，連他自己都很久沒沾葷了。

現在郎君自己顧著和佳人卿卿我我，簡直讓人受不了。

兩人這邊有一搭沒一搭地說著閒話，那邊卻有人粗著嗓子喚郭巡了。

「郭護衛，單護衛找你呢！」

郭巡和單昀雖然同為周毓白的下屬，但是單昀職階在他們之上，郭巡立刻站起身，朝陳進嘀咕道：「該不是沒給他留飯要報復我了吧？」

走到周毓白門口，單昀正抱臂等他。「去哪了？傅二娘子找你。」

「找我？」郭巡一頭霧水，「我們把碗洗了啊！」

吃了人家的，這點道德他還是有的。

單昀不滿道：「誰讓你做這個？快去幫二娘子的忙。」

郭巡找到了傅念君，才知道她要幹什麼。大晚上的，燒熱水呢。

「我來吧。」他忙上前接手。

這事兒近兩天都是郭巡負責，倒不是沒人幹粗活，非得他們幾個近身護衛包辦，而是周毓白遇刺後，他吃的、用的東西，都嚴加戒備，省得旁人做事麻煩，郭巡索性自己親自燒了幾趟水。

他力氣大，從井邊提水到灶上也比旁人多些。

「二娘子大晚上還要沐浴呢？」郭巡和傅念君閒聊。

兩人算熟的了，何況郭達還在傅念君手下。

傅念君依舊穿著那身小廝衣裳，秀秀淨淨的，不像他們，一天啥事沒幹看起來就很髒。

不過女孩子嘛，就是愛乾淨，郭巡表示理解。

「不是，我想替七……替你們郎君稍微收拾一下，他喜潔，必定難受了幾日，你們都是習武之人，本來也做不來伺候的事。」

聽這話的意思……郭巡多看了傅念君一眼，很是狐疑。

「二娘子覺得我們沒伺候好郎君？」

傅念君忙道：「不是的，郭護衛別誤會，我是說你們做不慣。」

郭巡一聽樂了，心裡明白了七八成。

「是郎君和您說的吧？」郭巡道，「也是，咱們伺候起來肯定沒您親自動手來得貼心。」

傅念君覺得他這語氣古古怪怪，但也沒多想。

郭巡心裡暗道，郎君啊郎君，您也太會裝了吧……

平素在王府裡就用不慣侍女小廝，什麼都是單昀、陳進他們親力親為，他們跟了您十幾年，那可真是比侍女小廝都順手，怎麼您這會兒受了個傷，就突然用不慣他們了？還不就是想讓傅家小娘子心疼，多親近親近您麼？

郭巡在心裡豎起了大拇指。高，真是高！他佩服了。

郭巡不死心，又追上去給傅念君提水拿雜物，狀似無意道：「二娘子，今天也來不及收拾出乾淨的屋子了，江先生還能將就，您恐怕就……還是郎君房裡好，一會兒我拿兩套乾淨的被褥過來吧。」

傅念君臉皮再厚，在不是周毓白的人面前也沒法淡定自若，只支支吾吾地搪塞了過去。

郭巡心道，果然啊果然！郎君您可真是太壞了！依照他對周毓白的瞭解，說不定睡一個屋都是他讓人家姑娘主動提出來的，否則傅二娘子怎麼會一副做賊心虛，占了人家便宜的表情？

帶著對周毓白的敬佩，郭巡將熱水送到他房裡，很體貼主動地退下，臨了還對守門的單昀投去極為同情的眼神。

單昀很不解，「你看什麼？」

郭巡道：「只是想勸單護衛早點歇了。」

單昀覺得莫名其妙。

郭巡看破不說破。可憐的單護衛啊，你大概永遠不會知道郎君是多麼自私自利，在傅二娘子面前將你十幾年的辛勤給抹殺了，你在傅二娘子眼裡不過是個笨手笨腳的武夫罷了。

認為只有自己看透一切的郭巡，在單昀不善的目光中搖頭嘆息著回去找陳進閒聊了，順便繼續教教那孩子什麼叫高招。

傅念君張羅了熱水給周毓白洗臉洗手，還有洗腳。

周毓白不太想讓她做這些，道：「還是讓單昀來吧。」

傅念君笑他，「七郎害羞麼？」

周毓白望了她一眼，微笑道：「因為我身上更不舒服，妳恐怕做不來。」

傅念君眨了眨眼。

周毓白微微笑了笑，眼睛望著她，卻抬手去解中衣。

傅念君立刻明白過來，臉漲得通紅。「你、你這個……還是明天讓單護衛幫忙吧……」

他若有所思道：「這樣啊……可是這幾天我都挺難受的，身上怕要捂出味來了。」

這當然不是真話，周毓白喜潔，早上還清理過的。

「沒有味道，你想多了……」傅念君小聲道。

現在他身上只有清新的藥草味。

「那你不要嫌棄我。」周毓白真誠地說。

傅念君點點頭，「在這裡，只能將就些了……」

她沒有提出要沐浴，等會兒用熱水稍微擦擦身體就是。

周毓白看著她窘迫的樣子，最終打算放過她。「這旁邊的淨房，是臨時弄的，農莊裡不講究，但是妳放心，還挺乾淨的。」

傅念君不敢看他的眼睛，只點點頭，去洗漱了。

等她重新回來，看到周毓白正側頭歪在榻上看書，這屋裡的燈光並不亮，照在他身上，暖融融的有種溫馨之感。

傅念君忍不住說：「七郎，你當心眼睛……」

周毓白收了手裡的書，「本來我也看不進去，裝裝樣子罷了，既然妳好了，那就……歇息吧。」

他這話說得自然，傅念君只覺得臉又熱了起來。

她轉念一想，算了，就當提前預習了，往後他們不還是要睡同一張床麼？

周毓白只見她站在那，似乎是做了番心理準備，然後突然像懷著壯士斷腕般的決心，堅毅地朝自己走來，步伐十分有力。

他搖頭失笑，給她挪位置。

「我睡外頭吧。」傅念君說道：「你身上有傷，不方便動，晚上要什麼，我也可以幫你拿……」

她坐到榻邊，壓住了他的被角。

周毓白沒有反對，身體往裡面挪了挪。

傅念君吹熄了燈，縮腳上了榻。

床上是有兩床被褥的，傅念君蓋的這一床也洗得很乾淨。

她整個人窩在被窩裡，一動也不敢動，耳畔只有自己心跳的聲音，太不自在了……

她察覺旁邊的人動了一下，隨後在黑夜裡就聽到了一聲嘆息。

「妳太緊張了。」

傅念君故作鎮定道：「沒有啊，我馬上要睡著了。」

馬上要睡著了？

周毓白覺得好笑，輕聲說：「是我睡不著……」

他們比肩同榻的日子，周毓白沒料想到會來得這麼快。

傅念君也發覺他話裡絲毫沒有睡意，但是她不打算再縱容他。「你受傷了，要早點歇息。」

她在他面前一向是丟盔卸甲，絲毫沒有平素對旁人說話時的不容置疑，反而帶了點不知所措。

她確實是緊張的。

「沒錯，我要早點歇息……但是妳再挪就要掉下去了。」周毓白提醒她。

傅念君確實是越來越往外，幾乎整個人貼著床沿躺著。

「我沒事，我怕壓到你的傷口。」她說道。

傅念君只覺得鼻端縈繞的那股來自他身上的淡淡藥草氣息很能亂人心神，雖然不是她熟悉的檀木香味，不過也挺好聞的……他的檀木香是在哪家買的呢？

她胡思亂想著，冷不防被一隻手攬住了肩頭，整個人被一股力道往榻內攏了過去。

「你的傷！」傅念君低呼，卻不敢真的推他，怕碰到他右肩的傷處。

兩個人隔著被褥，傅念君終於靠到了周毓白懷裡。

周毓白的左手沒事，此時正被傅念君枕在頸下，她緊張得額頭冒汗，從脖子開始整個人都有些僵硬。

「沒關係，我還有數，不過如果妳再需要我這樣來一下，就難保上藥的地方不會裂開了。」

周毓白的鼻息正好落在她耳邊，有些燙人。

傅念君拿他沒有辦法，只好說：「好，我不動就是了。」

見她聽話了，周毓白在黑暗中微微彎了彎唇。

他以為她安分了，她卻還在不遺餘力地推著他的左手。「別壓著你了，你先拿開。」

「妳這麼瘦，沒什麼分量，不妨事。」他不退讓，還說：「妳再推我，我便要親妳了。」

手臂上的腦袋果然立刻乖乖擺好了。

周毓白苦笑。佳人在懷，他不是沒有綺思，而是答應了她，就不會冒犯，何況他的身體也確實不允許他有什麼「別的想法」。

他的唇輕輕落在傅念君的額頭上，像蝴蝶輕盈落下又振翅飛走。

「睡吧……」他的嗓音無疑是最適合伴著入夢的。

傅念君擔驚受怕了一整天，確實有些疲憊，靠著他，聞著那陣陣的草藥香進入夢鄉……

只是不知是不是自己防備心太重，迷迷糊糊的，傅念君總是睡不好，時常記著周毓白的傷，頭枕在他胳膊上也不安分，一直在自己被窩裡動來動去。

恍恍惚惚間，傅念君似乎聽見周毓白在她耳邊說：「柳下惠和禽獸，我兩者皆不是，所以妳……妳不要再動了。」

傅念君意識很模糊，嘴裡咕噥了兩聲，也不曉得自己說的是什麼，只感覺他又把自己攬近了些，她的下巴和唇正好抵著他的肩膀，溫溫熱熱的令人留戀，她的腦袋在其上蹭了蹭，才真的慢慢睡去。

§§§

原本以為這一夜自己會睡不好，醒來時，傅念君覺得精神舒暢，連脖子也沒有什麼不適。

她暗暗調侃，這淮王殿下的胳膊就是不一樣，若換了旁人，哪裡會不落枕。

此時剛過五更沒多久，天色濛濛亮，傅念君睡不著了，趴下來觀察身邊人。

周毓白沒有動靜，應該是還沒醒，傅念君只能在半明的光線中看著他下頷和臉龐的弧度，線條十分漂亮，怎麼看都是極好看的。

傅念君被自己這些無所顧忌的念頭嚇到了，覺得自己有些太過癡迷了。

她遇到他，就一點都不像自己了。

她重新躺下，面朝外，想著等外頭有動靜她就起身，也差不多該走了，她和江先生說好的……

「怎麼不繼續看了？」身後突然有聲音響起。

傅念君嚇了一跳。「你醒了……」

或許是因為清晨將醒的關係，他的聲音聽起來沒有往日的清泠，添了幾分慵懶和沙啞。

周毓白嘆了口氣，故意道：「一夜也沒有怎麼睡好……」

傅念君不好意思地說：「我睡相很差？」她自己從來不知道。

「不差，妳很聽話。」周毓白回道。

是他心有旁騖，連哄帶騙地讓她陪自己睡了一夜，最後卻是自己受罪。

傅念君見天色差不多亮了，便坐起身，對他道：「我等會兒就走了，你的傷一定要小心養著，待過兩日就……」

周毓白笑道：「妳放心，再怎麼樣我也不會錯過妳我的婚期。」

哪裡是因為這個？算了，不同他爭辯，她起榻，穿妥衣服，準備去燒水了。

§§§

到天完全亮時，傅念君和江埕已經坐在回程的馬車上。

江埕沒敢像郭巡一樣，膽子那麼大去胡亂猜測什麼，只是坐在車裡也不太敢像前一日一樣直視傅念君了。

避嫌二字，穩穩地壓在他眼睛上。

回到了東京城，郭達已經守在首飾舖門口，接了傅念君，直接飛快回了傅家。

傅念君不在府中一夜，清晨歸來，旁人或許瞞得住，如今主持中饋的錢婧華卻是有數的。

但是她素來就和傅念君要好，旁敲側擊幾句，見傅念君不肯說也就不再問。

有什麼好問的呢？錢婧華心知肚明，能讓傅念君做這樣的事，多半是和淮王殿下有關。

同時錢婧華也堅定地相信傅念君，知道她絕不會在成親前做出什麼醜事來。

傅念君回家之後，心裡反復琢磨的，是周毓白的傷勢。終於，兩天之後，何丹給她遞信，說

郎君已經進城回府了，今天就進宮面聖，身體無恙，請她放心。

傅念君一顆高懸的心徹底放鬆下來。

眼看婚期越來越近，傅家也開始張燈結綵，畢竟是嫁嫡長女，傅念君將來又是王妃，再盛大隆重也說得過去。傅家宗族有多少眼紅豔羨之人，又有多少關於她的流言蜚語，傅念君此時都無暇顧及了。

她終於可以嫁給他了。

這天，傅家來了個小小貴客，錢婧華一時拿不準該用什麼禮數來招待他。

「小世子，你怎麼跑來了？王府裡的人知道嗎？」

傅念君見到來人時有些不敢置信，周紹懿竟然領著個貼身內侍就跑到傅家來了。

他是滕王的心肝寶貝，更是滕王府上下的眼珠子，磕不得碰不得，除了宮裡，平素也不會讓他隨意去什麼地方，他這樣跑到傅家來，多半是偷跑的……

「姑姑，聽說妳要成親了。」

周紹懿仰著一張小臉看傅念君，眸光閃啊閃的。

他和傅念君很投緣。

傅念君矮下身與他平視，點了點頭。「是啊，小世子是來恭喜我的麼？」

周紹懿嘆了一聲，「妳不等我長大了……」

傅念君驚愕，這孩子說什麼呢？

不過很快，周紹懿嘻嘻一笑，道：「我逗妳的，妳是我七叔的……七叔他很好啊，以後妳就是我七嬸了！」

傅念君也笑，忍不住伸手摸了摸他的頭，這其實是個僭越的動作，但周紹懿不在乎，他很開心。

孩子總是無辜的。

傅念君看著這孩子，周紹懿沒有必要犧牲在父輩的權力鬥爭中，這一回……他一定不會死於非命的。

傅念君在周紹懿的要求下，牽著他的手去逛花園，傅家的園子很有江南園林的意趣，值得一逛。

兩個人就像先前在宮裡時一樣，你一言我一語地聊天。

傅念君問他：「小世子今天怎麼會出門？你爹娘知道麼？」

周紹懿老實說：「我娘先前總是不許我出門，怕我出事，不過最近還好，大哥抱著我去大伯父家裡玩了幾次，今天我是從大伯父家溜出來的……妳別告訴別人，我就是想來玩玩，想來看看妳……」

傅念君心中一凜。他說的大伯父是肅王，而大哥，是指他的大堂兄周紹雍。

傅念君一直對於當日周紹懿一個人甩下僕從，偷偷爬上屋頂這事心有餘悸，覺得教唆他的人不安好心。

但是周紹雍這個人她確實不能下定論，因此一直只是留意著。

今天周紹懿提到了肅王府，傅念君不禁又多問了幾句。

「你怎麼會去你大伯府裡玩耍？」

「只有大哥肯帶我去玩……」周紹懿咕噥，「六叔、七叔他們都忙，也沒有人理我……」

周紹懿確實很孤單，宗室如今沒有和他年紀相仿的孩子。

肅王的兒子周紹雍已經長大，而三皇子崇王老來得子，就是三十年後傅念君嫁的太子周紹恒，如今仍是膝下空虛，而周毓琛和周毓白如今正等著娶妻。

「玩歸玩，你還是該注意安全。」傅念君提醒他。

周紹懿嘻嘻地笑，「以後妳嫁給我七叔，會經常接我去玩嗎？」

傅念君點點頭，「當然！」

這不是騙他的，小孩子容易出事，如果周紹懿這麼喜歡離家玩耍，把他放在自己眼前也是個好辦法。

周紹懿很開心，拉了傅念君的手來回晃。

「我就知道，還是妳最好！」

走得累了，傅念君領周紹懿去喝茶吃糕點，他什麼話都願意和傅念君說，嘰嘰喳喳講個不停。他說起今日從肅王府偷跑的原因。

「大伯父忙得很，不理我，大哥被叫走了，我閒著無聊，早就想溜出來玩了。大伯父府裡往來都是些陌生人……不過幸好，我也是混在他們之中才能溜出來的……」

傅念君正在替他削梨吃，聞言手上一頓，問：「肅王殿下府上都是陌生人？」

周紹懿點點頭，「也不知是哪裡冒出來的。」他眨了眨眼，突然朝湊近傅念君，小聲說：「我還發現啊……妳別告訴別人！」

小小年紀就知道賣關子。他看著傅念君，傅念君曉得他機靈，將手上的梨削下薄薄一片餵進他嘴裡。

「小世子當心閃了舌頭，有話就說吧。」

周紹懿咬著嘴裡的東西，覺得滋味很好，一口吞下後，才對傅念君說：「他們以為我什麼都不懂，其實我都懂的……姑姑，我在大伯父府上玩耍，還看見了胡人！我知道那是胡人，高鼻子深眼睛，頭髮不是黑色的……」他誇張地描述了下。

傅念君沉吟，「那胡人具體長什麼樣子？」

周紹懿描繪了一下，連帶比畫，說他耳朵上戴著東西，很是古怪。

傅念君聽他的描述，覺得這打扮有些像西夏党項人。

但西夏人怎麼會堂而皇之在肅王府出現，還做原本的打扮，不入鄉隨俗？

「再後來呢？」傅念君問。

「後來我就被拉走了啊……」周紹懿可惜地說，「我是偷偷趴在門縫看見的，然後大伯母身邊的姑姑就把我抱走啦。」他一副很可惜的模樣。

肅王妃……傅念君臉上表情波瀾不興，只對周紹懿說：「東京城裡很多胡商，蕃坊裡各種長相的外國人都能看見，有胡人出現在肅王府上也不奇怪。」

周紹懿還沒有膽子大到溜到市集玩過，因此露出可惜的表情。

「我只在宮裡見過胡人，哎……他們都長得很奇怪，不過和大伯父府上的還是不大一樣，我覺得大伯父府裡那個看著挺凶的。」他想不出什麼描述的詞來。

傅念君微笑著又塞了一片梨進他嘴裡。

周紹懿素來喜歡亂跑，而且捉迷藏的本事好，很容易就看見不該看的。

傅念君表面雲淡風輕，其實內心早因為這孩子的話而疑心大作。

是了，敢在肅王府擺架子頤指氣使的胡人，肯定不會是胡商那麼簡單。

肅王為什麼要在這個時候見胡人，還偷偷藏起來？周紹懿說的那些往來的陌生人又是什麼人？周紹雍和肅王妃，他們的反應也很不尋常……

肅王府中有很多祕密。

傅念君越想越心驚，再結合之前周毓白話，京中有動向的話，很可能是從肅王府起始。

如今皇子的儲位之爭不過是暴風雨前的寧靜，等這兩場親事一過，該來的總會來的……

周紹懿不滿傅念君的走神，張大著嘴討食，傅念君只好繼續給他削水果，只是他還沒有享受完傅念君的服侍，滕王府就來人了。

還沒玩夠的周紹懿不太高興，對他來說，一切不是「家」的地方，都是值得探索的。

傅念君想，傅家也沒什麼祕密值得這孩子去挖掘的，不過讓他再來幾次，三房四房那裡怕是不太平，便摸了摸他的頭。

「小世子不能讓王妃擔心，你偷跑出來畢竟是不對的，你下次若想玩，我去你家中陪你好不好？」

「當真？」周紹懿嚴肅地問她。

「當然是真的。」傅念君回道。

她留了個心眼。待她嫁給周毓白後，這幾位王爺的後宅情況她都必須有個底才行，前世的悲劇中，每一個人都難逃宿命，她要解開疑惑，就必須充分瞭解周毓白每位兄弟的情況。

和周紹懿這樣約定，算是有理由去滕王府拜訪。

那位傳說中的「傻子」王爺，周紹懿的父親，她確實是有幾分同情的，前世裡他為了孩子和親弟弟拚命。

別人用他的獨生兒子來算計他，是對一個父親莫大的傷害，今生若是有機會能解滕王府之危，也算是功德一件，對得起周紹懿對她的喜歡了。

傅念君笑了笑，眼神柔和。「不過大概要等我成親後了。」

「好。」周紹懿想了想，一口答應，和她拉鉤。「我知道姑姑妳不會騙我的！妳以後……要常和我玩！」他很開心她成為他的七嬸。

傅念君親自將他送上了馬車，和他揮手告別。

回屋之後，傅念君吩咐大牛和大虎去查肅王世子周紹雍這些時日在做什麼，還有肅王妃的身世，如果能查出點東西，也一併告知她。

她繼續準備自己的婚禮，一邊留心著肅王府的動向。

肅王府的事情並不難打聽，周紹雍這些日子常往城郊跑，聽說是攬了個監管皇陵修築的差事，對於他這個年紀的宗室子弟來說，是件不輕的任務了。

誰讓太后娘娘在後輩中最為信任他，他攬這個事情，是順理成章。

而肅王妃那裡，她過去的事也不是什麼祕密，聽說肅王妃蕭氏原本是郊縣人，家中祖父中過秀才，一家人都是本分人，父親在城中做點小買賣，後來，她有幸得了肅王青眼，飛上了枝頭。只是如今家族裡的人不剩多少了，肅王妃等於沒了娘家。

這也說得過去，畢竟都成了王妃，放著幾門窮親戚也沒什麼用，徒增百姓茶餘飯後的談資罷了。

這些事情聽來都沒有什麼問題，傅念君只好先放在一邊，暫時也沒有那麼多時間和精力去費心。

因為她的大喜之日終於要到了。

17 終於成婚

傅家指派人去淮王府鋪房的陣仗很大，傅念君的嫁妝妝奩層層疊疊，流水一樣抬進淮王府，看到的人都忍不住暗自嘀咕，公主下降都未必有如此豐足的資財啊。

光是面花釵梳冠等就有幾百件，金釵釧纏等也有兩百多兩，還有塗金銀器鞍轡，銷金貼金戧金生色繡衣等等，更有鞋襪、手巾、裱簟、五色蠟燭、錦繡被、壇褥簾席等四季用物，不一而足。

其中最惹傅念君注目的，要數一頂緋羅繡畫銀泥帳幔。

傅念君看著這濃豔靡麗的紅色，想到是布置新房的，也不由得害羞。

真難以想像，周毓白這樣的人要睡在這樣的帳幔裡……

迎親這日，傅念君早早便被挖起來沐浴梳妝，她的屋子裡擠進了好幾位嬸娘伯母，替她開面梳頭，圍著她說些吉祥話。

傅念君對於這一張張笑得比花還燦爛的臉並沒有太大的好惡，尤其是在其中還能看到三夫人曹氏和四夫人金氏。

縱然她心中萬千雀躍，可面對這些稱不上熟悉的人，也只能溫婉地笑了。

傅念君去祠堂祖先牌位前點香祭祖，行告廟禮。

傅家是詩書傳家，尊重先祖長輩，她不能一聲不吭就離家，何況祠堂中還供奉著她生母姚氏的牌位。

祠堂中只有傅琨一人，他親自點了香遞到她手上。

他看著她的眼神很平和，微笑著說：「往後，妳就是別家的媳婦了。」

這是她最後一次以傅家女的身分為母親和先祖上香，從此以後，她嫁了人，是周毓白的妻子，是他的王妃。

傅念君跪在蒲團上，心裡十分平靜。

手上的三炷香燃著冉冉青煙，她在心中對已逝的姚氏祈禱，願她能長佑傅家。

傅念君視傅琨為父，但是她不能篤定若是姚氏在天有靈，會不會覺得自己冒犯她。

她究竟是不是傅琨和她的女兒，傅念君如今自己也說不清楚，既然說不清楚，就暫且當作拜別母親吧。

她朝牌位磕了三個響頭，她相信姚氏會理解自己的。

敬了香，祭了祖，祠堂的大門打開，熱鬧喧譁重新撲面而來。

傅琨沒有隨著傅念君一起出去，只在她背後說：「我再和妳母親說會兒話……」

今天是她出嫁的吉日，傅琨的情緒很微妙，此際也只有對著亡妻的靈位，他才能說些心裡話吧。

傅念君心有些沉，她點點頭，朝傅琨說：「爹爹，那我先回房……」

傅琨揮了揮手，只留給她一個顯得有些蒼涼的背影。

§§§

回到自己房中，傅念君繼續緊鑼密鼓地穿戴禮服。她是嫁給親王，服飾自然不同，九株花釵冠、兩博鬢、寶鈿皆是宮裡司服局出來的精緻東西。

眾人嘖嘖稱讚，連傅秋華和漫漫都擠到傅念君閨房裡來看，這樣的榮耀，沒有人不羨慕。

傅念君穿戴完畢，更引得房內眾人移不開視線。長裙霞帔，肩紕上為朱錦下為綠錦，腰間白玉雙佩，純朱色雙大綬，又加之傅念君容顏明媚，氣度高華，整個人看來明豔華貴，像是發著光般，高不可攀。

這才是王妃的架勢和氣魄，她彷彿天生就適合這打扮。

傅秋華躲在角落裡看得眼睛發酸，索性撇過頭不看了。

傅念君動了動手腳，覺得還算合適。皇太子妃的服飾她也穿過的，如今穿著這一身，倒是覺得駕輕就熟了。

漫漫在旁邊看了半晌，興奮得臉紅彤彤的，在沒人注意的時候，她走到傅念君身邊，握住她腰間大綬。

「姊姊，好看！」

傅念君見是她，微微笑了笑，摸了摸她的頭。

可是她心中的彆扭無人可知，這套衣裳，是不是本來會由幾年後的漫漫來穿……

很快就有婆子把漫漫抱下去，傅念君被扶到床沿坐下，等待新郎官的到來。

§§§

迎親隊伍隨著禮樂聲到了傅家門口，因是皇子大婚，請的樂隊也非同凡響，皆是教坊和鈞容直（注）的樂師，隊伍聲勢浩大，打頭的是裝擔子銀一千兩，由擔子官抬著，左右兩側還有小殿

注　鈞容直，宋時宮廷儀仗中的軍樂隊，當時亦用以泛指樂隊。

侍、軍中的士官騎馬引路，跟著在後頭的行郎數人，皆面貌端正、氣度不凡。

周毓白騎在馬上，頭戴七梁冠，紅絲組為纓，著素紗中單，紅羅蔽膝，瑜玉雙佩，四采織成大綬，結二玉環。黑履白襪，腰懸玉具劍，器宇軒昂，既不會過分文雅又沒有武夫之氣，明明清俊如仙人般的容貌，卻叫那濃豔的紅色襯出些絢麗之色。

路邊百姓一眼望過去，無法不感嘆，世間竟有如此郎君。

周毓白在民間露臉不多，便是偶然見過他的人，也不會見到此番隆重打扮之後的他，因此整條街的目光都被他吸引了過去，路邊還有小娘子咬著帕子，忍不住想把手裡的香囊擲過去。

民間女子開放，早就養成了如此習慣。

幸好這出行隊伍早有準備，周毓白身後皆是形容肅穆的衛兵，見有人舉止異常便舉一舉手裡的刀，才令那些有想法的小娘子憋回心裡的勁頭。

周毓白的臉色有些白，雖然看在眾人眼裡只覺得恰好襯著那紅衣，只有他自己明白，身上的傷經不起太多顛簸。

到傅家門口，他總算鬆了一口氣。

大婚儀式繁瑣，除去繁文縟節，還有各項民間流行的風俗，周毓白只覺得自己眼前還有無數險關，不由得在心底大大嘆了口氣。

或許是占著樣貌上的優勢，傅家也沒有人為難這位新郎官，只有傅淵這位探花郎舅兄出了兩道題，周毓白自己都未出手，自有行郎替他應付——是他外祖父的徒孫，也是昭文館中傅淵的前輩，上科榜眼魯元飛。

向傅家眾人灑了銀錢紅包，又折騰喝了兩杯酒水，周毓白總算等到了覆著紅蓋頭的新娘。他極力忽略傷口處的疼痛，悄悄在心裡鬆了口氣。

樂聲適時響起，此乃催妝之意，催促新娘登轎。

傅念君與父兄辭行，傅琨臨到頭，一句話都說不出來，只朝她微微擺手。

傅念君心中一酸。

傅淵叮囑了她幾句：「妳只記著，妳還有娘家，萬事不要逞強。」

錢婧華也被這氣氛催得濕了眼眶，緊緊握住了傅念君的手。「妳……一定要照顧好自己。」

一直深居簡出的二夫人陸氏今天也出現了，不顧旁人側目，一心要送傅念君出嫁。

「二嬸……」傅念君主動握住她的手。

陸氏輕輕拍了拍她的手，傅念君未竟之言，她心中明白。

她教過傅念君很多，傅念君一直沒有機會感謝她。

陸氏只對她道：「謹聽妳父兄之言，夙夜無愆。」

旁的，也沒有什麼好叮囑的了，她知道這孩子聰慧，定然能過好自己的日子的。

陸婉容站在陸氏身後，一雙眼睛紅通通，看著傅念君動了動唇，說不出話來。

傅念君將手伸過去，握住她的。「四嫂，妳要保重。」

陸婉容點點頭，輕聲說了三個字：「妳也是……」

傅念君在心裡告訴自己，這是她的四嫂陸婉容，不是她前世的母親陸婉容了。

她突然有些欣慰。前世今生，都是嫁人，卻有這樣大的不同。

眼前出現一雙黑履，傅念君心中一跳，因為這雙鞋的主人。不知道他的傷好沒好了？能不能經得住這勞累？

打著同心結的紅綠彩絹作為彩巾，一頭被遞到了傅念君手裡，她握住，彷彿周毓白的心跳也跟著傳了過來。

她看不見他的模樣，只能見到他穿著黑履的腳在自己眼前走動。

「走吧……」

他的聲音在傅念君耳邊響起，清清淺淺，比古琴聲還要悠揚縹緲，就像之前，能讓人一下子就忘記自己身在在吵雜喧囂的大堂之中。

走吧。只這樣兩個字，傅念君知道，她就會義無反顧。

往後天涯海角，她都會隨了他去。

傅念君踏出步，跟著彩巾的方向……

周毓白牽著她走出傅家大門，他身邊的隨從依規矩在馬前撒下幾個紅包，每個紅包裡裝幾個小錢，小孩子哄搶著。

新娘上轎，一路吹吹打打，贏得百姓無數喝彩，才終於到了淮王府門口。

平素百姓成親，門前皆有攔門之人，吵吵嚷嚷地要禮錢，只是這是親王大婚，不可能胡鬧，如此只添了幾分莊重。

傅念君下轎，踏著紅綢行走，由侍女扶著跨過了馬鞍，入了中門，又要坐虛帳，種種禮儀，甚為繁瑣。

至中堂，兩人行參拜大禮，因為周毓白的父母乃是帝后，不便隨意出門，要等明日他二人進宮參拜，於是這參拜大禮，兩人只拜了天地，由主婚人宣布禮成。

接著，新人被簇擁回了洞房，此時周毓白的臉色已經有些不好看了，卻依然在圍觀人群的熱鬧呼喝聲中笑著用秤挑開了蓋頭。

紅蓋頭落地，堂中人皆驚呼。

「王妃好生俏麗！」

滿室璀璨光華，都不及佳人舉手投足間的一顰一笑。

觀禮的夫人不禁在心中感嘆，從前只聽聞這位傅二娘子的是是非非，皆是不堪，原來是明珠蒙塵，此番拭去塵埃，才真正引人注目啊。

傅念君一直垂著眼，遵守著新婚的規矩，既不過分羞怯，也不表現得慌張失措，臉上是端莊大方的笑容，緩緩抬起下巴，目光平靜地掃過眾人。

她在往周毓白瞥去時，第一眼並非注意到他今日極俊的打扮，而是立刻發覺他臉色的不對勁。

只一眼，當下什麼新嫁娘的嬌怯羞澀都丟了去，只擔心他身上的傷。

周毓白的視線和她對上，頓時覺得身上傷痛減輕。他的目光像一潭溫柔湖水，柔柔地鎖住她。

他等這一刻，真的等了太久。

但是看見她此般，他覺得等待是值得的。

周毓白在她身邊坐下，傅念君擔心他，卻不敢出聲，只能一雙手緊緊絞著嫁衣。

兩人無法交流，作為新婚夫妻，他們必須盡責地在眾人面前「表演」。

此時禮官用金銀盤子盛金銀錢、彩錢和雜果，拋擲於床上，稱為撒帳，傅念君沒有被東西砸到，因為周毓白側身替她擋了大多數。

有人在旁調侃：「王爺好生護妻啊……」

伴娘走上前，先打散新婚夫婦的髮髻，而後把二人的頭髮繫在一起，梳成一個頂髻，此乃結髮儀式。

伴娘一邊結髮一邊吟唱詩句，將傅念君和周毓白二人的頭髮繫在一起後，又遞給他們一人一個紫金小缽，缽底用紅、綠絲線打著同心結。

這是合巹禮，他們需要用此缽喝酒。

傅念君心裡著急。他受了傷，怎麼能喝酒？她不顧禮儀，開口小聲問道：「都要喝盡？」

有位夫人笑著接話：「自然是要喝盡的，喝了，王爺和王妃今夜才能圓圓滿滿、和和美美。」

眾人都忍不住笑起來。

周毓白知道她的擔憂，朝她笑了笑，手上微微動了動，執起紫金缽，一飲而盡。

傅念君只好跟著喝了。

飲罷，兩人一齊丟掉酒具。新娘需要用力擲下，新郎則輕輕一拋——

小缽落在地上，一個跳，一個不動，意味著會生很多男孩。

觀禮的眾人齊聲贊禮：「好兆頭。」

歡呼聲平息，伴娘又遞上「定情十物」。她從第一個盤子取下手鐲，邊往新娘手上套，邊吟唱：「何以致契闊？繞腕雙跳脫。」

接著又從盤中取下第二件定情物臂釧，給新娘套上，吟唱道：「何以致拳拳？綰臂雙金環。」

如此一直吟唱到第十件。

傅念君心中不耐，可又不能催促，還必須配合表演著羞澀，可鼻前似乎已經聞到了淡淡血腥氣，她心急如焚，無限盼望這繁瑣的禮儀快些過去，能夠讓他歇一歇。

一輩子只有一次的婚事，在傅念君看來，沒有周毓白的安康重要。

周毓白似乎察覺到了傅念君的不安，在眾人不注意下偷偷在後頭用手扯了扯她的裙子。

傅念君能夠感受到，他是在安慰她，讓她不要心急。

終於，儀式結束，周毓白還需換了禮服至中堂宴客。

雖然今日六皇子周毓琛同日舉辦婚禮，不可能滿朝文武皆至淮王府，但是依然有幾位大人不可怠慢，周毓白不得不去應酬。傅念君和他說不上話，等婚房裡的人都退去，她連忙叫來穿戴得

喜慶的芳竹。

「妳去前院找郭護衛或陳護衛，一定要注意殿下，不能再讓他飲酒了。」

芳竹領命下去了。

傅念君不習慣不親近的人伺候，只留了兩個陪嫁過來的小丫頭打掃，讓儀蘭替她更衣。

儀蘭勸她：「娘子且不必太擔心，殿下一定會沒事的。」

傅念君蹙著眉，「也不知有沒有儐相替他喝酒……」

換妥了衣裳，儀蘭引傅念君回了內室。

「娘子還是先吃點東西吧，一直餓到晚上怕是要熬不住的。」

傅念君應了，食不知味地吃著預備好的席面。

一直等到了夜色深濃，喜宴正酣，傅念君的心一寸寸提上了嗓子眼，豎起耳朵留心外頭的動靜。

芳竹回來同她稟告了，今日有歸義軍節度使之子方天益和殿前神騎指揮使宮瓚替周毓白喝酒。這兩位儐相都是武人出身，酒量想來不差，傅念君才算放心了。

賓客還未散去，新房裡的紅燭焰火跳了跳，傅念君聽到門外的響動，示意身邊丫頭，兩人連忙去開門，周毓白被單昀扶到了門口。

他的手扶著門框，微微喘著氣，芳竹和儀蘭看得膽戰心驚。

單昀很快就鬆手，向芳竹和儀蘭點點頭，不好意思地退下了。

周毓白帶著些微酒氣踏進房門，傅念君站起身，也顧不得旁的，迎了上去，問出今日同他說的第一句話。

「傷怎麼樣？」

她聞到了他身上的酒味，不重，也不討厭，甚至還帶了些馥郁芬芳，掩蓋了適才她隱約聞到的血腥味。

周毓白並沒有喝多少，他有點站不住，確實是因為身上的傷。

「我沒事。」

他微笑著握住了新娘的手。屬於他的新娘。

傅念君立刻吩咐丫頭去置辦熱水，自己則將周毓白攙扶進內室。

周遭是一片晃眼的紅，龍鳳喜燭燃著，連那頂帳幔都是極其豔麗的顏色。

周毓白自己住的地方，何時這樣繁麗過，他一時看著也有些失神了。

傅念君早顧不得別的，攙了他坐在床沿，二話不說便去解他的吉服。

「七郎，讓我看看你的傷，你先別動……」

原本該羞怯嬌柔的新嫁娘，此時卻對新婚郎君上下其手，要是說出去，怕是沒人會信。

周毓白捉住她作怪的手，道：「先別忙，這衣裳妳脫不下來……」

吉服厚重，又不能隨便弄髒，起碼也要兩個丫頭來幫忙。

傅念君說：「這有什麼脫不下來的？你先鬆開手。」

他們兩人早就對對方很熟悉了，都曾同榻而眠，傅念君也就少了很多顧忌。

周毓白聞言低笑了聲，手指輕輕在她手背上摩挲。「是，我身上的衣服，沒有妳是脫不下來的。」

傅念君想了想，覺得這句話的意味有些古怪，後知後覺地緋紅了臉。

儀蘭和芳竹重新進來，一起將周毓白的吉服和頭冠卸下收好，傅念君揮手讓她們退下，進了淨房，終於敢伸手拉開他的中衣。

中衣底下的素帛包裹著傷處，傅念君看得心疼，他整個右肩都被包裹住了，行動不便，此時已有紅色血跡從布帛下隱隱約約透出。

難怪看他似乎右手提不太起來，剛才喝酒都是用左手。

「一定很痛吧……」傅念君擰眉道。「你先坐下，我替你重新包紮。」

周毓白沒有拒絕，看著她為自己團團轉地忙碌，用熱水替他擦拭肩背，重新上藥，包紮……

傅念君的手很巧，做起這些毫不費力。

這是他們的新婚之夜，她更加放開了心防，盯著他的傷口，眼神鎮定且澄澈。

周毓白苦笑，反而是他，瞧著她穿著朱衣替自己忙碌的倩影，心猿意馬起來了。

新婚之夜讓新娘子處理傷口，這樣的經歷怕也是天下無雙了。

「好了。」周毓白按住傅念君的手，啞聲制止她。

傅念君驚訝，「還沒處理好……」

他身上的傷有兩處，一處在右肩，另一處在左下腹。

周毓白咳了一聲。「另一處沒事，我自己可以。」他示意還剩下半桶的洗澡水。

傅念君不放心，雖然臉紅通通，依然咬牙說：「七郎，你不用害羞，我可以的，我幫你吧！」

周毓白喉嚨緊縮，低聲說：「妳若要檢查，一會兒再檢查就是，妳若執意留在這裡，反倒是考驗我了。」

傅念君品味他這話中的意思，漸漸地，從頭到腳灼燒，只好低了頭不看他。

「那好吧……你當心傷處別沾著水，有事再叫我。」

說罷，她轉身出了淨房。

水聲嘩嘩，很快又止歇了。

周毓白換了件月白色的貼身細錦長袍出來，袖口和衣襬上都沾著水漬，髮梢也有些濕潤。
他出來一看，傅念君已經鋪好了錦繡被褥，乖乖地坐在床沿望著紅燭發呆。
周毓白笑了笑，坐到她身邊，伸手握住她的手，輕輕放在掌心摩挲，問：「怕嗎？」
聞言，傅念君微笑著搖搖頭，抬眸望進他的眼睛，目光堅定無畏。
「不會怕的，往後……永遠都不會。」
與他比肩攜手，她覺得自己有用不完的勇氣。
聽了她這話，周毓白心中也是一片暖意。
這是他們的洞房之夜，可是望進彼此眼中，看到更多的不是激情澎湃，而是相知相守的決心。
他們走過了很多路，經歷過很多事，到現在為止，身邊依舊障礙和磨難重重，可因為她這句「不怕」，周毓白也一樣無怨無悔。
前途艱險，卻不會再有不安和膽怯。
周毓白更用力握緊傅念君的手，在燭火照耀下，清俊無雙的他，微揚的鳳目裡皆是柔情。
他微微對她笑道：「今日操勞，想必妳也累了，先吃點東西吧……」
傅念君紅著臉，搖搖頭，輕聲說：「我吃過了。」
大婚這一日禮節繁瑣，她的心情忐忑又雀躍，到了此時，卻不覺得累。
周毓白摸了摸她鬢邊的發，笑道：「那早些歇息才好。」
他心疼她今天辛苦，而傅念君卻在擔心他。
「你的傷現在……」
周毓白淡笑。「不礙事，妳既不睏，我們說說話。」
在這樣的日子裡，兩個人似乎有說不完的話，可又覺得什麼話都是沒有必要的，他們早已兩

心相通，再無隔閡，此時此刻，只有滿滿的溫情。
「夫人，日後諸事，要多勞煩妳了。」
傅念君露齒而笑，「我也要多勞煩夫君了。」

§§§

第二天醒來，傅念君依然覺得睏倦，晨光朦朧照進帳子，卻讓人越發想睡。耳邊有聲音勸她：「還沒叫起，再睡一會兒……」
傅念君掙扎著睡意抵抗。「我不睡了，今天還要進宮拜見官家和娘娘。」
周毓白見她明明眼睛都睜不開，還要堅持，既心疼又好笑。他嘆道：「宮裡下過旨意，不用那麼早，午膳前去就好了。」
傅念君終於成功坐起身，迷迷糊糊地說：「沒有這樣的道理吧，第一天我不能賴床！」很有決心的樣子。
周毓白比她早醒，倒也沒有這麼難起。
沒多久，丫鬟就準備好服侍兩人洗漱了。
傅念君不習慣不親近的人隨便進房，可第一天伺候新房的，是兩位宮裡的姑姑，她曉得她們必須要對宮裡有交代，也不能說什麼，只讓芳竹和儀蘭替自己穿衣。
周毓白那裡，傅念君擔心他身上的傷藏不住，就自己去替他收拾更衣。
兩位姑姑見狀，都誇讚她賢慧。
傅念君替周毓白整理領口，聽見他說：「從前我這裡不愛用侍女，但是如今妳嫁給我做妻子，也不方便再讓單昀他們進來伺候，往後……」

傅念君笑看了他一眼，趁沒人注意的時候輕聲說：「我每天替殿下更衣不好嗎？還是殿下更喜歡侍女伺候？」

周毓白笑著替她拂開額邊一縷碎髮，滿眼皆是溫柔。

「只怕王妃辛苦。」

「沒有殿下辛苦。」傅念君正好低頭替他理著腰間宮絛和玉佩，下意識回了一句。

周毓白好笑道：「妳也知我辛苦？王妃這般體貼，實在讓我受寵若驚。」

傅念君想了想，繼續說：「我也挺辛苦，嫁人真是累人的事。」

周毓白被她逗笑了，牽住她的手往外走。「用膳吧。」

傅念君雖然有些莫名其妙，卻很享受被他牽著手的滋味。

兩人一起坐下，用了一頓簡單精緻的早膳，隨後又整理了儀容，登上了早已候著的宮車。

傅念君和周毓白相攜進宮，一起進了舒皇后的移清殿。

舒皇后早已打扮妥當，笑盈盈地等著他們了。

傅念君再進宮，心情有些複雜。她的身分已與以往截然不同了，她已經是淮王妃，帝后兒媳，皇室中人。

移清殿很少這麼熱鬧，舒皇后身邊簇擁著好幾個穿宮裝的女眷，有的傅念君眼熟，有的不太認識。

在內侍的引導下，傅念君和周毓白跪下謝恩。

皇室也像民間一樣需要認親，只不過大家身分都有些高。

傅念君起身後，和周毓白站到右側，抬眼就看到對面的周毓琛和裴四娘夫婦。

裴四娘和傅念君的打扮如出一轍，不過是眉目較傅念君稍微寡淡，身量矮些，不過在眾位光

彩熠熠的皇室女眷中，依然算得上是個秀麗佳人。

齊王周毓琛是一貫的溫文爾雅，只是看在傅念君眼裡，只覺得他興致也算不上高，當然旁人夫妻之事，她不好妄做揣測，只露出合宜的笑容朝裴四娘點點頭。

往後兩人便是妯娌了。

裴四娘畢竟是世家出身，氣度修養是很能上檯面的，何況她本來與傅念君也無仇無怨，見到傅念君朝自己微笑，也一樣回了個笑容。

隨著內侍的高聲唱和，皇帝擺駕到了移清殿，眾人都依禮迎接。

皇帝今日心情很好，大步踏進殿中，朝左右道：「不用這麼拘禮，就似平民百姓一般，朕今日也不過是來認認新婦的。」

眾人平身，兩對新人比肩站在堂中，向帝后再行大禮謝恩。

皇帝摸著鬍子微笑，稱讚道：「佳兒佳婦，賞！」

內侍立刻呈上早就預備好的見面禮，四人又依次道謝。

皇帝喜歡民間作風，也為了彰顯與民偕樂的風範，便也遵了民間的規矩，喝了新媳奉上的新茶，滿意地朝身邊的舒皇后道：「兩個媳婦都是好孩子，梓童往後也不必受累了。」

舒皇后溫婉地笑了笑。

皇帝這句話也是跟民間學的，旁人家裡，娶了新媳婦，婆母自然可以享福，可是這宮裡哪會一樣？她是六宮之主，如何會有不受累的一天？

舒皇后曉得皇帝脾性，只淺淺地笑。「是啊，官家，是我們有福氣了。」

皇帝微笑，眼神落到堂下兩位新媳婦身上。

對於裴四娘他是沒有什麼印象了，可對於傅念君，他還是記得的。

「老七媳婦……」

傅念君聽皇帝點了名，上前行了個禮，喚了聲「聖上」。

皇帝笑著擺擺手，「都是一家人，妳往後跟著老七稱呼就是。」

天家也似民間，平素不正式的場合都稱爹娘，不稱父皇母后的。

「若是今後七哥兒待妳不好，自可以進宮找妳母親訴苦。」

這話自然是皇帝的玩笑話，舒皇后湊趣道：「她是個好孩子，只怕寧願自己多容忍七哥兒，也不願來告狀的。」

皇帝點點頭，說：「傅相教養的女兒，朕自然放心。詩詞寫得好，說話也俐落，確實是老七有福啊。」

旁人都在一旁奉承，是皇帝促成了美滿姻緣。

皇帝在眾人面前這樣一番誇獎，是給足了傅念君面子，可傅念君生怕皇帝再將注意力放在自己身上，反而是幫自己引旁人猜忌了。

她不用看也知道，與自己同日大婚、同日進宮面聖的裴四娘被這樣忽略，她的臉色一定不會很好看。何況堂中還有幾位女眷，滕王妃、崇王妃、安陽公主等，都是皇家自家人，自己實在沒有必要太出風頭。

好在舒皇后適時地岔開了話頭。

「如今兩個小的也成親了，官家總算了卻一樁心事……六哥兒和七哥兒算真的成人了，更該和幾位哥哥好好學習政務。」

若說上頭幾位哥哥能讓周毓琛和周毓白學點什麼，其實還真是沒有。

舒皇后這麼說，不過是給在座的女眷一些面子。

皇帝笑著點點頭，掃視了堂中幾位女眷，點名滕王妃和崇王妃，說：「往後妳們都是妯娌了，老六和老七的媳婦年紀小，妳們做嫂子的，要看顧她們些才是。」

滕王妃和崇王妃皆誠惶誠恐地應了。

滕王妃是周紹懿的母親，一向體弱多病不愛出門，一張臉白慘慘的，皇帝和徐太后都不大喜歡她，若非今天這樣的場合，她也不會出席。

崇王妃就是傅念君前世的婆母，也是世家出身，和裴四娘的娘家還沾親帶故。崇王是已故元后孫氏之子，孫娘娘的父親孫德是前朝權臣，早年朝政還多有前朝舊臣滲透的情況下，崇王妃的娘家也是留著幾分風光的，但到了如今，她也知道時勢不對了，便深居簡出，努力做個隱形人。

傅念君多少瞭解這位前世的婆母，人不壞，膽子也不大，無功無過，很中庸的一個人。

當然此時的崇王妃比傅念君記憶中年輕很多，圓盤臉，端莊立在一旁，同滕王妃間或說一兩句話，絕不會出頭。

舒皇后讓幾位妯娌互相見禮，皇帝皺起眉頭，有點不悅地朝舒皇后道：「老大家媳婦呢？她又推脫身體不好？」

舒皇后有些尷尬，敢忙打圓場：「大哥兒媳婦早和妾身告過罪，實在是怕病氣過給兩個新嫁娘，衝撞了好好一樁喜事。」

皇帝顯然是對肅王妃長年不滿，一向不對人有什麼脾氣的帝王難得露出這樣的神色。

「她是長媳，卻這般不曉事，老二媳婦也體弱，卻還給足了兩位弟妹面子，只她十幾年如一日。」皇帝板著臉道。「梓童毋須為她說話，我知妳性情溫和，下不了狠手管教，只恨徐氏擋在前頭，平白縱出這樣的脾性來。」

皇帝將肅王妃的錯怪罪在徐德妃身上，多少是遷怒。

傅念君心知肚明，他對徐德妃的厭惡是日積月累的，而肅王娶的這位王妃，本身在出身和能力上沒有占著什麼優勢，又引得皇帝對徐德妃更加有怨。

因此她更好奇，這肅王妃到底是個什麼樣的人物？

出身平民的王妃也不是沒有過，如滕王妃，甘願嫁給一個傻子王爺，也不會是多高門顯貴出身，她在帝后面前，乃至於在傅念君和裴四娘面前，都表現得有些惶恐謹慎。

她心裡低人一等的想法是難以抹去的。

傅念君原本以為肅王妃也該是這樣的人，如今看來卻不是如此。

她都敢這樣拂帝后的臉面了，必然與眾不同。

而且更深一層想，肅王這樣在意儲位，竟然容許自己的妻子這麼拖後腿，看來這位肅王妃確實魅力十足。

舒皇后見皇帝不開心，便打圓場，吩咐裴四娘和傅念君：「去慈明殿拜見太后娘娘吧，讓她也看看兩位標緻的孫媳婦。」

幾人便前往慈明殿。

傅念君發覺不僅她和裴四娘緊張，就連滕王妃和崇王妃對於見徐太后也都有點緊張。

徐太后懶得應付她們，一一送上了見面禮，也沒多說話，留她們略坐了坐，一行人很快就出來了。

周毓琛和裴四娘還要同滕王妃、安陽公主等人一道拜見張淑妃，畢竟張淑妃是周毓琛的生母。裴四娘也很懂得人情世故，早就與嫂子滕王妃、小姑安陽公主搭上了話。

雖然張淑妃不喜歡滕王這個傻兒子，也不喜歡滕王妃，連安陽公主都不耐煩搭理這個病歪歪的嫂子，但裴四娘卻沒有表現出一點輕視，對滕王妃很是恭敬。

他們都是張淑妃的親人，自然沒有周毓白和傅念君的事，他們要回的是移清殿。兩對新人分別，傅念君對落單的崇王妃笑了笑，崇王妃也對她點點頭，與他們一道，重新回去見舒皇后。

回到移清殿時，皇帝已經不在了。

舒皇后對他們道：「官家有些政事要處理，但會過來陪我們一道用午膳。」舒皇后的目光望向傅念君，朝她微微笑了笑，才對兒子說：「七哥兒，用午膳前我和你媳婦說幾句話。」

周毓白不可能阻攔，只朝傅念君遞了個眼神過去。

一上午忙忙碌碌地跪安謝恩，兩人嚴守著規矩，連話都說不上。

周毓白怕傅念君辛苦，傅念君也怕他身上的傷勢有礙。

兩個新婚燕爾的夫妻只一個眼神交流，看在旁人眼裡都是濃情蜜意，舒皇后和身邊的女官交換了個眼神，眼裡盡是笑意。

「他是怕我欺負他媳婦了……」

周毓白離去後，傅念君單獨與舒皇后說話。傅念君不知該與婆母說些什麼，難免有些忐忑。

「好孩子……過來些。」舒皇后招招手，讓傅念君坐到自己身旁。

「娘娘……」傅念君有些不習慣。

舒皇后拍了拍她的手，含笑道：「不要怕，念君，我不過是和妳閒聊幾句……」

舒皇后為人溫和，說話也輕聲細語，她先是像尋常婆母一樣交代了些夫妻生活瑣事，叮囑他們和睦相處，互相理解包容，然後才說起了周毓白小時候的事，她臉上似乎有些淡淡的悲傷。

「我其實不是個好母親……七哥兒與我算不上親近，相信妳也能看出來。從他小時候起，我便刻意與他保持一定的距離。」

周毓白和舒皇后確實不如周毓琛和張淑妃那般親密無間，說不親近也不是，不如說是克制。

舒皇后的眼神平靜堅定，眸色微淡，這雙眼睛讓傅念君覺得很熟悉。

「因為我必須時刻記住自己的身分，我是皇后，而後才是他的母親。」

她靜靜地聽舒皇后說下去：「那時候孫皇后去了，官家、太后娘娘、前朝和後宮，都需要一位皇后。念君，我知道妳是個聰明的孩子，妳懂我的意思，我被選中，也都是命……」

傅念君當然明白。

舒皇后是二十年前皇帝和前朝妥協的犧牲品，她能坐穩這個位置，是用自己的智慧和胸襟換來的。前頭的孫娘娘就是沒有想明白，她先將自己視為皇帝的妻子，然後才是皇后，結果呢？她鬱鬱而終，留下一個有殘疾的兒子不尷不尬地活著。

舒皇后早在少女時期就看明白這一點，此生此世，她是脫不開皇后這個頭銜、離不了後宮的，她不能讓自己成為孫皇后，也不能讓周毓白成為崇王。

而事實證明，她做得很成功。

若是當初她對兒子表現出如同張淑妃一般的愛護，或許今天皇帝看待周毓白就是完全不同的態度了。

舒皇后說這些的時候，沒有怨天尤人，眼中只有經過歲月淬煉後的平靜。

傅念君第一次這樣貼近地感受到她是個什麼樣的人。

她終於也能明白，她為什麼會生下周毓白那樣的兒子。

「我生下七哥兒後，很是彷徨了一陣子，可是做出決定後，就再也沒有後悔過。一歲時他就離開我身邊，十天半個月向我請安一次，跟他那些哥哥們別無二致。我知道，晚上他會一個人把自己鎖在屋子裡念書，別的孩子都會向母親求表揚和鼓勵，他則從來不說，做什麼都是在磨性子，官家越來越喜歡他，可是我從沒表現出欣喜。

「有一年他學馬，和六哥兒一起摔了，我都沒有去抱過他。當時太醫院的所有太醫都讓張淑妃叫走了，我只能叫人偷偷送一瓶傷藥過去，三天后，他若無其事地站在我面前微笑，說往後自己那裡也會常備傷藥……這些年，他過得很辛苦，可是他從來沒有怨恨過誰，包括對六哥兒……他和他六哥是不一樣的，我不能給他庇護的羽翼，只能放任他在風雨中磨礪，自己長出羽翼。」

是啊，所以才有了今天的周毓白，傅念君想。所以他有這樣運籌帷幄、胸懷天下的氣度，所以他能收服這麼多能人異士為己所用。

皇宮的複雜是常人難以想像的，周毓白被雕琢出來的堅韌和魄力，也付出了等值的代價，而其中的痛苦，也是常人無法揣想。

舒皇后嘆了口氣。

「這孩子的性子看來溫和，其實溫和底下蘊藏著滾燙濃烈的岩漿，他不服輸，也不會認命，冷靜又偏執。念君，他對妳的情意……是這麼多年來，我第一次見到他最不遺餘力、毫不掩飾去爭取的。」

舒皇后望進傅念君的眼睛，傅念君不由得呼吸一窒。

原來舒皇后是真的將她視作周毓白人生中最特殊的存在，甚至超過她自己。

舒皇后繼續說：「這輩子，在母子緣分上，是我對不起七哥兒……但是好在，他娶了妳，妳或許是唯一能夠讓他安心安定的人，也是唯一可以傷害他的人。念君，我把他交給妳了，就當我拜託妳，請妳一定要幫我照顧好他，讓這孩子往後的人生……不要再那麼苦。」

傅念君覺得有些心酸。她同情舒皇后嗎？不，這樣內心強大的女子，並不需要她的同情。她同情周毓白嗎？更不，他是她愛的男人，是她仰望的人，任何時候，他都不需要她來同情。

傅念君回握舒皇后的手。「娘娘，您……很不容易。我都明白的，您放心，我們往後一定會好好過下去。」

她待周毓白，何嘗不是一片赤誠？她曉得自己的感情不是為了他的權勢，也不是為了他的未來，更不為他的遭遇，她只是為他這個人。

舒皇后微笑，看到了她眼中的光芒，如磐石般不可動搖。

這些話，往後她都不會再說。這兩個孩子的人生，她無法參與，而她也相信，憑這兩個孩子的性情能耐，也不需要她來指手畫腳。

就像在萬里奔馳的路上，她一直擔心的無人可靠的兒子，終於能夠找到並駕齊驅的伴侶，他也能像普通的男人一樣，享受人世間最可貴的溫情和溫暖。舒皇后確實感到欣慰。

婆媳兩人說完了話，也開始傳膳了，舒皇后去淨手更衣，周毓白終於有機會站到新婚妻子身邊。

「妳們說什麼了？」他很好奇。

傅念君漫不經心地回答：「是娘娘擔心你欺負我，教我法子治你呢。」

周毓白笑道：「欺負妳麼？什麼法子？」

傅念君轉頭朝他笑，「你欺負我試試，自然就能領教了。」

周毓白見她望著自己的眼神柔得似能滴出水，一時有些走神，直到傅念君走開了才回神。

午膳時分，本來說要過來一起用膳的皇帝沒有出現。

內侍通報，說聖上留在張淑妃那裡吃午膳。

舒皇后面色平靜，不如說早就猜到了，淡定地吩咐開席。

兩個兒子同時娶親，第二天同時進宮謝恩，皇帝陪誰吃飯，這樣的機會張淑妃不可能不爭。

但是舒皇后不在乎，周毓白更不在乎。

皇帝的去留，是這移清殿裡小到不能再小的一件事。

傅念君漸漸發現，或許這些年對大大小小此類的事情，在乎的，從頭到尾只有張淑妃一個人吧。

她在自己的國度裡和自己比較，那自然是常勝將軍，戰無不勝，而其實舒皇后早已得到她想要的了。

兩人用完膳，坐宮車出宮，車上傅念君還在想著舒皇后的種種言談，連周毓白和她說話都沒有聽見。

他一隻手在她眼前晃了晃，被她用一雙手捉住捧在手心裡。

「妳在想什麼，這般出神？」他問道。

傅念君說：「在想娘娘……」

周毓白哭笑不得，「不過是說了一席話，吃了一頓飯，便推崇起婆母來了？這是妳爹爹教妳的好媳婦準則？」

傅念君搖搖頭，「我在想，娘娘還真是你的親生母親啊！」

如出一轍的心智堅定，絕世獨立。

周毓白抽出被她握住的手，摸了摸她的頭，對她道：「既如此，妳多進宮陪她說說話。」

傅念君重新在頭頂上捉住他的手，在他左手虎口處輕輕咬了下。「往後我若生兒子，性格一定要像你和娘娘……」

她一雙眼睛望著周毓白，眼中對他的情感毫不掩飾。

周毓白發現她啊，常常殺得人一個措手不及。

不掩飾喜愛，也不掩飾厭惡。

她對他喜歡得緊，就希望往後生的兒子也如他一個模樣。

周毓白心中柔軟，淡淡笑道：「好，那生女兒就像妳一樣吧。」

突然就討論起兒子女兒的話題來了……明明才新婚第二天。

傅念君笑著搖搖頭，「我可不希望女兒像我。」

像她不好，女兒家還是懵懂嬌憨些才好。受盡父母寵愛長大的小娘子，哪裡會養成她現在這樣的性子？

「那妳希望女兒像誰？」周毓白饒有興致地追問，「外甥肖舅，難不成要像舅兄一般？」

冷冰冰又彆扭，確實挺能唬人。

傅念君低頭抿嘴笑了笑，眼裡閃過俏皮，道：「若是生女兒，我倒希望她福氣厚，能夠像官家……」遇事能躲就躲，平素也挺無憂無慮的。

周毓白心道她膽子倒大，敢編派起當今聖上了。

「那……」周毓白貼到傅念君耳邊，曖昧低語：「恐怕王妃要受累些，我們得一起盡快完成目標……」

傅念君斜睨他，羞怯裡有幾絲不服氣。

馬車正好到了王府門口，周毓白勾唇笑了笑，給她一個意味深長的眼神後，先她一步下了馬車。

只一個眼神，傅念君就被他瞧得全身發燙。

她私以為，淮王殿下這般人物的眼神，足夠傾慕他的女子牢記十年，每每想來，都是無限美好。

書裡說，美人一顰一笑可勾魂攝魄，她覺得這話放在他身上一樣可行。

淮王夫婦自宮中回來，就躲進新房，也不叫人進去伺候，好在淮王府本來人就不多，僕從更沒人敢去管主子，旁人家裡嘮嘮叨叨的老僕，淮王府裡一個都沒有。

這座王府就像周毓白的另一個映照，就算他不是一個會在家事上花心思的人，但也絕對不會容許別人在他的家中有決定權。

而單昀、郭巡等一干單身漢，也早就自覺地離主院遠遠的，生怕一個不小心受了刺激。

新婚頭三天，新郎新娘便是再大的事也可以拋諸腦後，傅念君從前以為周毓白不是這樣的人，現在卻是大大改觀了。

她確實私心不想讓周毓白忙碌起來，他身上的傷還沒有大好，禁不得折騰。

不過夜裡的折騰……她沒法子。

「七郎，你顧著些身上的傷吧，來日方長……」

傅念君渾身痠軟地躺在大紅帳幔裡，覺得自己都快成了寺廟裡的和尚，開口閉口都想渡人向佛了。

周毓白琢磨了下這句話，隨後在她耳邊輕聲低笑。

「是我累著妳了，抱歉，不過來日……又是哪日呢？」

傅念君咕噥了聲：「來日就是你傷好的時候嘛……」他就是故意的。

她覺得自己連抬手指的力氣都沒有了，只聽見周毓白叫喚丫頭準備熱水，迷迷糊糊間她只覺得額頭都是熱汗，什麼時候泡在浴桶裡、什麼時候回到床上，都記不清了。

好在夜裡受累，白天倒是可以休息的。

第二天起來，周毓白不急著把家中中饋交到傅念君手上，只讓她先歇息。

傅念君自認識他開始，兩人哪有過這樣從早到晚膩歪在一起的時候。她從前想都不敢想，會和自己的夫君焦不離孟、孟不離焦地黏在一起。

可真當遇到了，她發現一日光陰竟是過得飛快，快得絲毫察覺不到。

芳竹和儀蘭調侃她：「娘子鎮日和殿下在一處，都想不到要叫我們伺候了。」

其實兩人待在一起，也並不就是為了做那敦倫之事。周毓白並非激情之人，他有傷，她又不堪憐愛，夜裡他失了分寸，白天就不會難為她，兩人不過是在一處看看書，她替他換藥烹茶，閒語幾句，就盡是柔情蜜意了。

傅念君總是擔心周毓白的身體，淮王府裡的大廚房做的飯菜也實在乏善可陳，於是當天夜裡，她親自動手給他燉了一盅黨參烏雞湯，十分滋補。

嫁為人婦，洗手作羹湯，傅念君非常享受這種感覺，琢磨著往後要每天給他換一種，補足他這陣子受傷又急匆匆成親損傷的精力才行。

誰知這黨參烏雞湯還引了夜裡郭巡他們幾個的一番談話。

做光棍的，大晚上只能自己圍著個熱鍋子汆肉吃，反正現在主子流連溫柔鄉，沒人會來說他們。

經歷過北上那一番，郭巡幾個也沒機會好好歇息，趁著周毓白新婚這幾日，才能鬆鬆骨頭。

張九承喝多了酒，早歪在旁邊打瞌睡了。

郭巡便和幾個周毓白的親信繼續閒聊，聊著聊著就又唸叨起那兩位。他早前就在灶上聞到了那香味撲鼻的好東西，感嘆地晃著三根手指。

「才三天呀……這就喝上了烏雞湯，嘖嘖嘖……」

他這嘖嘖嘖很有點意思。

陳進接口道：「王妃體貼郎君受傷，這又怎麼了？」

郭巡嘆了一聲，「你曉得個什麼……也不知多久就該用上什麼鹿茸虎鞭了……」他是怕隔幾日見到郎君，他得瘦一圈。

單昀正好進門來，聽到了，出聲笑罵他：「總是胡嚼，叫郎君知道了，又要縫你嘴巴了。」

郭巡沒少吃過嘴碎的苦。他呵呵地笑，招呼單昀一起坐下，對他道：「單護衛如今也清閒了吧，從前總是守在郎君左右，寸步不離。」

單昀也尷尬了一下。他現在可沒那膽子寸步不離。

就拿昨天來說，他又不識抬舉地照著老時間老規矩去周毓白房門口站樁，隱約聽到了不該聽的聲音，當即嚇得扭頭直奔前院，不敢再多逗留。

他曉得自家主子，這麼些年了，統共也就這麼一個女子上了心，歷經千辛萬苦抱得美人歸，就是身上帶著傷也不肯稍緩婚事進程，那種黏糊勁，怕是沒個十幾二十天緩不過來……

郭巡了然地拍拍他的肩膀，「等過了這陣子，單護衛可以去向王妃求一求，你也想成親了吧？」

單昀盯著郭巡的臉，拍掉他的手。「不是我，是你自己吧？你都快三十了，還沒娶上個婆娘。」

陳進啃著骨頭接話：「現在郭達都回來了，郭護衛又得和弟弟相依為命，每天大眼瞪小眼，娶妻，怕是難喔。」

他不說還好，一說郭巡就來氣，把大腿拍得啪啪響，驚醒了歪在一旁瞌睡的張九承。

「那個渾小子，休再提他！」

幾人見他一臉憤恨，忙問因由。

郭巡才道：「我道他這麼長時間在傅家當差，也挺辛苦，這渾小子常和我說，自己在傅家又是施花肥又是倒馬糞的，很想快點回來，誰知道……」

郭巡連連冷笑。

「他做了王妃的陪嫁過來，我一瞧，養得白白胖胖不說，還挺得臉，王妃的貼身丫頭都往他身邊湊，和那個總穿碧色衣衫的丫頭兩個人在葡萄架底下勾勾搭搭的，你們說氣人不氣人！」

幾人明白過來，說白了，是這傢伙眼紅弟弟的桃花。

要說勾勾搭搭還真是冤枉郭達了。他和芳竹素來不對盤，兩個人如歡喜冤家，兩天不吵一次傅念君都得覺得稀罕。

「當初我們那短命的爹娘死得早，那小子是我把屎把尿拉拔大的！」郭巡越說越憤慨，還帶了些隱隱的憂傷。「我把他養到十八歲，還送他去習武識字，跟在郎君身邊學本事，現在倒好，我還是個老光棍呢，那小子就興沖沖地享受小美人的殷勤了！」

郭巡的神情很激動，捏著酒碗的手發緊。

單昀、陳進他們有點理解他這種複雜的心情。

其實他拉拉雜雜說一堆，就是兩個意思，一來，郭巡是捨不得弟弟長大，難以接受弟弟也快要娶妻這個事實，二來，他自己的感情事沒著落，弟弟要是先成家，他就孤孤單單一個人，他這是在鬧彆扭呢。

別看郭巡這樣威武雄壯的一條大漢，其實那心思還挺細膩的。

單昀拍了拍他的肩膀，勸慰道：「喝酒吧喝酒吧，有些事急也急不來的，再怎麼著，我們這幾個陪你呢。」

再說下去，他真怕郭巡當場抹眼淚給他看。

陳進也在旁補充道：「是啊，你也不用太傷心，看張先生，都六十多歲了，還不是沒媳婦。」

張九承聞言忍不住咳了一聲，提醒他：「老朽已經醒了……」

陳進：「……」

張九承坐起身，幾個小輩依禮給他讓位。

雖然張九承不講究，但是他作為周毓白的幕僚之首，不肯住單獨的院落、用單獨的下人，喜歡和他們這些大小夥子擠在一起，他們做晚輩的，該有的禮數還是得拿出來。

張九承沒這幾個小子那些心思，看著周毓白這個領頭的光棍娶了媳婦就各種受不了。

他笑瞇瞇地舉著酒杯，說：「你們啊，跟著郎君用心個幾年，往後功成名就，哪裡還用操心這些？金錢美人，到時都是招手即來啊。」

陳進最耿直，回道：「張先生，您都這把年紀了，跟著郎君還求這個啊？難不成那金錢美人您還有福氣消受……」

張九承強忍住脫鞋抽這小子的衝動，只瞪了他一眼。「我當然不是！我是在提醒你們，先別想什麼溫柔鄉美人懷的，大事就在眼前，別懶了骨頭錯過機會！」

這幫渾小子，腦子不好使，還聽不懂人話，老是亂抓重點。

眾人平日都很尊敬他，他們覺得能和周毓白腦袋的想法搭得上橋的，都十分厲害。

這位張先生自然是屬於那種厲害人物。

當然，還有一位，就是新進門的王妃了。

所以他們很願意聽張九承的提點。基本在判斷大事方面，張九承不會出錯。這裡的幾人都是周毓白的心腹，跟著他一起北上，知道他受傷經過的。

張九承也不用隱瞞，哼了聲，晃了晃酒杯裡的酒。「遼國使臣和西夏使臣不日就要進京了，今年是官家登基三十年，萬國來賀，你們覺得會這樣輕輕鬆鬆度過？」

郭巡來了勁頭，接道：「先生莫非是說，京裡要出亂子了？」

張九承恨不得再脫另一隻鞋抽他。一個個的，四肢發達，頭腦簡單。

「亂子亂子，唯恐天下不亂，說的就是你這種人！」張九承白了郭巡一眼。

還是單昀跟在周毓白身邊久了，比較聰明，道：「先生是說，郎君的危險可能還沒有過去……也可能，會引出更大的動靜。」

張九承嘆了口氣，「你們雖是王府護衛，可確切來說是郎君身邊的死士也不為過，他經歷了多少事、度過了多少次危機你們也都有數，現在他娶了妻，說不定很快就有小世子了，更容易被人設計，你們啊，得多當心了！」

張九承是個看很遠的人，他也是為數不多能在這歌舞昇平中看出京城暗流湧動的人。

他還有話沒說透，因為這幾個小子也聽不明白。

西北戰局不利，西夏人厲兵秣馬，整裝待發，不可能只放個空炮，而京城形勢更是牽一發動全身，遠遠地決定西北戰事和邊疆安定。

前路艱險，到底有怎樣的難關要度，張九承也說不好，但是他知道一點，周毓白是絕對不會退縮的，而他們，也不能。

陳進嘆了口氣，「郎君確實過得辛苦，不知道幾時才能……守得雲開見月明。」

張九承摸了摸鬍子，「老朽估摸著，快了，也該是時候了……」辛苦經營，看到結果的日子

不遠矣。

郭巡聞言點點頭，倒是很有信心。「郎君都順利娶到傅娘子，這是個好兆頭吧，我瞧著齊王殿下那位王妃，可及不上我們這位。」

「齊王……」張九承若有所思。

單昀卻不滿郭巡總是將注意力放在傅念君身上，對他道：「你還是少胡亂議論王妃得好，傳到郎君耳裡，當心讓你接替郭達的職務，也天天去施花肥運馬糞。」

郭巡在心裡暗暗嘀咕，郎君怎麼會是這樣小心眼的？

張九承此時卻接話了：「郭護衛這句話倒是沒說錯……咱們這位王妃，確實是不容小覷。」

郭巡心道，他都這把年紀了，這麼關注王妃，才叫不妥吧！

單昀咳了聲，打斷這古怪的氣氛。「張先生的話我們都記住了。」說著，「啪」一聲拍在郭巡肩膀上，拍得他齜牙咧嘴。「你也該練練了！」

單昀不客氣地指責郭巡懈怠，假裝沒看到他不滿的目光。

「從明日開始，重新加強訓練，府裡的護衛工作不可鬆懈。」

他視線掃過圍爐的幾人。「你們手下的人，都要盯緊了！」

單昀無疑擁有掌管所有護衛的最大權利，他這樣說，其他人不能不應。

郭巡在心裡叫苦，原本以為郎君成親，他們能偷懶的，誰知這老兒一番話，他們又要開始過苦日子了！

張九承微眯著眼，他考慮的角度是從幕僚出發，只是覺得周毓白娶了傅念君，無疑在大事上得了一助手，不過喝多了酒的幾個小子卻不這麼認為，他們紛紛把目光投在他身上，眼神古怪。

怕是比其他幾位王爺的妻子加起來都要有作用。

張九承笑呵呵地用筷子撈著鍋裡剩下的肉片，誇讚單眗幾人：「還是年輕好啊……」

眾人望著他，說不出話來。

§§§

很快就到了傅念君歸寧的日子。

周毓白早就叫人備好了厚禮，一大清早夫妻兩個就回到了傅家。

傅淵和錢婧華早就候著他們，傅淵不提，那臉色有些說不出來的古怪，錢婧華是真的歡歡喜喜迎了他們進門。

傅念君注意到周毓白一副若有所思的模樣，忍不住湊到他耳邊低聲問：「殿下是在瞧什麼？」

周毓白回道：「想起了第一次登門的時候……」

當時邠國長公主來找傅念君麻煩，傅念君彼時和周毓白僅有一面之緣，卻受了陸氏的點撥，大膽上門去找他幫忙。

「我當時幫妳的忙，卻沒有想到會幫成了妳家中的女婿……」他故意在她耳邊說。

傅念君心裡湧起一股羞怯，她拉了拉他的衣袖，輕聲說：「當時……你是不是覺得我特別膽大，就和傳聞中一樣？」

或許是兩人正感情濃烈的時候，傅念君也開始在意起這個，在從前，她根本就沒有在意過，與周毓白初見時他對她的觀感。

周毓白笑了笑，問：「妳想聽什麼？膽大是膽大，也很古怪，或許彼時我也有一點疑惑，想著怎麼她沒有被我迷倒呢……」

傅念君不禁莞爾。周毓白竟然也會對自己說這樣的俏皮話。

她悄悄貼上去輕聲說：「自然是將我迷住了的，只是我不能叫你得意了去。」

周毓白垂眸瞧了她一眼，見她面如芙蓉，神情嬌俏，覺得心底湧入絲絲不可意會的激動，他瞥開視線，心道往後得提醒她注意些，在外頭斷斷是不能再朝自己笑的。

錢婧華早在他們夫妻人說第一句話時就轉頭不看了。

她自己也新婚沒有多久，很能體會傅念君的感受。

只是……她想著自己記憶中的傅念君和周毓白，實在有點難把身後那兩個給對上。

傅念君和周毓白一道去見了傅琨，傅琨見女兒粉面桃腮，眼波水潤，知道她必然過得很好。

他低頭輕咳了聲，留下了周毓白。「我還有幾句話想同淮王殿下說，念君，先去找妳嫂子吧。」

傅念君自行離去，去找錢婧華的時候在門口遇到了傅淵。

「哥哥。」傅念君叫了一聲。

傅淵上下打量了她一圈，才露出個笑模樣來。

「看來淮王殿下待妳不錯。」

傅念君望著他直笑，「哥哥不用擔心我，我一切都好。」

傅淵說：「阿娘想必也很高興能看到妳今天的樣子，等會兒記得去向她上炷香。」

傅念君點頭應了，入內尋錢婧華。

傅家大房如今沒有主母，只有錢婧華一位少夫人，傅念君更加不用拘束，姑嫂兩個湊在一塊兒說體己話。

到底錢婧華成婚沒多久，還沒有那麼厚的臉皮，問不出傅念君的夫妻房事，只連問了幾句：「他待妳好不好？溫不溫柔？體不體貼？」

傅念君點頭。

錢婧華道：「是了，淮王殿下如此君子，自然不會怠慢妳的。」

傅念君調侃她：「嫂子當日嫁來有多少歡喜，我便有多少歡喜，唯一捨不得，就是爹爹和哥哥……」

成了王妃，她也得顧著點身分，不能隨便跑回來。

錢婧華說：「妳放心，我一定會照管好他們的生活起居。妳哥哥……也就彆扭兩天，過陣子就好了。」

錢婧華不是很清楚之前傅淵和周毓白達成的協議，她只覺得周毓白是個完美的夫婿，傅淵實在是挑不出毛病，才更加彆扭的。

傅念君點頭，「家中一切，有勞嫂子了。」

兩人說了會兒話，就相攜去二房看陸氏。

傅家眾人，傅念君都備了禮，三房四房只全了臉面，也不需多用心，只是給二房的格外重些。

陸氏也塞給了傅念君一樣東西，充作回禮，放在精緻的匣子裡。

傅念君以為是什麼寶貝，不肯收，陸氏揮揮手，道：「不是什麼要緊的寶貝，我留著也沒用，妳和三娘一人一份，收好了，回去再看吧。」

傅念君去看陸婉容，想從她那裡得到些暗示，陸婉容卻低了頭，一個眼神都吝於投來。

傅念君只好收下了。

傅念君和陸氏閒聊，她一向喜歡陸氏的說話方式，逸趣橫生，加上錢婧華湊趣，幾人說著話竟差點誤了吃飯時辰。

陸氏打發她們：「快快回去吧，歸寧的日子，卻賴在這裡。」

傅念君想著回去也是和錢婧華兩人吃飯，男女分席，周毓白要應付老丈人和小舅子，於是和

錢婧華商量了，決定將飯擺在陸氏這裡，幾人一同熱熱鬧鬧地吃一頓歸寧宴。

而那邊廂，周毓白和傅琨、傅淵父子入了席，因為人少，傅瀾被媳婦和親娘給扔了過來「交換」，傅淵索性做主，又讓人請了畏畏縮縮的傅溶過來，與周毓白彼此認識一下。

其實今日四房傅允華和自己的丈夫也到了，巴巴地指望能和淮王殿下見上一面，只是等了半晌，根本沒有人來請他們。

四夫人金氏氣得想摔東西，被四老爺又是一頓好罵：「那邊現在是王妃！妳有幾個腦袋惹得起？」

金氏才終於消停了。

三房曹氏不是不想要抬舉，只是她沒有金氏這麼勢利，何況兒子傅游年紀尚小，就是不入筵席也說得過去。她自我安慰了一番，便也沒鬧出什麼動靜。就是女兒傅秋華稍微有點讓人頭疼，一直對傅念君頗有怨言，前一天夜裡還被三老爺傅琅聽到了，他對女兒如此秉性十分厭惡，責罵了好幾聲。

「妳若眼紅妒忌，也趁早尋個機緣去嫁個王爺世子的，就是別鬧得像妳那位四姊一樣下不來臺，丟盡傅家臉面！」

傅梨華的事，現在誰都能拿出來敲打自家不安分、想攀高枝的女兒。

傅秋華不敢頂撞父親，是以傅念君歸寧之日也乖順了許多。

19 主持中饋

吃了午飯，傅念君和周毓白夫妻便收拾收拾回家去了。

再次離開娘家，傅念君的心情有些低落，周毓白看出來了，在車上緊緊握住了她的手，在她耳邊低語：「抱歉，讓妳這樣匆匆忙忙嫁給我……」

傅念君靠在他肩頭，「七郎如何說這樣的話……你若覺得抱歉，可能永遠不娶我？讓我留在傅家一輩子？」

他回道：「自然是不可能的。」

就是早一些和晚一些的差別，他總歸是要娶她的。

「那還有什麼好抱歉的？」傅念君執起他的手把玩，「我不過是有點擔心爹爹他們。」

周毓白拍拍她的手，明白她心中擔憂。「一切有我。」

兩人回到了王府，傅念君將從傅家帶回的禮物都讓人收回了庫房，想起了陸氏給她的禮物，實在是猜不到是什麼東西，就親自打開來看看。

一看，傅念君徹底怔住了。

精工細作的匣子內躺著一本精緻的小畫冊，她翻開畫冊，才明白這是……她頓時整張臉漲得通紅。

替她拿著匣子的芳竹覺得好奇，忍不住湊過來瞧。「娘子，是什麼啊……」

傅念君忙轉身，將冊子收回了懷裡，對她道：「沒什麼。」芳竹一臉狐疑。

此時周毓白也進屋了，見傅念君站著，滿面通紅地喝著茶，走了過去，道：「怎麼了？茶水溫不溫，叫她們重新沏一壺來吧。」

傅念君拉住他的手，搖搖頭，說不用了。

周毓白見她懷中似是露出了一個書角，奇怪道：「這是什麼東西？」

傅念君「啊」了一聲，又連忙捂住。

周毓白越發覺得奇怪，左手摟了她腰肢，讓她偎進自己懷裡，輕聲道：「什麼東西，能讓妳羞成這樣？」

傅念君索性豁出去了，抬手將那春宮冊子擲在桌上。「是我二嬸娘，今日非把這東西給我……」還說她和陸婉容一人一份，害得她以為是陸氏私藏的珍貴傳家寶，想著不能占了傅月華的便宜，心裡還有點過意不去，誰知竟然是……她一點心理準備都沒有。

周毓白挑眉看著那畫冊封面上露骨的男女，面貌神態皆栩栩如生。

不是民間那些粗製濫造的，他想到了陸氏的出身，心道這東西或許是前朝宮裡出來的東西。

傅念君不知道他想的是這個，見他目不轉睛地盯著看，有些著急地去捂他眼睛。

「你別看，別看……」

他不會以為自己是在暗示他吧？她不由得這麼猜。她可沒有啊！

周毓白笑著將視線重新投回她臉上，親了親她的額頭，神態平和。「妳若覺得不好意思，就壓箱子底下去吧，反正……」他略頓，笑道：「即便我不看這個，妳也受不住。」

傅念君瞪了他一眼，將冊子重新塞回懷裡，想著等會兒要確確實實壓到箱子底下，再不叫它

見天日。

§§§

新婚過了三日，傅念君要開始主理王府中饋了。

江埕作為帳房先生，手底下領著幾個得力助手，將王府帳目一一給傅念君呈上了。

淮王府有多少產業、多少進項，以後可都是傅念君拿主意了。

整個王府裡只有一個大管事，姓仲，仲管事年紀大了，還是當年跟著周毓白外祖父的老僕。他得知周毓白娶了妻子，比誰都高興，他年紀大了，也做不了幾年了，如今正好全部讓王妃接手。

傅念君瞧著這些直嘆氣。

周毓白的心思不在後院內務上，也不願意府裡被下人弄得烏煙瘴氣，所以一切從簡，吃穿用度半點都沒有王府的架勢，僕從也少。前兩天傅念君到大廚房一看，灶上的人也少得可憐，難怪郭巡幾個巴巴望著她能好好改善他們的伙食。

府裡養著的這些護衛，都是精壯的大小夥子，確實不能這樣將就。

傅念君打定了主意，決心大刀闊斧治理一下。這頭一樁，就是用人。

她從傅家帶過來的僕從並不多，因為她不習慣用那些早就經歷過幾個主子的老僕，如今到了淮王府，倒是可以培養一批新的苗子。

精挑細選了十幾個丫頭、小廝，還有幾個守寡的婦人，家底都交代乾淨了才讓入府。

她曉得周毓白這裡不比旁的地方，保密這點尤其重要，絕對不能讓奸細混入府中。

處理家事上，傅念君的老道毋庸置疑，周毓白也不限制她的權力，這讓傅念君做起事來輕鬆很多。

傅家當時是在一團亂麻之中重新理出來，現在的淮王府好比一張白紙，自然更好安排。

沒幾天，大家都發現了變化。

對於周毓白的這些護衛，傅念君和單昀制定了比較詳盡的管理方案，提高他們衣食住行水準，也不至於讓他們有時哄在一處胡鬧，有時又好像沒有什麼事做。

單昀不得不承認，王妃比自己心細很多，許多小的細節都能設想周全。

張九承在這一點對傅念君也是很滿意的。

他還對周毓白說：「娶妻娶賢，前人這話還是很有道理的，王妃小小年紀，手段卻老道。」

唯一讓他不滿的就是夫妻感情太好，黏著分不開，對於周毓白這樣要做大事的人，張九承還是希望他能稍微拋棄些兒女私情。

周毓白倒是不想讓傅念君太累，他費盡心力娶她回來，對她並沒有這方面的要求。

傅念君知道他的意思，只道：「若叫我每天無所事事，我才會覺得煩悶，做這些事我很開心，這不僅僅是為了七郎你的後宅啊。」

她本來就不習慣依附男人而活，做這些事能夠讓她一展所長，是很開心的，何況這是為了她和他的家。

家，這個字很讓傅念君激動，因為這是她和周毓白的家，再沒有旁人……

如此忙碌了幾日，淮王府迎來了第一位上門拜訪的客人。

是滕王妃帶著周紹懿上門來作客。

滕王妃依舊是不堪勞累的病弱模樣，傅念君看了很過意不去，直道：「本該是我去拜訪二嫂的，卻沒想讓妳先過來了……」

滕王妃平素為人有些懦弱膽小，但是見傅念君對自己十分和善有禮，也放開了些拘束，與她

道：「我們不請自來，還請弟妹不要見怪，實在因為這個小祖宗……鬧了好幾日了。」

她笑著望向一旁的兒子。周紹懿坐在椅子上吃東西，臉蛋鼓鼓的，似乎有些生氣，進門後看都沒有看傅念君一眼。

「懿兒，和嬸娘打招呼呀。」滕王妃喚兒子。

周紹懿卻撇過小臉，哼了一聲，不理。

滕王妃有些尷尬地朝傅念君笑了笑。「這孩子脾氣大，弟妹請見諒，其實他心裡很惦記妳的。」

傅念君知道他在生什麼悶氣，一定是怪自己沒有立刻請他過來玩。

「我才不惦記呢。」周紹懿握著手裡的糕點，咕噥了一句。

傅念君轉頭吩咐儀蘭去端些新鮮的水果，都是周紹懿愛吃的。

她對他說：「嬸娘備了些東西，都是你喜歡的，看看。」

周紹懿偏好甜食和新鮮水果，傅念君早就發現了。

周紹懿見了這些東西，臉色才算好看點，抬眼看了傅念君一眼，說：「都是妳特地準備給我吃的？」「特地」兩個字咬得格外重。

傅念君點點頭，「是，我一直在等待你來作客，還沒來得及請你。」

她這幾天是真的很忙。

滕王妃見傅念君對兒子的上心不是假的，心裡很感動，對周紹懿說：「懿兒，不能沒規矩，妳啊妳的叫，要叫嬸娘。」

周紹懿扭了一下衣袖，磨磨蹭蹭挨到傅念君身邊，叫了一聲「嬸娘」。

這孩子其實很好哄，傅念君對他笑了笑。

周紹懿拉了拉傅念君的衣服，說：「七嬸娘，帶我去見我七叔吧，他在哪兒？」

傅念君道：「你七叔在書房裡，我領你去見他可以，但是……」這孩子，就不管他娘了嗎？

滕王妃忙道：「弟妹，不要緊的，我先在這裡坐一會兒……」滕王妃一切都以兒子為大。

傅念君見她有點緊張的樣子，點頭道：「那好，二嫂請稍坐，我領小世子去去就回。」

傅念君拉著周紹懿的手，去書房找周毓白。

「嬸娘，妳真的沒忘了答應我的事？」周紹懿仰著腦袋問她。

「當然沒有。」傅念君說，「是我這些日子太忙了，抱歉。」

周紹懿大度地決定原諒她，「我知道，娘說了，女人成親以後就不一樣了，那妳忙完了還會陪我玩嗎？」

忙完？傅念君還真想有這麼一天，也不知道何時才能稱得上「忙完」，不過她還是應承道：「當然，我也很想去你家中作客的。」

周紹懿又高興地雀躍起來。

兩人到了周毓白的書房，本來正在說事的張九承先告退了，把地方留給他們。

周紹懿久不見周毓白，立刻開心地往他懷裡鑽，跳上他膝頭，要去摟他的脖子。

周毓白伸手攬住他，傅念君見他眉間一蹙，想到他右肩傷勢雖然已太好，卻還不能使力，周紹懿莽莽撞撞的，應該是撞到他傷處了。

傅念君忙道：「小世子，別鬧你七叔了，到嬸娘這裡來好不好？」

周紹懿狐疑地望向傅念君。「為什麼？以前我們都是這樣的……」他歪了歪腦袋，隨即了然。「嬸娘，妳是想獨占七叔吧？」

獨、占？這孩子又胡說了。

傅念君眼角抽了抽，「當然不是。」

周毓白聽了他的話卻笑了起來，給了傅念君一個十分曖昧的眼神。

傅念君無奈，只對著叔侄兩個道：「既然如此，小世子便留在這裡吧，我走了。」

「等等。」一大一小同時開口。

周紹懿癟著嘴從周毓白膝上爬下來，「還給妳還給妳啦，七叔還給妳，妳別走啊……」他以為傅念君生氣了。

傅念君真的是無話可說。

周毓白忍笑拍了拍周紹懿的頭，道：「先陪你嬸娘過去，我馬上就來，聽話。」

傅念君擔憂地看了他一眼。是因為傷處要換藥嗎？

周紹懿還是個孩子，對這狀況無知無覺，點頭道：「那好，七叔，你快點，我們一起玩。」

傅念君只好又領著周紹懿回到滕王妃身邊。

滕王妃見周紹懿吵吵鬧鬧的，覺得很抱歉。

「這孩子就是這樣，他喜歡誰，就去鬧誰。先前喜歡他大堂哥，成日到肅王府去玩鬧……」

滕王妃主動提到了肅王府，傅念君眼睛一亮。她正愁沒有機會將話題引過去。

「說到肅王府，說來慚愧，我至今都還沒見過大嫂，一直想著去拜訪，但又覺得冒失，不知二嫂是否有空能帶我去？」

滕王妃猶豫了一下。她不是不願意，而是怕事。

滕王妃小門小戶出身，沒勢力沒能力，什麼都怕，要不是今天不放心兒子，她連到淮王府都怕。

「若是二嫂覺得為難也沒有關係。」傅念君立刻轉了話頭，「我自己投拜帖就是了。來，二嫂先喝茶吧。」

滕王妃見傅念君落落大方，待自己和周紹懿皆是一樣用心，不由得脫口道：「弟妹，我帶妳去。下次……咱們和懿兒一道去肅王府拜訪。」

傅念君忙說：「那就謝謝二嫂了。」

滕王妃點點頭，又壓低了嗓音對她說：「就是大嫂她，挺……古怪的，到時候妳也不要放在心上，她平素不出門，就是宮裡宴會我見她也見得少。」

這是滕王妃的經驗之談。

也虧得周毓白兄弟幾個娶的媳婦都還算好相處，不然以她這個膽子，怕是也只能學肅王妃鎮日躲在家裡了。

傅念君朝她笑了笑。「多謝二嫂提醒，我會注意的。」

肅王府究竟是個什麼情形，她一定得親自去看一看。

那邊周紹懿正張開了兩隻手學鳥兒飛，站在門檻上往下跳。

滕王妃適才和傅念君聊天聊得開心，沒注意他，見他又調皮，忍不住喊了聲：「懿兒！」

周紹懿哎喲了聲，腳下一滑，眼看就要跌跤，幸好周毓白正好走到門口，一把將他扶住，重新拎了回去。

周紹懿朝傅念君吐了吐舌頭。

「二嫂。」周毓白朝滕王妃點點頭。

滕王妃有點緊張，站起身，道：「七弟……」

傅念君心想周毓白不過來是對的，沒得讓滕王妃這樣坐立不安。

周毓白也看出來了，何況他和這個二嫂確實沒什麼好說的，只道：「二嫂先坐吧，我帶懿兒去外頭曬曬太陽。」

說罷，就拎著周紹懿走了。
傅念君重新和滕王妃坐下來閒聊。
滕王妃是個很好的突破口，傅念君能瞭解一些基本的皇室女眷情況。
聊了一會兒，傅念君留滕王妃用午膳，滕王妃連連推拒，說是要走了，兩人並肩走到花園，見周毓白和周紹懿叔侄正在說話，周紹懿又不知在鬧什麼，指著旁邊兩人合抱粗的樹蹦蹦跳跳的。
「懿兒……」滕王妃將兒子喚到自己身邊，「和七叔七嬸告辭吧，我們該回去了。」
周紹懿不滿地嘟了嘟嘴，還那麼早呢。他抬眼，正好看到傅念君朝自己微笑，他突然就明白其中含義，頓時就乖了。
「好吧，我回家！」臨出門前，他還不忘朝傅念君猛眨眼，提醒她不要忘了約定。
周毓白看到他們使眼色，問傅念君：「妳和懿兒商量了什麼？」
傅念君正叫人傳午膳，自他們成親後，便一直在一起吃飯。
周毓白此時正好淨了手，傅念君走過去將他微濕的袖口挽起，道：「我和他約定，過兩天就會去他家中陪他玩，那孩子太寂寞了。」
周毓白笑著摟住她的腰，「妳倒是疼他，什麼都肯依他。」
傅念君的手撐在他胸口，嗔道：「你不也是一樣。」
周毓白的眸裡有某種淺淡的光芒閃動，彷彿能洞察人心，傅念君眼底的擔憂在他的目光下無所遁形。
周毓白輕輕拍了拍她的背，嘆了口氣。「念君，妳別怕。無論妳預料到懿兒的結局是什麼，如今，都不會再發生了。」
他知道，他都知道……傅念君從沒想過要瞞他，何況周毓白這樣聰明，一定猜得出來。

每回她過度關注的人，必然是她知道結局的人，且大多不是什麼好結局。

傅念君垂下視線。她都是他的妻子了，她對他還有什麼不能說的呢？關於周紹懿，或者是旁的人，她願意對他知無不言。

「是，我確實知道……小世子是被幕後之人害死的，且因為他，滕王和齊王兄弟反目，骨肉相殘，所以我刻意與他親近，我怕他身邊有什麼我沒有發現的禍端。」

周毓白的眸光暗了暗，「他……害死了懿兒？」

傅念君點頭，本來是不太願意提這個的，前世裡聽說這些事的時候，她只是個看客，抱著無所謂的心態，可如今，周紹懿是一條鮮活的生命，在她眼前笑鬧，還是個這樣可愛的孩子……

「七郎，抱歉。」傅念君扯著他的袖子。

要抱歉什麼，她自己也說不上來，只是心裡滿滿的不舒服。

周毓白的嗓音顯得格外低沉。「不要自責，念君，妳的話我一直放在心上。肅王府那裡，我一直留意著……」

傅念君瞳孔一縮。肅王府。

當日因為周紹懿說，是他大哥周紹雍教他爬上屋頂捉迷藏，傅念君抱著寧可信其有的態度，特地讓周毓白留意一下周紹雍。

「其實這件事的因果，從小世子身上來找，未免有點牽強，肅王世子才這麼大點年紀……」

傅念君蹙眉。

周毓白輕笑，「妳放心，我對一個人的懷疑，都會放在合理範圍內。」

他從來不會冒進，也不會放鬆，只是慢慢地布局等待。

很多時候，有耐心的一方就是勝的那方。

他親了親傅念君的額頭，「所以呢，妳就對肅王妃感興趣了？」

雖然他們一開始將幕後之人猜測為男子，但是並不能排除女人的可能性。

肅王妃這樣古怪，傅念君實在不能不在意。後宅之事，周毓白也沒有她做起來方便。

「是啊，七郎，我讓二嫂帶我去見見肅王妃，我對她……毫無印象。」

周毓白不反對，也沒有說贊成。

「還有一樁事。」傅念君抓緊了周毓白的衣襟，望向他道：「在我們成婚前，小世子曾經來過傅家，他說他在肅王府裡見到了胡人……總之肅王府的貓膩，實在太多。」

彼時她是傅氏女，不能多有動作，但現在她是淮王妃了，她有名正言順的藉口可以出入肅王府，怎能放過？

肅王府到底和幕後之人有沒有關聯現在還不好說，但他們私下不安分是肯定的。

周毓白笑道：「懿兒真是頑皮，到處亂跑。但是妳不是他，妳不能亂跑，明白嗎？」

傅念君斜睨了他一眼。他把自己當作幾歲的娃娃呢？

「我知道，我不過是去認認路，我沒有那麼著急要替殿下你打草驚蛇啊。」

周毓白和肅王的兄弟關係還可以，肅王心中真正厭恨的，是張淑妃和周毓琛母子。

飯菜已經端上來了，周毓白拉著傅念君的手坐下，叮囑她：「肅王府並非什麼龍潭虎穴，大哥雖然有爭儲之心，卻無爭儲之能，妳與他說話完全可以應付，我只怕，妳表現得太過聰慧，引了人懷疑，我反而不安。」

傅念君笑道：「七郎，若肅王府真和幕後之人有關，那麼我的身分早已暴露，又何必再遮遮掩掩？若是無關，那麼他們只會想，淮王殿下真好命，娶了個好妻子，斷斷不到要來害我的地步。」要害也先要去害裴四娘才是。

傅念君這話也有道理，周毓白只得由著她，說：「先吃飯吧。」

§§§

兩人吃完了飯，回內室準備歇息。

躺在床上瞧著頭頂上換了顏色的帳幔，傅念君有些心不在焉，睜著眼睛一直沒有睡著。

或許是因為和周毓白提起了周紹懿，還有肅王府的事，這陣子腦子裡不斷轉著的人臉又一一浮現。

「怎麼了？睡不著麼？」周毓白的手伸了過來。

從前夜開始，他們兩人的位置掉了個個兒，周毓白睡在了外側。

傅念君怕壓到他的傷，不敢整個人睡在他肩頭。

她問：「打擾到你了？」

周毓白說：「原本我也是陪妳歇的。」

他這些日子被她養得嬌慣了，用養傷的名頭，寧願讓張先生每天少找自己一兩個時辰，挪出這點時間與她耳鬢廝磨。

「在想什麼？」

周毓白察覺到傅念君在玩自己頭髮，繞在手指上又放開。

「在想……傅梨華的事。」傅念君老實交代。「我成親前她來找過我，似乎有了悔意，不想再嫁入齊王府做小，求我幫她。」

「妳答應了。」周毓白用的不是疑問句。

「是啊，我不想爹爹因為她的不幸福再傷神，既然她願意開始新的人生，我也願意幫她這一

次……但是我對她，沒有一點姊妹之誼。」

傅梨華有這樣的結局，和她並沒有任何關係，完全是她自己的選擇，充其量，在傅梨華動心思勾搭錢豫的時候，被她破壞而已。

後來在盧家，傅梨華也是頂了傅念君，自己主動入了張淑妃和連夫人的套，這事是她甘願的。所以傅念君對她需要愧疚什麼呢？

她唯一覺得愧疚的，是傅琨。

「我先前一直以為我辦事算心平氣和的了，但其實戾氣還是挺重的，或許我早點將她往正路上引，她也不至於這樣。」

周毓白側頭親了親她的臉頰，道：「我從來不知道妳對自己有這樣神仙似的要求，念君，妳給自己的負擔太重了，很多事妳不想管，就不要去在意。」

她根本毋須背負這樣沉重的負擔，他從來沒有覺得她做的事有什麼過分之處。

傅念君說：「反正是最後一次，了結就算了。」

周毓白問她：「那妳預備如何做？」

傅念君把自己的想法告訴他。

傅梨華去齊王府走個過場是必要的，但是沒人要求她一定要健健康康地進齊王府。

她想以完璧之身出來，並非登天難事，不過中間要耍些小手段罷了。

「這件事不難辦。」周毓白說道，「郎中或者太醫，我都可以安排。依照我對六哥的瞭解，他對妳妹妹並沒有任何好感，放歸一個妾罷了，他不會不同意。張淑妃那裡雖然有些麻煩，但是這陣子她沒有心思把手伸那麼長，待木已成舟，她再跳腳也沒辦法。唯一要考慮的，是之後如何安排她的身分，妳還是請示一下岳父……念君，傅相沒有妳想的那樣脆弱。」

他把事情都捋清楚放在她面前。

傅念君嗯了聲，伸手攬住周毓白的腰，軟聲說了句：「七郎，你真好。」

這算是撒嬌吧？周毓白想。

傅念君是個不太會撒嬌的人，她總像個鐵血戰士，恨不得為自己衝鋒陷陣，但是他寧願她更依賴一點。

「有什麼事，往後都可以交給我，畢竟，我是妳夫君了。」他在她耳邊說。

傅念君從來沒有嘗試過那麼依賴一個人，但是現在她發現，潛移默化中，她確實在往那個方向發展了。

除了願意為他付出一切……她更應該選擇相信他、倚靠他。

「好。」傅念君伸手握住他的手，兩人十指交握。

「七郎，還有一樁事，我今天也一併和你說了吧……我從前沒告訴過你，我那一世的……爹娘。」

「是誰？」周毓白平靜地問。

他其實不驚訝。齊昭若都能是他兒子了，還有什麼事能讓他更驚訝？

「先前幕後之人操縱和樂樓東家胡廣源安排在傅家的棋子，我六弟的伴讀——傅寧。」

傅寧只是幕後之人眾多布局中很薄弱的一環，傅念君還以為周毓白會忘記他。

「我記得。」他說。

他之前就一直在疑惑，傅寧這人有什麼出現在傅家的必然性？時日久了，傅寧就像顆廢棋般，漸漸地他也沒有再考慮這件事。

傅念君是第一次和他說起自己的那個「前世」。

「他是我『父親』，我現在的四嫂陸婉容是我『娘』，傅家確實敗落了……但是又因為他而重新興盛，至於原因，我不用再說明，你也知道。」

她只短短一句話交代，周毓白立刻懂了。

此時他腦海中，首先想的不是傅寧，也不是幕後之人，而是他終於知道為什麼傅念君會深受齊昭若影響，也終於知道齊昭若所謂他們才是最合適的人是什麼意思。

這個世上無解的矛盾有很多，傅念君承受的壓力，只有齊昭若能夠感同身受吧。

她一直都知道傅寧會被幕後之人扶持害了傅琨、傅淵父子，甚至覆滅整個傅家，對未來朝政產生極大的影響，但是她沒有辦法像對付魏氏一樣，果斷又心安理得地拔出這根注定會紮在自己心口的刺。

就像齊昭若再怎麼樣，也不可能動手害周毓白一樣。

矛盾的心情，讓傅念君在傅寧這件事上猶豫不前，她希望以緩和、循序漸進的方式來阻止傅寧，不願意直接從根源拔起，哪怕她知道，她這樣可能會造成極大的隱患。

她選擇現在說出來，這人必然是又給她帶來極大的困擾吧。

周毓白此前對這些一無所知。

他轉過身，深深望進傅念君眼裡，一時間，四目相對，周毓白只有一個念頭：他為她做的，還遠遠不夠。

「妳在懷疑什麼？」周毓白輕聲問。

他知道她露出這表情的時候，就一定是心中有了猜測。

傅念君微微嘆了口氣。「我總覺得他和爹爹有莫大的聯繫，而且爹爹還不願意讓我知道……」

這多半涉及傅家的陰私了，周毓白不好評價。

他只說：「如果妳想查，我手底下的人妳盡可以吩咐，單昀、郭巡都可。」

若是下狠勁去查，一定能得到些結果。

但是這事，周毓白知道傅念君未必想讓他插手。

因為她心裡不僅顧忌著傅寧，同樣也顧忌著傅琨。她必然不想傅琨掩藏的祕密輕易被抖落出來。

傅念君笑道：「說出來以後，心頭就鬆快了。七郎，你放心，我沒有這麼不禁事，眼下肅王府的事情比較要緊……」

周毓白將她擁在懷裡，聲音輕輕柔柔地哄道：「壓在妳心上的事，如果覺得難受，都可以說出來……」

傅念君閉上眼睛，聞著他身上的檀木幽香，嗯了聲，說起自己「從前」的事。

其實她那十幾年，如今想起來，稱得上是乏善可陳了。

活了那麼多年，她唯一的目標就是成為太子妃，日後做一位合格的皇后，助傅家的權勢再登上一層樓。

「只是因為小時候被高人預言，有母儀天下的命格，才被從和母親同住的別院裡帶出來……」

周毓白笑道：「高人總是喜歡預言這些。」

傅念君不置可否，那位高人她已經沒有印象了，只知道是個高壽、鬍子花白的老道士，神神叨叨說了些話，但是她當時年紀小，早記不清了。

母儀天下……或許也算是個好兆頭吧，如今她都嫁給周毓白了。

絮絮叨叨說些小時候的事，快樂的回憶不多，從前傅念君覺得羞於啟齒，但如今講給身邊的人聽，她只有輕鬆之感，彷彿那段人生已經徹底與她剝離，她已可以如看客般看待那一切。

她是她，傅寧是傅寧，陸婉容是陸婉容，再無干係。

不知不覺，傅念君睡著了，都怪那懷抱太溫暖，讓她迷迷糊糊去會了周公也不自知。

再次醒來，已經日暮，周毓白早已不在身邊。

傅念君嚇了一跳，心道自己真是荒唐，竟午憩至這時。

儀蘭和芳竹進來伺候她洗臉，笑瞇瞇道：「是殿下不讓我們喚娘子起來的，說這些天您累得很，要好好休息。」

本來是很正經的一句話，儀蘭也沒多做什麼表情，但傅念君卻無端想歪了。

白天的事倒還好，就是晚上，確實挺累的。

她拍了拍臉頰，才讓她們扶著起身洗臉。

§§§

傅念君和周毓白夫妻倆甜蜜地過了一兩天，滕王妃那裡終於有消息遞給傅念君。她收拾妥當，先坐了車去滕王府，隨後再同滕王妃一起去肅王府。

傅念君是第一次來滕王府，滕王不受皇帝寵愛，宅邸也就略差些，但是下人都還算客氣，恭敬地引了她進門，周紹懿早忍不住歡喜地等著她了，老遠看見她，就像離弦的箭似地衝過來拉住傅念君的手。

「七嬸，咱們要一起去肅王府玩嗎？」

傅念君摸摸他的頭，道：「是啊，小世子，我要去拜見肅王殿下和王妃。」

周紹懿小大人似地嘆了口氣，「妳們做女子的真麻煩，這禮也要守，那禮也要守。」都不能盡興地和他一個人玩。

周紹懿拉著傅念君去見他娘，兩人正在廊下走著，突然，傅念君聽到遠遠傳來一陣陣捶門聲，其中還夾雜著男人的哀嚎，粗糲又沙啞，聽起來很是嚇人。

「這是……」

傅念君停住腳步，驟然發現自己的手被周紹懿握緊。

再低頭看他的表情，傅念君很驚訝，這是她第一次在這孩子臉上看到這樣猙獰的神情。

他一把甩開傅念君的手，朝聲音的來源奔去，口裡大喊：「你們不要再欺負我爹爹了！」

傅念君心中一驚，剛才那哀嚎的主人，竟是滕王殿下麼？

她連忙跟上周紹懿的腳步，這孩子跑得飛快，傅念君不得不加快腳步。

周紹懿衝進一個院子，卻立刻被看守的侍衛抱住。

「小世子，不可進去，殿下又不好了！」

周紹懿大吼：「放開我！」他一口咬在那侍衛手上，趁他吃痛放開自己，急忙往院子裡鑽。

傅念君趕到院門口，侍衛們不認得她，幸而她身後跟著的僕從立刻道：「這是淮王妃。」

侍衛們立刻恭敬地行禮。

傅念君忙吩咐：「快去看看小世子。」

她站在院門口都能聽到裡頭越來越響的聲音，撞門聲混合著多人的呼喝，還有周紹懿尖細的叫喊：「住手！」

傅念君顧不得旁的了，提步就往院子走，發現周紹懿正被兩個僕婦拉住，那孩子正扭著身體叫嚷。

「別關爹爹，別關他！不要關啊！」

攔著他的僕婦滿臉愁容。「小世子，殿下又發病了，您別鬧好不好？我們不是關他，不是的！」

見傅念君出現，周紹懿癟著嘴，流下了一行淚。「七嬸……」

傅念君心中一酸，忙走過去要攬住他的肩膀，那兩個僕婦卻一臉戒備地抱著周紹懿往後退。

傅念君身後跟著的侍衛忙道：「這位是淮王妃。」

這院子裡的人自然要向傅念君行禮，連那費力抵著門的幾個小廝都回過頭來，彆扭地行禮，就趁這空檔，他們身後的門突然被撞開了大縫，那粗啞的喊叫聲更響了。

院中幾個僕婦立刻道：「快快，快攔住！」

「爹爹！」

周紹懿又要往那門撲過去，但再次失敗，只能嗚嗚哭著，盯著那不斷被自己父親撞擊晃動的格扇。

20 過猶不及

適才驚鴻一瞥，傅念君看到了那位滕王殿下的大概模樣。

說實話，心裡不驚訝是假的，因為背光，她只看見滕王掠過的身影，披頭散髮，身材肥胖。具體的五官面貌傅念君沒看清，但是從他這種瘋狂的舉動和聲音來判斷，大概連面目都帶了一定的扭曲。

傅念君一直以為滕王只是天生癡傻，可是從來不知道他會這樣「犯病」，且就這些下人見怪不怪的情況來看，他犯病的次數應該很頻繁。

「放開小世子。」

傅念君走過去斥退兩個僕婦，自己抱住周紹懿，周紹懿還要掙扎，傅念君卻不肯鬆手，他大聲求她：「七嬸，妳幫幫我爹爹，讓他們別這樣！求妳了！」

他揪著她的袖子，傅念君望著這孩子水汪汪的眼睛，沒有說話。

滕王殿下的狀況明顯不好，她確實幫不了這個忙。

幸而這時滕王妃趕到了，她臉色蒼白，站在院門口，忙叫人把周紹懿拉走。

她真的擔心兒子出事。

「快去宮中請林太醫！」滕王妃焦急地吩咐，額頭上沁著薄汗。「再去叫兩個人過來！」

她臉上露出顯而易見的驚恐神色。

她竟然怕自己的夫君。傅念君不由得有些可憐被四五個人堵在房裡的滕王。那幾個小廝護衛氣喘吁吁、滿頭大汗，想來裡頭滕王的情況也不會太好。想是他終於累了，動靜才稍稍止歇。

眾人都鬆了口氣。

傅念君陪著滕王妃一起往回走，滕王妃臉上是驚魂未定的神情，對著傅念君連連道歉。

「對不起，弟妹，真的對不起，嚇到妳了……」

傅念君搖搖頭，對滕王妃這樣卑微的態度只感到心酸。

她卑微的來源，就是此刻下人們被關在屋裡的那位王爺。

傅念君告罪：「二嫂，我不知道二哥他……是我要道歉，隨隨便便就進了他的院子。」

滕王妃嘆了口氣，眼中有哀傷掠過。

「本來也不是什麼祕密，誰人不知道呢？自懿兒出生後，殿下就時常這樣，有時候清醒，能和人說幾句話，不清醒的時候，就是那樣，什麼人都攔不住他。」

傅念君道：「太醫都沒有拿出個法子來嗎？」

滕王妃搖頭，「太醫只說要養，要順他的意，本來殿下頭腦就不清楚，再養能如何呢？我只盼著他好的時候多些，懿兒這樣，我實在捨不得……」滕王妃說著就拿帕子去揩眼角。

她也確實不容易，滕王這個樣子，什麼都靠她這個王妃，她自己又是無權無勢無本事的人，要撐起一個家已經不容易了。

而且有一點，傅念君覺得滕王妃值得人敬佩的，就是教養孩子。

周紹懿並沒有因為父親的癡傻瘋癲就嫌惡厭棄他，相反的，很是相護，不許人欺負他。

剛才他那樣子，看著實在讓人心疼……

傅念君握住滕王妃的手，勸道：「二嫂，二哥的病說不定能治，妳不能放棄希望，就算只是讓他不要這麼狂躁也是好的，畢竟懿兒這樣親近父親，讓他從小看著二哥被這樣對待，對他的成長不利。」

滕王妃連連點頭，感動道：「弟妹，我看得出來妳是真的心善，不像旁人，處處看不起我們這個沒用的王府。二嫂拜託妳，若是有什麼好的郎中，一定要幫我留意……」

傅念君點頭，應承下來。

出了這回事，滕王妃母子心情都不好，傅念君想著先不去肅王府，滕王妃卻說：「都已經提前投過帖子了，咱們還是去吧，懿兒……就讓他留在家裡。」

周紹懿方才哭過，被奶娘抱回了屋裡，還不知哄得怎樣了。

傅念君曉得滕王妃不敢得罪肅王府，稍有一點失禮之處都不敢，因此也答應了，兩人便坐車出發前往肅王府。

今日一天參觀兩座王府，傅念君的感觸頗深。

比起滕王府，肅王府真可說是金碧輝煌。

徐德妃雖然不受寵，但是徐太后還在世，外戚徐家還在，肅王府的派頭自然不小。

知道兩位王妃來了，下人們還一道通傳一道，讓她們等了片刻，才被迎進後院。

接待她們的人是肅王的側妃，姓林，府裡都稱林夫人。

這位林夫人尚且年輕，沒有生育，見了兩位王妃言笑晏晏，大方自信。

傅念君卻在心底發笑，這位林夫人大概並不覺得由她這個側室來招待她們有何不妥當。

這皇家的規矩，多數都是被這樣的側室夫人破壞的。

滕王妃自然是不會有意見，但是傅念君現在代表的是周毓白的臉面，再怎樣她都不能讓一個

側室落了淮王府的面子。

傅念君看著林夫人叫人端上的茶，不飲，林夫人好奇問道：「淮王妃如何不喝？是否不合口味？」

傅念君淡笑，「我自嫁給我家殿下，還未認全家中兄嫂長輩，我今日來拜訪，也是為了見大嫂，喝了林夫人的茶，不知又該怎麼喝我大嫂的茶？」

林夫人臉色丕變，茶杯僵在手中，結結巴巴道：「淮王妃說、說得是，你們還不快去稟告王妃。」

她立刻喝令兩旁下人。

傅念君心知肚明，肅王妃那樣的人，連宮裡都不肯去，家事必然更加懶怠應付，所以府中多半是這位側室林氏說了算，但是今日她和滕王妃過來，肅王肯定不知情，林氏就想照著從前的規矩辦了。

肅王即便再不知事，依照如今他和周毓白的交情，也不可能這樣明晃晃來打傅念君的臉。

傅念君微笑著垂眸，不將這個林夫人放在心上。

不過是沒什麼腦子的女人罷了。

很快下人就來報：「王妃請兩位王妃過去，王妃說她身體不佳，平素不出院門，請兩位見諒。」

傅念君表示理解。這後頭還解釋了這麼一句，就說明肅王妃今日不是不想見她們，只確實是脾性大，不肯移步到這裡。

傅念君和滕王妃跟了肅王妃的侍從去了她的院落。

肅王妃的院落並不在肅王府的主院，相反的還有點偏僻。

到了地方，侍女引了傅念君和滕王妃進門。

傅念君終於見到了這位傳聞中的美人。

肅王妃確實很美，即便如今已經起碼有三十歲，還生了周紹雍，可她看來確實並不比適才的林夫人年長多少，瞧來不過二十餘歲。

至於相貌，若要說傅念君對肅王妃的第一感覺，大概就是……仙？

不食人間煙火，仙氣飄飄的肅王妃，確實在外形上和肅王不太登對。

肅王殿下竟是喜歡這類型的……傅念君心中想著。

肅王妃對兩人還算和顏悅色，並沒有傅念君預想中高高在上的冷淡疏離。

「二弟妹，七弟妹，實在抱歉，我身上不好，對妳們多有怠慢，希望妳們不要見怪。」肅王妃蕭氏對兩人說道。

滕王妃先開口：「大嫂言重了，本來就應該是我們來看妳的。」

蕭氏打量了一眼傅念君，道：「這還是我第一次見七弟妹呢，淮王殿下當真是好福氣。」

傅念君向蕭氏笑了笑，回道：「問大嫂安。」

蕭氏讓侍女遞上了見面禮，傅念君讓人收下了。

這有些出乎她意料，她一直覺得肅王妃必然很不喜歡這些皇室的親眷，但是照她比起其餘兩位嫂子都要豐厚的見面禮來看，似乎又不是那麼回事。

蕭氏問傅念君這幾日可有不習慣，管理家事是否還順手。

傅念君一一回了。

蕭氏道：「七弟妹是名門出身，一看就是個伶俐聰明的，做起這些必然是得心應手的，不像我，沒有本事，幫不上府裡什麼忙。」

滕王妃道：「大嫂不要這麼說，我們都知道大嫂也是一心想著讓王府好的。」

蕭氏說：「這兩年幸好有林側妃幫忙，我才輕鬆點。」

滕王妃對剛才那位林氏顯然不熟悉，只說：「大嫂知人善任，前頭那位張夫人也很好，可惜紅顏薄命……」她察覺到自己失言，說著又忙住口了，對蕭氏告罪：「抱歉，大嫂，是我口無遮攔。」

蕭氏搖頭。「二弟妹說得對，張側妃幫了我這麼多年，可惜前年一病走了，我也難受了好些時日。」

傅念君一直扮演著乖巧羞怯的新媳婦，低著頭沒有插話。

她從兩人的對話裡聽出來兩件事。

首先，滕王妃這樣的人膽子小，她和蕭氏能這樣說話，說明蕭氏確實不像先前自己想的冷冰冰高高在上，而是待人溫和，十分好說話。

其次，蕭氏這樣好脾性的人，卻對人對事處處避而不見，反而提拔了丈夫的小妾來管家，顯然在那位年輕的林夫人之前還有一位張夫人，蕭氏對她們只有稱讚，沒有指責。

傅念君發現自己又猜錯一回。適才的林夫人如此氣派，她還猜測，必然是肅王給予她莫大的權力，讓她能比肩王妃。

可原來這根本就是肅王妃蕭氏之意。

傅念君暗問自己，世上真否有這樣大度賢慧的女子，將枕邊的丈夫和手中的權力，心甘情願的交給丈夫的小妾，自己做個足不出戶、無聲無息的隱形人？

傅念君不知旁人，以她來說，若是周毓白納小，她必然是不肯叫他再近自己身的。

這其實是很淺顯的道理，她上輩子做太子妃的時候，就沒有這樣的想法。

因為她不愛太子，而愛周毓白則可以愛得付出一切。

求仁得仁，當一段婚姻的初衷不是因為兩人情投意合，那麼她自然就不要求丈夫的忠誠。從前她成親是因為權力，如今是因為愛情。

兩者都不要，那麼蕭氏又為什麼？

傅念君瞧著宛如瑤池仙女般清麗端莊、無人可及的蕭氏。

所以這位王妃，對於肅王殿下，怕是毫無愛意。

那位年輕時不顧一切，甘願為她與母親反目，甘願放棄自己爭儲道路上莫大助力的肅王，或許並不得她的心。

傅念君微哂，隨即又對自己的思路叫停。

人家夫妻的感情不在她揣測範圍之內，她來此是為了打探肅王府近來的動靜。

「大嫂，」傅念君問道：「怎的不見大哥？我與他在宮裡不過一面之緣，還未好好打過招呼。」

蕭氏溫和道：「殿下還未歸，怕是今日弟妹沒有機會得見了。」

「不知大哥何時有空？我正好想多與大嫂親近，學點東西。」

傅念君表現得像個無助依賴長嫂的小娘子，還沒有準備好承接王妃的職責。

滕王妃覺得她這樣有些古怪，近段時日接觸下來，她覺得傅念君雖然年紀小，為人辦事卻老練能幹，怎麼倒要來請教肅王妃了？

不過她轉念一想，或許是蕭氏看著貌美和善，讓年輕孩子瞧了想親近吧。

蕭氏有一瞬間的尷尬，只說：「殿下的日程，我也不是很清楚，七弟妹想來，我自然是歡迎的，只是我身子差，這麼多年一直不管事，妳若在管家理事方面遇到了難處，可以過來，我讓林側妃教妳。」

傅念君朝她露出笑容，「如此就謝謝大嫂了。」

蕭氏微笑著點點頭。

這裡妯娌三個說了會兒話，下人就來通報：「王妃，世子過來了。」

隨即就見周紹雍大步流星走了進來，臉上的表情是一如既往的爽朗。

「聽說兩位嬸子也來了，甚好甚好，母親這裡很久沒那麼熱鬧了。」

這是傅念君和周紹雍第一次正式見面，她朝他微笑點頭打招呼。「問世子好。」

周紹雍忙擺手。「七嬸可不能折煞我了。」隨即又嘻嘻笑。「妳最終還是嫁給我七叔了吧……看我多本事，早就猜到了，妳要包個媒人紅包給我。」

傅念君一下子便想到去年上元的時候，遇到他們一干宗室子弟，周紹雍是頭一個對自己胡言亂語的，後來聽說還大嘴巴傳得宮裡人都半信半疑。

傅念君垂了眸，有些不好意思的模樣，蕭氏喝止周紹雍：「雍兒，別對著你七嬸胡言亂語。」

周紹雍嚷道：「我沒胡說，本來就是啊，七嬸對吧……」

傅念君沒有看他的臉，她的目光正好落在周紹雍包金邊黑色雲履的鞋沿上。

沾著黃泥，他應當是從城外歸來。

果真就聽蕭氏問道：「你去城外監管皇陵修築，這樣早就回來，會不會令人說嘴？」

周紹雍憊懶地朝旁邊椅子一座，嘟嚷道：「太累啦！要是有人要告狀，就讓他們去吧，反正太后娘娘也捨不得罰我。」

蕭氏搖搖頭嘆息。「你這孩子……」

他們母子倆長得很像，眉眼鼻唇，只是周紹雍是男兒，自然不及他母親似九天玄女般眉目精緻，比較起來，蕭氏身上那仙氣，落到周紹雍身上，傅念君卻覺得還好，只眼睛不笑的時候，怎麼都像是帶了股邪氣。

幸而他如今表現得像個孩子，淘氣玩鬧，並不討人厭。

只是……傅念君說不上來，只覺得他和周家人，和周毓琛周毓白，和當今聖上，給人的感覺都不太像。

「你們在說什麼啊？」周紹雍喝了一大杯茶，好奇道：「也和我說說唄。」

蕭氏道：「我和你兩位嬸娘之間的談話，你怎麼也要聽？」

她望向兒子的目光寵溺，那感情確實是作為一個母親應該有的。

傅念君想到前陣子宮裡要給肅王世子賜婚一事，最後聽說是因為肅王妃縱容，周紹雍的親事才緩了下來。

看來……無論肅王妃待肅王殿下如何，她對這個兒子，是真的愛護。

「我怎麼不能聽呢？」周紹雍笑嘻嘻地反問，隨即問滕王妃：「懿兒怎麼不來？我想他了。」

滕王妃有些踟躕道：「他、他今天不舒服。」

「是麼……」周紹雍顯得有些遺憾，「唉，怪我最近太忙了，等過兩天就去找他玩。」

他對周紹懿似乎是真的關心和喜歡，傅念君一時無法肯定，究竟他先前教唆周紹懿爬上屋頂捉迷藏是偶然還是必然？

「看來世子很喜歡懿兒呢。」傅念君道：「他也常把他大哥掛在嘴邊。」

周紹雍卻突然擺出惆悵的表情，托著下巴，說：「誰不知道新人勝舊人，懿兒現在喜歡七嬸超過我吧……七嬸是在向我炫耀呢。」

他一副吃醋的樣子，還癟了嘴。

滕王妃忙道：「不會的，懿兒喜歡世子和喜歡他七嬸都是一樣的。」

周紹雍又突然抬起臉，朝傅念君笑。

「其實我也不只喜歡和懿兒玩的，我也喜歡七叔，也喜歡齊家小表叔……」

「雍兒！」蕭氏忙喝止兒子，抱歉地望向傅念君。「七弟妹，他口無遮攔慣了。」

顯然蕭氏是聽說過關於傅念君的流言的。

而另一邊，滕王妃的臉色也很難形容。

其實連她都聽說過，七弟妹在成婚前，曾經和邠國長公主家裡的紈綺兒齊昭若有些不好的傳聞，但是她沒有信，畢竟她知道傅念君是怎樣的人，何況她又嫁了淮王，周毓白這般人物，怎麼可能喜歡與自己表弟不檢點的女人？定然是旁人嫉妒，來誣衊七弟妹的。

但是周紹雍突然這樣說，就太不好了。

可她又知道，周紹雍這孩子對誰都是這樣，熱情又自來熟，往往就沒了分寸。

周紹雍忙舉起手做投降狀，歉然地看著傅念君。「七嬸，對不起。」

傅念君搖搖頭，「世子並不需要對我道歉。」

周紹雍放下手，對他母親道：「就是啊，娘！妳瞎緊張什麼，我七叔七嬸天造地設，金童玉女的一對，什麼妖魔鬼怪都不可能拆散的好不好！」

「你可真是……」蕭氏在兒子面前像個凡間的普通母親，頭疼卻又對他無可奈何。

傅念君和滕王妃見時辰差不多了，就打算告辭，肅王妃也沒有多留她們，先前在路上滕王妃就提醒傅念君，說大嫂不太喜歡長時間留人在自己院落裡。

周紹雍卻表現得相當熱情，一副要對自己剛才的失言贖罪的模樣。

「我來送我來送，兩位嬸娘這邊請……」

他忙不迭地說，比外頭的侍從和侍女都殷勤。

傅念君在這王府裡這麼長時間，根本沒見到周紹懿所說的有很多陌生人出現，更不要說什麼

胡人了。

她不禁猜測，是肅王停止了手裡的動作，還是已經完成了？

周紹雍搓著手蹭到傅念君身邊，有點討好地說：「七嬸，妳可千萬別對我七叔說啊……」

傅念君微笑道：「世子放心，我不會胡亂告狀的。」

「那就好那就好。」周紹雍拍著胸脯。

傅念君側眼望了他一眼，心中一沉。

他先前與齊昭若走得近，怕是知道齊昭若對自己的心思的。

那麼他今日的表現又算是怎麼回事呢？

她覺得周紹雍這個人有點矛盾和古怪，卻又無法一五一十指出來。

側妃林夫人也來送兩位王妃，不知是不是因為周紹雍在這裡，她表現得很小心翼翼，半點都沒有適才的舉止自若，氣定神閒。

「兩位王妃，多有怠慢，請多見諒。」林夫人對兩人說。

滕王妃沒做多大反應，或許是剛才被傅念君的態度所感染，也覺得自己不需要對林氏拿出對蕭氏一樣的客氣來，便先一步上馬車了。

傅念君注意到林夫人的眼神有點飄忽，是往周紹雍的方向而去……看來她是真的很在意他。

這位世子莫非在府裡很霸道囂張？

傅念君一改適才對她的奚落，真誠地對她道謝：「今日有勞夫人招待了，適才我說話不妥，請妳不要見怪。」隨即側頭吩咐儀蘭，要她備份禮物，稍晚拿過來送給林夫人。

林氏愣住，有點看不清這位淮王妃的章法。

傅念君卻微笑著同她告辭。

打個巴掌給個甜棗的做法，並不一定只對下人有效啊。

§§§

回到淮王府，早早洗完了澡，傅念君坐在床沿等周毓白。

燭火映得她一張臉紅撲撲水潤潤的，周毓白坐下，忍不住伸手掐了下這張俏臉，只覺得觸手水嫩光滑，比上好的羊脂玉觸感更好，更是愛不釋手。

「七郎。」傅念君微瞪了他一眼，「我有話跟你說呢。」

周毓白立時覺得身體蠢蠢欲動起來，攬了她的肩膀便要往被褥上倒。

「哎呀。」

傅念君曉得他的傷好了，便拿粉拳捶他，一邊嗔怪道：「先起來，我今天去了你大哥二哥家，我還有話說……別、別……」

他壓得她快喘不過氣。

周毓白在她耳邊笑，手放在它該去的地方，一寸寸地享受手下的觸感。「我傷好了，多虧夫人日日給我進補，只是妳不曉得，這樣補法，會有旁的問題？」

他都不敢回憶這些天來，幕僚和護衛見到自己桌上那層出不窮的補湯補藥時的臉色。

連張九承今天都忍不住抖著鬍子對他道：「郎君，老朽覺得，還是應該提醒一下王妃，過猶不及啊。」隨即眼神古怪地落在他身上，補了一句：「年輕也要注意。」

周毓白正想說這個事，他雖不重慾，從小也以君子之道立身處事，並非花間老手，可到底與她情深愛篤，又是年輕氣盛，被她這樣天天補得氣血旺盛，精力過剩，實在也有點影響公事。

傅念君聽他這樣說，也紅了臉，想著也是自己操心多了，他這樣生龍活虎的，也確實不需要

再補下去了。

「明日我就讓他們撤了，換點清淡的……」她越說臉越紅。

周毓白忍不住調侃道：「這倒是個好法子，倘若往後王妃想要，又不便開口，就給我上一盅什麼天麻乳鴿、龜蛇大補湯之類的，我便懂了。」

傅念君在他腰間擰了一把，「胡說什麼呢。」

她、她這麼會那樣？她是為他好，又不是在暗示他……

周毓白低頭吻上了她的唇角，傅念君閉眼受著，睫毛微顫，沒有任何推拒之意，由他帶領她進入一番新的感官體驗。

……

兩人氣喘吁吁地並肩躺下時，蠟燭已燒得只剩了個底，外頭也安靜了。

傅念君手扶著腰，暗道今日這一番倒是長久，她那些話還一個字都沒說呢。

周毓白則覺得滋味甚好，許是先前講了那些話引得她情動，她也比前幾日放得開些。

他摟住傅念君，在她耳邊用比平時低沉沙啞的嗓音道：「妳要說什麼？說吧。」

傅念君只覺得身上黏黏糊糊的難受，哪裡還記得起來要說什麼？「我忘了……」

周毓白笑了一聲，先暫時放棄與她耳鬢廝磨的機會，找來衣裳給兩人套好，便吩咐外頭人打熱水進來。

等到收拾好，夫妻倆吹了燈重新躺回床上的時候，傅念君的神智和思路總算是回來了。

她拉住周毓白的胳膊，仰著頭問他：「七郎，你知道滕王殿下的情況麼？」

周毓白先前早有耳聞，等聽她說了，也微怔。「竟到了這樣地步……」

堂堂親王，卻被下人關在屋裡，如牲畜般沒有尊嚴。

若是以前，或許他不會太過留意，畢竟滕王生下來就是個傻子，傻子是這樣傻，還是那樣傻，對一般人來說有區別嗎？

就連滕王妃自己都沒有覺得不妥當。

但是自從聽傅念君說了滕王的悲劇，他就不得不留個心眼。

「董先生在江淮一帶認識一位名醫，我會讓他盡快請名醫入京，屆時只能勞煩妳帶他入滕王府了。」

傅念君明白他的意思。

太醫院的勢力盤根錯節，就像是前朝後宮爭鬥的映照，就算是傅家在太醫院也有一手，更何況旁人？所以滕王這事，還真不能請太醫院的太醫。

「只是二哥畢竟是張淑妃的兒子，而且滕王府便如篩子一般，誰人都進得，念君……」

傅念君笑道：「七郎還不放心我？這點法子我還是有的，何況這事也只是第一步，先瞧瞧滕王殿下到底有何問題，我與小世子投緣，也是一部分原因為了那孩子。」

周毓白嗯了聲。

傅念君接著說起肅王府的事，她坦白了自己的想法，覺得蕭氏待肅王，似乎有心結在。

她的觀察力一向很好，周毓白聽了只不言語。

傅念君覺得他或許是想到了什麼。「七郎，你覺得大嫂是個怎樣的人？」

因為是男子，周毓白並不能好好接觸內宅女眷，他其實對這個嫂子知道的並不詳細，他只道：「大嫂嫁給大哥這些年，除了不愛露面被人詬病，其餘之處，我覺得並無不妥。」

傅念君也是這樣的想法。

「但是自妳提起肅王妃，我便留心大嫂前事，卻發現無跡可尋，但有時……這太妥當也是一

種不妥。」周毓白說。

他年紀要比肅王夫妻小很多，所以要查在他出生以前發生的事多少有些難度。

但是肅王妃是那樣的出身，再怎麼樣，總會留下蛛絲馬跡。

傅念君腦子活，立刻跳到了她最關心的事情上，支起身子望著周毓白。「七郎的意思，有可能肅王妃的過去被什麼人抹掉？是幕後之人？」

周毓白失笑，拉她重新躺下。「幕後之人與我差不多年紀，他怎麼有本事來抹去肅王妃的過去？」

傅念君有些喪氣，難道從前的推斷都不成立了？

她接著那思路嘀咕：「難道幕後之人其實比你年紀大很多？」

但是這樣一來，很多地方又對不上了。

傅念君沒來由心情有些煩躁，每次總是覺得發現了重大線索，兜兜轉轉的，線索又好像消失了。

周毓白安慰地拍了拍她的肩膀。「念君，別鑽牛角尖。我沒有說這事就和幕後之人有關……而且，退一步來說，即便我們確認了幕後之人和肅王妃有關，也並不一定這件事就是無解的。」

21 支持七叔

傅念君曉得周毓白一向頭腦好，便湊近小聲問：「七郎是有什麼想法了？」

周毓白道：「現在這些想法都是虛無縹緲的，妳別心急，咱們慢慢看……肅王府的問題，相信很快就能浮出水面了。」

他手底下的人已經調查到一些東西了。

「你找到了什麼線索？」傅念君明白他言外之意，忙追問。

周毓白曉得她對這些感興趣，也沒有隱瞞。「懿兒說大哥與胡人往來，我讓張先生他們去查，雖然線索不太明顯，但是我有七八分篤定，大哥確實曾幾次派人在榷場活動。」

榷場乃是宋、遼、西夏在邊境所設互市市場，百姓通過榷場貿易互惠互利，官府也可以從中獲得豐厚的商稅，比方在西夏邊境的保安軍，軍費開支很大一部分就是來自當地榷場的商稅。

但是榷場魚龍混雜，總有鹽鐵走私大案發生，屢見不鮮，很難管理，碰到有想法的上官，總是會被變著法兒整頓，而在有戰事的時候，說關閉也就關閉了。從去年開始，宋、夏關係緊張，邊境的榷場至今還未開啟。

傅念君自然而然地猜測：「他和遼國有聯繫？」

澶淵之盟後，宋遼貿易頻繁，所設榷場也增多，即便肅王真和遼國有什麼往來，也並不一定能在這件事中抓到把柄。

在宋遼無戰之時，很難將罪責往通敵上面引，即使是肅王利用自己的親王身分牟取些私利，一般也都睜一隻眼閉一隻眼。

但是傅念君聽周毓白的語氣，肅王做的可能不僅是撈錢的事。

周毓白不想增添她的煩惱，只拍了拍她的肩膀。「自然還要繼續查下去的，妳別擔心。先睡吧，已經晚了，妳難道不累？」

他輕笑著將手放在她的腰上。

傅念君覺得從背脊底部爬上一股酥麻的感覺，忙將被子扯到下巴處，支吾道：「我是準備睡了。」

繼而又補充了一句：「今日我結識了肅王府上的林側妃，我覺得她是個突破口。」

周毓白親了親她的額角，只道：「妳自己看著辦就是，我幾時攔著妳？只有一點，一定要顧好自己，知道嗎？」

傅念君聽了心裡甜蜜，輕應了聲，摟住他的腰，兩人一道入睡了。

§§§

傅念君想著肅王府的事，卻也不能怠慢了提供線索的大功臣。

當周紹懿扭扭捏捏再次到淮王府來作客時，傅念君依舊拿出了十二萬分的熱情來。

周紹懿似乎是因為上回自己在傅念君面前大哭，覺得有點壞了形象，因此面對她時有點彆扭，支支吾吾的。

「上回在我家，那個……其實……」

傅念君見他這小模樣，不禁壞心道：「我不會告訴旁人小世子大哭的事的。」

周紹懿的臉更紅了，輕輕哼了聲。

傅念君摸摸他的頭，讓芳竹和儀蘭端來了他喜歡的瓜果和點心。

周紹懿卻有點心不在焉，一顆果子捏在手裡翻來覆去，就是沒吃。

傅念君覺得他有心事。

「小世子，如果你有什麼話，可以對我說，別憋著，我保證不會再笑你的。」

周紹懿抬起頭看著傅念君。

傅念君對待周紹懿，一直是一種比較平等的態度，從第一次見面開始，她就沒有將他視為一個只會淘氣胡鬧不懂事的孩子，她知道很多時候小孩其實比大人更懂事。

周紹懿願意親近傅念君，也是知道她和旁人不同，哪怕是自己的親生母親，對他都沒有像傅念君這樣尊重。

「怎麼了？」傅念君微微朝他笑了下，「你不想說也沒關係。」

周紹懿咬了咬牙，從椅子上爬下來，蹭到傅念君身邊，要和她坐一張椅子。

傅念君也依了他。

周紹懿接下來說的話，更讓傅念君肯定這孩子的早慧和聰明。

「七嬸，我想求妳，幫幫我爹爹。」

他一開口就是這樣一句話。

傅念君一怔。「你的意思是……」

周紹懿咬著唇，眼睛通紅。

「妳幫他找個外頭的郎中瞧瞧吧，七嬸，我爹爹他現在這樣……一定是被人害的！」

傅念君連忙捂住他的嘴。這孩子經常語不驚人死不休。

傅念君望著手掌上方那對氤氳著水氣的澄亮大眼，不禁在心底嘆息。

她放下了手，對周紹懿道：「小世子，有些話呢，即便你知道是真的，也不能就這樣說出來。」

周紹懿微微偏了偏頭，反問她：「妳不是應該斥責我胡說？」

傅念君心想，他會這樣說，怕是他親娘聽了他這樣的話，曾經斥責他胡說。

「你既然知道說出來會被別人指責為胡說，為什麼還要講呢？」傅念君放緩了語氣，「小世子，你可以堅信你自己的觀點，但是在有能力證明之前，最好先不要急著爭取別人的認同。」

周紹懿正色，看著傅念君，竟出人意料地吐出了句：「我七叔果然沒有看錯妳。」

傅念君：「……」

所以她現在該一副感恩戴德的模樣麼？

「那妳到底能不能幫我呢？」周紹懿拉住傅念君的袖子。

傅念君點頭，「找郎中這件事我可以幫，其實，本來我也是打算要做的。但是，小世子，你現在還不能聲張。」

周紹懿點點頭，拍胸脯道：「我妳還不放心麼？」

「何況這也不是我們之間第一個祕密啦。」他提醒傅念君，皺了皺小鼻子。

傅念君點點頭，「至於你說滕王殿下被害，小世子，若是你信得過我和你七叔，你就要有足夠耐心，相信我們早晚會查出來的。」

可到底滕王和周毓白還是隔了一層，這些話傅念君都不敢去和滕王妃說。

周紹懿咬了咬唇，隨即壓低了聲音在傅念君耳邊道：「我也不敢肯定，但是我就是這麼認為的……我家裡不安全，我誰也信不過。但是七嬸妳放心，我知道的，七叔待我是真心，妳也待我是真心……等我長大了，滕王府就是我的，因為我現在還小，沒能力做什麼，但是我總會長大的！」

傅念君竟不知他對自己有這樣高的要求。

「……我七叔想當皇帝，我也覺得他最適合！我會永遠支持他！」

傅念君是真的又想伸手去捂他的嘴了，儀蘭聽到了也嚇得忙去關格扇。

這小祖宗，怎麼這樣能耐？

周紹懿一本正經道：「我知道在這裡說這話是沒有關係的，這是七叔和七嬸的家，若這裡都不安全，那還有哪裡能說話……」

傅念君告訴自己，真的不能小看孩子。周紹懿年紀小小，卻什麼都懂。

「小世子，這還不是你該想的，你皇祖父春秋正盛。」

周紹懿搖搖頭，「我知道，但是皇祖父早晚會老的，我爹爹自然不可能做皇帝，三叔也不太可能。是大伯、六叔、七叔三個人爭，我懂這個道理。」

小孩子看法直接，也並沒有說錯。

「大伯父不是太喜歡我，六叔是我親叔叔，但是我覺得他們都不適合，只有七叔做皇帝才是最好的，因為……」他的理由是：「因為我知道，我祖母和徐德妃，一定不會放過彼此還有皇后娘娘和七叔的，只有七叔做皇帝，他才不會害他們！」

他也知道張淑妃和徐德妃不是善茬，其中一方得勢後必然會攪得皇家天翻地覆。

「我不想叔伯們全都死了……」周紹懿低著頭說。

傅念君心中一軟，攬過他的肩。

他再早慧聰明，終究還是個孩子，心中美好的想法多過邪惡的，他只是不希望看到好好的一家人死的死、關的關。

幾位皇子其實都不是什麼狠心人，傅念君知道，癥結不過是在於幾方母系及各自勢力的征

伐。

「小世子，不會的，你的叔叔伯伯都是很好的人，一定不會手足相殘的，你要相信。」

周紹懿望著她道：「七嬸，我知道妳是真的那麼想的……可外頭很多人，都不信……」

傅念君嘆了口氣。生於皇家，就是這樣矛盾。

真善美與假醜惡並存，即便周紹懿如此小小年紀，卻也不得不學著在此中求一個平衡。

傅念君雙手握住周紹懿的肩膀，望著他的眼睛。

「你放心，你七叔不是那樣的人，我們也不會成為那樣的人。人生有很多無奈，可並非所有的爭奪和放棄都可以讓外人隨意評判的。我們在努力，小世子，你也要努力，不要為自己所做的事沾沾自喜，也不要自慚形穢，你只要記著你今日對我說的話，你將來就一定會成為一個比你七叔更優秀的男人。」

有責任心，有擔當，有智謀，心底又存留著一點赤子之心……

周紹懿眸光閃閃，看著傅念君重重地點頭。「我一定會的！」

傅念君捏了捏他的臉頰，道：「是不是開心點了？吃點東西，我帶你上街去玩。」

因為父親和滕王府的事，傅念君不知道周紹懿給自己施加了多少壓力，她覺得他應該放鬆一下。

周紹懿果然就開心起來了，「真的？我能上街去？」

傅念君點頭。「那是自然，但是也只能去一個時辰。」她朝他豎起一根手指，嚴肅道：「小世子，你的想法令我佩服，但是你若要支應門庭，也不能太過貪玩，往後我可是要監督你的。」

滕王妃寵周紹懿，不急著逼他學文弄武，而周紹懿聰明，也不覺得這些東西有什麼好學的，時常想著法子偷懶偷溜。

但是今天，他體會到了旁人所說的「知己」之感，是那種自己無人可說的想法被認同的舒暢感。七嬸說得沒錯，他若要成為比七叔還要優秀的人，就不能再隨便荒廢課業。

「嗯！」他點頭，「我一定會好好用功的。」

傅念君晃晃手指，笑道：「今天就算了，勞逸結合。」

說著，她吩咐下人套車，帶著這位小祖宗出門勞逸結合了。

§§§

周紹懿不太上街，因此顯得格外興奮，趴在馬車窗張望個不停，時不時就要郭達停車去買攤販手裡的小玩意。

郭達雖然歡天喜地回到了淮王府做事，但是因為傅念君無意間說了一句「他駕車不錯，自己已經習慣了」，周毓白就吩咐他繼續給王妃駕車，讓他一顆心頓時從九重天墮入十八層地獄，此時竟還要陪女人小孩逛街……

停在一家糖食舖門前時，傅念君沒有下車，目光瞥見旁邊藥舖裡出來了一個穿青衣，做士子打扮的人。

她定睛一瞧，似是傅寧。

傅念君連忙喚郭達：「跟上去看看。」

周紹懿也停止吃糖，張著眼睛盯著傅念君道：「是……誰？」

傅念君也沒有多想，她見傅寧的時候並不多，也不知有沒有看錯。

跟了兩條街，前頭的人並沒有回家，而是進了一間小茶樓，傅念君正在猶豫，周紹懿卻嚼著糖，在她背後道：「我們也去吧，七嬸，看起來很好玩，正好我也口渴了！」

傅念君想了想，點點頭，傅寧形跡可疑，實在是讓人太過在意。

她先讓跟著車的護衛何丹進去探查。如今成了淮王妃，原先她帶過來的陪房大牛、大虎負責她院裡的安全，出行時還是交由郭達、何丹等人周毓白才比較放心。

傅念君自己領著周紹懿進了茶樓，這間小茶舖並不大，也並非專門招待達官貴人的，乍然見到這樣一個光彩照人的夫人進來，小店裡的茶博士和夥計都先愣了愣。

夥計被掌櫃推了推，才反應過來，磕磕巴巴地招呼傅念君：「夫人想喝點什麼？小店裡香茶清茶一應俱全，可還要再來些時興果子？凝霜柿餅，指頂大瓜子，龍纏棗頭，等閒叫小公子嘗一嘗……」

店裡的夥計妙語連珠，傅念君微笑應了，叫上了幾樣小吃，一壺清茶。

傅念君和周紹懿一道坐下，眼睛卻忍不住一直瞟著窄樓梯的方向。

傅寧沒有坐在大堂裡，徑直上了二樓。

他剛從藥舖出來就來了這裡，應該不是口渴難耐，說不定是來見什麼人……

她今日出門並沒有什麼準備，因此不敢打草驚蛇，只和周紹懿兩人坐著飲茶閒聊。

沒有過多久，傅寧從樓上下來了，面色有些沉重，懷中依然抱著藥包。

看來他並沒有和樓上的人多聊。

傅念君幾人太過顯眼，這茶舖又不大，傅寧不可能沒看見，他向傅念君這兒投來一眼，怔了怔，隨即轉過頭，快步離去了。

傅念君並不能肯定他是否認出了自己。其實他們唯一一次見面，也只有那時傅寧到傅家來打秋風，在花園小徑上的匆匆一照面，當時傅寧還因為羞慚不敢抬起頭來。

傅念君的目光追著傅寧的背影，連周紹懿在旁邊喚她都沒聽見。

「七嬸，七嬸……」周紹懿拉住傅念君的袖子。

傅念君回過神，對他笑了笑。「小世子吃好了？」

周紹懿保持著王孫公子的氣派，用儀蘭遞過來的帕子仔細地將手和嘴都擦乾淨，才點點頭。「嗯，吃好了，我們走吧。」

傅念君領著他出了茶鋪，何丹早已回到馬車邊，他細聲與傅念君稟告——

「王妃，屬下無用，樓上有人手，屬下今日不敢冒險，很快就撤退了，只聽到了些許聲音。剛才那位小郎君會見的應該是個男人，年紀不輕。」

傅念君點點頭，對何丹道：「有勞何護衛了。」也並不是全無進展。

她和周紹懿重新回到馬車之中，周紹懿問：「七嬸，我們不繼續跟著那個人嗎？」

傅念君搖搖頭，垂眸看了他一眼，見他一副想問又不敢問的樣子。「那是我娘家的一位親戚，和我家關係匪淺，我見了就多注意一下。」

周紹懿哦了聲，眼神很是靈動。「七嬸是在懷疑什麼吧？那個人一定給妳造成了很大的麻煩。」他第一次在傅念君臉上見到這麼凝重的表情。

「是啊。」傅念君坦誠。

馬車重新啟動，傅念君一直在思索傅寧古怪的舉動，因此陪周紹懿玩耍也有些心不在焉，周紹懿原本會嘟嘴委屈一下的，但是想到今天傅念君對自己說的那番話，又很快在自己心裡給自己打氣。

「七嬸，我們回去吧，我不想玩了。」

傅念君瞧了他一眼，笑道：「機會難得，真的？」

周紹懿有些心痛地點了下頭。「業精於勤荒於嬉……」

傅念君彎了彎唇，自她嫁給周毓白，也不知是否受他影響，其實內心比起未嫁前，已是和緩溫柔許多。

是啊，她這輩子都能順利嫁給他了，上天已經待她不薄了，她還該有什麼怨氣呢？

由此，對周紹懿從一開始的同情，倒真的漸漸生出兩分憐愛來。

「抱歉，懿兒。」她改了稱呼。

她怎麼會不懂他在想什麼？自己太過在意傅寧之事，這孩子坐在她身邊很快便察覺了。

「七嬸，我知道妳和七叔每天都要擔心很多事，在這一點上我才不會無理取鬧呢。」

他皺了皺鼻子，很是自豪。

馬車回到了淮王府，滕王府裡的人早已心急火燎地等著接小世子回去。

周紹懿抱著一大堆街上買來的好東西，開心地凱旋而歸了。

傅念君卻是心事重重，他走後，立刻喚來了何丹和郭達。

何丹比他們幾人稍晚回府，他領了傅念君的命，去查查傅寧剛才到底買了些什麼藥。

取回來一瞧，竟都是些大補名貴續命的好藥材，老山參就稱了好幾兩。

傅念君在心中幾番思量，只覺得傅寧今日這樣苦大仇深的模樣，又去藥舖買了這麼多金貴藥，定然為了他的母親宋氏。

宋氏竟然已經病入膏肓到這個地步？傅念君心中大驚。

成親前她去見過宋氏一回，只知母子倆因為傅寧的前程有了言語磕絆，宋氏是個樸實厚道的婦人，後來也並沒有任何的奇怪舉動，傅念君又正好碰著成親的事，便沒有多留意她那裡。

她吩咐郭達一定要親自走一趟，去調查宋氏的病情。

至於何丹，她則讓他祕密潛入那位嬸娘周氏家裡。宋氏家裡的事，誰都沒有周氏更清楚。

該交代的細節都交代了，傅念君最後對何丹說道：「你是跟著殿下做事的，該怎麼從人口中套消息不用我教你，且自管看著辦吧。」

何丹神色嚴肅，與郭達兩人立刻領命退下了。

他們離開後，傅念君顯得有些焦躁，問身邊芳竹：「去看看，殿下回來了沒有。」

芳竹愣道：「娘子，殿下派人來說過，恐怕趕不及回來吃晚膳的……」

周毓白傷已經完全好了，過了新婚，他也沒有理由一直待在家中，今日一早便出門去了宮裡，因為成泰三十年，舉國上下準備大肆慶祝，過兩天各國使節就要進城，這樁樁件件的事，都落到周毓琛和周毓白兄弟二人身上。

就像平常人家家裡老父親做壽，最得寵的兩個兒子哪能不受累？

皇帝又素來愛在政事、德行上考察他們，因此這個機會，張淑妃那裡是嚴陣以待的，周毓白自然也不能表現出懶怠的樣子，這樣反而頭一個招來皇帝的猜疑。

傅念君等他回來，是有件事要問他。

和樂樓的東家胡廣源，董長寧那裡是否並未得手，讓他又趁亂溜回城裡興風作浪了？

這個結論很容易推斷出來。

傅寧找上傅琨和傅淵父子倆，是為了要名，先是受傅淵舉薦進了書院，後來又讓傅琨為他賠上人情進了國子學，但是買藥這樣的事，是認錢的，他從前來錢的地方，就是胡廣源。

不得不說，傅寧對母親治病這事一直都挺上心的，他今天這般苦惱，多半是為了那阿堵物。

那麼是否就說明，茶樓裡那個同他見面的人，就是胡廣源？

（未完待續）

國家圖書館出版品預行編目資料

念君歡 / 村口的沙包著. -- 初版. -- 臺北市：春光, 城邦文化出版：家庭傳媒城邦分公司發行, 民109.1
冊；　公分

ISBN 978-957-9439-76-3（卷五：平裝）. --

857.7　　108019089

念君歡〔卷五〕

作　　　者／村口的沙包
企劃選書人／李曉芳
責 任 編 輯／李曉芳

版權行政暨數位業務專員／陳玉鈴
資深版權專員／許儀盈
行 銷 企 劃／陳姿億
行銷業務經理／李振東
副 總 編 輯／王雪莉
發　行　人／何飛鵬
法 律 顧 問／元禾法律事務所　王子文律師
出　　　版／春光出版
臺北市 104 中山區民生東路二段 141 號 8 樓
電話：(02) 2500-7008　傳真：(02) 2502-7676
部落格：http://stareast.pixnet.net/blog E-mail：stareast_service@cite.com.tw
發　　　行／英屬蓋曼群島商家庭傳媒股份有限公司城邦分公司
臺北市中山區民生東路二段 141 號11 樓
書虫客服服務專線：(02) 2500-7718 / (02) 2500-7719
24小時傳真服務：(02) 2500-1990 / (02) 2500-1991
服務時間：週一至週五上午9:30～12:00，下午13:30～17:00
郵撥帳號：19863813　戶名：書虫股份有限公司
讀者服務信箱E-mail: service@readingclub.com.tw
歡迎光臨城邦讀書花園　網址：www.cite.com.tw
香港發行所／城邦（香港）出版集團有限公司
香港灣仔駱克道 193 號東超商業中心 1 樓
電話：(852) 2508-6231　　傳真：(852) 2578-9337
E-mail : hkcite@biznetvigator.com
馬新發行所／城邦（馬新）出版集團　Cite(M)Sdn. Bhd
41, Jalan Radin Anum, Bandar Baru Sri Petaling,
57000 Kuala Lumpur, Malaysia.
Tel: (603) 90578822 Fax:(603) 90576622 E-mail:cite@cite.com.my

封 面 設 計／Ancy Pi
插 畫 繪 製／容境
內 頁 排 版／極翔企業有限公司
印　　　刷／高典印刷有限公司

■ 2020 年（民 109）1 月 2 日初版
Printed in Taiwan

售價／320元

城邦讀書花園
www.cite.com.tw

本著作物繁體中文版通過閱文集團上海玄霆娛樂信息科技有限公司 www.qidian.com，授予城邦文化股份事業有限公司春光出版獨家發行。

ISBN　978-957-9439-76-3

廣 告 回 函
北區郵政管理登記證
臺北廣字第000791號
郵資已付，免貼郵票

104 臺北市民生東路二段 141 號 11 樓
英屬蓋曼群島商家庭傳媒股份有限公司
城邦分公司

請沿虛線對折，謝謝！

愛情．生活．心靈
閱讀春光，生命從此神采飛揚

春光出版

書號：OF0065	書名：念君歡〔卷五〕

請於此處用膠水黏貼

【念君歡截角蒐集活動——忠實讀者好禮相送！】

即日起至 2020 年 1 月 15 日止，完成以下活動步驟，就可參加「《念君歡》截角蒐集活動」活動。

前 50 名寄回的忠實讀者（以郵戳日期順序為憑），春光出版將會提供神祕小禮物給你唷！

數量有限，行動要快～

活動步驟：

1. 裁下《念君歡》系列**任兩集**之書腰折口截角（集數不得重複），並連同春光回函卡寄回。
2. 將本回函卡的讀者資料都完整填妥。
3. 將裁下的兩張「截角」和本回函卡一起寄回春光出版，即完成活動。（建議把小卡放入回函卡中，再將四邊用膠水黏貼封好即可寄回。）

春光出版將依照回函卡收件郵戳日期，依序贈送前 50 名忠實讀者，越早寄回，越早收到春光神祕小禮物喔！

〔注意事項〕

1. 本活動限台、澎、金、馬地區讀者。　2. 春光出版保留活動修改變更權利。

您的個人資料

姓名：________________　性別：□男　□女

地址：____

電話：________________ email：________________

為提供訂購、行銷、客戶管理或其他合於營業登記項目或章程所定業務之目的，英屬蓋曼群島商家庭傳媒（股）公司城邦分公司，

於本集團之營運期間及地區內，將以電郵、傳真、電話、簡訊、郵寄或其他公告方式利用您提供之資料（資料類別：C001、C002、

C003、C011 等）。利用對象除本集團外，亦可能包括相關服務的協力機構。如您有依個資法第三條或其他需服務之處，得致電本公

司客服中心電話 (02)25007718 請求協助。相關資料如為非必要項目，不提供亦不影響您的權益。

1. C001 辨識個人者：如消費者之姓名、地址、電話、電子郵件等資訊。 2. C002 辨識財務者：如信用卡或轉帳帳戶資訊。

3. C003 政府資料中之辨識者：如身分證字號或護照號碼（外國人）。 4. C011 個人描述：如性別、國籍、出生年月日。

請於此處用膠水黏貼